Эльдорадо

Визе – при

Зайцев.

Оксана. Эльдород.
221 - 07 - 25.

ИРОНИЧЕСКИЙ
ДЕТЕКТИВ

Читайте романы примадонны иронического детектива Дарьи Донцовой

Сериал «Любительница частного сыска Даша Васильева»:

1. Крутые наследнички
2. За всеми зайцами
3. Дама с коготками
4. Дантисты тоже плачут
5. Эта горькая сладкая месть
6. Жена моего мужа
7. Несекретные материалы
8. Контрольный поцелуй
9. Бассейн с крокодилами
10. Спят усталые игрушки
11. Вынос дела
12. Хобби гадкого утенка
13. Домик тетушки лжи
14. Привидение в кроссовках
15. Улыбка 45-го калибра
16. Бенефис мартовской кошки
17. Полет над гнездом Индюшки
18. **Уха из золотой рыбки**

Сериал «Евлампия Романова. Следствие ведет дилетант»:

1. Маникюр для покойника
2. Покер с акулой
3. Сволочь ненаглядная
4. Гадюка в сиропе
5. Обед у людоеда
6. Созвездие жадных псов
7. Канкан на поминках
8. Прогноз гадостей на завтра
9. Хождение под мухой
10. Фиговый листочек от кутюр
11. Камасутра для Микки-Мауса

Сериал «Виола Тараканова. В мире преступных страстей»:

1. Черт из табакерки
2. Три мешка хитростей
3. Чудовище без красавицы
4. Урожай ядовитых ягодок
5. Чудеса в кастрюльке
6. Скелет из пробирки

Сериал «Джентльмен сыска Иван Подушкин»:

1. Букет прекрасных дам
2. Бриллиант мутной воды
3. Инстинкт Бабы-Яги

Дарья Донцова

Уха из золотой рыбки

Москва

ЭКСМО

2003

ИРОНИЧЕСКИЙ ДЕТЕКТИВ

УДК 882
ББК 84(2Рос-Рус)6-4
  Д 67

Разработка серийного оформления
художника *В. Щербакова*

      Донцова Д. А.
Д 67   Уха из золотой рыбки: Роман. — М.: Изд-во Эксмо,
      2003. — 432 с. (Серия «Иронический детектив»).

      ISBN 5-699-02102-7

У людей бывают разные хобби... Дашина подруга Лика, например, восьмой раз выходила замуж. Причем всех мужей она бросала сама, найдя более достойного. На этот раз ее избранник не отличался ни красотой, ни ростом, но был богат. Даша Васильева и вся ее семья погуляли на свадьбе, а утром в Ложкине появилась рыдающая Лика и сообщила — в первую брачную ночь муж потребовал... развод. Прямо на свадьбе Евгений полюбил красавицу-блондинку. А через день Даше сообщили, что Лика, как Стенька Разин княжну, утопила мужа, но только в Москве-реке. Даша в это не верит, но есть свидетель, и на суде Лика во всем призналась. Ей дали десять лет. Любительница частного сыска чувствует — история очень сомнительная. Она решает сделать все, чтобы Лика смогла справить свою девятую свадьбу...

                                         УДК 882
                                         ББК 84(2Рос-Рус)6-4

Глава 1

В браке тяжело только первые двадцать пять лет, потом вы понимаете, что от партнера ничего хорошего ждать не приходится, и начинаете жить счастливо. Мне, честно говоря, ни разу не удалось проверить эту истину на практике, от всех мужей я убежала, так и не дождавшись серебряного юбилея. Если уж быть совсем откровенной, то мне не удалось справить и десятилетие брачного союза ни с одним из супругов, а если перестать изображать из себя невесть что, то надо смело признаться: больше трех лет продержаться в браке мне не удавалось.

Сбегав замуж четыре раза, я сделала вывод, что зверь по имени Дарья Васильева в неволе не живет, и прекратила попытки обрести статус замужней дамы. Но некоторые мои подруги, раз наступив на грабли, продолжают делать это бесконечно. К числу таких относится Лика Солодко. Я гуляла на ее восьми свадьбах и всегда удивлялась, ну как Лике не надоест всякий раз устраивать пир на весь мир, надевать белое платье, фату, выслушивать торжественные речи гостей, сулящих ей долгую, счастливую жизнь с очередным избранником.

Ясно же, что примерно через двенадцать месяцев после гулянки она примчится в Ложкино, кинется на диван и, рыдая во весь голос, заявит:

— Колька сволочь! Развод и девичья фамилия.

Лика настолько безголова, что каждый раз меняет фамилию. Последнее время это доставляет ей кучу неприятностей. Во многих анкетах, которые приходится заполнять в разных ситуациях, имеется графа: «Изменяли ли фамилию?» Честная Лика злится, пытаясь втиснуть в узкое пространство необходимые сведения — с Ковалевой — на Ермолову, потом на Шлыкову, Шелатунину, Аржанникову, Нистратову, Солодко.

— Идиоты, — шипит она, — не разрешают на полях писать. Каким местом думал тот, кто разрабатывал анкету? Почему так мало пространства запланировал для ответов?

Бесполезно объяснять Лике, что нормальная женщина меняет фамилию один раз, ну два, ладно, три раза в своей жизни. Лике следовало остановиться на стадии Ковалевой или жить под своей девичьей фамилией, но она у нее, как на грех, очень смешно звучит — Подуйветер. А замуж Лика каждый раз выходит навсегда, во всяком случае, она в это верит.

Поэтому я совершенно не удивилась, получив от нее приглашение на очередную торжественную процедуру бракосочетания.

В пятницу днем я, Маня и Зайка входили в ресторан «Лакомый кусочек». В качестве подарка мы притащили сервиз на двенадцать персон. Более чем традиционный презент, потому что наша фантазия уже иссякла. Мы дарили Лике в разное время постельное белье, столовое серебро, СВЧ-печь, стиральную машину, хрустальные фужеры...

— Надеюсь, нам дадут вкусно поесть, — шепнула Манюня, одергивая платье, — терпеть не могу юбки, как только другие в них ходят, вечно они задираются...

— А ты купи не в облипку, а нормальный размер, — съехидничала Зайка, вертясь перед зеркалом, — все хочешь стройнее казаться, вот и обтягиваешься, между прочим, зря, тоньше выглядеть не станешь!

Я вжала голову в плечи. Так, сейчас начнется! Маруська налетит на вредную Зайку... Но Маня уже миновала период подростковой непримиримости. Изящно подняв одну бровь, она спокойно ответила:

— Да, наверное, ты права, нужно купить платье пошире, я расту безостановочно, в следующий раз возьму себе сороковой размер, кстати, Заюшка, ты какой носишь?

— Тридцать шестой, — с удовольствием ответила Ольга. — Позавчера приобрела это платье и очень довольна: из тридцать восьмого просто выпала.

И она продолжила процесс любования собой.

— Боюсь, ты фатально ошибаешься, — вздохнула Маня. — Не хотела тебя расстраивать, но ты толстеешь очень даже заметно, вон какие на боках жирные складки.

— Где? — в тревоге изогнула неправдоподобно тонкую талию Зайка.

— И размер этого платья сорок два.

— Ты с ума сошла! — подскочила Ольга. — Тридцать шесть!

— Да нет, сорок два! Посмотри на лейбл.

Зайка понеслась в туалет, Маня преспокойно принялась поправлять волосы. Через секунду растерянная Ольга возникла передо мной.

— Действительно, сорок два, но как же так? В магазине меня уверяли, что размер тридцать шестой...

— Так продавцы вечно стараются покупателям угодить, — невинно ответила Маруська, — вот и врут в глаза. Извини, но ты толще меня, смотри, на моей юбчонке, хоть она и впрямь чуток тесно сидит, висит ярлычок — тридцать восемь, а у тебя — сорок два.

— Кошмар, — пролепетала Ольга, — я этого не переживу.

Глаза Зайки начали наливаться слезами, я с подозрением взглянула на Маню. Ольга значительно изящнее своей золовки, что за чертовщина произошла с ярлыками — непонятно.

— Эй, все за стол садятся, — крикнул Виталий Кропотов, — хватит вам у зеркала вертеться. Ольга, чего такая грустная? Твоя дурацкая передача на телике наконец накрылась медным тазом?

— Типун тебе на все места, — подскочила Ольга, — мы цветем.

— Значит, скоро заколоситесь, а потом сгниете, — удовлетворенно подытожил Виталик.

Ольга сжала зубы и прошла в зал.

— Что ты сделала с ярлычком? — не удержалась я.

Маня захихикала.

— Я налепила возле слова «размер» цифры «четыре» и «два», знаешь, такие наклейки продают для клавиатуры компьютера.

— Зачем?

— Ой, мусик, — продолжала веселиться Маруся, — Зайка со своей диетой совсем свихнулась. На что угодно готова поспорить, она сейчас тут даже минералки не выпьет!

— Но ты ведь ей расскажешь про розыгрыш?

— Ага, завтра.

Я хотела было прочитать Маруське лекцию о любви к ближнему, но потом передумала. Ольга с Маней без меня разберутся. Честно говоря, они друг друга стоят — постоянные подколы, ехидство. А насчет диеты правда. Ольга похожа на ненормальную, она легко может спрятаться за лыжную палку, но тем не менее садится за стол с калькулятором, на котором сосредоточенно высчитывает количество потребленных калорий. Два листочка салата — это двадцать, чашка кофе без сахара — ноль, тостик с джемом... О, это ни за что! Тостик с джемом! Целых сто пятьдесят килокалорий, а в джоулях еще страшнее — почти пятьсот! И так во время каждой трапезы. Однажды Аркашка разозлился и отобрал у жены счетную машинку, но уже через час в руках Ольги появилась новая.

— Экран прибавляет десять кило, — бормочет Зайка, отщипывая микроскопический кусочек от банана, — м... м... м, как вкусно. Бывают же счастливчики, которые могут съесть это целиком!

Спорить с Зайкой, пытаясь переубедить ее, невозможно, поэтому каждый в доме избрал свою тактику.

— Слышь, Заяц, — сказал вчера вечером Ке-

ша, — завтра в Москве обещают ветер, довольно сильный.

— И что? — насторожилась она.

— Возьми у Ивана в сарае два кирпича.

— Зачем? — недоумевала Ольга.

— Положишь в карманы, а то унесет урага-
ном, — захихикал муженек.

Ольга треснула супруга по голове журналом.
Сегодня утром, когда она принимала ванну, Аркашка с неподдельной тревогой крикнул:

— Зайка, умоляю, не вынимай пробку!

— Почему? — жена опять попалась на удочку.

— Как бы в трубу не втянуло, — как ни в чем
не бывало пояснил Кеша, — вылавливай тебя
потом, отмывай...

Маруська тоже без конца издевается над
бедняжкой, мечтающей иметь отрицательный
вес, я демонстративно ем на ее глазах пирожные и конфеты, но самым изощренным оказался Дегтярев. В самом начале лета он принес
Зайке подарок: очень красивую футболку, явно
купленную в хорошем магазине.

— Ну ты даешь, — взвизгнула Ольга, — где
только взял!

Она мигом натянула вещичку и расстроенно
констатировала:

— Велика! На целый размер! Вот жалость-то!

— Не беда, — пробормотал полковник, —
недельку поешь блинчики, и как раз станет!

После этих слов Маня, кашляя, вылетела в
коридор, Кеша поперхнулся чаем, а я, глядя на
красную от гнева Зайку и невинно моргающего
Александра Михайловича, подумала, что приятель не так прост, как кажется.

Оставив бесплодные попытки причесать торчащие под разными углами волосы, я прошла в большой зал, уселась за длинный стол и попыталась принять участие в веселье.

Во главе стола сидела Лика, как всегда в таких случаях, на ней было белое платье и длинная фата, прикрепленная к голове с помощью венка из искусственных цветов. На мой взгляд, надевать на себя символ непорочности, когда чуть поодаль сидит двадцатилетний сын, немного нелепо, но Лика любит, чтобы на празднике все шло так, как надо. Нового супруга я видела впервые: худощавый дядька, с красным лицом и шеей. То ли у молодого мужа проблема с давлением, то ли ему просто душно в костюме и рубашке с галстуком. Все-таки на улице почти тридцать градусов жары, за окном колышется знойный июль. Я бы в таком случае амнистировала несчастного парня, предложила надеть что-нибудь полегче, без тесного воротника, но Лика никогда не пойдет на компромисс. На свадьбе мужская часть только что созданной семьи обязана быть при полном параде, и точка. Хорошо еще, что Лика не стала настаивать на смокинге, к этому наряду полагается кушак, наматываемый на талию, и бедняга муж мог просто скончаться, не дожив до первой брачной ночи.

Если вы когда-нибудь бывали на свадьбах, то представляете, как разворачивалось действие: бесконечные крики «горько», тосты, вручение подарков, танцы...

Под конец я безумно устала и мечтала лишь об одном: скорее оказаться дома, в своей кровати. Впрочем, похоже, притомились и остальные гости, жених отчего-то помрачнел и сидел с недовольным видом, наверное, на Евгения так подействовал алкоголь. Одна Лика казалась свежей и беспечно веселой.

Кое-как досидев до конца церемонии, я вернулась в Ложкино и упала в постель, подпихнув себе под бок мопса Хуча.

Пробуждение было внезапным.

— Я его убью, — завопил Хуч, наваливаясь на меня, — убью, прямо сейчас!!!

Спросонья мне показалось, что Хучик вырос и превратился в огромное существо, отчего-то отвратительно пахнущее духами «Пуазон». Я очень люблю французскую парфюмерию, но от приторно-сладких ароматов начинаю задыхаться.

Кашляя, я села на кровати, кое-как разлепила глаза и увидела Лику, колотящуюся в истерике. Чихающий Хучик медленно удалился в сторону коридора, мопс тоже не выносит запаха «Пуазона».

— Отчего ты у нас? Что случилось? Где Евгений? — принялась причитать ворвавшаяся в спальню Зайка.

Она собиралась на работу и сейчас выглядела довольно комично: на Ольге были элегантные темно-синие брючки, а сверху пижамная куртка, один глаз накрашен, второй нет, и облако белокурых волос стоит дыбом.

— Не смей произносить при мне это имя, — свалилась на кровать Лика, — забудьте все про него!

Я встала на ноги, пару раз чихнула, потом

закрыла окно, включила кондиционер и осторожно спросила:

— Вы поругались?

— Кретин, — взвыла Лика, зарываясь лицом в мою подушку, — урод...

Я вздохнула. Уютное пуховое одеяло и подушку теперь придется отдавать в химчистку, они небось насквозь пропахли «Пуазоном». Странно, однако, что сотрудники всемирно известной фирмы «Диор», придумавшие когда-то такие замечательные ароматы, как «Диориссимо», «Диорелла», «Дольче вита» и иже с ними, выпустили серию абсолютно гадостного парфюма. Или он только мне кажется таким? Вон Лике нравится, она выливает на себя по полпузырька за раз.

— Я развожусь, — неожиданно спокойно заявила Лика.

— Уже? — в один голос воскликнули мы с Зайкой.

Потом Ольга, чихнув пару раз, добавила:

— Но ты же с ним прожила всего один день!

— В законном браке, прошу заметить, — напряглась Лика, — до этого полгода провели вместе! Урод!

— Знаешь что, — вмешалась я, — не пори горячку. Вы поругались, такое бывает. Посиди у нас, давай вместе сходим погулять, пообедаем, потом поедешь домой, и все уладится.

— Развод, — каменным голосом отчеканила Лика. — Произошедшее было трагической ошибкой с моей стороны!

— Подумай, — попыталась воззвать ее к разуму Ольга, — тебе опять придется менять фамилию.

— Ерунда, — отмахнулась подруга, — в паспорте, правах и прочих ксивах я пока Солодко, всего сутки после бракосочетания прошли...

— Как-то странно выйти замуж на один день, — пробормотала Зайка.

— Может, объяснишь нам, отчего решила бросить Евгения? — я попыталась разобраться в ситуации.

Лика зарыдала:

— Он мне изменил, ушел к другой!

— Когда? — снова хором спросили мы с Ольгой. — Когда он успел обратить внимание на другую бабу?

У меня слегка закружилась голова. Работающий во всю мощь кондиционер не избавил воздух от удушливого аромата «Пуазона». Может, у Лики реактивный психоз? Случается такое с людьми, попавшими в форс-мажорные обстоятельства. Ну ехал, к примеру, шофер по набережной, не справился с управлением, свалился в реку, и милиция выловит из воды обезумевшее, неадекватное существо. Вот и Лика, перенервничала на свадьбе... Хотя с чего бы ей волноваться на очередном бракосочетании? Дело для нее привычное.

— Вчера вечером Евгений влюбился в какую-то дрянь, — сообщила Лика и высморкалась в край моего пододеяльника, — в крашеную кошку, отвратительную бочку сала, мерзопакостную, жопастую, кривую...

— Стой! — взвизгнула Ольга. — Немедленно расскажи все по порядку!

Продолжая размазывать сопли по моему постельному белью, Лика начала сумбурное повествование.

Глава 2

С самого начала их роман с Евгением развивался не так, как хотелось Лике. Она, несмотря на зрелый возраст, сохранила способность влюбляться, и все ее браки разваливались потому, что Лика просто в очередной раз теряла голову и кидалась в омут страстей. Ее любовники, превращающиеся затем в мужей, выглядели на удивление одинаково: высокие, стройные, светловолосые мужики. Да и по характеру парни оказывались похожи: в основном спокойные, работающие в различных учебных заведениях и НИИ. Самое интересное, что все романы протекали по одному сценарию. Придя на работу к своему мужу, Лика встречала там его коллегу или знакомого и мигом снова влюблялась. После заключения очередного брачного союза Лика с жаром принималась за «строительство» карьеры нового супруга. Заставляла того защитить диссертацию и... натыкалась на новый объект страсти, которого безотлагательно начинала подталкивать к написанию кандидатской работы. На месте председателя Всероссийской аттестационной комиссии, организации, которая подтверждает право на научное звание, я бы выдала Лике диплом или другую какую бумагу со словами: «Награждается за помощь в развитии отечественной науки». Вы хоть представляете, как трудно заставить мужчину регулярно садиться за письменный стол? Так вот, Лика вырастила то ли шесть, то ли семь кандидатов наук.

Было еще одно качество, объединявшее ее супругов. Они не имели денег, подчас вообще никаких, и Лика старательно зарабатывала рублики, одевая и обувая любимого. Ее можно было обвинить в чем угодно, кроме корысти. К звонкой монете Лика относится легко, без сожаления тратит заработанное и никогда не убивается по поводу опустевшего кошелька. Слава богу, что у нее был только один ребенок — Юра, которого Лика воспитывала как умела. Несмотря на калейдоскоп пап, парень вырос абсолютно нормальным, может быть, только чересчур молчаливым, но при крайне болтливой, суетной маменьке иной мальчик просто бы не выжил. Сколько его помню, Юра всегда сидел в углу с очередной толстой книжкой.

Месяцев семь назад Лику зазвала к себе в гости Верка Карапетова и сказала:

— Хватит тебе медные копейки считать, дело к старости идет.

— С ума сошла? — возмутилась Лика. — Я еще совсем молодая.

— Это тебе только так кажется, — не сдалась Верка. — И потом, толстая сберкнижка хороша в любом возрасте. Значит, так, я нашла тебе отличного жениха.

— Я замужем, — напомнила Лика.

— Ну и что? — удивилась Вера, — разведешься, эка невидаль. Евгений очень богат и одинок, знатная партия, сегодня вечером идем в ресторан, изволь быть в тонусе.

Лика слегка посопротивлялась, но спорить с Карапетовой невозможно: если Верка вбила себе в голову идею, ее не остановит ничто, пока задуманное не воплотится в жизнь. В результате Лика дрогнула и оказалась в трактире.

Предполагаемый жених разочаровал ее сразу. Дядечка был невысокого роста, совсем иной типаж, чем предыдущие Ромео. Лика поела, разрешила довезти себя до дома и решительно отказалась от следующего свидания. Очевидно, кавалер пожаловался Верке, потому что та позвонила Лике и завопила:

— С ума сошла, кретинка! У Жени загородный особняк, квартира, машина, бизнес...

— Он мне не нравится, — возразила Лика, — не задел струн моей души!

— Тоже мне, блин, балалайка нашлась, — разъярилась Верка, — ну и что получила, всю жизнь влюбляясь? Да у тебя ботинок приличных нет, рвань одна. На себя наплевать, о парне подумай, приятно ему в секонде одеваться? А квартира? Да твоя двухкомнатная трущоба отвратительна!

Лика тяжело вздохнула и пообещала подумать. Определенная доля правды в словах Верки была, и Лика согласилась встретиться с Евгением еще раз. Через месяц она развелась с очередным мужем и стала обожать Женю. Пусть мужик черноволос, мал ростом и некрасив, наплевать на намечающуюся лысину и вставные зубы, все искупало поведение Евгения. В кратчайшие сроки он засыпал Лику невиданными подарками: купил ей гору одежды, литры духов и килограммы золотых украшений, не остался без внимания и Юра. Из заштатного, не известного никому пятисортного вуза он был переведен в МГУ, да не куда-нибудь, а на супермодный факультет психологии. А еще у парня появилась новенькая серебристая «десятка».

Период ухаживания завершился свадьбой. В день бракосочетания влюбленная, счастливая Лика получила несколько неприятных щипков. Во-первых, когда она под звуки марша Мендельсона, уже в качестве законной супруги, шепнула Евгению: «А теперь подхвати меня на руки и вынеси из зала», то получила ответ шепотом: «Нет, давление подскочило, и поднимать тяжести не могу».

Лика сначала обиделась, но потом решила не обращать внимание на «фо па»[1] новоиспеченной половины. Затем Евгений, по-прежнему ссылаясь на нездоровье, отказался на руках отнести жену к машине, но самый сокрушительный удар невесту ждал впереди. Когда роскошный «Мерседес» доставил Лику в номер отеля, где «молодожены» предполагали провести первую брачную ночь, в комнате, уставленной бесчисленными вазами и корзинами с розами, возле столика, где в серебряном ведерке во льду мерзла бутылка шампанского, между ними состоялся очень неприятный разговор.

— Извини, дорогая, — заявил Евгений, — но я полюбил другую.

Лика чуть не выпала из роскошного кресла

---

[1] «Фо па» с французского — ложный шаг, ошибка, неправильное поведение.

на не менее роскошный ковер. Ей показалось, что она ослышалась.

— Что ты имеешь в виду? — спросила новобрачная.

И тут муж разразился целым спичем, чем больше Лика его слушала, тем сильнее обалдевала. Можете себе представить, до какой степени она была удивлена, если ни разу не перебила Евгения, а выслушала его до конца? Он же с самым спокойным видом говорил ужасные вещи.

— Понимаешь, у меня до тебя была жена, абсолютно безответственная особа, транжирка, страстная любительница брюликов. Она меня совсем не любила, зато обожала пользоваться моим кошельком.

В конце концов положение дойной коровы надоело Евгению, и он сумел, заплатив немалые отступные, развестись. Выбравшись из первого брака, он не торопился нацепить на себя новые узы. Естественно, у него были любовницы, но все они как одна в первую очередь обожали «платиновую» карточку VISA, а Евгения воспринимали как некоторое досадное приложение к милым сердцу долларам.

Ну а потом Верка Карапетова засучив рукава принялась за устройство личного счастья Евгения и подсунула ему Лику.

Предлагаемая невеста понравилась ему сразу. Вполне симпатичная внешне и совершенно не алчная. Мало избалованная Лика так обрадовалась плохоньким сережкам из самоварного золота, которые кавалер подсунул ей в качестве лакмусовой бумажки, в виде своеобразного теста, что Евгений устыдился и тут же купил Лике бриллиантовые подвески.

Пообщавшись с Ликой полгода, Женя понял, что она вполне годится ему в супруги, и сделал предложение. Никакой страстной любви к ней он не испытывал, в голове был один расчет: эта супруга станет ценить его, уважать и будет благодарна за спасение из финансового болота. Наличие Юрия Женю не смущало. Во-первых, парень уже взрослый, а во-вторых, тихий, неизбалованный, настоящий «ботаник», от такого неприятностей не будет.

В день бракосочетания Евгений в самом радужном настроении явился в ЗАГС и стал принимать поздравления от гостей. Церемония была затеяна с размахом, более двухсот человек явилось с цветами и подарками.

Сначала они расписались, потом, пройдя буквально два шага, переместились в банкетный зал. Неожиданно к Евгению подошла абсолютно незнакомая молодая женщина и с радостной улыбкой бросилась ему на шею.

— Поздравляю от всей души, будьте счастливы, вы это заслужили. Вот, съешьте эту конфету, она особая, заговоренная на счастье.

Евгений машинально взял драже, которое девушка вытряхнула ему на ладонь из яркой коробочки.

— Съешьте, — повторила она, — специально для вас экстрасенс поработал. Конфета принесет вам счастье.

Евгений усмехнулся, он не верил ни в какую чепуху типа заговоренных сладостей, но девушка, кстати, очень хорошенькая, настоящая красавица, блондинка, с яркими голубыми глазами и фарфорово-нежной кожей, умоляюще смотрела на него. Эта глупышка и впрямь была уверена, что конфета волшебная. Продолжая снисходительно улыбаться дурочке, Евгений сунул конфетку в рот. Лакомство мгновенно растаяло на языке. В тот же момент он уловил, что от незнакомки пахнет тонкими, немного странными духами, с каким-то щемящим душу ароматом. Женя слегка отстранился, взглянул на нее и понял, что перед ним стоит его мечта. Именно такой виделась ему когда-то в юности будущая супруга. Все в незнакомке было прекрасно: огромные, темно-голубые глаза, светлые волосы, заплетенные в толстую косу, изящная фигурка и улыбка, нежная, легкая, открытая. Пока Евгений пытался прийти в себя, Лика дернула его за рукав.

— Ты чего остолбенел?

— А... так... — пробормотал он, с ужасом осознавая, что уже женат и не на той, на какой хочется.

Свадебный пир понесся вперед, а на Женю словно опустился туман. Внезапно накатило раздражение: шумные гости, говорливая Лика. Господи, зачем он поторопился, отчего не прожил в гражданском браке годик-другой, почему опрометью бросился оформлять отношения с чужой ему женщиной?

Время от времени Женя наклонял голову и вдыхал аромат незнакомых духов, «осевший» на лацкан пиджака. Парфюм оказался необычайно стойким, и с каждым вдохом перед Женей возникало бесконечно милое личико с глазами-озерами. Лику он почти возненавидел.

Весь вечер Евгений искал глазами незнакомку. Но за столом сидела прорва народа, большую половину Женя не знал, это были бесконечные знакомые страшно общительной Лики. Впрочем, вполне вероятно, что таинственная красавица пришла с кем-то из его приятелей. В конце концов Женя подозвал фотографа.

— Сними каждого, смотри не пропусти, потом разошлю людям в подарок карточки.

Бизнесмен решил просмотреть снимки, найти фото незнакомки и попытаться выяснить, кто она. Потом начались танцы, и пришлось вальсировать с Ликой, запах духов которой довел его почти до тошноты. Улучив минутку, новобрачный вышел покурить во двор и увидел прелестную незнакомку. Молодая женщина садилась в дорогую иномарку, ярко-красный двухдверный «Мерседес», за рулем которого сидел шофер.

Женя ринулся к своей мечте.

— Погодите! Как вас зовут?

— Зачем вам мое имя? — подняла бровь красавица.

— Просто интересно, кто же был у нас в гостях, — нашелся Женя.

— Настя, — ответила незнакомка.

— Дайте мне номер вашего телефона, — выпалил Евгений.

Она секунду строго смотрела на бизнесмена, потом, улыбнувшись, ответила:

— Ваше поведение выглядит странным.

На Насте было необычное платье — яркосинее, даже васильковое, из материала, больше всего напоминавшего кожу рептилии. Вместо воротника колыхался мех непонятного животного, тоже синий, но иного оттенка. Очевидно, Настя была кокеткой, она специально подобрала цвет наряда, который самым наилучшим образом оттенял ее огромные, в пол-лица глаза.

— Насколько понимаю, — без всякой улыбки заявила красавица, — вы только что связали себя узами брака с Ликой. При чем здесь мой номер телефона? Желаю счастья и долгих лет совместной жизни.

И она попыталась сесть в «Мерседес». Женя вцепился в ее руку.

— Умоляю, телефон.

— Я не завожу шашней с женатыми мужчинами, — отрезала Настя.

— А если бы я оказался свободен? — ухватился он за последнюю надежду.

— Зачем говорить о том, чего нет, — пожала плечами красавица.

— Но все же!

Неожиданно Настя улыбнулась, и Женя чуть не скончался на месте от нового приступа любви.

— Вы мне понравились, — тихо сказала она, — но давайте не будем об этом.

— Напишите телефон, я завтра разведусь, — в состоянии, близком к умопомешательству, заявил Евгений.

— Сначала распрощайтесь с женой, а потом поговорим, — не сдалась Настя.

— Но как я найду вас, став свободным человеком? — воскликнул Женя.

— Вы сначала им станьте, — отрезала Настя,

и, юркнув в машину, она втянула в салон левую ногу. Евгений заметил у красавицы на лодыжке, чуть повыше щиколотки, небольшую татуировку, то ли бабочку, то ли птичку, более детально рассмотреть тату мешал красивый золотой браслет с колокольчиками, украшавший ее ногу.

— Какие у вас духи, — неожиданно вырвалось у мужа Лики, — просто сногсшибательные.

Настя неожиданно открыла сумочку, вытащила оттуда яркую коробочку без всяких опознавательных знаков и вдруг сказала:

— Дайте руку.

Женя протянул ладонь. Девушка тряхнула коробкой.

— Держите, это мои любимые конфеты, — улыбнулась Настя.

Евгений послушно поднес руку к лицу, вновь проглотил шоколадные драже и внезапно понял: либо он женится на Насте, чтобы всегда, каждый день, постоянно видеть ее, обнимать, спать с ней в одной постели, либо сойдет с ума. Никогда до этого, даже в ранней юности, он не испытывал такого приступа всеобъемлющей любви, он и не предполагал, что способен на подобное чувство.

Шофер завел мотор, и Настя умчалась. Евгений попытался запомнить номер машины, но все цифры отчего-то оказались заляпаны грязью, виднелись лишь буквы, три О. Очевидно, Настя была не из простых автомобилевладельцев.

Евгений вернулся в ресторан, он без конца подносил к носу ладонь, во рту остался странный вкус, и он окончательно перестал соображать что к чему. Когда улыбающаяся Лика, облаченная в белые кружева, подошла к нему и взяла под руку, он чуть было не спросил у молодой жены.

— Кто вы такая?

Всю дорогу до гостиницы, пока супруга безостановочно болтала, рассказывала, как она перестроит загородный дом, Женя молчал, тупо глядя в окно. Мимо пробегали дома, мрачные, темные, с облупившимися фасадами. Гостиница неожиданно показалась отвратительной, номер купечески помпезным, двухспальная кровать, накрытая розовым стеганым покрывалом, пошлой. Цветы, стоящие вдоль стены, воняли болотом, а когда Лика решила поцеловать супруга, тот отшатнулся — от жены удушающе несло потом.

— Может, примешь ванну? — рявкнул Женя, чувствуя, как от обилия неприятных запахов начинает раскалываться голова.

Лика захихикала:

— Давай вместе!

Испытывая сильнейшее желание дать ей по физиономии, Женя, чтобы сдержаться, отвел глаза и наткнулся взглядом на ярко-синюю скатерть, которая мирно накрывала овальный столик, точь-в-точь такого цвета было платье на Насте. В ту же секунду он понял: ему наплевать на Лику, чихать на установленные нормы и абсолютно безразлично, о чем станут судачить знакомые.

— Я хочу развестись, — заявил он.

Лика вытаращила глаза. Радуясь, что супруга не орет, не падает в обморок и не закатывает скандал, Женя рассказал ей про Настю и предложил:

— Завтра подаем заявление о расторжении брака. Извини за причиненные неприятности, я компенсирую тебе все моральные издержки, получишь хорошую сумму, куплю тебе квартиру, естественно, оплачу обучение Юры.

Лика только хлопала глазами.

— А теперь прощай, — заявил новобрачный и пошел к выходу.

— Ты куда? — кинулась к нему жена. — Милый, ты пьян, ляг, поспи.

Женя легко отодвинул Лику и исчез. Бедная Ликуся пару секунд просидела в оцепенении, потом принялась колотить вазы, из которых нагло торчали букеты. Если бы дело происходило в обычной гостинице, то на шум мгновенно сбежались бы другие постояльцы и представители администрации, но в «Сильвер Плаза» апартаменты, которые снял сам Евгений, назывались президентскими. Собственно говоря, это был целый этаж, самый верхний, с отдельным лифтом. Остальные жильцы не имеют возможности даже случайно забрести туда. Обслуживающему персоналу велено ни во что не вмешиваться и только улыбаться тем, кто снимает комнаты стоимостью десять тысяч долларов за ночь. Пусть дорогой гость разнесет весь номер в клочья, ему просто с любезным поклоном представят счет. Поэтому Лику никто не остановил.

Выпуская пар, Ликуся металась по роскошным апартаментам, вконец обессилев, заснула на брачном ложе, похожем на ипподром. В шесть утра ее словно на пружине подкинуло вверх, рыдая от злости и обиды, она убежала из отеля и рванула к нам в Ложкино.

Глава 3

Выслушав рассказ, мы с Зайкой влили в Лику стакан коньяка, а потом уложили ее, мигом осоловевшую, в кровать.

Ольга посмотрела на часы и, завопив: «Катастрофа, опаздываю!», — ринулась одеваться и докрашивать второй глаз.

Я побежала за ней.

— Делать-то теперь что?

Зайка влезла в тоненький красный свитерок и ответила:

— Найди Евгения и поговори с ним. Лика запросто могла его не так понять. И потом, вдруг он шутил?

— Кому же придет в голову устраивать подобные розыгрыши?! — возмутилась я.

Ольга схватила ключи от машины:

— В мире полно идиотов, мы же не знаем Евгения, вдруг он кретин? Во всяком случае, следует выслушать обе стороны, а уж потом подумаем, как утешать Лику. Кстати, не слышала, Антон Красков женился? Очень подходящая партия для нее.

— Да что ты, — замахала я руками, — сильно сомневаюсь, что в свете последнего бракосочетания Ликуся захочет опять затевать свадьбу.

— Ты плохо разбираешься в людях, — заявила Ольга и убежала.

Я спустилась на первый этаж, наткнулась на валяющуюся на ковре в холле сумочку Лики, поколебалась немного, потом открыла ее, вытащила записную книжку, нашла нужный телефон и набрала номер.

— Абонент находится вне действия сети, — заявил бесстрастный женский голос.

Значит, это мобильный аппарат. Никаких других цифр на строчке не было. Я решила пойти в столовую и спокойно выпить кофе, но тут раздался звонок.

— Дарья Ивановна, — воскликнул незнакомый голос, — это из Ветеринарной академии беспокоят.

— Что случилось? — испугалась я.

— Не волнуйтесь, — стала успокаивать меня женщина, — ваша дочь Маша сейчас должна находиться на занятиях в кружке «Юный ветеринар»...

— Да, — перебила я ее, — а в чем дело?

— Похоже, она заболела, температура поднялась, тошнота.

— Уже еду! — выкрикнула я и, забыв причесаться, полетела в гараж.

Маруська лежала на диване, около нее с встревоженным лицом стоял Федор Сергеевич, милейший дядька, руководитель кружка. Маня ездит в академию не первый год, и я великолепно знаю Федора Сергеевича. Он замечательный педагог, искренне влюбленный в свое дело, но человек он со странностями.

Увидав меня, преподаватель заявил:

— Родись девочка собакой, я четко поставил бы сейчас диагноз: пищевое отравление.

— Отчего вы пришли к такому выводу? — спросила я, глядя на бледную молчаливую Маню.

Похоже, дело плохо. Даже с очень высокой температурой девочка, как правило, болтает без умолку. Если Машка потеряла дар речи, надо немедленно вызывать «Скорую помощь».

— Тошнота, переходящая в рвоту, — принялся перечислять симптомы Федор Сергеевич, — озноб, бледность кожных покровов...

— Шаурма, — еле-еле выговорила Маня.

— Что, котеночек? — наклонилась я над ней.

— Съела утром, перед занятиями, шаурму из курицы, — прошептала Машка, — очень захотелось, купила в ларьке перед школой.

Я схватилась за телефон. Шаурма из курицы, да еще приобретенная на улице! Тут возможно все, что угодно, — от сальмонелеза до холеры.

Федор Сергеевич всплеснул руками:

— Марья! Как ты могла! Слопать бог весть какую гадость, приготовленную грязными руками! Ни одна собака, я имею в виду, конечно, животное при хозяине, не позволит себе подобного.

Маня молчала, потом она прошептала:

— Дайте тазик.

Я мигом протянула ей эмалированный лоток, стоявший около дивана.

— Вот! — укоризненно сообщил Федор Сергеевич. — Вот до чего доводит беспечность, помноженная на глупость. Теперь, проанализировав последствия, ты, Маша, обязана сделать правильные выводы.

Я вздохнула, все-таки педагоги странные люди, используют любой момент для чтения нудных нотаций. Нет бы просто пожалеть глупого ребенка да дать ему, пока не приехал доктор, стакан с раствором марганцовки, вместо этого он предлагает прямо сейчас начинать размышлять на тему о правильности поедания шаурмы, приготовленной в антисанитарных условиях. Девочка уже проглотила эту гадость, зачем ее сейчас поучать?

— Принесите марганцовку, — перебила я зануду.

Федор Сергеевич осекся.

— Дельная мысль! Сейчас.

Спустя пару минут передо мной возник стакан со светло-фиолетовой жидкостью и резиновая клизма-груша.

— А это зачем? — удивилась я.

Федор Сергеевич снисходительно улыбнулся.

— Следует набрать раствор в клизму и впрыснуть в ротовую полость, иначе как заставить животное выпить лекарство?

Нет, он все-таки сумасшедший. Машка-то не собака, не кошка и не коза.

— Выпей, котик, — попросила я.

Манюня покорно опустошила стакан и вновь схватилась за лоток.

Дома мы оказались через сутки. «Скорая помощь» незамедлительно отвезла нас в больницу, где поставили диагноз: пищевое отравление.

— Ничего, — решил утешить Машку прибывший в клинику Дегтярев, — во всем плохом есть свое хорошее, ты же хотела похудеть, вот и потеряешь лишние килограммы.

В среду я привезла Маню домой и строго велела:

— Лежать в кровати до конца недели.

— Но почему? — начала сопротивляться девочка. — У меня ничего не болит.

— Доктор велел придерживаться постельного режима до субботы.

— Зачем? Мне же совсем хорошо.

— Надо.

— Объясни, зачем?

— Ну... так приказано.

— Чушь собачья, — заявила Машка, — еще аргументы есть?

Я поняла, что нет, и строго заявила:

— Не спорь.

— Трудно быть ребенком, — заныла Маруська, — всякий обидеть норовит.

— Хочешь, съезжу в город и притащу парочку дисков с фильмами?

— Ага, — кивнула Манюня, — сделай одолжение.

— Но ты за это будешь лежать.

— Непременно, даже не пошевелюсь, — кивнула дочь.

Я пошла во двор и была остановлена звонком.

— Эй, Дашка, — понеслось из трубки слегка сонное меццо Верки Карапетовой, — знаешь новость?

— Какую?

— Лика Солодко убила мужа.

Я уронила на пол ключи от автомобиля.

— Что?

— Лика Солодко убила мужа, — повторила Верка, — ну не дура!

— Ты врешь! — вырвалось у меня.

— Была бы охота! — обиженно воскликнула Вера, — может, у нее рассудок помутился?

— Подожди меня, я сейчас приеду.

— Так я никуда не тороплюсь, — ответила Верка, — можешь не спешить. Евгений мертв, Лику арестовали, беги не беги, делу уже не помочь.

Примерно через час, попав несколько раз в пробки, я добралась до улицы Кислова и вбежала в грязный, заплеванный подъезд. К сожалению, Вера живет прямо около метро.

Близость подземки — огромное удобство для жителя мегаполиса, но одновременно и большое несчастье. Все местные маргиналы используют подъезд здания, где обитает Верка, в качестве туалета, никакие замки и домофоны не спасали от бомжей, ловко вскрывавших любые механизмы.

— Нет, ты прикинь, — тараторила Верка, — вот ужас! Совсем Лика свихнулась, только свадьбу отыграла.

— Расскажи спокойно, по порядку, — попросила я.

Верка впихнула меня в комнату, усадила в очень неудобное, жаркое, велюровое кресло и затарахтела:

— Во дела, во дела! Она его в речку спихнула.

— Куда?

— В Москва-реку, плавать Женька не умел, потом парапет высокий, он сначала головой о камень стукнулся и пошел ко дну, небось сознание потерял.

— Когда это случилось?

— Вчера.

Верка плюхнулась в соседнее кресло и понеслась:

— И чем он ей не угодил? Живи да радуйся, так нет, столкнула в воду...

Поняв, что сейчас Карапетова пойдет по кругу, я спросила:

— Почему решили обвинить Лику?

Верка всплеснула руками:

— Свидетель есть. Дело происходило на набережной, понимаешь?

Я кивнула, а где еще оно могло разыграться, если Евгения сбросили в реку.

— Вечером ужас случился, — объяснила Верка, — но еще было не темно, и около того места, где произошла трагедия, стоит огромный щит из лампочек. Там недалеко казино расположено, и это их реклама, так что человеку все отлично было видно.

— Кому?

Верка захихикала:

— На набережной жилой дом высится, на последнем этаже дедулька обитает, у него отличный бинокль имеется, дорогая оптика, произведенная на заводе Цейса. Дедуля по вечерам у окна наблюдательный пост занимает.

— Зачем?

Верка совсем развеселилась:

— Дедок один живет, скука его гложет, набережная в этом месте делает небольшой изгиб, машин тут мало ездит, пешеходы вообще не ходят, район, несмотря на центр, глухой, всего один дом и стоит. Зато имеется лавочка, на которой частенько устраиваются бездомные влюбленные. Вот дедок и поджидает развлечение. Парень с девушкой и не подозревают, что стали объектом слежки, а старичок рад-радешенек бесплатному кино. Конечно, он поступает некрасиво, но, с другой стороны, кому от этого плохо?

Слушая Верку, я реконструировала события. Значит, похотливый дедушка занял свой постоянный пост и тут же с радостью увидел парочку, которая приближалась к лавочке.

Дедуся замер в предвкушении, но любовники не стали целоваться, похоже, у них были иные намерения. Парочка оперлась на парапет, дед чуть не заплакал от разочарования, ну что за сволочи! Явились в место, предназначенное для сексуальных утех, чтобы просто почесать языками.

В бинокль наблюдателю было все видно.

Женщина вытянула вперед тонкую руку и стала показывать на что-то в воде. Мужчина перегнулся через парапет, и в это мгновение баба схватила его за ноги и столкнула вниз.

Все было проделано молниеносно. Дедушка едва не скончался, но бинокль не отпустил. Тем временем убийца быстрым шагом, не оглядываясь, удалилась.

Дедушка кинулся к телефону вызывать милицию. Он не назвал свое имя и фамилию, просто сообщил дежурной, что видел убийство. Наивный старичок и не предполагал, что его номер телефона высветился на экране. Через час к дедушке явились сотрудники МВД. Пришлось наблюдателю признаться в не слишком приличном хобби и подробно описать убийцу.

Несмотря на возраст, с памятью у пенсионера был полный порядок, и он отлично запомнил внешний вид незнакомки: среднего роста, худощавая, светлые волосы, одета в розовое платье с синими цветами. Наряд аляповатый, но сейчас бабы словно взбесились и натягивают на себя невесть что, он бы никогда не позволил своей покойной жене так вырядиться.

— Ну и что, — спросила Верка, — узнаешь прикид?

Ликин идиотский сарафан, который ей Вера из Турции привезла. Жуткая шмотка, просто отвратительная.

— Такой мог быть и не только у нее, — пробормотала я, — неужели это послужило основанием для ареста?

— Не знаю! — подскочила Верка. — Но ее повязали, значит, она виновата.

Едва дождавшись вечера, я налетела на Дегтярева.

— Узнай по своим каналам, что с Ликой.

— Ладно, — хмуро кивнул Александр Михайлович, и дальше события потекли в Ложкино как всегда.

Сначала меня отругала Манька, которой я забыла купить фильмы, потом Зайка, сердито морща нос, гневно спросила:

— Кто курил в ванной комнате на первом этаже?

Вопрос абсолютно риторический, потому что в нашем доме сигаретами балуюсь только я. Остаток дня домашние посвятили чтению лекции на тему «Курить — здоровью вредить».

На следующий день вечером, едва по ОРТ

началась программа «Время», появился полковник и сообщил:

— Все.

— Что? — подскочила я.

Александр Михайлович пожал плечами:

— Лика призналась. Они договорились с Евгением о встрече, он пришел, подтвердил, что твердо намерен развестись, и она его столкнула в воду.

— Господи, — ужаснулась я, — да Ликуська с ума сошла.

Дегтярев вытащил из кармана носовой платок, вытер лоб и устало продолжил:

— Говорит, ничего не помнит, была в состоянии аффекта.

— Но тогда ее должны отпустить! — радостно воскликнула я. — Временное помрачение рассудка избавляет от наказания.

Полковник крикнул:

— Не пори чушь, она останется в СИЗО до суда.

Я опять перепугалась:

— И что мы можем для нее сделать?

— Практически ничего, только поддержать морально.

Я уставилась на приятеля, потом очень осторожно спросила:

— Может, того, самого... ну, в общем, денег дать следователю?

Александр Михайлович побагровел, но не стал орать, а довольно спокойно парировал:

— Уже не поможет, взятки раньше суют, до того, как предъявлено обвинение. Единственно, чем могу посодействовать, так это сделать так, чтобы дело Лики рассмотрели в суде быстро, ну, к октябрю, допустим. В СИЗО очень плохо, на зоне, как тебе это ни покажется странным, лучше.

— Ничего себе быстро! — ахнула я. — Октябрь когда еще будет!

Дегтярев шумно вздохнул:

— Ты просто не в курсе того, сколько времени человек проводит в изоляторе, дожидаясь решения своей судьбы, год может париться на шконках.

— Год?!

Александр Михайлович кивнул:

— Ага, а потом начнется бодяга. Судебное заседание отложат или найдут какую-нибудь ерунду и перенесут процесс на полгода.

— На полгода? — подскочила я. — Какой ужас!

Дегтярев налил себе чай и принялся размешивать сахар, мерно стуча ложечкой о чашку.

— Время идет, а Лика будет сидеть в душной камере, в компании не слишком приятных товарок. Ладно, я подсуечусь немного, жаль мне ее, очень жаль, но преступник должен быть наказан.

«Вор должен сидеть в тюрьме», — всплыла в моей голове фраза.

Александр Михайлович не подвел. 1 октября Лику осудили, причем сделали это очень быстро, в одно заседание. Уж не знаю, каким образом Дегтяреву удалось уговорить судью, страшно противную по виду тетку лет пятидесяти, с маленькими злобными глазками и тонкими губами, сжатыми в нитку.

Мы всей семьей явились в зал заседаний, впрочем, народ там и без нас толкался, а когда конвойные ввели бледную, слегка похудевшую Лику, присутствующие фоторепортеры мигом бросились к скамье подсудимых, стоящей в клетке. Евгений был достаточно известен в мире бизнеса, и его смерть, да еще от руки жены, страшно обрадовала борзописцев, получивших повод для новых статей.

Процесс произвел на меня самое тягостное впечатление. Удручающе выглядело все: обшарпанный зал заседаний, толпа корреспондентов, знакомые Лики и Евгения, прибежавшие на суд, чтобы утолить любопытство, злобно прерывающая всех судья, отвратительно правильный прокурор, тарахтящая, словно погремушка, адвокатша, девочка-секретарь, все время ковырявшая в носу, запах канализации, невесть почему витавший в храме Фемиды, но самое жалкое зрелище производила сама Лика.

Подруга была одета в приличный костюм из твида и белую блузку. Волосы ее слегка отросли, выглядели чистыми и даже ухоженными, на лицо была нанесена косметика. Но, когда Лика начала давать показания, у меня перевернулось сердце. Голос ее звучал глухо, словно она говорила из-под подушки, никакой эмоциональной окраски в речи не было.

— Да, — словно автомат говорила Ликуська, — да, встретились. Ничего не помню. Он предложил развод...

— Это все? — прищурилась судья.

— Да.

— Немного, однако. Не помните, как толкали гражданина Твердохлебова в реку?

— Да.

— Расскажите, как обстояло дело.

— Да, он предложил развод...

— Дальше.

— Не помню.

— Так помните или нет? — обозлилась судья. — Почетче сформулируйте ответ.

— Да, то есть нет, а может, да, — растерянно сказала Лика и принялась безучастно скользить взглядом по толпе. Когда ее взор пробежался по моему лицу, я вздрогнула. Глаза Лики напоминали пуговицы, блестящие и абсолютно пустые.

— Нечего из себя сумасшедшую корчить, — разъярилась судья, — в деле имеется справка о вашей вменяемости. Неправильную тактику избрали, гражданка Твердохлебова, ваше поведение будет расценено как неуважение к суду.

Аркашка наклонился и с возмущением спросил:

— Где вы взяли для нее адвоката?

Я посмотрела на полную тетку, на лице которой играл климактерический румянец, и шепотом ответила:

— Не знаю, всеми вопросами занимались ее сын Юра и Вера Карапетова.

Потом начался опрос свидетелей. В зал бодро вошел старикашка, маленький, подпрыгивающий на каждом шагу, похожий на сморчок. Неожиданно голос у него оказался громким, даже зычным. Ничуть не смущаясь, дедуся рассказал про бинокль. Лику он рассмотрел великолепно, с памятью у дедка был полный порядок, и он бодро вещал:

— Платье такое приметное, с цветами, сумочка имелась, туфельки на каблучках. Красивая дамочка, приметная.

Адвокатша вяло попыталась сбить свидетеля, но дед с честью выдержал атаку.

— Да, я вижу отлично, даже очки не ношу, вон отсюда могу прочитать, что у того парня на бейсболке написано: «Уес».

— Йес, — поправил его юноша.

— А вот языкам не обучен, — крякнул дедуля, — не владею басурманским, только русским.

— Значит, вы хорошо видели гражданку? — уточнила судья, постукивая по столу карандашом.

— Как вас, — закивал дедулька, — на ноге у ей повязочка была, аккурат до щиколотки.

— Вы в тот день поранили ногу? — повернулась судья к Лике.

— Да, — растерянно ответила та, — а может, нет, не помню.

Приговор ошеломил всех — десять лет. Побледневшую еще сильнее Лику вывели из клетки, мы поехали домой. Всю дорогу Аркашка возмущался действиями адвокатши, а я сидела тихо. Какая разница, чего не сказала эта тетка, ну дали бы Ликуське восемь лет... Вряд ли ее оправдали, дедулька просто, простите за дурацкий каламбур, убийственный свидетель, припомнил все, даже повязку на ноге. Внезапно в моей душе закопошилось сомнение: забинтованная конечность. Что-то было не так, но тут Зайка велела:

— Поехали в кондитерскую, очень хочется пирожных, — и я от удивления забыла все на свете.

Глава 4

Прошел месяц, в самом начале ноября я вынула из почтового ящика квитанцию на оплату коммунальных услуг, которые каждый месяц рассылает жильцам администрация нашего коттеджного поселка, и увидела самый обычный конверт, адресованный мне. Честно говоря, я удивилась. Уже давно все наши знакомые пользуются е-мейл или, если речь идет о приглашениях на свадьбы и вечеринки, присылают курьеров. Простого письма, с наклеенными марками, я не получала очень давно.

Из конверта выпал листочек в клеточку, изумившись еще больше, я развернула послание.

«Дорогая Даша, извини, что обременяю тебя, но обратиться больше не к кому. Вера Карапетова мне не ответила, но я не обижаюсь, как не обижусь, если не отзовешься и ты, мало кому хочется иметь дело с убийцей. Но все же, помня о наших давних дружеских отношениях, рискую попросить кое о чем. Здесь вполне можно жить, я работаю швеей. Одна беда, плохо с продуктами, не сочти за труд, собери для меня посылочку. Список разрешенных «вкусностей» прилагаю. И, если не затруднит, положи еще прокладки, любые, какие подешевле, тетради, ручки, в общем, там есть еще один список. Если решишь мне помочь, то привезти передачу надо пятого ноября, с восьми утра до часа. Лика.

P.S. Кстати, здесь сломался телевизор, если купишь новый, начальство в знак благодарности разрешит свидание со мной, но на это я даже не надеюсь».

Чуть не зарыдав, я побежала в дом, на ходу читая списки: кофе, чай, сахар, какао, сливочное масло, печенье, тушенка... Будучи свободной женщиной, Лика увлекалась правильным питанием, не ела мясо, не употребляла ничего жирного, сладкого, острого, не пила кофе и демонстративно отворачивалась от какао.

5 ноября, ровно в восемь утра, я вошла в низенькое здание самого обшарпанного вида и сказала тетке в военной форме, сидевшей за решеткой с мелкими ячейками:

— Привезла по просьбе заключенной Солодко гуманитарную помощь, цветной телевизор.

— Солодко... — забормотала баба, — Солодко... вроде у нас такой нет.

Тут меня осенило, что Лика, выходя замуж за Евгения, как обычно, поменяла фамилию и пошла по этапу Твердохлебовой.

Очевидно, сотрудники колонии очень хотели получить новый «Самсунг», потому что они не только беспрепятственно взяли сумку с харчами, но и препроводили меня в маленькую комнату, обставленную с казенным шиком: стол, два стула, зарешеченное окно и портрет президента на стене.

Ждать пришлось довольно долго, но наконец что-то загрохотало, и в комнатушке появилась Лика. Я постаралась сдержать слезы. На подруге был ватник, на ногах у нее красовались жуткие высокие ботинки, голову покрывал ситцевый платок. Но несмотря на ужасный наряд, выглядела Лика не так уж плохо, на щеках играл румянец.

Несколько минут мы болтали ни о чем, потом я спросила:

— Ну как тут?

Лика сморщилась:

— Жить, оказывается, можно везде. В СИЗО хуже, здесь свободы больше, воздуха, вот кошку завела.

Потом, прочитав в моих глазах невысказанный вопрос, она продолжила:

— Юра не приезжает, он тотально занят, диплом пишет, а я и не прошу свиданий с ним. Очень хорошо все понимаю.

В ее голосе прозвучала такая тоска, что я не выдержала:

— Господи, ну зачем ты его убила?! Решил жить с другой бабой, и фиг с ним!

Лика тяжело вздохнула:

— Хочешь верь, хочешь не верь — ничего не помню.

— Как? Совсем?

— Ага, абсолютно. Свидание с Евгением, как сбросила его в реку...

— Вообще ничего из того дня в памяти не задержалось?

— Да нет, в первой половине дня я нормально себя чувствовала. Поспала у вас дома, поела, Ирка пирожками угостила.

— Дальше.

— Потом Евгений позвонил, попросил о встрече.

— Он к тебе сам обратился?

— Да мне бы и в голову не пришло набирать его номер после всего произошедшего.

— А потом?

— Суп с котом, — усмехнулась Лика, — провал. Очнулась дома на постели, полное ощущение, что спала. Вообще понять не могу, как до своей квартиры дотопала, ноги подламывались, руки тряслись...

— И?

— Все, потом пришли менты.

— Но такое невозможно! Ты ехала через всю Москву, на метро...

— Вроде я сидела в машине, — напряглась Лика, — а может, и нет. Был автомобиль, и вроде меня тошнило, голос слышала, чужой, наверное, шофера.

— И что он говорил?

Лика нахмурилась:

— Бу-бу-бу... сердился.

— Отчего?

Подруга напряглась:

— Сейчас... постараюсь вспомнить... вертится в голове... а! «Сейчас она тут наблюет, открой дверцу, салон измажет, вот сука». Или примерно так.

— Значит, ты взяла такси, в котором сидели еще пассажиры?! — удивилась я. — Шофер же с кем-то разговаривал.

— Небось со мной, не помню, сплошной туман.

— Интересно, — пробормотала я, — дед видел машину?

— Какой?

— Ну тот, с биноклем!

— Старик Козлодоев, — хмыкнула Лика.

— Это его фамилия? — улыбнулась я.

— Да не помню, как звали дедушку, — отмахнулась Лика, — суд еле выдержала, тоже туман, но уже в меньшей степени, хоть говорить смогла. Не веришь, я в СИЗО все время спала: утром, днем, ночью. Повезли на суд: язык во рту еле-еле ворочается, как будто в киселе плыву, звуки еле к ушам пробиваются, где уж тут фамилию дедка упомнить. Старик Козлодоев — это из песни Гребенщикова, помнишь? «По крыше сползает старик Козлодоев...» Или Козлодуев, в общем, козел.

— Козел-то козел, — вздохнула я, — а на зону тебя своими показаниями отправил, все припомнил, даже повязку на ноге.

— Знаешь, — буркнула Лика, — я ведь потом, уже тут, в бараке, когда окончательно в себя пришла, долго думала. Много странного, однако, в этой истории.

— Что, например?

— Ну хотя бы с повязкой. Зачем мне щиколотку заматывать?

— Может, поранилась.

— А вот и нет, — воскликнула Лика, — ни болячки нет, ни шрама.

В моей голове медленно заворочались мысли.

— Ты уверена?

— Ну конечно, — кивнула она, — нога как нога, потом сарафан этот...

— А с ним что?

— Непонятное дело, — запоздало удивилась Лика. — Очень я удивилась, совсем уж дикая вещь. Ты мне не поверишь!

— Говори.

— Сама знаешь, я очень люблю этот сарафан, он мне так идет!

Я улыбнулась. На мой взгляд, вещь отвратительная: мешок на лямках самой аляповатой расцветки.

— Но в тот день, приехав от вас, я надела розовый льняной костюм, — пояснила Лика, — и отправилась на свидание к Евгению в нем. А вечером, когда очнулась в кровати, была в этом сарафанчике. Ерунда какая-то!

— Ты же ничего не помнишь!

— Ну вдруг в голове что-то всплывает. Нет, я абсолютно уверена: приехала из Ложкина и специально надела розовый костюм: Евгению нравились спокойные тона. Точно! До метро в нем шла, еще расстроилась, что юбку по дороге испачкала... Это помню.

— А с какого момента все забыла и куда подевался костюм?

— Юбка с жакетом в шкафу висели, — вздохнула Лика, — а с какого момента — не помню... Хрен его знает!

— Евгения ты видела?

— Не-а.

— Ну-ка, описывай все свои действия, шаг за шагом!

Лика нахмурилась:

— Так. Скандал в гостинице, он ушел, я заснула, перебила там все на фиг и задрыхла, истерика у меня случилась, да и кто бы удержался...

— Давай не оценивать события, а просто выстраивать их.

— Ага, проснулась и поехала к вам, в Ложкино. Хряпнула коньяка, заснула. Потом очнулась, выпила кофе, тут Евгений позвонил: «Давай встретимся, в семь часов, на набережной».

— Странное место.

— Почему? Он там гулять любил, тихо, народу нет.

— Дальше.

— Домой помчалась переодеваться и сейчас абсолютно уверена, что надела розовый костюм. Понимаешь, подумала, что Евгений решил извиниться за вчерашнее. Честно говоря, я считала, что ему водка по мозгам дала, он много выпил на свадьбе, вот я и расфуфырилась в ожидании примирения.

— Немного странно, что он не заехал за тобой, а позвал на набережную.

— Ну... может, и так, — согласилась Лика.

— Ладно, идем вперед.

— А некуда! Это все.

— Как?

— Так. Добралась до метро «Спортивная», вышла на площадь, там толпища, захотела воды купить, взяла бутылочку, и дальше провал.

— Ты воду пила?

— Да, сделала пару глотков.

— Значит, амнезия наступила не после убийства, а до него?

— Выходит, так, — растерянно ответила Лика. — Последнее, что помню: зубов у нее нет!

— У кого? — окончательно растерялась я.

— У продавщицы, — протянула Лика, — едва из метро вышла, девочка подбегает, знаешь, такая, с лотком на шее, и орет: «Берите кока-колу, сегодня бесплатно». Прямо в руки мне бутылочку сунула, сама пробку отвернула... А, точно! Костюм на мне был, розовый!

Лика вскочила и в ажиотаже забегала по комнатушке, натыкаясь на стены.

— Вот! Теперь абсолютно точно все вспомнила. Когда эта девица мне коку сунула, из горлышка выскочила пена и на юбку попала! Я еще расстроилась — пятно останется! Вот дура беззубая!

— Кто?

— Господи, Дашка, как с тобой тяжело, памяти никакой, — воскликнула Лика, — двух зубов у продавщицы не было, передних, верхних. Я еще подумала, надо же, молодая девчонка, студентка, а словно Баба-яга, ну неужели трудно рот в порядок привести, противно ведь!

— Дальше! — в нетерпении воскликнула я.

— Все, провал полный, словно одеяло накинули, — расстроенно забубнила Лика, — вот странность.

— Ты газировку пила?

— Да.

Пару секунд мы смотрели друг на друга, потом Лика тихо спросила:

— Ты полагаешь, там было что-то? Типа снотворного?

— Очень похоже на то. Почему не рассказала следователю об этой ситуации?

— Объясняла уже, как в тумане была, ничего

не соображала, словно заводная игрушка, та тоже ходить умеет, а соображать нет, — огрызнулась Лика. — Ну и ну!

— Знаешь что, — я решительно встала со стула, — ты об этом никому не рассказывай, не нравится мне эта история и никогда не нравилась. Поверить трудно, что ты могла утопить Евгения.

— Мне самой дико! — прижала руки к груди Лика.

— Зачем тогда призналась?

— Не знаю! Не помню! Ну плохо соображала. Меня спрашивают, голова сама кивает.

Оставалось лишь удивляться, каким образом Лику посчитали вменяемой. Хотя наши специалисты по этой части не вызывают у меня никакого доверия. В годы советской власти именно сотрудники НИИ имени Сербского признали по указанию коммунистических властей многих диссидентов сумасшедшими и отправили их в психиатрические клиники, где несчастных старательно «лечили» инъекциями и таблетками. В результате этих манипуляций кое-кто из бедняг и впрямь лишился разума. Самое интересное, что многие из этих «врачей» до сих пор трудятся в вышеназванном учреждении и даже считают себя доками в своем деле.

— Ты сиди спокойно, — продолжила я.

— У меня есть альтернатива? — хмыкнула Лика.

— Не дури, не пиши никому писем, не рассылай жалобы.

— Ага! — взвилась Лика. — Спасибо тебе, конечно, что приехала и заставила меня вспомнить, как обстояло дело, но я не собираюсь мотать тут срок. Меня опоили, я никого не убивала. Одно не пойму, зачем поменяли платье? Прямо сейчас пойду писать заявление!

Я покачала головой:

— Не глупи. Если дело обстоит именно так, как кажется тебе и мне, то не дам за твою жизнь и рваного доллара.

— Это почему?

— Потому, что некая личность, задумавшая и спланировавшая преступление, сейчас абсолютно спокойна. Она или он уверены, что ты ничего не помнишь, если начнется шум, пересмотр дела, пойдут круги по воде... Тебя обязательно убьют.

— И мне теперь сидеть тут десять лет! — взвилась Лика.

— Нет, давай я потихоньку разведую что к чему, попробую отыскать эту студентку, торговавшую колой. Ну-ка, опиши ее еще раз.

Лика насупилась:

— Худая, не стройная, а тощая, если понимаешь, что я имею в виду, на шее лоток висел, красный, на нем бутылочки теснились... Ты чего, не видела таких? Вечно у метро толкутся.

— Приметы у нее какие?

— Зубов нет.

— Все? Волосы, глаза, рост...

— Вроде черненькая, — призадумалась Лика, — а может, рыженькая, глаза вообще не помню, рост... Ой, не знаю. Я ведь ее не разглядывала, вот что двух передних кусалок нет — отметила, а остальное, как у всех. Нет, гиблое дело, не найти девчонку.

— Спокойствие, главное — спокойствие, — пробормотала я, — по улицам не бегают штатные сотрудники компании.

— Вот видишь, — подытожила Лика, — совсем кирдык! Куковать мне тут до морковкина заговения.

— Крутые фирмы нанимают для работы на улице, как правило, студентов, — принялась я размышлять вслух, — с ними удобно, готовы целый день прыгать на морозе или париться от жары за крохотное вознаграждение, потом молодые люди приветливы, товар всовывают с улыбкой, им не противно с лотком мотаться, даже весело.

— Ну и что? — перебила меня Лика. — Может, все оно и так, как ты говоришь, только мы же не знаем, в каком вузе учится беззубенькая.

— Вот, — подскочила я, — об этом и речь. Во всякой фирме имеется бухгалтерия, а там, на полочке, лежат документики с подписью тех, кто получил денежки. Дело-то простое. Сначала выясню, кто работал 17 июля у метро «Спортивная», ну из какого вуза были ребятки, а потом съезжу, порасспрашиваю их. Навряд ли там все девочки без зубов.

Внезапно Лика вцепилась в мое плечо:

— Дашка, вытащи меня отсюда! Умоляю.

— Очень постараюсь, только ты сиди тихо-тихо, а если кто пристанет с вопросами, отвечай по схеме: ничего не помню, не знаю, была в состоянии шока.

Лика судорожно заплакала:

— За что? Никому в жизни я не сделала зла. До сих пор у меня не имелось врагов.

Я погладила ее по голове.

— Ладно, успокойся, все будет хорошо.

Лика открыла было рот, но тут на пороге появился конвойный, кашлянул, глянул в мою сторону и заявил:

— Свидание закончено.

Лика покорно шагнула в коридор.

— Не волнуйся, — крикнула я, — буду приезжать каждый месяц, привозить еду и книги!

Ликуська обернулась, но ничего не сказала, ее глаза начали медленно наполняться слезами.

— Давай двигай, — велел парень в форме.

Лика молча повиновалась. Я подошла к зарешеченному окну и увидела, как она, сгорбившись и опустив голову, бредет по узкой, заасфальтированной дорожке, проложенной между рядами колючей проволоки. Под увиденной картиной следовало поместить подпись: «Отчаяние».

В моей душе заколыхался гнев. Обязательно найду режиссера-постановщика и добьюсь того, что мерзавец так же поковыляет в барак.

Вернувшись домой, я увидела в прихожей два огромных, похожих на танки, ботинка.

— Только не говори, что у нас опять гости! — налетела я на Ирку, меланхолично чистящую обувь Аркашки.

Домработница отложила щетку. К слову сказать, Кеша — любимец нашей прислуги. Катерина, собираясь готовить обед, непременно выяснит у сына, что бы их высочество хотели откушать. Есть блюда, которые страстно люблю я, допустим, молочное желе, но попробовать лакомство мне удается лишь тогда, когда Аркашка отбывает в командировку, потому что сын терпеть не может молочные продукты, и Катерина не покупает сливки, кефир, ряженку... Зато куриное мясо присутствует у нас в рационе во всех видах, вместе с гадкими стручками зеленой фасоли, которую наш адвокат способен харчить килограммами. Ирка с особой тщательностью убирает кабинет хозяина. Но, оказавшись в моей комнате, домработница, вытерев пыль на столе, ничтоже сумняшеся сваливает назад все кулем, вперемешку. И я потом, чертыхаясь сквозь зубы, пытаюсь найти нужные бумаги. Сколько раз просила ее быть поаккуратнее — без толку. Зато документы, находящиеся в кабинете у адвоката, оказываются нетронутыми, а пыль протертой. При этом, учтите, что я дарю Ирке подарки, а Кеша постоянно над ней посмеивается.

— И чего на меня сердится! — Уперла Ирка руки в боки. — Не ко мне же едут!

— Так кто-то приехал? — в ужасе воскликнула я.

— Это вы у Дегтярева спросите, — не дрогнула домработница, — он привел.

Вне себя от злости, я рванула дверь столовой и увидела домашних, сидевших вокруг длинного стола. С раскрытыми ртами — все слушали Аркадия.

— Вот представьте, — сверкая глазами, вещал Кеша, — на скамье подсудимых некий Ковров. Причем, прошу отметить, за плечами у моего подзащитного куча ходок, он вор со стажем.

Я тихонько села на свое место. Так, судя по страшно довольному лицу сына, он выиграл дело и теперь хочет сорвать аплодисменты еще и от членов семьи. Ладно, пусть похвастается, потом разберусь, что это за огромный дядька самого отвратительного вида восседает около Александра Михайловича.

— Ну процесс идет, — вещал Кеша, — все ясно как на ладони. Этот Ковров после очередного освобождения следовал в славный город Владимир. По дороге высадился в Москве, доехал до магазина «Детский мир», где попытался спереть спортивные штаны российского производства, вещь страхолюдную и покупателей не интересующую. Его поймали в тот момент, когда рука со штанами оказалась над прилавком. Есть свидетельница, которая верещала: «Видела-видела, рука с брюками на прилавке лежала!»

Кеша обвел всех присутствующих взглядом.

— А судья у нас — Ковалева Анна Филимоновна!

— Да уж, — покачал головой Дегтярев, — не человек — автомат.

— Я бы сказал — крокодил, — усмехнулся Кеша. — Значит, я весь процесс из себя кретина корчу. Сижу улыбаюсь, глаза выпучил, во время речи прокурора головой качаю. Одним словом, редкостный придурок.

— А зачем ты кретина изображал? — влезла Маня.

Кеша довольно засмеялся:

— Вот, правильный вопрос! А специально, чтобы Анна Филимоновна расслабилась и подумала: «Адвокат дурак, от такого подлянки не жди».

— И она так решила? — не успокаивалась Машка.

— Наверное, — хихикнул Кеша. — Я очень убедительно играл. Потом наступает мой черед, я встаю и заявляю: «Подзащитный, вы признаете себя виновным?»

— За такой вопрос адвокату следует оторвать голову! — оторопел Дегтярев.

— Ага, — радостно кивнул Кеша, — а за тот, который я задал следующим, еще и ноги в придачу.

— И что ты спросил? — заинтересовалась я.

— Может, дадите рассказать, как было дело? — гордо ответил Аркадий.

Александр Михайлович поперхнулся и закашлялся, Кеша стукнул полковника по спине и продолжил:

— И тут Ковров начинает: приехал в Москву, пошел в магазин, спер штаны, вышел на улицу и увидел плакат «Все лучшее детям». Внезапно в закоренелом уголовнике проснулась совесть. «Ковров, — сказал он сам себе, — ты, падаль, у малолеток воровать начал». И пошел ворюга назад, чтобы положить спортивные брюки на место. Начал выкладывать штаны на прилавок, и тут его схватили за руку.

— И чего Анна Филимоновна? — протянул Дегтярев.

Кеша в полном восторге схватил бутылку минеральной воды.

— Как заорет: «Перерыв!» Только ничего не вышло, дело-то вывернулось, свидетельские показания теперь обеляют моего Коврова. Да, продавщица видела его и схватила за руку, но только не в момент кражи, а в секунду решительного и окончательного раскаяния!

— И чем дело закончилось? — отложила вилку Маня.

— Мой Ковров получил условный срок, — гордо ответил Кешка. — Не поверите, он рыдал! Совершенно не ожидал такого финала, хотя я ему говорил: слушайся меня — будет все в шоколаде. Но самое главное! Анна Филимоновна, уже после процесса, столкнулась со мной в коридоре и сказала...

— Молодец, Кеша! — перебила его Маня. — Она тебя похвалила.

Сын и Дегтярев засмеялись.

— Да уж Ковалева может похвалить, — снова закашлялся Дегтярев.

— Она мне заявила, — торжественно произнес Аркадий, — «Воронцов, вы прощелыга, жаль не попались мне лет тридцать тому назад, когда наш советский суд был судом, а не цирковой ареной, где выступают подобные вам клоуны».

— Считай, она тебе медаль выдала, — натужно кашлял Александр Михайлович.

Кеша раздулся от гордости.

— Вы уверены, что она его похвалила? — с сомнением спросила Машка. — Похоже, наоборот, отругала.

— Так это и есть похвала, — пояснил Дегтярев, — начни Анна Филимоновна адвоката комплиментами осыпать, тогда все.

И он снова принялся кашлять. Кеша снова похлопал полковника по спине.

— Выпей воды, — велела Зайка.

— И не разговаривай с набитым ртом, сначала прожуй пищу, — посоветовала Маруська.

Дегтярев вытер выступившие слезы салфеткой:

— Простудился, видно. Температуры нет, а кашель бьет.

— Надо «Колдрекс» принять! — воскликнула Зайка.

— Фу, — скривилась Машка, — таблица Менделеева в одном стакане, вот уж гадость! Мусик, что ты мне давала? Такие простые большие белые таблетки, наши, отечественные.

— Наши производители жулики, — вступила Зайка, — они людей на своих предприятиях заставляют работать по двадцать часов, а платят им медные гроши.

— Но их лекарства дешевле импортных, — заявила Маня.

Полковник начал опять грохотать.

— Дай ему «Колдрекс», — повернулась ко мне Зайка, — банановый самый вкусный.

— Меня стошнит, — ухитрился сообщить между приступами кашля Дегтярев, — все, что угодно, только не с ароматом банана.

— Принеси ту белую таблетку, — попросила Маня.

— Нельзя поддерживать наших! — взвилась Зайка. — Это непорядочно, мы должны решительно осудить олигархов.

Маня покраснела.

— Ага, а сама вчера смотрела по телику сериал «Заколдованная душа»!

— Ну и что? — изумилась Зайка.

— Да всем известно, что деньги на его съемку дал Березовский, — торжествующе заявила Маруська, — а Березовский вообще всю Россию разворовал!

— Послушайте, — прервал их Аркадий, — давайте прикроем этот стихийно возникший в нашем доме филиал Государственной думы и дадим бедному Дегтяреву лекарство, а то он сейчас желудок выкашляет.

Я побежала к аптечке, нашла нужную упаковку, принесла в столовую и сказала:

— Не о чем спорить, это средство произведено в Венгрии.

Александр Михайлович сунул белую облатку в рот и скривился.

— Щиплется.

— Ты не соси, а глотай, — приказала Маня, протягивая полковнику чашку с минеральной водой. — Ну, быстро.

Полковник молча повиновался.

— Если вся страна откажется покупать продукцию Ферейн, — продолжала негодовать Зайка, — от Брынцалова даже мокрого места не останется.

— Чем Быстров его лучше? — кинулась в атаку Маня. — Производит несъедобную кашу за жуткие деньги.

— И это покупать не следует! — стукнула кулачком по столу Заюшка. — Все одним миром мазаны!

— Ой, мама! — воскликнула Ирка, внесшая в комнату блюдо с пирожками.

Я глянула на румяные крохотные кулебяки, сглотнула слюну и спросила:

— Ты обожглась? В другой раз надевай кухонные варежки, тарелка небось огненная.

— Да вы на полковника гляньте! — с неприкрытым ужасом завопила Ирка. — Кошмар, умирает!

Я уронила вилку, которой пыталась подцепить раскаленный пирожок, и повернула голову.

Дегтярев, прямой, словно он вместо куска мяса проглотил швабру, сидел на стуле, выпучив глаза. Из его рта выползала обильная, пузыристая пена.

— Тебе плохо? — кинулась к полковнику Маня.

Александр Михайлович попытался что-то сказать, но не смог. Зайка схватилась за трубку.

— «Медицина для вас»? Примите заказ из коттеджного поселка «Ложкино», человеку плохо, приступ эпилепсии...

Дегтярев побледнел.

— На, выпей, — суетилась Маруська, поднося к губам полковника «Перье», — легче станет.

Но отчего-то после пары судорожных глотков, которые послушно сделал Александр Михайлович, пена полезла еще сильней.

— Уложите его на диван, — велел Кеша.

— Нельзя, язык проглотит! — подскочила Зайка. — Это же эпилепсия!

— С чего ты взяла? — спросила я.

— У нас девчонка работала, — пояснила Ольга, — тоже вот так один раз в корчах свалилась, пена изо рта... Жуть смотреть было.

— Но полковник не корчится, — возразила Маня, — сидит, словно накрахмаленный.

— За стадией судорог наступает окочене-ние, — безапелляционно заявила Заюшка.

— Как у трупа, — бормотнул Кеша.

Александр Михайлович сравнялся по цвету со стеной, но не пошевелился. Следующие де-сять минут мы бестолково суетились вокруг него, вливая в несчастного по очереди: мине-ралку, простую воду, яблочный сок. С каждым новым глотком пены становилось больше.

Наконец, появился доктор, оглядев стол, он спросил:

— Что это?

— Где? — завертела головой Маруська.

— Вон там.

— Полковник Дегтярев, он болен, у него эпилепсия, — одним духом выпалила Зайка.

Врач окинул Александра Михайловича взгля-дом и бодро сказал:

— Да нет! Что он ел?

— Салат, — принялась перечислять я, — свиную отбивную с картошкой, хотел еще пи-рожок слопать, но не успел, падучая скрутила. Скажите, его можно вылечить или он уже на-всегда таким останется?

Александр Михайлович застонал и закрыл глаза.

— Сделайте что-нибудь! — возмутилась Зай-ка. — Человеку плохо. Может, он сейчас умрет, а вы про еду расспрашиваете.

— Кто вам сказал про эпилепсию? — спро-сил доктор, изучая полковника. — Вот уж глу-пость! Что он проглотил?

— Рассказала уже, — я пришла в негодова-ние, — салат, эскалоп...

— Да нет, — отмахнулся доктор, — я сразу же спросил: что это?

Его указательный палец с аккуратно стриженным ногтем уперся в пачку таблеток, лежащую на столе, возле прибора Дегтярева.

— Лекарство от кашля.

— Какое?

— Ну, не помню название, самое простое, абсолютно безвредное...

— Ага, — бодро сказал терапевт, повертел в руках упаковку и заявил: — Ясненько! Ванная комната в доме имеется?

— Четыре штуки, — ответила Зайка, — вы хотите принять душ? Право же, сейчас не время.

— Давай, Олег, готовь промывание желудка, — спокойно велел эскулап.

— Зачем? — завопила Маня. — У дяди Саши эпилепсия, а на примере обезьяны я знаю, что лечить ее надо совсем иными методами!

Полковник, открывший было глаза, мигом закрыл их и издал такой жуткий звук, нечто среднее между стоном и воплем, что Хучик, до недавнего времени мирно спавший на диване, сел и завыл, словно волк на луну.

— Вона, — театральным шепотом просвистела Ирка, роняя кухонное полотенце, — вона как! Собаки всегда смерть чуют!

И она начала креститься.

— Очень уж ты умная, — недовольно скривился доктор, глядя на Маню, — все про обезьян и эпилепсию знаешь. Ну-ка, прочитай, что на упаковке написано.

Маруська схватила пачку.

— «Гидроперит, только для наружного применения».

— Сухая перекись водорода! — закричала Зайка. — Ну не фига себе!

— Вот почему пена лезет, — подхватил Кешка, — а ты завела: эпилепсия, эпилепсия!

— И зачем вы ему дали внутрь средство, которым бабы волосы осветляют? — ехидно поинтересовался терапевт. — Конечно, насмерть отравить подобной штукой нельзя, но промывание желудка тоже неприятная вещь.

— Хотели полковника от кашля избавить, — пробормотала я.

— Как ты могла перепутать! — ринулась на меня Зайка.

Я развела руками:

— Случайно, упаковки похожи.

— С ума сойти, — не успокаивалась Ольга, — разве ты не прочитала название лекарства?

— Нет, — удрученно ответила я.

— Отвратительная безответственность, — кипела Зайка, глядя, как полковника ведут в ванную, — а если бы ты всунула ему цианистый калий, что тогда?

— У меня его нет, — пискнула я.

— Надеюсь, у матери в аптечке нет и стрихнина, — не упустил своего Кеша, — или яда, которым травят садовых грызунов.

— Отстаньте от мусечки, — встала на мою защиту Маня, — она же хотела, как лучше.

— А получилось, как всегда, — немедленно закончила Ольга.

— Уж ты бы молчала! — взвилась Марусь-

ка. — Кто зимой всучил Митиной вместо суп-
растина кошачий контрасекс?

Я попыталась не расхохотаться. Действительно, пару месяцев назад к нам пришла хозяйка соседнего коттеджа и попросила таблеточку
от аллергии. Зайка, как всегда, торопившаяся
на работу, выдала Лене Митиной средство, которым мы потчуем Фифину и Клеопатру, чтобы
наши киски не носились по поселку в поисках
кавалеров. Самое интересное, что Лена, прогло-
тив лекарство, избавилась почти мгновенно от
насморка, кашля и других признаков сенной
лихорадки. Так что Заюшка не имеет никакого
права сейчас демонстрировать благородное негодование.

— Но ведь Дегтярев перестал кашлять! — вырвалось у меня.

Зайка фыркнула и убежала, Маня понеслась
за ней.

— Ну ты даешь, — протянул Кеша.

Боясь, что он сейчас начнет меня ругать, я
решила быстро перевести разговор на другую
тему и, повернувшись к незнакомому мужчине,
сказала:

— Очень неловко получилось, но мне неизвестно ваше имя. Кстати, я — Даша.

Дядька, сидевший доселе тихо, словно мыш-
ка, если уместно сравнение стокилограммовой
и двухметровой туши с мелким грызуном, ответил густым басом.

— Здрасти. Ковров. Григорий Ковров,
можно просто Гриша.

И он протянул мне огромную, словно лопа-
та, ладонь. Я осторожно пожала ее, и тут его

слова окончательно дошли до моего мозга. Ковров!

— Погодите, — забубнила я, — так вы, того, штанишки в «Детском мире» сперли?

Гриша кивнул и уставился в пол.

— Ты, Григорий, — фальшиво бодрым тоном воскликнул Кеша, — иди с Ирой, она тебе комнату покажет!

Человек-гора молча повиновался. Когда он исчез в коридоре, Кеша повернулся ко мне:

— Ну, мать! Так нельзя!

— Как?

— Штанишки сперли!

— Но он же их украл или я не поняла чего?

— Каждый может ошибиться.

— Так ты говорил, что Ковров профессиональный вор.

— Он просто несчастный человек, который все время вляпывался в идиотские ситуации, — вздохнул Кеша. — Рос без родителей, в пятнадцать лет попал к уголовникам. В двадцать решил завязать, да опять в тюрьмищу загремел, по глупости. Нанялся одному мужику вещи из грузовика в машину поднимать, да по ошибке прихватил портфель другого дядьки, который на лавке у подъезда сидел. Тот крик поднял, милицию вызвал, Гриша давай объяснять что к чему, дескать, отнес в чужую квартиру. Только менты документы потребовали, а у парня в кармане не паспорт, а справка об освобождении. Отсидел ни за что, вышел, потолкался по разным местам, на работу нигде не берут, стал бомжевать и украл в магазине, с голодухи, два батона. Новый срок получил, отмотал, и тут опять случился

грех: замерз, как цуцик, вот и стащил брюки. У
бедняги никаких родственников, ни денег, ни
жилья, ни работы, ни паспорта...

— А к нам ты его зачем приволок? — только
и смогла вымолвить я.

— Мать! — укоризненно воскликнул Кеша. — Вот уж не ожидал от тебя такой жесто-
кости! Вышел из зала суда, а Гриша в скверике,
на скамейке сидит, ну я и спросил: «Чего тут
мерзнешь?»

— Некуда идти, — пояснил отпущенный уголовник.

И Кеша привез мужика в Ложкино.

— Знаешь, — объяснял он мне сейчас, —
Гриша походил на выброшенную собачку, маленькую, беспомощную, бестолковую. Такой
одной не выжить.

Я покосилась на Кешу. Скорей уж Гриша с
его ростом и весом напоминает бездомного
слона.

— Он тут недолго поживет, — резюмировал
Аркашка, — поговорю кое с кем во Владимире,
его устроят на работу, дадут общежитие, ну надо же ему хоть какой-то шанс предоставить.
Пусть пока Ивану помогает по хозяйству.

Я кивнула и пошла к себе. Только уголовника со стажем не хватает в нашем доме для пол-
ного счастья.

Глава 5

К визиту в офис компании «Кока-кола» я
подготовилась самым тщательным образом, об-
весилась драгоценностями и нацепила брючный

костюм, купленный в Париже. До сих пор я его ни разу не надевала. Честно говоря, это Зайка заставила меня купить жутко дорогую шмотку, но сегодня следовало выглядеть дамой, которая не стесняется своего богатства, а кичится им.

Услыхав мой вопрос: «Где у вас тут нанимают продавцов для работы на улице?» — секьюрити покосился на мои бриллиантовые серьги и ответил:

— По коридору налево, последняя дверь.

Я нашла нужный кабинет, вошла внутрь и с радостью обнаружила там всего одну, очень серьезную девицу лет двадцати пяти.

— Чем могу вам помочь? — подчеркнуто вежливо осведомилась она. — Присаживайтесь.

Я плюхнулась на стул и прощебетала:

— Дорогая, это вы нанимаете тех, кто носится по улицам с лотками?

Девушка улыбнулась и кивнула:

— Да, меня зовут Виктория, только не говорите, что хотите работать у нас.

Я засмеялась:

— Нет, конечно.

— Тогда чем могу служить?

Я закатила глаза и зачирикала:

— Ах, милая Викочка, от вас зависит счастье моего бедного, несчастного сына.

— Не понимаю, — растерялась девушка.

— Сейчас объясню, — кивнула я и принялась излагать придуманную ночью историю.

Оно, конечно, нехорошо хвастаться, но я дико богата. Денег в семье куры не клюют, имеем все: дом, машины, золото, бриллианты, едим на платине, ходим по серебру. Ясное дело, что для единственного сына я могу купить все. У мальчика пять машин, три квартиры, четыре высших образования...

На секунду я притормозила. Последнее заявление — это уже слишком, хватило бы и двух дипломов. Но Вика, не заметив несуразицы, слушала посетительницу, разинув рот.

— Но вот несчастье, — вздыхала я, — прямо горе. Мой Аркашенька семнадцатого июля купил у метро «Спортивная», у лоточницы, бутылочку этой гадкой, то есть, простите, душенька, вашей страшно вкусной тонизирующей кока-колой.

— И что? — спросила Вика, — отравился?

— В моральном смысле да! — воскликнула я. — Влюбился в девчонку, которая продала бутылочку. А она, хитрюга, не назвала ни имени, ни фамилии, исчезла в толпе. Теперь мой мальчик места себе не находит, плачет, отказывается принимать пищу...

Я снова остановилась. Эк меня заносит! Надо поспокойнее. Но Вика поверила всему, ее глаза загорелись.

— Вот везет же людям! — вздохнула она. — А мне вечно голытьба попадается! На пиво денег нету.

— Помогите, — я старательно изображала рыдания, — не дайте погибнуть влюбленному юноше, подскажите, студенты какого института продавали напиток.

— Не убивайтесь, — решила утешить меня Вика, — дело простое. Сейчас посмотрю.

Я продолжала тереть платочком сухие глаза. Через пять минут в моих руках оказался листочек с записью «Экономико-психологический колледж социальных знаний».

— Вот только адреса не знаю, — смутилась Вика, — зато есть список тех, кто торговал, семеро человек их было, все девочки, а адреса нет.

— Найду его мигом, — обрадовалась я, — а списочек не дадите?

— Сейчас отксерю, — пообещала Вика.

Через час я припарковалась возле большого обшарпанного здания и прочитала вывеску, ну и чудно называются теперь некоторые учебные заведения.

Внутри помещение оказалось еще более убогим, чем снаружи. На потолке проступали следы протечек, по стенам змеились трещины, а темно-рыжие паркетины угрожающе скрипели. Я подошла к двери, на которой было написано: «Учебная часть», заглянула в комнату и спросила у сидевших за столами теток:

— Не подскажете, где можно найти Клюквину, Сергееву, Шершневу или Ламбинас?

— Вам зачем? — бдительно поинтересовалась одна из женщин.

— Разрешите представиться, Дарья Васильева, сотрудник компании «Кока-кола». Эти девочки, а еще Никитина, Ракчина и Соломонина работали у нас летом, мы им недоплатили денег по ошибке, вот, принесла, хочу отдать!

Инспекторши оторвались от бумаг.

— Чего только на свете теперь не случается, — покачала головой самая пожилая, — они в одной группе учатся, второй поток, ступайте к двадцать седьмой аудитории, скоро звонок, там всех и поймаете. Надо же! Деньги решили отдать!

Я пошла по коридору дальше, разглядывая таблички на дверях.

Когда после звонка из аудитории вышла красивая рыжеволосая девочка, я ухватила ее за плечо.

— Мне нужны Клюквина, Сергеева, Шершнева, в общем, все девочки по этому списку.

— А зачем? — лениво спросила рыженькая, катая во рту жвачку. — Ну я Шершнева Светлана.

Я вытащила носовой платочек и начала рассказ. По себе знаю — ничто так не тревожит юную девичью душу, как повесть о глобальной любви. Через десять минут около меня стояли все действующие лица.

— Может, привезете вашего сына сюда, а он уж сам разберется, в кого влюбился? — предложила Светлана.

— А хотите, — с жаром продолжила брюнеточка поменьше, кажется, Клюквина, — мы сами к вам отправимся?

— Нет-нет, — быстро сказала я, — у той девочки, моей будущей любимой невестки, есть отличительная черта.

— Какая? — спросил хор голосов.

— У нее отсутствуют два передних зуба.

Повисло молчание, потом Светлана протянула:

— Да уж, везет дурам. Кто бы мог подумать.

— Вы ее знаете? — обрадовалась я.

— Ага, — кивнула Клюквина, — очень даже хорошо.

— Ну и кто из вас? — в нетерпении подпрыгнула я. — Кто?

Девочки хмуро переглянулись.

— Ее тут нет.

— Где же она?

Светлана пожала плечами:

— Фиг ее знает, выгнали Аську за неуспевае-
мость и прогулы.

— Вы своему сыну скажите, — тихо сказала
самая худенькая девочка, Лена Сергеева, — Ася
очень неприятный человек.

— Воровка она, — подхватила Света. — Вон,
у Саньки Никитиной косметичку сперла.

— Так не поймали же, — вздохнула коротко
стриженная Саня.

— А кто, если не она? — сердито продолжила Светлана.

— И потом, — добавила Лена, — Ася, как бы
это помягче сказать, ну, в общем...

... она, — коротко рубанула Света, — со всем
курсом перетрахалась, все жениха себе подыс-
кивала побогаче.

— Знаете, как Аська без зубов осталась? —
оживилась Лена.

— Дайте расскажу, — влезла в разговор Маргарита Ламбинас. — У Ольги Зоткиной, из соседней группы, парень имелся, очень даже ничего, в банке работал, на машине ездил, с квартирой и дачей.

Я вздохнула: ездить на машине с квартирой
и дачей невозможно, Оля имеет в виду, что у
юноши, кроме автомобиля, имелись еще личная
квартира и загородный дом. Но не будем при-

дираться, я же не принимаю зачет по русскому языку.

— К свадьбе у них шло, — вываливала подробности Маргарита, — а тут Аська влезла, она хорошенькая...

— И что ты такое городишь! — всплеснула руками Светлана. — Облезлая кошка!

— Девочки, — укоризненно сказала Лена, — давайте попробуем быть объективными. Аська внешне ничего, даже очень ничего, другое дело, что она противная и без всякого стоп-сигнала.

— ... — покачала головой Света.

— Грубо, но справедливо, — вздохнула Лена.

— Так вот, — не дала себя сбить Маргарита, — Аська решила у Ольги жениха отбить, рассчитала, дрянь, что такой ей подойдет. В общем, оказались они в одной компании, Аська и стала парню на шею вешаться, ну он и дрогнул. А кто бы из мужиков отказался бы? Только зря Аська дело затевала.

— Он с ней потрахался, — объяснила Света, — и на Ольге женился.

— Зоткина узнала, — подхватила Маргарита, — ничего мужу не сказала, а пожаловалась своему старшему брату. Тот Аську возле дома подстерег и два зуба выбил.

— Так ей и надо, — резюмировала Света.

— Она с вами в одной группе училась? — спросила я.

— Слава богу, нет, — ответила Лена.

— Как же вместе у метро оказались?

Маргарита ткнула пальцем в молчавшую до сих пор девушку, одетую в красный брючный костюм.

— А все из-за Элки Соломониной, заболела она.

— Так не нарочно же, — обиженно ответила Элла.

— Вечно с тобой неприятности случаются, — затараторила Света.

Я молча слушала говорливых девиц. Через несколько минут ситуация прояснилась. Девочки решили на летних каникулах подзаработать и нанялись в компанию «Кока-кола». Лучше всего, вернее, больше всего, там платили бригаде, которая выходит по графику: двенадцать часов — выходной — двенадцать часов. Можно было наняться на меньшее время и получать рубли каждый день, но девочки собрались в августе в молодежный лагерь и нуждались в деньгах, поэтому и выбрали самые тяжелые условия труда. «Кока-кола» требовала, чтобы бригада всегда работала в полном составе, и еще администрация присылала проверяющих. Поэтому, когда Элла Соломонина подвернула ногу, остальные члены команды сначала загрустили, а потом стали искать ей замену. Но, как назло, все девочки из других групп отказывались носиться у метро, звеня бутылками. И тут появилась Ася.

Естественно, с ней иметь дело не хотелось. Но куда было деваться? Ася отработала неделю, а потом на трудовую вахту вновь заступила Элла.

— Она это, — качала головой Света, — точно помню, как без зубов щеголяла и ничуть этого не стеснялась.

— Очень хорошо, что ее из колледжа выгнали, — с радостью в голосе заявила Маргарита.

Девочки покосились на подругу, но ничего не сказали. Очевидно, между Асей и Ритой прошмыгнула в свое время жирная черная кошка.

— Не знаете, где Ася теперь? — спросила я.

— И знать не хотим! — скривилась Лена.

— Подскажите ее телефон.

— Да зачем она вам? — ринулась в атаку Света. — Собственными руками сыну яму роете. Он с такой женой наплачется, не ищите Аську, попереживает парень и успокоится, мужики мигом утешаются.

— Может, это любовь, — вздохнула Саня, — пишите номер.

— Вы сначала к ней съездите, — не успокаивалась Лена, — и посмотрите. Живо меня вспомните и подумаете: «Права была Сергеева, зачем нам шалава в доме».

— Хотите, мы вашему сыну отличную девчонку сосватаем? — подхватила Саня. — Готовит шикарно, шьет, аккуратная, по мужикам не бегает, хочет троих детей родить. Правда, Ленк?

Сергеева покраснела и стала похожа на спелый болгарский перец.

— Скажешь тоже! Не надо мне никого, лучше на хорошую работу устроиться.

Поблагодарив девчонок, я вышла во двор, села в «Пежо», и тут ко мне подбежала запыхавшаяся Света.

— Вы это... того...

— Что случилось? — улыбнулась я.

— Про Ленку Санька чистую правду говорила, — выпалила Света, — вам лучшей невестки не найти. Если у нее деньги будут, сядет дома, станет деток рожать. Вы, когда на Аську поглядите, возвращайтесь.

— Спасибо, — кивнула я, — только сами понимаете, страсть такая штука, не всегда она бывает направлена на достойный объект.

— Это точно, — вздохнула Света, — любовь зла, полюбишь и козла.

Дома у Аси трубку схватили сразу.

— Мамуся, — закричал тонкий детский голосок, — ну где же ты?

— Это не твоя мама, позови, пожалуйста, Асю.

— Ее нет, — сообщила девочка.

— А когда придет?

Ответа не последовало.

— Она в институте?

— Нет.

— А где?

— Не знаю, не помню, в Митине, кажется.

— Дома есть кто из взрослых?

— Одна сижу, — грустно ответила собеседница, — болею, у меня отит.

— Отит? Это очень больно!

— Ага, жутко.

— Как же тебя зовут?

— Алла.

— Скажи, Аллочка, когда родители придут?

— У меня только мама, — бесхитростно сообщил ребенок, — на телефонной станции служит, у ней работа в час заканчивается.

Я взглянула на часы: полвторого.

— Ладно, дружочек, подскажи ваш адрес.

— У, какая хитрая, — насторожилась девочка, — ни за что!

— Ты его просто не знаешь, маленькие детки не помнят, где живут.

— Я маленькая? — возмутилась Алла. — Мне шесть лет, в первый класс хожу и великолепно знаю название улицы.

— И какое же оно?

— Проезд Петра Ратникова, дом три, — гордо ответила Аллочка.

Я отсоединилась и включила зажигание. Развитая, бойко разговаривающая малышка, оставшаяся одна дома, должна четко усвоить очень простое правило: никому, даже тетенькам с приятным голосом, нельзя сообщать, что сидишь дома в одиночестве. Последствия могут оказаться самыми печальными.

По двери в квартиру Аси сразу можно было понять, что лишних денег у хозяев не водится. Самая обычная, деревянная, не железная, не стальная, не бронированная, выкрашенная темно-коричневой краской. С боку болтался на проводе звонок. Я нажала пупочку, дверь моментально открылась.

— Вам кого? — устало выронила худая, какая-то блеклая женщина.

— Можно Асю Корошеву?

— Нет, — опустив глаза, сказала хозяйка, — абсолютно невозможно.

— Когда она придет?

— А вы кто такая?

— Сотрудник компании «Кока-кола», разрешите представиться, Дарья Васильева, менеджер отдела оплаты. Ася Корошева летом работала у нас лотошницей, мы остались ей должны деньги.

— И много? — заинтересовалась тетка.

— Тысячу рублей.

— Мне отдать можете? — оживилась собеседница.

— А вы кем Асе приходитесь?

— Матерью, я Софья Николаевна Корошева.

— Запросто, только следует оформить расписку.

— Это без проблем, — засуетилась Софья Николаевна, — заходите, ботиночки скидавайте, я полы помыла.

Я получила противно холодные резиновые шлепки и вошла в небольшую, бедно обставленную, но хирургически чистую комнату.

— Да вы тут садитесь, — хлопотала хозяйка, — за стол, на нем писать удобно.

Я вынула из кошелька голубую купюру, положила на протертую клеенку и попросила:

— Несите паспорт Аси.

— А без него нельзя?

— Ну, в общем, можно, только отчего вы не хотите документ дать?

— А его отобрали, — пояснила Софья Николаевна.

— Почему? — удивилась я.

— Когда свидетельство о смерти выдали.

Секунду я пыталась переварить информацию, потом воскликнула:

— Ася умерла?! Она же молодая совсем!

— Двадцать только исполнилось, — отозвалась она.

— Ужас!

— Это с какой стороны посмотреть, — отрезала Софья Николаевна.

Я на какое-то время растерялась, но потом взяла себя в руки.

— Господи, что вы говорите! С какой стороны не смотри — это катастрофа.

— Хорошо вам рассуждать, — окрысилась Софья, — вы с ней не жили, а я пятнадцать лет мучилась.

— Как пятнадцать? — Я решила поймать бабу на вранье. — Вы только что про двадцать говорили.

— Правильно, — кивнула Софья, — только она мне не родная. Аську моя сестра Зинка незнамо от кого родила, а когда девчонке пять лет исполнилось, возьми да из окошка прыгни. Вот ведь какая безответственная, дите кинула, только о себе и подумала. Хорошо Зинке, сама в могилу улеглась, а мне...

Я на секунду перестала воспринимать ее речь. Недавно моя лучшая подруга Оксанка рассказала анекдот. Одному мужчине сообщили, что ему осталось жить до утра, и ни часом больше. Ну пришел дядька домой, рассказал жене о перспективе. Супруга поохала, поплакала, да и легла спать, несчастный муж попытался разбудить ее, а баба недовольно заявила:

— Отстань, Ваня. Тебе-то хорошо, завтра на работу идти не придется, а мне рано вставать.

— ... надо бы в детский дом сдать, — услышала я голос Софьи, — да пожалела я Аську. Эх, вечно через свое доброе сердце страдаю.

Очевидно, в душе Софьи Николаевны накопилось слишком много негативных эмоций, потому что она сейчас говорила безостановочно.

Так река сносит плотину, преграждающую воде путь, и разливается широким морем.

Ася и в самом деле росла трудным ребенком. В школе она, правда, училась хорошо, голова у девочки оказалась на месте. Зато уже во втором классе Корошева принялась воровать, сначала по мелочам, тырила ластики, ручки, заколки, блокнотики, игрушки. Потом стала шарить по карманам в раздевалке, а в девятом классе утащила кошелек с зарплатой у географички. Софья Николаевна еле-еле уговорила преподавателя не обращаться в милицию. Дальше больше. Появились сомнительные друзья, сигареты, выпивка, модные вещи.

— Где ты взяла эту юбку? — неистовствовала Софья Николаевна. — А косметику? На какие шиши шикуешь?

— Отвяжись, — дернула один раз плечиком Ася, — на Тверской стою, тебе какое дело?

Софья Николаевна испугалась. Она тоже, как покойная сестра, не вышла замуж и тоже родила девочку. Вдруг бесшабашная Аська на самом деле решила заняться проституцией? Еще заразит ребенка СПИДом.

— Крови она у меня цистерну выпила, — вываливала Софья Николаевна, — сил по ней горевать не осталось. Да к тому все и шло.

— Как погибла Ася? — тихо спросила я. — И когда?

— А в июле, двадцатого числа, мне, правда, позже сказали, тело в морге лежало, неопознанное.

— Вы не удивились, когда девочка не пришла ночевать?

— Так она и на неделю загулять могла! — пояснила Софья Николаевна. — Ну совсем без головы была, умотает незнамо куда, потом, здрасте, является. Да вам меня не понять. Небось ваши дети по подвалам не шляются, водку не пьют и со всей улицей не трахаются.

Из моей души вырвался вздох, это верно. И Аркадий, и Машка никогда не доставляли мне особых хлопот, подростковый возраст они прошли спокойно, без эксцессов. Но если представить на минутку, что в нашей семье подрастает такая Ася, смогла бы я спокойно лечь спать, зная, что девочка где-то шляется? Скорей всего, нет, понеслась бы искать непутевое дитятко. Впрочем, хорошо сейчас рассуждать, а коли так бегать придется каждую ночь? Некоторые детки выдавливают из своих родителей любовь по капле, словно зубную пасту из тюбика. И не надо осуждать Софью Николаевну.

— Под машину Ася попала, — спокойно объяснила она, — где-то на МКАД, дорогу перебегала, пьяная.

— Водителя не нашли?

Софья отмахнулась:

— Нет, конечно. Ее саму-то дальнобойщики обнаружили, приспичило, вот в кусты и побежали, а там Ася. Видать, тот, кто сшиб, тело в овраг спихнул и умчался. На Митино похоронили, теперь памятник поставлю, и все, моя совесть чиста.

— Подруги у нее были?

— Целый двор.

— Не припомните имен?

— Зачем?

— Следует свидетеля позвать, чтобы видел, как я вам деньги отдавать буду.

— Погодите, — велела Софья и вышла.

Не успела я подумать, что неплохо бы покурить, как хозяйка вернулась вместе с худенькой девицей самого безобразного вида.

Голова пришедшей была выкрашена в три цвета. Сейчас это очень модно, и Зайка тоже носит разноколерные прядки. Только волосы Ольги мягко перетекают от светло-розового через пепельный к блондинке, а у девушки, стоящей передо мной, на макушке торчали яркосиние лохмы, челка походила на перезрелый баклажан, а виски радовали зеленым кислотным оттенком.

В ушах у красавицы висела связка колечек, на шее красовалась татушка: красно-черная бабочка.

— Это Галя, — сообщила Софья.

Я молча написала на бумаге пару слов и отдала ассигнацию Софье. На лестничную клетку мы с Галей вышли вместе.

— Повезло Соньке, — хриплым, то ли простуженным, то ли прокуренным голосом заявила Галя, — такие деньги ни за что отхватила.

— Если ответите на мои вопросы, можете столько же получить, — быстро предложила я.

Галочка обрадовалась:

— А что спрашивать станете?

— Можно к вам зайти? Вы, очевидно, недалеко живете?

Галя засмеялась и толкнула дверь:

— Здесь, соседи мы.

Я вошла в узкий коридор и чуть не задохнулась от запаха. Галочка спокойно поинтересовалась:

— Воняет вам?

— Ну... не очень приятный аромат.

— Отчим на мясокомбинате работает, — объяснила Галя, — спецовку принес постирать. Как на его комбинезон взглянешь, так никакой колбасы не захочешь, топайте в мою комнату.

Я села в кресло возле неубранной кровати и, стараясь не смотреть на серый от грязи пододеяльник, приступила к допросу.

— Хорошо знали Асю?

— Так мы соседи.

— Приятная она девушка была?

— Говно, вечно у всех все тырила.

— Она вам ничего про историю с «Кока-колой» не рассказывала?

— С чем?

— Ася летом пристроилась торговать у метро газировкой.

Внезапно Галя прищурилась:

— А не врите.

— Я всегда говорю правду! Ваша подружка стояла возле станции «Спортивная» с лотком.

— Да и фиг с ним. Можете меня не проверять, все знаю про фирму, между прочим, могу очень хорошо работать.

Я растерялась.

— Вы о чем?

— Ясно, — с удовлетворением отметила Галя, — удостовериться хотите? Да рассказала мне Аська все! Хоть вы ее и предупреждали, что нельзя. Брехло она была и воровка, я не такая, честно трудиться стану.

— Ты про «Кока-колу»?

— Ой, — погрозила мне пальцем Галочка, — ну и хитрюга! Могу рассказать, в чем дело, возьмете тогда?

— Начинай, — велела я.

Галочка принялась вываливать информацию. Если опустить многочисленные матерные слова, которыми девушка, абсолютно не смущаясь, пересыпала свою речь, вкратце дело обстояло так.

Ася пристроилась работать в фирму. Служба у нее оказалась более чем специфическая, следовало гулять около метро с сотовым телефоном, приглядывая за бомжами, если вдруг затевалась драка или другая какая разборка, девушка должна была мгновенно сообщить об инциденте ментам, которые дежурили на соседней улице.

Глава 6

Представляете, как я оторопела, услыхав эту информацию.

— Наблюдать за бомжами и вызывать милицию? Ты меня разыгрываешь?

Галя вытащила из тумбочки пачку дорогих сигарет «Собрание», я слегка удивилась, на мой взгляд, подобная марка никак не могла быть ей по карману.

— Да ладно вам прикидываться! Говорю же, я знаю все! Хотите скажу, сколько Аське платили?

— Ну?

— Пятьдесят долларов за смену.

— Обалдеть можно! За вызов милиции к бомжам?!

— Здорово притворяетесь, — одобрительно кивнула Галя, — возьмете меня вместо Аськи? Вы ведь небось пришли сумочку искать, догадались, что ее Корошева стырила? Говорила я ей сто раз: не ... у людей вещи, нарвешься!

Обычно я быстро соображаю, как следует реагировать на те или иные заявления, но сейчас растерялась и только хлопала глазами, глядя на Галю. Та, очевидно, решила, что гостья колеблется, поэтому принялась аргументировать просьбу.

— Все равно же вам людей нанимать придется, так почему не меня? Аську-то взяли, а она не работник, воровка и дура. Я намного лучше, никогда чужого не прихвачу.

— А сигареты? — неожиданно осенило меня, — неужели сама дорогую пачку купила?

— Так разве это воровство? — выкатила глаза Галя. — Скажете тоже! В кафе с девками пошли, пивка попить, пачка на столе валялась, забыл ее кто-то, я и прибрала, не пропадать же добру. Ладно, знаю, вы за сумочкой пришли, думали, она у Аськи дома спрятана. Только она в своей квартире ничего не держала, мне приносила. Уж очень Софья Николаевна любопытная. Аська за порог, а мачеха бегом в ее комнату, весь шкаф перероет, потом выложит на стол и визжит: «Это откуда взялось?» Ясно же, сперла, чего орать? Вот, держите, видите, я честная.

С этими словами Галя наклонилась и вытащила из-под кровати пакет с надписью «Рамстор». Стряхнув клоки серой пыли, девица протянула его мне. Я машинально взяла сверток, раскрыла и обнаружила небольшую черную мужскую сумку, именуемую в народе «педерастка».

— Она? — спросила Галя.

Ничего не отвечая, я полезла внутрь кожаной барсетки. В трех отделениях оказалась куча вещей — носовой платок, дорогая ручка, связка ключей, визитница, таблетки от головной боли, кредитная карточка VISA и маленькая коробочка, набитая визитками.

Я вытащила одну. «Самойленко Юрий Мефодьевич, генеральный директор объединения «Газнефтебизнеспром». Ниже в несколько строчек шли телефоны, сверху ручкой написан номер, начинавшийся с цифр 799. Очевидно, это были обычные визитки, я тоже сообщаю некоторым людям свой мобильный и так же пишу его сверху, в правом углу.

— Очень странно, — вырвалось у меня.

— Чего же тут такого? — отозвалась Галя.

— Где портмоне? Неужели в сумочке не имелось наличных денег?

Галя рассмеялась:

— Так Аська небось из-за них барсетку и сперла. Только я ничего не знаю, мне она уже такую принесла, без кошелька.

— И откуда у нее она?

Галя покачала головой:

— Ох и хитрая вы! Говорю же, все знаю. Сумчонка одному из бомжей принадлежала. Он ее в машине оставил, в «Мерседесе», у охраны. Как уж Аська туда пробралась, хрен ее знает, только залезла и... талантливая была.

Моя голова окончательно пошла кругом. Бомж, который имеет при себе сумку стоимостью примерно в пятьсот долларов, вместе с золотым «Монте-Кристо»[1] и «платиновой» кредиткой VISA? Ладно, это хоть как-то можно объяснить, но то, что маргинал оставил ее в «Мерседесе» у своего охранника, вообще не лезет ни в какие ворота!

— Он сам к Ленинградскому вокзалу пошел, — спокойно объяснила Галя, — а Аська и подсуетилась. Так берете меня в фирму?

Я кое-как сгребла остатки сообразительности в кучу.

— Ладно, убедила, поговорю с начальством, нам нужны такие хорошие, положительные девочки, только сумочку я заберу с собой.

— Конечно, — закивала Галя, — да про меня не забудьте! Ждать стану, мне деньги до усеру нужны.

Сев в «Пежо», я моментально набрала номер, написанный на визитке.

— Алло, — ответил приятный баритон.

— Самойленко Юрий Мефодьевич?

— Слушаю.

— Меня зовут Дарья Васильева.

— Слушаю, — повторил собеседник.

— Мы с вами не знакомы.

— Вполне вероятно.

— Видите ли... совершенно случайно я нашла сейчас кожаную сумочку, а в ней ваши визитки, ручка, кредитная карточка...

---

[1] «Монте-Кристо» — фирма, выпускающая самые дорогие в мире пишущие ручки.

— Если привезете в течение трех часов, — перебил меня бизнесмен, — получите вознаграждение.

— Ну, — протянула я, — наверное, у вас проблемы, связанные с потерей карты VISA, ладно, так и быть, говорите адрес.

Служебный офис Самойленко поражал великолепием. Расположенный на десятом этаже суперсовременного здания из стекла, роскошный кабинет просто подавлял посетителя: кожаная мебель, сделанная на заказ, стол и книжные шкафы, выполненные из цельного массива дуба, люстра явно вывезена из Англии. Есть в Лондоне один такой крохотный магазинчик, размером с нашу бывшую кухню в блочной пятиэтажке в Медведкове, торгующий электроприборами по заоблачным ценам. Занавески явно расшиты вручную, а ковры ткали трудолюбивые туркменские женщины. Если кто-нибудь станет вам петь песню о том, что лучшие покрытия для пола можно купить в Египте или Турции, не верьте. Эксклюзивные ковры, настоящее произведение искусства, создают лишь в Туркмении. Во всем мире словосочетание «туркменский ковер» известно так же хорошо, как «русская икра», «французские духи» и «швейцарские часы». Юрий Михайлович окинул меня быстрым взглядом. Очевидно, он разбирался в драгоценностях, потому что мигом стал любезен.

— Прошу вас, садитесь. Извините, что разговаривал с вами немного грубо, но, сами посудите, ситуация слегка странная. Сумку у меня украли где-то в середине июня, сейчас ноябрь...

— Очень хорошо вас понимаю, — кивнула я и, чтобы окончательно расслабить собеседника, вытащила из кошелька свою кредитку и, показав ее, сообщила, — один раз я ухитрилась потерять сей пластиковый прямоугольник. Уж не знаю, какие порядки в том банке, где вы держите деньги, а мой устроил целый спектакль. Вот я и решила вам помочь!

— Алена, — позвал Юрий секретаршу, — ну-ка, быстро кофе, конфеты, коньяк, VIP-набор...

Я улыбнулась:

— Лучше чай и без спиртного, я за рулем, хотя мой сын Аркадий давно настаивает, чтобы мать возил шофер.

— Аркадий, — бормотнул Юрий, — редкое имя, мой приятель не так давно разводился с женой и нашел адвоката, очень знающего парня, тоже Аркадием звали.

— Если фамилия Воронцов, то это мой сын.

Юрий хлопнул себя ладонью по лбу.

— Я болван! Вы сказали — Даша Васильева! Бывшая жена Макса Полянского!

— Правильно, а вы знаете Макса?

— Господи, конечно! У нас теперь общие интересы.

Тут подоспел чай, конфеты, лимон, варенье и VIP-набор: записная книжка, ежедневник, настольные часы вкупе с шариковой ручкой.

Поболтав пару минут, мы с Юрием обнаружили кучу общих знакомых и, ничтоже сумняшеся, перешли на «ты».

— Однако, — усмехнулась я, указывая на сувениры, — мне было обещано денежное вознаграждение.

Юрий рассмеялся:

— Извини, я не знал ведь, к кому в руки попала сумочка.

— А где ты ее посеял?

Юрий глянул на часы.

— Время есть?

— Ах, — махнула я рукой, изображая капризную, богатую даму, изнывающую от скуки, — честно говоря, не знаю, куда его девать!

— Вот что, поехали, пообедаем, — предложил Юра, — заодно расскажу тебе интересную историю.

Я, конечно, знала, что жены богатых людей, а подчас и они сами страдают от скуки. Все, что нужно, у них уже есть: куплены и обставлены дома, имеются машины, произведения искусства... Рано или поздно наступает момент, когда приобретать вещи становится просто неинтересно. Например, одна моя знакомая, Анна Плотникова, имеет семь норковых шубок, которые надевает по дням недели. В понедельник серую, во вторник белую, в среду рыжую... Сами догадываетесь, что в подобной ситуации покупка восьмого манто не обрадует. Я, для того чтобы выплеснуть свою кипучую энергию, занимаюсь детективными расследованиями, а Анна носится по раутам. Ресторан, тусовка, концерт. «Jedem das seine»[1] — как говорят немцы, или, по-нашему, в каждой избушке свои игрушки. Но если мне страшно нравится зани-

---

[1] «Jedem das seine» (*нем.*) — каждому свое.

маться криминальными расследованиями, то Анна скучает и пытается расширить круг развлечений, участвуя в карнавалах, маскарадах, соревнованиях по скоростному поеданию пиццы... И еще в Москве имеется несколько весьма процветающих фирм, которые занимаются устройством развлечений для богатых и скучающих. Какие только идеи не приходят в голову их сотрудникам, но то, что рассказал Юрий, было уж слишком.

У него есть жена Ниночка, естественно, нигде не работающая. На свою спутницу жизни Юра пожаловаться не может: очень положительная, не пьющая, не гулящая. Но... Их единственный сын вырос, выучился и женился. Домашнее хозяйство ведет экономка, территорию вокруг дома обслуживает садовник — одним словом, делать Нине решительно нечего, и она стала киснуть от скуки, периодически устраивая мужу скандалы. Юра нормально относится к своей второй половине, они вместе со студенческих лет и многое пережили, прежде чем стали богаты, поэтому он спокойно сносил истерики, понимая, что жене просто нечем заняться. Но потом он начал срываться и тоже орать. Неизвестно, чем бы закончилось дело, но неожиданно Нина повеселела и стала пропадать по вечерам.

Поговорка «седина в бороду, а бес в ребро» относится не только к мужчинам, и Юрий заподозрил неладное. Но, будучи человеком порядочным, он не стал следить за супругой, а просто сказал:

— Если завела любовника, скажи честно.

Ниночка захихикала и раскололась. Одна из ее подружек, такая же богатая и томящаяся от безделья Кира Топоркова, предложила ей удивительную забаву.

Вечером, в районе девяти, дамы приезжали в фирму, которая организовывала приключение, и переодевались. Элегантные платья, дорогие туфли, роскошные сумочки и эксклюзивные украшения оставались в сейфе. Взамен они получали мини-юбки, обтягивающие кофточки-стрейч, колготки из сетки и обувь на невозможном каблуке. Картину дополнял соответствующий макияж и парик. Потом «ночные бабочки» выпархивали на улицу. И дальше начиналось самое интересное: ловля клиентов. Поймать мужчину, жаждавшего продажной любви, было не так уж и просто. К тому же Ниночка и Кира справили сорокалетие. Но в конце концов и на них находились любители, начинался спор о цене. За процедурой из припаркованных рядом тонированных «девяток» наблюдала охрана. Еще несколько парней, наголо стриженных, втиснутых в обтягивающие джинсы и коротенькие, до пупа, кожаные куртки, стояли в непосредственной близости от места действия, изображая из себя сутенеров. За углом дежурила патрульная машина, набитая ментами. В тот самый момент, когда «проституткам» следовало садиться в тачку к клиентам, один из «сутенеров» подавал знак, и патруль выскакивал из засады. Милиционерам очень прилично платили, и они были готовы участвовать в забаве сутками.

— Меня вчера трое сняли, — щебетала Ниночка, блестя глазами, — такой адреналин!

— А Семен знает? — только и сумел поинтересоваться Юра. — Киркин муж как к вашей новой игрушке относится?

Нинуша захихикала:

— Еще как знает! Он с нами ездит, одного из сутенеров изображает! Слушай, давай вечером вдвоем отправимся, а?

Юра от неожиданности согласился и втянулся в игру. Он давно не ходит по улицам пешком, смотрит на мир из окна собственной иномарки, питается в закрытых клубах и не посещает обычные магазины. А тут пришлось проскакать несколько часов под дождем, пить пакостный растворимый кофе в забегаловке, набитой самыми простыми людьми, и вот странность, Юра вновь ощутил себя молодым и веселым, и еще — вид Ниночки в юбочке «по самое не хочу» произвел на Юру особое впечатление, и у супругов просто начался медовый месяц.

Но потом забава приелась, и тогда фирма предложила новую, более экстремальную развлекаловку. Если раньше клиенты выходили «на дело» вечером, ближе к ночи, и постоянно видели около себя охрану, то теперь нужно было выбираться днем, и поблизости никого не оказывалось. Вернее, секьюрити, конечно, присутствовали, фирме не нужны неприятности, клиентов стерегли, словно формулу топлива для ракет, но участники игры не знали, где находятся бодигарды. Вкратце дело обстояло так. Группу богатых людей, семь-восемь человек, переодевали бомжами. Потом с них собирали по пятьсот долларов и складывали в сейф, «нищих» привозили на вокзал и отпускали клянчить милостыню. На все про все давалось два часа. Потом подбивали итог. Тот, кто «настрелял» денег больше всех, оказывался победителем и срывал банк, забирал всю сумму, хранящуюся в железном ящике. Если же «бомжи» являлись назад с пустыми руками, доллары доставались фирме, в придачу к нехилой оплате, которую она требовала за свои услуги.

— Ты себе представить не можешь, какой кайф, — воодушевленно рассказывал Юра, — чистый адреналин! Сидишь на газетке, вокруг народ шныряет. Хочешь с нами пойти?

— А что за компания? — спросила я.

— Все свои, — успокоил Юра, — Костя Кайков, владелец «Рис-банка», Таисия Цветкова, хозяйка сети магазинов, Иосиф Ведяев, книгоиздатель. Пошли, повеселимся. Эх, Женька умер, такой хохмач был! Представь, песни пел под гармошку, больше всех собирал!

— Какой Женька? — насторожилась я.

— Евгений Твердохлебов, — пояснил Юра, — бизнесмен, вот он точно не своим делом занимался! Такой артист! Женька настоящий клоун был, жаль, умер, жена его убила, сразу после свадьбы! Мы прям обалдели, когда узнали.

И он принялся рассказывать хорошо известную мне историю про Лику и похотливого старичка. Навесив на лицо выражение крайнего изумления и интереса, я делала вид, что слушаю Юру, но в голове метались совсем иные мысли.

Так, теперь понятно, отчего Ася, снабженная сотовым телефоном, следила за бомжами. Это были не маргиналы, а переодетые участники шоу. И Евгений принимал участие в забаве. Может, мне стоит тоже посидеть в лохмотьях на газете? Вдруг разгадка тайны где-то рядом?

— Ой, как здорово, — подскочила я на стуле, — просто восторг! А то не знаешь, куда себя деть! Извелась вся.

— Получишь колоссальное удовольствие, — потер руки Юрий, — потом благодарить станешь. Значит, так, завтра, к часу дня, приезжай вот по этому адресу, ей-богу, не пожалеешь!

В прекрасном настроении я собралась уже катить в Ложкино, но тут на глаза попался огромный магазин. Ничего так не повышает настроения, как покупка абсолютно ненужной, даже бесполезной вещи. Женщины меня поймут. Оно, конечно, приятно приобрести пальто или шубу, на которые давно откладывала деньги, но во много раз приятнее просто забежать в лавку и, недолго думая, прихватить, ну, допустим, чашку, украшенную изображениями собачек. Дома-то у вас уже есть из чего пить чай, и эта кружечка вроде бы ненужная, но как радует...

Забыв о времени, я промчалась по этажам и вышла на улицу, сжимая в руках плюшевую собачку-мопса. Абсолютно замечательная вещь, никому не нужная и не пригодная в хозяйстве. Сев за руль, я проехала пару кварталов и поняла, что срочно следует искать туалет.

Глава 7

На следующий день я в урочный час вошла в небольшой домик, притаившийся на задворках башни из светлого кирпича. Ни вывески, ни таблички над входом не наблюдалось, просто глухая железная дверь и звонок.

— Вы к кому? — донеслось из домофона.

— В фирму «Отдыхайка», — ответила я и была незамедлительно впущена внутрь.

С первого взгляда стало ясно: тут ждут дорогих клиентов. Кожа, бронза, наборный паркет и девушка на рецепшен, больше похожая на фотомодель, чем на служащую.

После небольших формальностей меня препроводили в гардеробную. Я оглядела вешалки с лохмотьями и попятилась. Вряд ли сумею заставить себя натянуть эти грязные обноски. Но тут в комнату, распространяя запах моих любимых духов «Миракль», вошла дама и затараторила:

— Я Жанна, стилист, мне кажется, вам лучше всего подойдет вот это!

Я отшатнулась от протянутой куртки китайского производства. Вещь была рваной и засаленной до невозможности. Жанна улыбнулась:

— Не пугайтесь, смотрите, видите бирочку? Все совершенно новое, никем ни разу не надеванное, просто шмотки специально сверху испачкали, внутри они чистые. Вот еще спортивный костюмчик и сапожки.

Делать нечего, пришлось влезать в предложенное одеяние.

— Верхнюю одежду пока оставьте, — заботливо предупредила Жанна, — сначала грим.

В другой комнате мне, не пожалев красок, разукрасили лицо. Честно говоря, я сама себя не узнала, когда предупредительная Жанна поднесла зеркало. Равнодушное стекло отразило бабищу лет пятидесяти пяти, с мордой, усеянной синяками и кровоподтеками. Передние зубы мне покрыли специальной краской, и создалось впечатление их отсутствия. Гримерша не забыла ни про шею, ни про руки. С ногтей исчез лак, они украсились «трауром», а внешняя сторона кисти покрылась отвратительными на вид язвами и пятнами. Встреть я на улице подобное существо, мигом бы шарахнулась в сторону. Потом меня отвели в следующую комнату и познакомили с остальными «бомжами». Всего нас оказалось пятеро: двое мужчин и три женщины. Выкурив по сигаретке, мы сели в машины, которые незамедлительно доставили «десант» на площадь трех вокзалов. Тут нами занялся распорядитель, дядька лет сорока, одетый в хорошее, дорогое пальто и качественную обувь. Меня он отвел к подземному переходу, где толпились бабульки с цветами и дарами природы.

— Здрасте, Борис Сергеевич, — начали кланяться в пояс старухи, — доброго вам здоровьичка, успехов и счастья!

— Добрый день, — вежливо ответило начальство и сурово поинтересовалось: — Ну, как тут у вас?

— Ой, спасибочки, — бойко ответила самая молодая, продававшая антоновку, — весь век на вас молиться станем! Спасибо! Вон вчерась

какие-то хамы подошли, так Димочка, дай ему
господь невесту хорошую, всех мордами об асфальт побил. Они зубы повыплевывали и убе-
жали.

— Славный мальчик, — влезла другая старушка, с вязаными носками, — стережет нас!
Я ему свитерок смастерю. Вон он стоит, бди-
тельный такой!

Я невольно проследила глазом за корявым
пальцем бабушки и увидела славного мальчика
Диму, которого в ближайшее время поджидал
подарок от благодарной старушки.

Гора мышц, запакованная в кожаную куртку, покоилась на тумбообразных ногах. Сверху
сооружение венчала круглая, обритая голова,
мерно двигающая челюстями. Очевидно, Димочка заботился о сохранении кислотно-щелоч-
ного баланса во рту и поэтому усиленно жевал
«Орбит».

— Ладно, — милостиво кивнул Борис Сергеевич, — вот и хорошо, Дима — молодец, похва-
лю его.

— Яблочком угоститесь, — льстиво предложили старушки, — самые лучшие вам отберем.

— Не любитель я кислого, — поморщилось
начальство, — вот девушку тут пристрою...

И он подтолкнул меня вперед.

— Здрасте, — пробормотала я.

— И вам доброго дня, — ответили вежливо
бабушки.

— Если ее кто обидит, — сурово заявил Борис Сергеевич, — будет иметь дело лично со
мной.

Потом он, мигом сменив тон на ласковый, тихо сказал:

— Стойте тут, никуда не ходите, коли устанете, можете на пол сесть. Диму свистните, он вам картонки притянет. Сами не ходите никуда. Ну, желаю выиграть.

Я навалилась на парапет подземного перехода. Борис Сергеевич шагнул в толпу и растворился в ней.

— Вот ирод! — вздохнула бабка с носками.

— Замолчи, Райка, — одернула ее женщина с петрушкой и указала на меня глазами.

Раиса захлопнула рот. Я вздохнула. Старухи, мигом призывающие на помощь бандита Димочку, не тронут меня, они боятся Бориса Сергеевича, но и вести с «бомжихой» дружеские беседы не станут.

Глава 8

Через пятнадцать минут мне стало понятно, что труд нищенки тяжел, проходящие мимо люди равнодушно сбегали в переход, никто не спешил протянуть бомжихе рублик. Хорошо еще, что рваные сверху лохмотья внутри были целыми, и я по крайней мере не мерзла. Спустя полчаса я загрустила. Какого черта стою тут? Во-первых, явно проиграю, до сих пор не удалось выпросить даже десяти копеек, во-вторых, какую полезную информацию могу здесь получить? Дурацкая затея, однако...

— Слышь, тетенька, — раздалось откуда-то снизу.

Я оглянулась. Возле моих ног стояло существо непонятного пола, ростом чуть повыше кошки.

— Ты небось выиграть хочешь?

— Ага, — от неожиданности я сказала правду и тут же спохватилась: — А-ашибаешься, мальчик, просто стою себе, попрошайничаю.

Существо то ли засмеялось, то ли закашлялось.

— Брешешь, тетенька, ты из этих, переодетых. Павлуху не обмануть.

— Это кто же такой?

— Павлуха я, — пояснил человечек и глянул на меня блеклыми, застиранными глазенками, — да я знаю все! Тут о вас на площади судачат кому не лень. Сколько у тебя сегодня на кону?

— Ну, — протянула я, — в общем...

— Вы же по полтыщи гринов скидываетесь?

— Ну... откуда ты знаешь?

Павлуха хрипло рассмеялся.

— Тут разве чего скроешь! Значитца, так, считать умеешь?

— Если не очень сложные примеры, то да.

— Вот и раскумекай, — сплюнул Павлуха на пол, — дашь мне триста баксов, сколько тебе останется?

Я быстренько произвела в уме вычисления.

— Две тысячи пятьсот, вернее две чистыми, потому что в этой сумме пятьсот моих.

— Ну и че? Поделишься? Выиграешь! Только еще и собранное рублями мне потом отдашь!

— Это как же? Нас записывают на видеопленку.

— Не дрожи, главное, ответь, согласна?

Я молчала, пытаясь сообразить, как поступить. Но мальчик принял молчание за знак согласия.

Павлуха довольно хохотнул и нырнул в толпу. Я уже хотела подозвать Диму и попросить картонку, как передо мной остановилась довольно приятная на вид тетка и бросила в пустую коробочку десять рублей.

Процесс пошел. Люди появлялись с завидной регулярностью, женщины и подростки. Через полчаса я сообразила, их было всего трое, просто «команда» постоянно переоблачалась. Баба надевала разные платки и пальто, а дети прибегали в других куртках.

Спустя два часа появился Борис Сергеевич. Сначала он заботливо спросил:

— Не замерзли? Ветер сегодня прямо с ног сбивает.

Потом глянул в пакет и удивился:

— Ну и настреляли! Тут, наверное, около тыщи, похоже, банк сорвете. Да, новичкам всегда везет.

Прихватив «копилку», я пошла за ним к машине.

Очутившись в помещении фирмы, мы переоделись и пересчитали добычу. Самая большая оказалась у меня. С радостной улыбкой Юрий сказал:

— Новичкам всегда везет, вот посмотрим, кто в следующий раз победит. Ну, традицию знаешь?

— Какую? — осторожно поинтересовалась я.

— Так тот, кто выиграл, ведет остальных в ресторан, — засмеялась Нина, жена Юры, —

обмыть надо такое дело. Ну, какую кухню пред-
почитаем? Выбор за тобой.

Я люблю рыбу больше, чем мясо, поэтому
мы отправились в «Три пескаря». Просидели
там несколько часов, абсолютно бездумно, рас-
сказывая анекдоты и дурацкие истории. Вскоре
стало ясно, искать среди моих «коллег бомжей»
того, кто убил Евгения и подставил Лику, абсолютно зряшное занятие. Со мной за одним столом сидели две семейные пары: Юра и Нина
Самойленко и Чернобутко Петр с Валентиной.
С Евгением они встречались всего несколько
раз и практически ничего о нем не знали.

— Веселый мужик был, — вздохнула Нина, — на гармошке играл. Пел такие песни,
блатные, откуда только знал их, ну типа: «Постой, паровоз, не стучите колеса...»

— А еще вот эту, — оживился Петр, —
«Я проститутка, я дочь камергера...»

— Жаль его, — покачала головой Валентина, — надо же, супруга убила.

— Мне Юрку тоже иногда хочется уда-
вить, — заявила Нина.

Юра сделал испуганное лицо.

— Ой, не надо!

Нина рассмеялась:

— Так жалко же! Столько лет воспитывала,
кормила, одевала, и убить!

— Ты даже не шути так, — покачала головой
Валентина.

— Хватит вам о грустном, — прервал разговор Петр, — лучше послушайте, классный анекдот знаю...

Примерно через час мы с Ниной пошли в

туалет, где обнаружился огромный аквариум, вделанный в стену.

— Сюда бы моих кошек, — усмехнулась Нина, — вмиг бы охоту открыли.

— У меня тоже живут две кошки, — подхватила я беседу, — Фифа и Клепа. А у Евгения кто был из животных?

Ниночка равнодушно пожала плечами:

— Фиг его знает.

— Вы никогда не были у него в гостях? — Я стала педалировать интересную тему.

— Нет.

— Как же так?

— Ничего странного, — пропела Нина, подтягивая колготки, — мы не дружили.

— Да? А вместе играли в «бомжей».

— И что? Команда могла любая составиться, — равнодушно обронила мадам Самойленко, включая воду. — Мы случайно вместе оказались, и в приятели никто никому не напрашивался! Только дурили вместе, а в обычной жизни не пересекались.

Окончательно загрустив, я вернулась в зал, дождалась, пока Валентина отправится поправить макияж, и пошла вместе с ней. После короткого разговора стало понятно: Валя и Петя тоже были шапочно знакомы с Евгением, ничего плохого против него не имели, но и особо по поводу безвременной его кончины не переживали.

Получалось, что я абсолютно зря мерзла два часа на ветру, собирая милостыню. Никто из моих новых знакомых не держал зла на Евгения и не был знаком с девочкой по имени Ася. Всех игроков расставлял на площади Борис Сергее-вич. Естественно, около нас находились охрана и сотрудник фирмы, снимавший действо на видеокамеру, только я не видела ни секьюрити, ни «оператора», они умело прятались. В поле зрения маячил только гориллоподобный Димочка, а потом подошел этот крохотный Павлуша. Вот черт!

Только сейчас я сообразила, что обманула мальчишку, он-то ждет свои триста долларов. Очень некрасиво получилось.

Я еле дождалась окончания ужина, пообещала скучающим парочкам еще поучаствовать в забаве и побежала к машине. Теперь стало окончательно ясно: и Нина, и Валя говорили сущую правду о своих отношениях с Женей. Они, скорей всего, встречались с ним лишь в момент игры в бомжей. Знаете, отчего я пришла к такому выводу? Когда уходила, никто из присутствующих не спросил мои координаты и не предложил свои визитные карточки. Сразу стало понятно: мы общаемся лишь во время забавного спектакля, в обычной жизни у каждого свой круг.

На вокзал я прибыла около десяти вечера. Возле подземного перехода несли вахту другие старухи, они предлагали не яблоки с петрушкой, а водку с закуской. Не было видно и охранника Димы. Очевидно, парень честно отработал смену и сейчас валялся на диване возле телевизора, обнимая бутылку с пивом.

Я побегала глазами по площади и увидела стайку беспризорников, куривших около ларька.

— Вы знаете Павлуху? — спросила я у самого высокого паренька в спартаковском шарфике.

— А зачем он тебе? — насторожился мальчик.

— Долг хочу отдать.

Подросток с сомнением посмотрел на меня, но потом ответил:

— Ушел он.

— Куда?

— Так к себе.

— У него есть квартира? — изумилась я.

— У каждого дом имеется, — философски заметил паренек.

— Подскажи мне его адрес.

— Не знаю.

— А кто может помочь?

Мальчик пожал плечами и сплюнул:

— Хрен его знает.

Я достала из кошелька сто рублей.

— Если скажешь координаты Павлухи, получишь в два раза больше.

Ребенок почесал ухо грязной, покрытой цыпками рукой.

— Может, у Катьки спросить? Она с ним жила одно время. Погодьте тут.

Я покорно замерла у ларька. Было очень холодно, хорошо хоть ветер стих и не налетал больше на людей, словно цепной пес. Продрогнув окончательно, я купила в киоске стакан горячего кофе, но выпить его не успела, потому что откуда ни возьмись появились два существа: уже знакомый мне паренек и девчонка, закутанная в рваную куртку.

— Вот, — сообщил подросток, — давай деньги, это Катька, она адрес знает.

— Меньше чем за три сотни не поведу, — хрипло закашлялась девочка.

Я раскрыла кошелек, расплатилась с ними и поинтересовалась:

— Идти далеко?

— Да нет, — махнула рукой Катька, — видишь вон там домище, где пиццей торгуют? Во двор зайдешь, тама еще один дом имеется, на второй этаж подымишься, ево квартира у окна, крайняя.

— Номер не помнишь?

— Я цифры только до десяти знаю, — шмыгнула носом Катька, — хочешь провожу до места?

— Спасибо, не откажусь.

— За спасибо только лошадь возит, — буркнула Катька, — гони еще стольник.

— А говоришь, что цифры только до десяти знаешь, — не утерпела я, — в деньгах-то разбираешься.

— В рублях любой дурак понимает, — парировала она, — поперли, нам налево.

— Ты точно адрес знаешь?

— Мы с Павлухой целый год вместе жили, — равнодушно пояснила девчушка, — а потом он к Ленке перебежал.

— Сколько тебе лет? — вырвалось у меня.

— Одиннадцать, — сообщила Катька, загребая грязь слишком большими сапогами, — вроде так.

— А Павлухе? — только и сумела спросить я.

— Тринадцать. Вы не глядите, что у него роста нет, — пояснила Катька, — у Павлухи отец мамку все время колотил, вот он такой и получился, недомерок. Зато умный очень, его тут в авторитете держат.

У меня иссякли все слова. Да кто бы на моем месте не лишился дара речи?

— Значит, у Павлухи есть родители?

— Чего удивляетесь-то, — обронила Катька, — или, думаете, детей в капусте находят?

— Нет, конечно, но Павлуха попрошайничает на вокзале...

— И что?

— Странно это, при живых родственниках.

— У меня тоже бабка есть, — сморщилась Катька, — если не принесу ей пузырек, убьет. У Павлухи отец только, мамка померла, забил он ее до смерти. Павлуха папаньку терпеть не может, только жить где? Он гордый, по подвалам не хочет. Во, пришли! Сюда!

И она принялась колотить рваным сапогом в филенку.

— Какого хрена надо? — донеслось из квартиры.

Дверь открылась, на пороге появилась девчонка, по виду чуть младше Маши, одетая в спортивный костюм.

— Катька? — удивилась она. — Чего приплюхала? Давно по морде не получала? Совсем о...

— Вот она Павлухе деньги принесла, должок за ней, — пояснила Катя, отступая к лестнице. — Ты, Ленка, за мужика больше бойся, иначе уведут.

— Уж не ты ли собралась, — гадко усмехнулась Ленка, — пшла отсюда!

Катьку словно ветром сдуло, я не услышала,

как она сбежала по лестнице, казалось, девочка пролетела над ступеньками, не касаясь их.

— Давай деньги, — деловито протянула ладошку Ленка.

Рука ее оказалась чистой, а ногти сверкали невероятно красным лаком.

Но я решила проявить твердость.

— Позовите Павлуху.

— Отдыхает он, — не дрогнула Ленка, — с работы пришел, гони монету.

В ее глазах мелькнул нехороший, злой огонек. Я слегка испугалась. Дом, похоже, населен маргиналами, у меня в сумочке деньги, мобильный телефон, кредитные карточки, а в ушах и на пальцах симпатичные украшения, которые даже ребенок не сумеет принять за бижутерию, еще часы... Людей убивали и за меньшее. Но этой Лене нельзя демонстрировать испуг. Сделав каменное лицо, я процедила сквозь зубы.

— Ты, девочка, не распоряжайся здесь, зови хозяина.

— Тут я хозяйка, — уже не так уверенно ответила Ленка.

— Не бреши, а кликни Павлуху, — перешла я на понятный сленг.

— Сами тогда идите, — обиженно протянула Ленка, — стащу его с кровати, он мне урыльник начистит... Топайте по коридору.

Квартира оказалась бесконечной, в ней было комнат шесть, не меньше, во всяком случае, в длинный, извивающийся коридор выходило много обшарпанных, закрытых наглухо дверей.

— Иди, не стой, — поторопила меня Ленка.

Тут одна из дверей открылась, и к моим ногам в буквальном смысле этого слова упал мужик, одетый в грязные семейные трусы и замызганную футболку.

— Эй!.. — завопил он, — ...!

— Вставай, сволочь... — велела Ленка и пнула мужчину ногой, — развалился тут урод, пройти людям не дает!

— Ах ты... — неожиданно трезво ответил дядька и, ухватив девочку за ступню, со всей силы дернул. Не ожидавшая нападения Ленка рухнула оземь и, очевидно, довольно сильно ударилась, потому что с ее губ, накрашенных бордовой помадой, слетел легкий крик. Мужчина ловко вывернулся, схватил Ленку за длинные волосы, намотал их на кулак и начал молотить девочку головой о пол, приговаривая:

— ..., ..., ...!

Я испугалась.

— Немедленно отпустите ребенка!

Но алкоголик даже ухом не повел. На грязном линолеуме появились капли крови.

— Павлуха! — заорала я сама не своя. — Помоги!

— Ну чего опять? — донесся ленивый голос, и мальчик, зевая, вышел в коридор.

— Скорей, — вопила я, — он ее сейчас убьет!

— Да не, — так же лениво ответил подросток, — Ленка сама нарывается, вечно первая начинает. Эй, папаня, хорош девку по полу контрапупить, ежели изуродуешь, я тебе дачки не поволоку, будешь без грева чалиться.

Но ласковый отец не собирался слушаться почтительного сына, он только сильней впечатывал лоб несчастной девочки в пол. В отчаянии я огляделась по сторонам, увидела на стене висящий таз, сорвала его и, недолго думая, треснула им негодяя по затылку. Папаня отпустил девочку, обернулся, обвел меня мутным взглядом красных глаз, хрюкнул, сплюнул и начал медленно подниматься, бормоча:

— Ах ты... ну ща... ах ты...

Я прижалась к стене и подняла таз, так просто не сдамся!

— Ну ты сегодня разошелся! — покачал головой Павлуха. — Прям Терминатор аж, все боятся!

С этими словами мальчик схватил отца и легко, словно имел дело с котенком, а не со здоровым мужиком, впихнул его в комнату. В крохотном Павлухе таилась чудовищная сила.

— Эй, вставай, — велел мальчишка Ленке.

Та села и потрясла головой, в разные стороны полетели красные капли.

— Не пачкай тут! — обозлился мальчик. — Иж, нагваздала, вали на лестницу!

— Надо врача позвать, — засуетилась я.

Павлуха хрипло засмеялся:

— Еще чего! Ей не впервой!

— Разве можно быть таким жестоким по отношению к тому, кого любишь? — попыталась я воззвать к его милосердию.

Паренек скривился:

— Чево? Какая любовь? Прилипла, словно банный лист, ей жить негде, но и у меня не ночлежка, вали отсюдова, Ленка, а то еще наподдаю, надоела!

Девочка молча встала, я посмотрела на ее тоненькую, чуть сгорбленную фигурку, потом протянула пареньку триста долларов и тысячу рублей.

— На, долг за мной.

Павлуха присвистнул:

— Не признал вас в этой одеже. Деньги принесли! Во дела!

— Что же тут удивительного? — спросила я. — Договорились ведь.

Павел спрятал деньги в карман и спокойно констатировал:

— Вы на всю голову больная, могли бы и не отдавать, коли я прошляпил и сразу не забрал.

Его личико с мелкими чертами порочного крысенка приобрело презрительно-насмешливое выражение. Мне стало противно, не попрощавшись, я вышла на лестницу и увидела Лену, сидевшую на ступеньке.

— Встань, простудишься, — велела я.

— Отцепись, — буркнула девочка.

— Не сиди тут, иди домой, тебе надо умыться и обязательно залить ссадину йодом.

Внезапно Лена подняла на меня темные, почти черные, похожие на спелые вишни глаза.

— А мне идти некуда.

— Это как? — удивилась я. — Ты где живешь?

— На вокзале кучковалась, — пояснила Лена, — потом вот с Павлухой... Ничего, он меня небось завтра назад пустит.

— Где же ночевать станешь?

— А тут, у батареи, — спокойно ответила Ленка и потрогала грязным пальцем разбитый лоб, — болит, зараза, чтоб ему сдохнуть!

— На полу? На лестнице?

— Ну и чево? Я привыкшая, с семи лет одна живу.

Я села около Ленки на ступеньки.

— У тебя родители есть?

— Были когда-то, — грустно ответила девочка, — потом папка нас бросил, мамка за другого вышла, отчим выпить не дурак, ну и прибил мамку, табуреткой.

— Его посадили?

— Неа.

— Почему?

Ленка пожала плечами:

— Кто ж знает! Он захотел на Зинке жениться, а у той своя дочка есть, вот они меня и выгнали.

— В семь лет?! Одну, на улицу?

— И чево? Обычное дело, — пожала плечами Ленка, — вы с нашими поговорите, полно таких-то. У вас сигареты есть? Оставьте пачку, коли не жалко.

— Тебе сколько лет? — не успокаивалась я.

— Вроде двенадцать, — не слишком уверенно ответила Ленка, — забыла.

— Вот что, — потянула я ее за рукав, — поехали.

— Куда? — насторожилась Ленка.

— Ко мне домой.

— И зачем?

— Вымоешься, поешь нормально, выспишься, а завтра посмотрим.

— И чево за это делать надо будет?

— Ничего.

— Денег нет вам за ночлег платить.

— Поехали, мне платы не надо.

— Не, — протянула бродяжка, — не обманете. У нас так Верка с одной пошла, а потом капец, на органы разобрали. Вы ступайте себе.

— Так я хочу помочь тебе.

— Спасибочки, сами обойдемся.

Я вытащила из бумажника фотографию.

— Смотри, это моя дочь Маша, она чуть старше тебя, пойми, мне тебя просто жаль.

Ленка взяла снимок и внезапно спросила:

— А ктой-то у ней на руках, вроде обезьянка, только странная...

— Хучик, мопс, есть такая порода собак, у нас их пять штук, псов я имею в виду.

Внезапно Ленка встала.

— Ладно, поеду, если у вас собаки есть, то не обидите.

— Ты любишь животных? — спросила я уже на подъезде к Ложкино.

— Ага, — мотнула головой Ленка, — у меня собака была, Альма, ее отчим с балкона скинул, лаяла шибко, мешала ему.

Гостью я отдала Машке.

— Это Лена, ей надо помыться и переодеться.

— Ясно, — кивнула Маня, — пошли со мной.

Ленка посмотрела на Маруську и молча двинулась следом. Я вошла в гостиную и обнаружила там мою подругу Оксану и уголовника Гришу. На маленьком столике перед ними лежали карты.

— Ну, — гудел вор, — неужто не понимаете? Глядите внимательно, раз, раз, раз... Какая картинка у меня?

— Туз, — ответила Оксанка.

Гриша хихикнул:

— Дама червей.

— Как ты это проделываешь? — недоумевала подруга.

— Объясняю же! Экая вы непонятливая!

— Чем занимаетесь? — Я решила нарушить идиллическую картину.

— Вот, — оживилась Оксанка, — смотри, у Гриши дама, он ее кладет сюда, потом туда, а теперь снова берет. И что у него в руках?

— Дама, — ответила я, улыбнувшись, — сразу понятно, ничего хитрого.

— Вовсе даже и туз пик, — захихикал Гриша, — ловкость рук и никакого мошенства, да я вас научу, всех обыгрывать станете, тут ума не надо, одна быстрота требуется.

Следующий час мы с Оксанкой потратили на вводный курс юного шулера и научились элементарным трюкам.

— Завтра в ординаторской покажу, — веселилась Оксана.

— Несите три стакана и шарик, — воодушевился Гриша, — я наперсточником тоже могу.

— Мы отмылись, — сообщила Маня, влетая в комнату.

За ней в гостиную вошла Ленка. Я с удивлением посмотрела на гостью: оказывается, у нее не каштановые, а белокурые волосы, кожа не смуглая, а бледная, прямо фарфоровая. Да девочка настоящая красавица: тонкий нос, большие темно-карие глаза, изящно изогнутый рот и стройная фигурка. Машка дала ей свои джинсы и пуловер, одежда оказалась велика и болталась на Ленке.

— Осмотри ее лоб, — попросила я Оксанку.

Остаток вечера мы провели, мило развлекаясь за игрой в «наперсток». Ленка с Гришей начисто переиграли нас с Оксанкой, выиграть у них удалось только Машке, и только один раз, причем абсолютно случайно.

Около полуночи явился Аркадий, быстрым взглядом обвел гостиную и ушел на второй этаж. Я еще посидела немного и отправилась к себе.

Но не успела я, запихнув под одеяло Хучика, закрыть глаза, как вспыхнул свет и на пороге появилась возмущенная Зайка.

— Просто безобразие, — затараторила она, — кого ты притащила? Ну что за манера приводить домой всех кого не попадя! Сначала этот уголовник, теперь бродяжка...

Я приоткрыла один глаз.

— Между прочим, Гришу приволок Аркашка!

— С тобой невозможно разговаривать, — взвилась Ольга и унеслась.

Я подтянула поближе к животу мирно сопящего Хучика. Ладно, утро вечера мудренее, нечего решать проблемы по ночам.

Глава 9

По непонятной причине я проснулась в шесть утра и уставилась в потолок. Отчего-то спать совершенно не хотелось. Повертевшись с боку на бок и поняв, что Морфей окончательно бросил меня, я вылезла из-под одеяла, спустилась на кухню, сварила себе кофе и принялась пить его, глядя в сад. Большинство деревьев уже потеряло листву, и сквозь стволы берез стало видно дом Сыромытниковых. Огромное четырехэтажное здание из красного кирпича под зеленой черепичной крышей. На смену вчерашней хмурой, мрачно-серой, дождливой среде пришел, судя по чистому лету, солнечный четверг. Я посмотрела еще раз в окно и вздрогнула. Отчего-то перед глазами возникла маленькая, сгорбленная фигурка Лики, бредущая по дорожке между столбами с колючей проволокой. Время идет, а я ничего не узнала.

В глубокой задумчивости я уселась за стол. Итак, попытаемся систематизировать факты. Асю явно кто-то нанял. Дал ей в руки бутылочку кока-колы и велел:

— Видишь вон ту тетку? Ну-ка, быстро всучи ей газировку.

Расчет оказался верен. Жаркий день, душное метро, палящее над площадью солнце... Естественно, Лика схватила напиток... А что случилось потом?

Я принялась вытаскивать из сахарницы кусочки рафинада и строить из них башню. Интересная картина, однако, получается. Скорей всего, Лике стало плохо, может быть, она даже упала. Неужели никто ничего не заметил? И еще одна деталь. Евгений и женщина, сбросившая его в реку, довольно долго, по словам дедушки, наблюдавшего за парочкой в бинокль, разговаривали, опершись на парапет. Неужели мужчина не понял, что перед ним не Лика? Может, он был пьян? Каким образом незнакомая баба, облачившись в платье Лики, сумела завести с ним беседу? Зачем понадобилась история с переодеванием? Просто голова идет кругом!

Стрелки часов медленно подбирались к

семи, еще двадцать минут, и наш дом оживет. С воплем: «Опаздываю», понесется по лестнице Маруська, недовольно заворчит Зайка, начнет возмущаться Аркашка, как всегда потерявший ключи от машины.

Я решительно встала, надо ехать в колледж, к девочкам, которые торговали кока-колой у метро. Все очень просто. Лику опоили каким-то снадобьем, потом подхватили ее, потерявшую сознание, и, вероятнее всего, впихнули в машину. Может, кто-нибудь из студенток обратил внимание на происшествие, запомнил какую-нибудь деталь, мне сгодится все.

Услыхав, что Ася умерла, девчонки шарахнулись от меня в сторону.

— Ну ничего себе, — первой произнесла членораздельную фразу Шершнева.

— Допрыгалась, — зло констатировала Ламбинас, — к этому шло.

— Так вы нам наврали про сына, — догадалась Никитина, — нет никакого влюбленного парня.

— Сын есть, но давно женат, — призналась я.

— Ну и что тогда от нас надо? — насторожилась Шершнева.

— Если поблизости есть кафе, можно пойти туда и поговорить, — предложила я, — за мой счет, естественно.

Студентки переглянулись.

— А что, — пробормотала Никитина, — вместо лекции по географии.

Усевшись за столиком, я рассказала девочкам все: про Лику, Евгения, старика, бутылку кока-колы и попросила:

— Теперь, сделайте одолжение, попробуйте вспомнить тот день, семнадцатое июля.

— Давно это было, — покачала головой Шершнева.

— Я заболела пятнадцатого, — напомнила Соломонина, — в день рождения Ритки.

— Точно, — подхватила Ламбинас, — вечером мы пошли в «Сбарро», пиццу ели, но тебя с нами не было.

— Ясное дело, — скривилась Элла, — вы пироги жрали, а я в кровати валялась.

— Шестнадцатого Аська первый день вышла, — продолжила Рита, — накрасилась, словно чума, с нее тушь потом стекла.

— Ага, — кивнула Шершнева, — а на следующий день она появилась на два часа позже.

— Верно, — подхватила Рита, — ой, кажется, припоминается...

Перебивая друг друга, они начали вываливать информацию, я постаралась систематизировать сведения.

Вкратце ситуация выглядела так. Семнадцатого июля Аська не вышла на работу в урочный срок. Как назло, именно в этот день заявился очередной проверяющий от компании и сделал суровый выговор бригадиру, Рите Ламбинас.

— Нехорошо получается, — злился парень, одетый несмотря на жару в темный костюм с галстуком, — по документам одно число работающих, по существу — другое, а зарплату желаете за всех в конце месяца получить!

Проклиная в душе необязательную Аську, Рита попыталась оправдаться.

— Да нет, мы все тут, просто одна в туалет побежала, живот у нее прихватило.

— Ладно, — пошел на попятную проверяющий, — приду еще в полдень, если опять не все будете, станем по-иному разговаривать.

Рита кинулась звонить Аське домой, но у той никто не брал трубку, а минут через двадцать появилась и сама красавица, плюхнулась на бордюр, ограждающий скверик, повесила на ограду лоток и нагло заявила:

— Подумаешь, подзадержалась немножко.

Ася откровенно сачковала. Пока остальные девчонки шныряли в толпе, старательно отыскивая покупателей, противная Аська маячила в тени, куря одну за одной сигареты. Рита Ламбинас обозлилась и сделала ей замечание:

— Между прочим, мы должны продать за смену определенное количество бутылок, иначе нас оштрафуют. Нехорошо получается, деньги получишь сполна, а работать не желаешь.

— Ладно, не злись, — вполне миролюбиво ответила лентяйка, — уж и посидеть секундочку нельзя.

Рита хотела вполне справедливо заметить, что Ася отдыхает в холодке уже не одну минуту, но тут вдруг из недр сумочки опоздавшей донеслась трель мобильного. Рита удивилась: Аська без конца говорит, что нуждается в деньгах, и вдруг... сотовый.

— Алло, — пропела Аська, — ага, ясно, хорошо, поняла.

В ту же секунду она поднялась и пошла к выходу из метро. Мимо Аси тек поток людей.

Не успела девушка сделать и пары шагов, как к ней подскочил мужик.

— Дай бутылочку...

— Отзынь, — неожиданно увернулась от него Ася и ринулась к тетке лет сорока, одетой в розовый костюм.

— Водички не желаете? Берите, раздаем в качестве рекламной акции бесплатно.

Рита вытаращила от изумления глаза. Ну ничего себе! Только что Аська прогнала дядьку, который хотел купить коку, а теперь собирается раздавать воду без денег. Может, она обкурилась или обкололась?

Рита уже собралась подойти к ней и выразить крайнее негодование, но тут на нее налетела орава школьников и принялась хватать бутылочки. Минут пять, а может, чуть больше понадобилось, чтобы обслужить детей, но когда Рита снова глянула на Асю, та опять сидела на бордюре. Остаток рабочего дня она провела в тени, изредка лениво выкрикивая:

— Кому воды?

Больше она не оживлялась и к метро не бегала.

— А куда подевалась женщина в розовом костюме, не помните?

— Ну вы и спросили! — воскликнула Светлана Шершнева. — Ничего себе! Я, например, ее вообще не видела, да и на Аську не смотрела.

— Плохо ей стало от жары, — внезапно вступила в разговор молчавшая до сих пор девушка по фамилии Клюквина.

Я почувствовала, как к лицу приливает жар, и, старательно сдерживая крик, спросила:

— Почему ты так решила?

— А у меня как раз бутылки кончились, все продала, — охотно пояснила Клюквина, — дай, думаю, перекурю. А тут дед подошел и заныл: «Девочка, открой воду»...

Олеся Клюквина попыталась объяснить старику, что у нее перекур, но тот обозлился и выкрикнул:

— А ну, назови немедленно адрес вышестоящей организации, жалобу напишу! Между прочим, я ветеран войны, а ты, сикилявка, мне глупости говоришь.

Тут до Олеси дошло, что перед ней не совсем нормальный человек, и она постаралась успокоить деда. Поискав глазами своих коллег, Олеся остановилась на Асе и сказала:

— Вон у той девушки возьмите.

— Я у тебя хочу, — упорствовал старик.

— Господи, — не выдержала Олеся, — ну какая вам разница! Газировка у всех одинаковая.

— А вот и нет, — сурово заявил ветеран, — вон девушка у той воду взяла и, гляди, отравилась.

Олеся уставилась туда, куда старик указывал морщинистой рукой. Сначала ей стало смешно. Тетке, которую дедуська назвал девушкой, было все сорок лет. Правда, одета она была хорошо, в розовый полотняный костюм, но все равно, слово «девушка» по отношению к престарелой женщине, прожившей на свете четыре десятка лет, применить нельзя. Олеся уже начала улыбаться, но тут до нее дошло, что бабе и впрямь плохо. Она как-то странно «стекала» на асфальт, а Аська, совершенно не испуганная с виду, держала ее под локотки.

— Вот, — плевался слюной старик, — глянь, попила дряни и с копыт съехала.

— Да бросьте вы глупости пороть! — в сердцах воскликнула Олеся. — Разве от газировки может плохо стать? Наверное, от жары сердце прихватило.

Отпихнув противного деда, Олеся ринулась было на помощь Асе, но ее опередила девушка лет двадцати, одетая в белую короткую юбочку и нежно-голубую, обтягивающую майку.

— Мама! Тебе нехорошо! Дима, помоги скорей!

Откуда ни возьмись, появился парень, толстый, как слон. Он легко поднял тетку в розовом костюме и мгновенно впихнул ее в автомобиль, припаркованный чуть поодаль, за ларьками. Все действие заняло пару минут, никто на площади даже не успел ничего заметить.

Я вытащила из сумочки несколько фотографий и сунула их Олесе.

— Ну-ка, посмотри внимательно.

— Вот она, — немедленно ответила студентка, тыча пальцем в изображение Лики, — эта самая баба и есть.

— А ты точно помнишь, что на ней был розовый костюм?

Олеся кивнула:

— Ага, сама хотела такой купить, сейчас лен на пике моды, только стоит ого-го, не подступиться! Даже фирму знаю, в которой тетка шмотку приобрела. «Ольсен» называется. У них большой магазин на Тверской есть, я туда весной заходила, когда они новую коллекцию вывесили, и точь-в-точь такой прикид мерила: юбка три четверти, внизу бахрома из кожи, пиджачок коротенький, пуговички в виде серебряных колокольчиков, на воротнике шитье! Так клево сидел! Загляденье!

— Чего же ты его не купила? — поинтересовалась Рита.

— Ну ты даешь! — всплеснула руками Олеся. — Одна юбка двести баксов стоила! А к ней и пиджак нужен, между прочим, он такой прикольный, с кулиской, а вместо пояса витой шнурок с пряжками. Эх, классная вещь, но денег-то нет!

— Я, между прочим, на рынке купила платье от «Ольсен», — довольно заявила Светлана, — клетчатое, всего за четыреста рублей.

— Фу, — скривилась Олеся, — отстой. Тебя обманули, «Ольсен» дорогая фирма.

— Еще МЕХХ отличные вещи делает, — подхватила Рита.

Поняв, что девчонки сейчас начнут самозабвенно обсуждать шмотки, я попыталась вернуть беседу в нужное русло.

— Скажи, Олеся, можешь описать девушку, которая назвала Лику мамой?

Клюквина призадумалась:

— Юбочка белая из «Манго», коллекция этого года, такая красивая, я похожую мерила. Вместо пояса резинка...

— А волосы у нее какого цвета?

— Футболочка от «Томми Хилфигер», — не слыша мой вопрос, неслась дальше Олеся, — но прошлогодняя, он тем летом такие, с разноцветными рукавами, выбросил...

— Лицо вспомни: глаза, рот, нос...

Олеся выпятила нижнюю губку:

— А не помню, морда, как морда, в солнечных очках от Эмпори Армани, она их тоже с прошлого года носит, форма «киска» сейчас отошла, «летучую мышь» народ надел.

Тяжелый вздох вырвался из моей груди. Олеся неоценимый свидетель, если речь идет о гардеробе, но, похоже, кроме одежды, девочка вообще ничего не видит.

— А машина какая была?

Олеся пожала плечами:

— Синяя, нет, вишневая, а может, зеленая...

— Марку назови?

— Так я в них не разбираюсь.

— Точно, — захихикала Ритка, — вон за Лизкой Рокшиной парень заехал на авто, а Олеська возьми да заяви: «Ну и отстойная машина у твоего Вовки, «Волга», разве на ней прилично ездить». Прямо опозорилась!

— Мне кажется, вы правы, — кивнула я, — не следует ругать отечественные автомобили, это не патриотично.

Рита развеселилась еще больше:

— «Волга» — дерьмо, никто с подобным утверждением спорить не собирался. Только Олеська-то все напутала. У Вовки не «Волга», а «Бентли», одна из самых дорогих и престижных марок. Так что спрашивать Леську о машине бесполезно.

— И парня не помнишь, который «дочке» помогал?

Олеся пожала плечами.

— Толстый, в майке с рынка и джинсах, ничего интересного, вот босоножки были класс! Розовые на шпильке...

— У юноши? — изумилась я. — Розовые босоножки на шпильках? Ты ничего не путаешь?

Олеся рассмеялась:

— Ну вы и приколистка! Парень в кроссовках был, дешевых, китайских. Босоножки у девицы на ногах были, роскошная вещь из магазина «Ти Джей коллекшен», глаз оторвать нельзя до чего хороши. Хотя на ее ноге они не слишком смотрелись, может, из-за повязки...

— Из-за чего? — насторожилась я.

— А у нее щиколотка была замотана, — спокойно пояснила Олеся, — небось растянула. Очень некрасиво получилось, розовый ремешок со стразами как раз на бинт пришелся. На мой взгляд, в подобном случае следует обувать сабо.

В моей голове мигом всплыли показания похотливого дедушки, утверждавшего, что у Лики была перевязана нога.

Попрощавшись с девчонками, я побрела к «Пежо», по дороге вспомнила, что у меня кончились сигареты, и остановилась около ларька. Толстая продавщица выдала мне пачку «Голуаз», потом перевесилась через прилавок и закричала:

— Эй, Варька, ты проиграла! Эта опять в новой шубе!

Я вздрогнула и выронила курево прямо в лужу грязи. Поднимать пачку, а потом класть в сумочку измазанную упаковку не хотелось, и я, попросив еще раз сигареты, укоризненно сказала:

— Зачем вы так кричите? Испугали меня.

— Нервные все стали, — без всякого раскаяния в голосе ответила торговка, — скучно нам тут, вот и шуткуем с Варькой. Бабу одну приметили, ну не поверите, каждый день в новой шубе появляется. Во, денег сколько! А тут сидишь день-деньской и копейки в результате имеешь.

Я уронила вторую пачку и уставилась на сигареты, почти утонувшие в жидкой каше из первого снега. И как только раньше я не додумалась до такого простого решения. На площади возле метро «Спортивная» полно ларьков, и в каждом тоскует продавец. Большинство из них от скуки разглядывает пейзаж, тем более летом, в жаркую погоду. Как правило, основная часть ларечников выходит наружу из тесных душных киосков и поджидает покупателей на свежем воздухе, если то, чем мы дышим в июле в Москве, можно так назвать. Забыв про сигареты, я понеслась к «Пежо».

— Эй, — завопила табачница, — эй, ты, коза офигевшая! «Голуаз» растеряла, подбери!

Но я уже уселась за руль и включила «поворотник».

Глава 10

Впрочем, прежде чем ехать к метро «Спортивная», следовало зарулить к Лике домой и посмотреть на розовый костюм.

Распахнувший дверь Юра тихо спросил:

— Даша? Что случилось?

— Погоди, — оттолкнула я его и понеслась в комнату к Лике.

Распахнув шкаф, я порылась в вешалках и вытащила розовый костюм из полотна. Так, его на самом деле произвела фирма «Ольсен», хорошая, качественная вещь, очевидно, безупречно сидит, жаль только, что поносить ее больше Лике не придется!

На жакетике и на юбке виднелись темные пятна. Может, кока-колу и производят из натурального, экологически чистого сырья, но, попав на одежду, жидкость оставляет несмываемые следы.

— Ты видишь пятна? — налетела я на Юру.

— Ну, — растерянно ответил парень, — ага, мама чем-то обкапалась, жалко, дорогая шмотка!

— Нет, — радостно закричала я, кидаясь к двери, — просто великолепно, что Лика была неаккуратна! Прямо счастье! Костюм не трогай, не смей его ни в коем случае стирать или сдавать в чистку! Лика скоро будет на свободе!

— Ладно, — попятился Юра, — мне бы и в голову не пришло его чистить, пусть, думаю, висит себе, мне не мешает, я мамины вещи не убираю, не могу!

— Не надо, — кипятилась я, влезая в ботинки, — сама скоро вернется.

— Вы уверены? — с робкой надеждой спросил Юра.

— Абсолютно, — воскликнула я, вылетая из квартиры Лики, — но пока никому ни слова.

Слышишь? Держи язык за зубами и скоро обнимешь маму.

— Вы не ошибаетесь? — прошептал юноша.

— Нет, — рявкнула я и убежала.

Возле входа на станцию «Спортивная» шла бойкая торговля. Человек, желавший попасть в метро, волей-неволей проходил сквозь строй будок, предлагавших сигаретно-жвачно-шоколадный ассортимент.

Еще тут имелись тонары с хлебом и молоком, павильончик, набитый овощами, книжный и газетный лотки.

Оглядевшись, я решила начать с сигарет. Приобрела третью за сегодняшний день пачку «Голуаз», предусмотрительно сунула ее в сумочку и спросила у торговки:

— Наверное, сейчас покупателей нет.

— А че? Берут люди, не жалуюсь, — бойко ответила та.

— Летом, наверное, больше покупают?

— Не знаю.

— Вы тут только осенью стоите?

— Я в сентябре приехала, с Молдавии, — пояснила молодуха.

Пришлось идти к следующей точке, потом к третьей, четвертой... Через полчаса я, продрогнув на ветру, зашла в вестибюль метро, чтобы согреться. К сожалению, приходится констатировать, что люди, продающие на площади всякую ерунду, в массе своей не москвичи. В конце августа — начале сентября основная часть гастарбайтеров отправилась домой, а на их место встали новые, прибывшие из Молдавии и Украины. Наверное, следовало бросить бесполез-

ный обход, ведь и так понятно, что в оставших-
ся не осмотренных мной будках сидят все те же
хохлушки. Но Дегтярев иногда, приехав домой,
ложится на диван и заявляет:

— Основное в нашей работе — аккуратность
и упорство. Никогда нельзя оставлять дело на
полдороге, думая, что уже ничего интересного
не узнаешь. Нет, коли начал обход квартир,
пробегись по всем, вдруг в самой последней
тебя поджидает удача.

Слегка приободрившись, я вышла на площадь и продолжила опрос, но, как только женщины, к которым я обращалась, раскрывали
рты, на меня наваливалось разочарование. «Шо?»
«Погодите хвылину». «Скильки вам дати?»

Не надеясь уже на успех, я добралась до
лотка с книгами и уставилась на яркие томики,
предусмотрительно спрятанные под прозрач-
ную пленку. Продавец, мужчина примерно
моих лет, ловко смахнул щеточкой мелкий снег
и спросил:

— Что желаете? Детективный или любовный
роман?

Вот он был москвич. «Рааман», «любовный
рааман» — так говорят только те, кто вырос в
столичном мегаполисе. А еще люди моего возраста, те, кто родился где-нибудь на Чистых
прудах, Мясницкой, Солянке или Красной Прес-
не, произносят «булошная», «прачешная», «мо-
лошная». С точки зрения фонетики русского
языка это неправильно, но именно так озвучи-
вали эти слова воспитавшие нас бабушки, ко-
ренные москвички.

— Смотрите, новая Анна Берсенева вышла, —

старательно показывал мне товар офеня, — хорошо идет, просто влет.

— Не люблю дамские книги, — возразила я, — хотя Анну Берсеневу вполне можно читать.

— Анна Берсенева работает в жанре городского романа, — пояснил книжник, — у нее не найдете откровенных глупостей вроде: «Он подошел к Розе, его синие глаза потемнели от страсти». Вот уж, право, чушь. А Берсеневу возьмите, ей-богу, не пожалеете. Впрочем, обратите внимание сюда, кулинария, вязание, воспитание детей.

— У вас на любой вкус.

— Всем по желаниям, — лучился продавец, — могу заказ принять. Вот, напишите название книги и издательство. Завтра привезу, без всякой предоплаты.

Да уж, времена сильно изменились. Когдато, в конце семидесятых годов, я, страстная любительница детективов, выпрашивала их в районной библиотеке, в читальном зале, на одну ночь. По счастью, в книгохранилище работала моя соседка, у которой имелась внучка с круглой двойкой по-французскому. И мы наладили, как теперь бы сказали, «отношения по бартеру», Ирма Лазаревна снабжала меня вожделенными Чейзом и Агатой Кристи, а я протаскивала ее ленивую девочку сквозь дебри французских неправильных глаголов. Сейчас же только захоти, достанут что угодно и привезут на дом. Ей-богу, жить стало лучше.

— А может, «клубничкой» интересуетесь? — подмигнул мне торговец и нырнул под прилавок. — Во, «Развратные монашки». Да вы не стесняйтесь, сам почитываю, забавно очень и бодрит, даже картинки есть, и не так уж дорого, за стольничек уступлю.

Я машинально взяла в руки порнографическую книжонку.

— Похоже, тут, на площади, вы один москвич.

— Эх, — отмахнулся торговец, — в столице теперь днем с огнем настоящих москвичей не сыскать. Чечня одна, черные город захватывают, скоро нас в резервацию поселят. Куда ни глянь, всюду они: в такси, на рынке, на стройке. Думаете, кто на этой площади хозяин? Вон он, Ахмет, морда протокольная, тьфу.

— А я, пока сигареты искала, все на украинок и молдаванок наталкивалась.

— И этого добра навалом. Я-то на улице Кирова родился, нынешней Мясницкой, в доме, где магазин «Чай-кофе».

— Надо же, а я в соседнем доме через дорогу, если помните, там на первом этаже «Рыба».

— Еще бы, — обрадовался торговец, — частенько туда ходил, за мойвой — коту на ужин, очереди вечно стояли, мрак. Нас потом в Чертаново отселили.

— А нас в Медведково, — ответила я, чувствуя себя почти родственницей мужика, — школа у меня была в Большом Козловском, ее потом закрыли.

— Вот это номер! — хлопнул себя по бокам дядька, — и я туда бегал, французский язык учил, ох и доставалось мне от Наталии Львовны!

— Красновой? — подскочила я. — Она у меня классной руководительницей была, такая здоровская тетка! Торт делала из зефира со сгущенкой, ездила с нами в Ленинград и постоянно вокруг нас хлопотала. А еще Валентина Сергеевна, учительница математики.

— Таисия... как ее, биологичка.

— Максимовна, — выпалила я, — помнишь, как она по коридорам летала и каблуки у туфель ломала?

— А еще Иосиф Моисеевич Цейтлин, у него роман с ученицей случился.

— Да уж, — ухмыльнулась я, — такая красавица, Лариса, волосы роскошные, фигура, глаза! Закачаться! В нее все мальчишки влюблены были, а она Иосифа Моисеевича окрутила. Я ей так завидовала! Роман с учителем!

Внезапно торговец спросил:

— Звать-то тебя как?

— Даша Васильева, я в «Б» училась.

— С ума сбеситься, — заорал книжник, — Дашка! Погоди, а наши говорили, ты во Франции давно живешь, вышла замуж за старого миллиардера, возишь его в инвалидной коляске! Не узнал тебя совсем!

— Это кто же про моего параличного супруга наврал? — возмутилась я.

— А Зойка Колесникова!

— Она и в детстве лгуньей была! Нет у меня мужа-миллиардера. Тебя-то как зовут?

Мужчина прищурился:

— Никита Скоков.

Я чуть не рухнула под его лоток.

— Никитуки!

— Ага!

— Обалдеть! Ты же был рыжий и толстый.

— А теперь лысый и тощий, — вздохнул Никита. — Вот так встреча! Слышь, вон там пельменная, пошли, хряпнем за встречу.

— Я за рулем.

— Давай-давай, — начал подталкивать меня Никитка в сторону забегаловки, — пельменчиков пожрем, первое дело по холоду, я угощаю. Эй, Галка, пригляди за лотком, поесть сбегаю.

Бывало ли у вас когда-нибудь ощущение, что время, побежав вспять, вернуло вас в юность или детство?

Шагнув в пельменную, я оказалась в середине семидесятых. Пластмассовые столики, чуть липкие, с маленькой вазочкой, из которой торчат аккуратно порезанные треугольничками салфетки. Стойка, за которой ходит бабища, подвязанная некогда белым фартуком, меню, основное место в котором занимали пельмени всех видов, железные полозья, по которым следовало двигать пластиковый, чуть погнутый поднос с тарелками, алюминиевые вилки и ложки, полное отсутствие ножей, порубанный огромными ломтями белый и черный хлеб, сваленный в таз у кассы. И как апофеоз, чай и кофе. Причем не из пакетиков, как повсюду, а... из огромных чайников с отбитой эмалью, с деревянными ручками. Даже и не предполагала, что где-то еще сохранились подобные раритеты. Вкус у напитков был соответствующий: чай пах веником, а в кофе не имелось ни малейшего намека на благородные зерна, одни жженые желуди с ячменем и море сладкой сгущенки. В это кафе следовало водить на экскурсии людей, ностальгирующих по прежним временам. Знаменитому ресторану «Петрович» далеко до этого учреждения. Там специально сделанный стеб, а тут сама жизнь.

Мы с Никиткой сначала подкрепились пельменями. Я осилила лишь две штуки: толстое, словно картонное тесто, вместо начинки нечто, напоминающее вареные веревки.

— Чем занимаешься? — осведомился Никита после того, как мы обсудили общих знакомых.

Я помолчала немного и сказала:

— Владею детективным агентством.

— Охренеть!

— Сейчас разматываю хитрое дело.

— Убиться можно!

— Требуется твоя помощь.

— Моя?!

— Да.

— Но... я каким боком... не пойму пока.

— Слушай, — велела я, отодвигая от себя тарелку со склеившимися, остывшими пельменями, — без тебя мне никак дальше не продвинуться.

Спустя полчаса, когда фонтан сведений, извергающихся из меня, иссяк, Никита вытащил сигареты.

— Помню я эту тетку.

— Да ну?

— Ага, парень, который ее в машину сажал, книгу у меня украл.

— Как?

— Дело так обстояло.

Я обратилась в слух.

Никита выходит на точку рано утром, чтобы

не пропустить первых покупателей, тех, кто едет на работу. Потом у него затишье, а после четырех вновь начинается торговля. Семнадцатого июля Никита получил на складе новое издание, карманный справочник стрелкового оружия. Оригинальный покет, с красивой обложкой и множеством рисунков. Несмотря на карманный вариант, стоил справочник о-го-го сколько, двести рублей, и Никита взял только один экземпляр. И очень порадовался своей предусмотрительности. Никто даже не смотрел в сторону красочного издания. Заинтересовался всего один человек, здоровенный парень с лицом, похожим на переднюю часть машины «Газель». Он схватил книжку огромными лапами и начал перелистывать, слюня пальцы.

Никита возмутился, его коробит манера некоторых людей мусолить страницы.

— Эй, поаккуратней там, — строго сделал он замечание юноше, — не мни, дорогая вещь, ведь не купишь.

— Захлопнись, — лениво ответила гора жира, — не буду же выкладывать денежки, не посмотрев.

Никита сердито нахмурился, но промолчал. С каждой проданной книги он имеет определенный процент, поэтому не может отпугивать потенциальных, даже самых противных покупателей.

Парень, облизывая пальцы, продолжал шелестеть страницами.

— Помоги скорей, — донеслось с площади, — Дима, ей плохо.

Никита машинально повернул голову на крик

и увидел, что какой-то женщине, очевидно, родственнице покупателя, стало плохо. Баба навалилась на одну из девчонок, торгующих кокаколой.

Толстый парень поспешил на помощь. Он ловко подхватил теряющую сознание даму и впихнул ее в припаркованный в двух шагах от книжного лотка автомобиль. Никита через пару минут забыл бы о происшествии на площади. Перед метро вечно что-то происходит: дерутся бомжи, буянят пьяные студенты, шныряют карманники. Случайная прохожая, потерявшая от дикой жары сознание, совсем не удивила Никиту. В июле в Москве стоял такой зной, что у многих людей начались проблемы со здоровьем. Так что, скорей всего, любое воспоминание об этом казусе мигом бы выветрилось из головы Скокова, если бы не крайне досадное открытие.

Не успела машина, в которую запихнули недужную, стартовать с места, как Никита понял, что с лотка исчезла книга, то самое дорогое карманное издание. Толстый парень унес справочник, не заплатив за него ни копейки. Никите все же не хотелось думать, что его обворовали. Сначала он предположил, что в тот момент, когда раздался нервный крик, призывавший юношу, парень просто машинально положил книгу в карман. Наивный Никита даже ждал, что через некоторое время толстяк вернется и смущенно скажет: «Извини, браток, вот деньги, неудобно вышло».

Такие случаи иногда бывали, но в тот раз Никита так никого и не дождался. Покетбук исчез вместе с горой сала, а Скокову пришлось выкладывать деньги за справочник из своего, прямо сказать, не очень тугого кармана. Хозяину-то все равно куда подевалось издание. Нет книги — давай выручку.

— Во как! — вздохнул Никитка. — Две сотни улетели, считай, я пятницу и субботу бесплатно работал, обидно было. Потом долго еще толпу разглядывал, думал, может, этот урод возле «Спортивной» иногда ходит, поймаю и долг стребую, а после и надеяться перестал, наказали меня рублем. Правда, и раньше народ книжки тырил, но дешевые, а такую дорогую в первый раз уперли.

— Машину не помнишь? — без всякой надежды спросила я.

— Так что меня и возмутило! — подскочил Никитка. — Красный «мерс» кабриолет, дорогая штучка для бешено богатых идиоток, а на номере три буквы О, соображаешь, кто тачкой владеет! Сунули они тетку внутрь, парень сел за руль, девка на переднее сиденье, и ту-ту.

Я принялась ковырять вилкой остывшие комья пельменей. Три буквы О. Сотрудники ГИБДД никогда не станут тормозить автомобиль с подобным номерным знаком, потому что очень хорошо знают: такую серию может иметь только крайне важное государственное лицо: депутат Госдумы, министр или очень-очень богатый человек, не пожалевший выложить за «престижный номер» столько, сколько стоят «Жигули». Внезапно в моей голове вихрем пронесся рассказ Лики. Евгений стихийно влюбился в неизвестную красавицу, которая явилась на свадебную тусовку в красном «мерсе» кабриолете, на номерном знаке которого выстроились в ряд три буквы О.

Чувствуя, что начинается мигрень, я, сделав над собой огромное усилие, поболтала еще несколько минут с Никиткой, потом, оставив ему свой телефон, ушла. Всю дорогу до Ложкина я так и этак вертела в мозгах неожиданное открытие: женщина, неизвестная роковая красавица, назвавшаяся Настей, та самая, в которую мгновенно влюбился Евгений, и девица в белой юбочке, с завязанной щиколоткой, велевшая отнести Лику в автомобиль, — одно и то же лицо. Отчего я это решила? Из-за «Мерседеса» кабриолета красного цвета с приметным номерным знаком! Вряд ли по улицам Москвы ездят шеренги подобных тачек. Дело за малым, узнать, кто владелец элитного транспортного средства, и я могу это сделать в два счета. Дегтярев... Хотя нет, полковнику нельзя ничего рассказывать, мигом запрет меня в Ложкино, прикует цепью к батарее. Да и зачем мне толстяк? Проблема-то пустяковая.

Я повернула налево, потом направо, затем вновь налево, вот она, Горбушка.

Влетев внутрь рынка, я наскочила на первого торговца.

— База ГИБДД есть?

— Ну...

— Так есть или нет?

Торговец лениво оглядел меня.

— Какая?

— Их две?

В глазах парня мелькнула усмешка.

— Ага. Одна простая, а другая полная, с «закрытыми» номерами.

— Мне вторую.

— Сто пятьдесят баксов.

Скорей всего, хитрый мальчишка, оценив стоимость моих украшений и часов, сильно взвинтил цену на диск, но мне так хотелось заполучить носитель информации, что спорить с обнаглевшим лотошником я не стала.

Путь до Ложкина был проделан в кратчайший срок. Очень надеясь на то, что домашних нет, я влетела в холл и перевела дух: никого. Не снимая ботинок, я ринулась в комнату Маруськи, сдвинула в сторону горы мандариновых корок, сдула с клавиатуры фантики от конфет, включила компьютер, всунула диск и чуть не запрыгала от радости. Торговец не обманул, все работало лучше некуда, серия «ООО» оказалась представлена в полном объеме, «Мерседесов» там было пруд пруди, но красный кабриолет оказался один-одинешенек, и владел им Кольчужкин Марлен Фридрихович, здесь же был дан и его адрес.

Я выключила компьютер и схватилась за телефон.

— Да, — недовольно протянула Вера Карапетова, — чего надо?

— Ты знаешь человека по фамилии Кольчужкин?

— Вечно ты звонишь не вовремя, — протянула Верка, — знаю, конечно, кто же его не знает, разве только ты.

— Он кто?

— Марлен?

— Да!

— Незачем орать, — сердито ответила Вера, — между прочим, я сижу в ванне, крашу голову, по морде вода течет, перезвоню тебе через полчаса.

— Нет! — заорала я. — Сейчас!

— Рожает кто? — схамила Вера.

— Нет, но...

— Тогда через полчаса.

Из трубки донесся равномерный писк. Проклиная противную Карапетову, я пошла в гостиную и наткнулась в коридоре на Григория. Мужик выглядел комично. Его огромная, высокая и полная фигура была замотана в старый халат Зайки. Ольга старается казаться дамой, чей рост перевалил за метр семьдесят пять, и, надо сказать, она производит на посторонних такое впечатление, но я-то знаю, что в Заюшке всего метр шестьдесят четыре. А обманчивое впечатление дылды создают невероятные каблучищи, на которых она шкандыбает. Но халаты у Заи короткие, поэтому бело-розовое одеяние в рюшках едва прикрывало Григорию то место, которым столь гордятся мужчины. Шлафрок был мал Грише и в ширину, наружу выглядывала умеренно-волосатая грудь, украшенная татуировкой.

— Здрасьте, — робко сказал Гриша, — извините, я того, не одет.

— Ерунда, — отмахнулась я, — вы же дома. Вам не холодно?

— Озяб немного, — кивнул мужчина, — ноги заледенели.

Я перевела взгляд вниз. Ступни вора были

обуты в крохотные вьетнамки, вернее, на резиновых шлепках лежала половина ступни, вторая часть покоилась на полу.

— Ты бы оделся потеплей, — посоветовала я, отбросив церемонное «вы», — почему в халате ходишь?

Гриша замялся.

— Ира брюки и свитер забрала постирать.

— И что?

— Мокрые они.

— Надень другие, — не поняла я суть проблемы.

Гриша застенчиво улыбнулся.

— Так нет одежы, один комплектик. Мне Аркадий Константинович предложил в его шкафу костюм взять, только не натянуть ведь. У него-то сорок шестой, а у меня пятьдесят четвертый. Вот, халатик разыскал. Как только бабы их носят! Скользкий, холодный.

И он передернулся. Я почувствовала укол совести. Нехорошо вышло, раз уж пригласили уголовника в гости, следовало подумать о том, что у него ничего нет.

— Вот что, Гриша, сейчас принесу вам свитер и брюки Дегтярева, вы наденете и поедете со мной в магазин, куплю вам вещи.

— Не надо, — попятился Гриша, — обойдусь. И так живу у вас, ем, пью, никакого от меня толка, еще тратиться станете!

— Но вы же не можете ходить в этом халате!

— Так недолго же, сейчас брюки высохнут!

Я сердито посмотрела на него и отправилась потрошить шкаф полковника. Свитер нашелся сразу, правда, рукава оказались слегка коротковаты. Огромные ручищи Гриши угрожающе высовывались наружу. Брюки же Дегтярева, идеально подходившие Грише по ширине, совершенно не годились по длине. Когда мужик напялил на себя джинсы полковника, создалось впечатление, что на нем бриджи. Картину довершали две кривые волосатые лодыжки, заботливо засунутые в клетчатые, красно-белые носки и тупоносые, грубые башмаки, именуемые в народе «говнодавы».

— Чтой-то я не очень того, — пробормотал Гриша, оглядывая себя в зеркало.

— Очень даже хорошо, — бодро покривила душой я, — просто замечательно. В халате и вьетнамках ты бы смотрелся в магазине намного хуже. Впрочем, нам ехать недалеко, буквально в двух шагах от Ложкина, на въезде в Москву стоит замечательный магазин, думаю, там мы приобретем все, что надо.

Глава 11

Гриша потопал во двор, я засеменила за ним. Следующая проблема возникла при посадке в «Пежо». Французы сделали очень хорошую, удобную для женщин машину. Маленькая, юркая, с вместительным багажником — идеальный вариант для дамы, которая вынуждена покупать продукты для семьи. Да и особых проблем в обслуживании нет, мой «пежошка» не ломался ни разу. Единственное неудобство — это то, что в моем варианте автомобиль имеет две двери и немного неудобно залезать на заднее сиденье. Но тут уж я сама виновата, следовало брать нормальную модификацию, а не выпендриваться.

Гриша подошел к малолитражке и, кряхтя, втиснулся на переднее сиденье. Голова его подперла крышу, колени поднялись к ушам, а длинные руки не умещались по бокам. Французы явно не рассчитывали на то, что в крохотную машинку влезет стокилограммовая туша.

На выезде из Ложкино я «села» на «лежачего полицейского». Пришлось высаживать Гришу, преодолевать препятствие без пассажира, а потом впихивать парня на прежнее место.

В магазине мы не произвели фурора, продавщицы наверняка удивились, увидав странную парочку, но на их лицах не отразилось ничего, кроме профессиональной приветливости. Довольно быстро мы подобрали Грише целый чемодан вещей: рубашки, пару свитеров, жилетку, пиджак, галстук, носки, нижнее белье... Проблема возникла с брюками. Вернее, самые обычные, шерстяные, мы приобрели сразу, а вот джинсы... Те, которые были хороши по ширине, болтались выше щиколоток. Более длинные еле застегивались.

В конце концов, устав от вида мечущихся девушек со шмотками в руках, я приняла решение.

— Берем эти, длинные. Джинсы обычно в процессе носки делаются шире.

— Очень правильно, — одобрили продавщицы, — вашему мужу идет.

Гриша слегка порозовел и спросил:

— Можно прямо в них пойду? Замучился мерить.

— Конечно-конечно, — закивали девушки, — только бирочки отрежем.

Уже на первом этаже, у выхода, я приобрела для Гриши зубную щетку, бритву и одеколон.

Мужчина понюхал флакончик, мгновенно открутил пробку, наплескал себе на ладонь желтоватую жидкость, потом, похлопав себя по щекам, с детской радостью сказал:

— Запах какой! Люблю, когда хорошо пахнет.

Пока Гриша умывался кельнской водой, я встала у прилавка с сувенирами и стала перебирать керамические фигурки мышек, собачек и кошечек.

— Нравится? — прогудел над головой Гриша.

— Очень симпатичные, — улыбнулась я, — особенно вот эта киска с розовым бантиком, вылитая Фифина. Очень бы хорошо в гостиной, на каминной доске смотрелась.

— Так купите себе!

Я с тяжелым вздохом поставила на прилавок поделку из обожженной глины. На камине Зайка расставила жутких уродов из мрамора, авторские работы безумного Виктора Ногэ, страшно модного художника, который в последние годы решил переквалифицироваться в скульптора и, надо сказать, весьма преуспел. Отвратительные каменные бюсты, лично мне больше всего напоминающие голову профессора Доуэля[1], торчат в комнатах практически у всех наших знакомых. Зайка тоже пала жертвой моды. Если я

---

[1] См. книгу известного советского фантаста А. Беляева «Голова профессора Доуэля».

сейчас приволоку вот эту симпатичную кошечку, родом из Китая, и водружу ее около «нетленки» Ногэ, то рискую услышать много нелицеприятного в свой адрес. Тут же перед глазами возникла Зайка, презрительно сморщившая хорошенький носик.

— И кто ухитрился поставить возле произведения искусства ЭТО? Впрочем, можете не отвечать, сама знаю кто, — зазвучал в ушах ехидный голосок Ольги.

Бросив полный сожаления взгляд на приглянувшуюся кошечку, я пробормотала:

— Нет.

— Не нравится?

— Очень симпатичная.

— Тогда почему не хотите взять?

— Дорого очень, — ляпнула я.

Гриша с сокрушенным видом покачал головой:

— Вот! Меня одели, а теперь ерунду взять не можете!

Я обозлилась на себя до слез. Ужасно некрасиво вышло, вроде как я упрекнула Гришу за покупки.

— Деньги у меня имеются, — я бестолково принялась оправдываться, — но на кошку нет, то есть и на киску хватит, но не надо... Все! Довольно! Она мне просто не нужна.

Мы пошли к «Пежо».

— Сделай одолжение, сядь сзади, — попросила я.

Гриша с сомнением оглядел машину.

— Мне туда не втиснуться.

— Ну, постарайся.

— А почему мне нельзя опять спереди сесть?

Я вздохнула, ну не говорить же мужику правду: ты так облился лосьоном после бритья, что у меня сейчас начнется приступ безудержного кашля.

— Видишь ли, ты крупный человек и загораживаешь мне зеркало бокового вида, — нашлась я, — так и до аварии недалеко.

— Ага, — кивнул Гриша и, тяжело сопя, полез внутрь «пежульки».

Умоститься сзади ему удалось далеко не сразу, только с третьей попытки он влез в салон и кое-как устроился на сиденье.

— Тебе удобно? — спросила я.

— Очень, — пробормотал Гриша.

Я оглянулась. Да уж, этот вор деликатный человек. Голова Гриши снова подпирала крышу, колени торчали около ушей, а руки пассажир закинул за голову.

— Потерпи немного, — попросила я, — тут езды всего пять минут.

— Мне хорошо, — пробубнил Гриша, — чай не на нарах всемером.

Я включила радио, и под заунывное пение не слишком голосистой певицы мы прикатили в Ложкино без всяких приключений.

Выйдя из машины, я велела Грише:

— Вылезай, приехали.

Но он не двинулся с места.

— Ты чего сидишь? — удивилась я. — Вылезай!

— Как?

— Очень просто, подвинь переднее сиденье до упора и выходи.

— Оно не шевелится, — грустно ответил Гриша.

Я подергала туда-сюда спинку кресла. Надо же! Только что пассажирское место свободно перемещалось на полозьях, а теперь стоит намертво.

— Ну-ка, поднажми, — велела я.

— Сломать могу.

— Не бойся, «Пежо» крепкий.

Гриша принялся трясти преграду, но ничего не произошло.

— Эй, мать, — высунулся из двери Аркадий, — тебя Вера Карапетова к телефону, пятый раз звонит и злится, говорит, ты ее из ванной вытащила, а сама уехала.

— Сейчас не могу, — крикнула я.

Аркадий вышел на крыльцо.

— Что мешает тебе пообщаться с Верой? Знаешь ведь ее прекрасно, будет трезвонить каждые две минуты, всех достанет.

— Лучше помоги сдвинуть сиденье.

— И что бы вы все без меня делали? — покачал головой Кеша.

Я вытащила сигареты.

— У меня аллергия на дым, — подал голос Гриша, — сразу задыхаться начинаю.

Пришлось отойти в сторону. Интересно, как он выжил на зоне, имея патологическую реакцию на курево?

— Говорил же, — бурчал Кеша, заглядывая под сиденье, — предупреждал, многократно предостерегал: не шмурыгай без конца креслом. И что?

— Что? — спросила я.

— То, — поставил диагноз Аркадий, — сломала! Теперь его не сдвинуть.

— Совсем?

— Ну надо ехать на сервис, там все разберут.

— И мне теперь с Гришей в техцентр катить? — возмутилась я.

Аркадий секунду смотрел на меня, потом с иронией произнес:

— Мать, включи соображалку!

— Прекрати, — рассердилась я, — сам быстро придумай, как вынуть Гришу.

— И думать не надо, — хмыкнул наш адвокат, — сиденье для пассажира не отодвигается!

— Это и без тебя известно!

— Следовательно, надо подвинуть место водителя, — закончил фразу Кеша, — тебя всегда подводит то, что сразу впадаешь в панику, а не размышляешь над ситуацией дальше.

Ну вот, теперь он станет надо мной потешаться. Действительно, глупо вышло, не догадалась вспомнить про кресло шофера.

— Впрочем, — Кеша мирно развивал мысль дальше, — подобное поведение вообще свойственно представительницам женского пола, редкие особи не начинают визжать, увидав неработающую кофеварку, нет бы спокойно посмотреть: воткнута ли вилка прибора в сеть!

Так, теперь он припомнит, как я две недели тому назад расстроенно сказала:

— Наша кофеварка сломалась, придется ехать за новой.

Ну кто же знал, что глупая Ирка, протирая пыль, зачем-то вытащила штепсель из розетки!

Самое обидное, что теперь Кеша будет вспоминать тот дурацкий случай постоянно.

— Нет, — неожиданно сказал сын, — такое могло случиться только с тобой.

— Что? — испугалась я.

— И тут механизм сломался, мы не сумеем отодвинуть ни одно кресло.

— Ты всерьез?

— Абсолютно.

— Может, перепутал чего, — цеплялась я за последнюю надежду, — не разобрался...

— Мать, — возмутился Кеша, — чтобы я не понял, в чем проблема, если речь идет об автомобиле! Такого не может быть.

И это сущая правда. Даже если Аркашка и не сумеет устранить поломку, то «диагноз» он всегда ставит точно, в Кеше умер великий автослесарь.

— Значит, придется ехать в сервис, — грустно сказала я, считая в уме, сколько времени потрачу на путешествие. Два часа туда, столько же обратно... Хотя...

— Котик, — ласково заулыбалась я Кеше, — может, сам свозишь «Пежо»? Ты за полчаса докатишь...

— Мама, — не дал мне закончить фразу Аркашка, — как же я смогу управлять этой клеткой для канарейки на колесах? Сиденье-то не отодвинуть! У меня ноги не влезут. И потом, в сервис сегодня не попасть.

— Почему? — удивилась я. — Потихоньку доберусь.

— На часы посмотри, уже девять, механики домой ушли, теперь до завтра.

Я похолодела.

— До завтра? А Гриша? Он что, так и будет тут сидеть?

— И ничего особенного, — загудел уголовник, — тепло, радио работает.

— Надо его вынуть, — топнула я ногой.

— Что ты предлагаешь? — прищурился Кеша.

— Ну-ка, — засуетилась я, — пусть попробует пролезть между креслами.

Уголовник крякнул.

— Не, у меня там даже рука не пройдет.

— Есть один способ, — задумчиво пробормотал Кеша.

— И какой? — обрадовалась я. — Говори скорей!

— Откроем багажник, откинем заднее сиденье, и он выползет наружу.

— Здорово! — подскочила я. — Начали!

— Мама! — воскликнул Аркадий, поднимая вверх крышку багажника. — Сколько ты дряни с собой возишь!

Я молча стала вытаскивать наружу всякую ерунду. Хорошо еще, что Кеша не засунул свой любопытный нос в бардачок, вот там настоящий караул. Честно говоря, я даже не знаю, что там лежит. Засовываю туда всякую всячину, надо бы разобраться, да недосуг.

Через пару минут Кеша, вытерев лоб, заявил:

— Нет, не опускаются спинки, полный аут. Сидеть тебе, Гриша, тут всю ночь.

— Мне не привыкать, — отозвался уголовник, — сидеть так сидеть, эка невидаль.

Покладистость вора обозлила меня до крайности. Экая макаронина переваренная! Разве можно так быстро покоряться обстоятельствам? С ними надо бороться.

— Нечего тут глупости городить! Пусть вылезает!

— Как? — в голос поинтересовались Кеша и Григорий.

Я на секунду задумалась. Действительно, как? Но тут же в голову пришло гениальное решение.

— Господи! Это же так просто! Пусть Гриша приподнимется, ляжет на спину и проползет между верхом кресел и потолком.

— Так там подголовники! — возразил Кеша. — У «Пежо» они и сзади, и спереди установлены.

Я снисходительно глянула на сына.

— И что? Их можно снять!

Кеша хмыкнул и удалил подушки, которые должны спасти вашу шею от перелома в случае аварии.

— Вот, — воодушевилась я, — теперь пусть приподнимется, выгнет спину... Ну, упирайся ногами, давай, давай.

— Джинсы мешают, — пропыхтел Гриша, — тесные очень!

— Ничего-ничего, — приободрила я, — лезь, головой назад, к багажнику, экий ты неловкий!

Спустя пять минут Грише удалось принять лежачее положение. Он оказался под самым потолком «Пежо». Ноги вора лежали на спинке переднего сиденья, голова высовывалась из открытого багажника.

— Чем занимаетесь? — поинтересовался Дегтярев, выходя на улицу.

— Гришу из машины вынимаем, — ответила я, в который раз удивляясь манере полковника задавать идиотские вопросы в любой ситуации.

— А почему таким странным образом? — продолжал недоумевать Александр Михайлович.

— Потом объясню, — отмахнулась я, — ну, Гриша, чего не шевелишься?

— Я застрял, — ответил он, — башка пролезла, а живот уперся.

— Так, — окончательно обозлилась я, — ничего не можешь сделать по-человечески! Даже выползти через багажник не умеешь.

— Ну вряд ли в жизни необходимо подобное умение, — мигом отозвался Дегтярев, — отчего он просто не вышел, через дверь?

Я испытала сильнейшее желание стукнуть полковника по лысой макушке. Он что, считает, что вокруг одни идиоты?

— Мусик! — завопила Маня, выскакивая на крыльцо в окружении собак. — Ой, а почему Гриша так странно лежит?

Ну вот, теперь еще и Машка с вопросами. Не хватает только Зайки, Ирки, поварихи Катьки и садовника Ивана. Не успела я подумать об остальных членах семьи, как они материализовались на дорожке, словно по мановению волшебной палочки. Сначала присутствующие задавали идиотские вопросы, потом начали давать не менее идиотские советы.

— Надо вскрыть крышу, — на полном серьезе предложила Зайка.

— Как? — подскочила Маня.

— Автогеном.

— После этого машину придется выбросить, — решила возразить Ирка, — жалко!

— Гришу жальче, — немедленно высказалась Маня, — давайте, несите автоген.

— У нас его нет, — спокойно пояснил Дегтярев.

— Не надо крышу резать, — подал голос Гриша, — мне очень хорошо лежа, даже лучше, чем сидя.

— Но ты же не можешь так всю жизнь провести, — резонно заметила Зайка.

— А какие инструменты у нас есть? — налетела на Ивана Маня.

— Ну, всякие, — забубнил не слишком разговорчивый садовник.

— Например? — не успокаивалась Маня.

— Топор.

— Ага! — обрадовалась девочка. — Порубить им заднее сиденье, Гриша и вылезет.

— Кресло сделано из суперпрочного сплава, — прервал ее Кеша, — не всякий резак возьмет.

— Пробку из бутылки удаляют штопором, — высказалась Катерина.

Повисло молчание. Потом Зайка язвительно спросила:

— Если я правильно поняла, ты предлагаешь вкрутить несчастному Грише в макушку штопор, а потом выдернуть его?

— Ой, не надо, — испуганно откликнулся уголовник, — мне очень хорошо, в натуре.

— Надо разбить ветровое стекло, — вновь

воодушевилась Зайка, — и выдернуть его за ноги.

— И отчего только вам все время охота несчастную машину в лохмотья превратить! — воскликнула Ирка. — Не пойму, чего Грише мешает вылезти?

— Живот, — вздохнул Дегтярев, — не проходит наружу.

— Ерунда, — радостно воскликнула домработница, — надо его оставить тут на недельку, похудеет и проскочит.

— Иногда лучше жевать, чем говорить, — вздохнул Кеша.

Поняв, что любимый хозяин недоволен, Ирка обиженно замолчала.

— Дельные предложения есть? — спросил Кеша.

— Да, — ответила я.

Присутствующие повернулись в мою сторону, на лицах домашних, причем у всех сразу, было написано: «Ну мы сейчас и услышим!»

— Надо ехать в сервис, там что-нибудь специалисты придумают.

— Ага, — кивнул Кеша, — одна беда, «Арманд» давно закрыт.

— Зато в двух шагах отсюда, на шоссе, имеется ремонт автомобилей, — не сдалась я, — каждый день мимо их вывески езжу и очень хорошо помню, что на ней написано: «Круглосуточно».

— Но «Пежо» можно чинить только в «Арманде», — заупрямился Кеша, — в договоре записано: если вы отвозите автомобиль в другой сервис, то лишаетесь права на гарантию.

Я улыбнулась:

— Ладно, а что в договоре сказано про разбор машины?

— Не понял? — удивился Кеша.

— Ты же адвокат, ну подумай сам, в бумагах стоит: «Чинить нельзя». Но нам-то надо не чинить, а разбирать «Пежо», а об этом в договоре ни слова. А что не запрещено, то можно!

— Просто дилерам не пришло в голову, что такое возможно, — растерянно ответил Кеша.

— Ладно, что спорить, — начал командовать полковник, — ясно одно, парня вытаскивать надо. Давай садись за руль.

Я влезла на водительское место, и тут случилась новая незадача. Гриша не мог сдвинуться ни назад, ни вперед, голова его торчала наружу, закрыть багажник оказалось невозможно. Следующие полчаса мы потратили на то, чтобы привязать поднятую вверх дверь.

— Езжай осторожно, — велела Зайка, — не ровен час упадет крышка, гильотина получится.

— Да нет, — успокоил полковник, — убить не убьет, ну нос поломает или челюсть.

— Может, нам никуда ехать не надо? — испуганно прогудел Гриша! — Мне, ей-богу, очень хорошо, ну никогда так удобно не было! Телу тепло, голове свежо.

Но уголовника никто не слушал. Я снова села за руль.

— Эй, — заорала Маня, — стой! Вот!

Я обернулась и увидела, что дочь притащила гирлянду из красных бумажных флажков, которую мы обычно вешаем на елку.

— Это еще зачем? — спросила Ирка.

— Темная ты, — вздохнула Маня, обматывая веревкой с треугольными листочками шею несчастного вора, — в дорожных правилах четко сказано: если везешь нестандартный груз, его следует обозначить.

— Так Гриша пассажир, — завелась Ирка.

— Все, — рявкнул полковник, — молчать. Дарья, вперед. Эй, Машка, ты куда?

— Разве можно мусечку отпускать одну в такой ситуации, — пропыхтела Маня, влезая на переднее сиденье.

Глава 12

Вырулив на шоссе, я поплелась черепашьим шагом, напряженно всматриваясь в непроглядную темень. Маруська, как всегда, болтала без умолку. Из-за ее привычки ни на секунду не закрывать рта я не слишком-то люблю служить шофером у Мани. На мой взгляд, во время движения все внимание необходимо посвятить дороге. Поэтому я молчала, изредка отвечая коротко «да», если Маруська начинала уж очень возмущаться отсутствием реакции с моей стороны.

— Гриша, — ерзала девочка, — тебе удобно?

— Ага, очень, — вежливо ответил вор.

— Чего так странно говоришь? — продолжала приставать Машка.

— Флажки в рот лезут, — пояснил Гриша, — ветром задувает.

— Ничего, скоро приедем, — успокоила его Маня и принялась дергать меня, — мусик, нельзя ли побыстрей?

— И так спешу, — сквозь зубы процедила я.

На шоссе не было ни одного фонаря, едущие навстречу водители включали дальний свет, видимость ноль, да еще слепящие фары.

— У тебя на спидометре тридцать километров, — заныла Машка, — мы так до утра не доедем, ну-ка прибавь!

— Нет.

— Ну чуть-чуть.

Я окончательно рассердилась и собралась сказать: «Будешь приставать, вообще не поеду», но тут Маня заорала:

— Стой!

Вот! Вечно она так! То поторопись, то тормози. Я хотела было возмутиться, но тут прямо перед «Пежо» возник грязный борт с номером. Нога машинально утопила в пол педаль тормоза. Поздно.

Раздался глухой звук, потом противный треск, следом не слишком громкое «пах». Откуда ни возьмись, выскочило нечто упругое и довольно больно стукнуло меня по лицу. Я уткнулась носом в пахнущую резиной преграду, понятно, сработала подушка безопасности. В ту же секунду мне на голову полился дождь из осколков.

— Вашу мать, — заорал дядька в грязной куртке, распахивая дверь с моей стороны, — так и знал! Мартышка за рулем! Ты че? Знак аварийной остановки не увидела? Выставил же чин-чинарем! Ну ты и!..

— Темно очень, — залепетала я.

— В голове у тебя сумерки, — злился шофер, — дома сиди, коли тормозить не умеешь, обезьяна.

— Сам козел, — сообщила Маня, стряхивая с себя стеклянную пыль.

— За козла ответишь, — налился краснотой шоферюга.

Я испугалась, только драки мне не хватало.

— Это ты ответишь, — прошипела Маня, — козел и есть! Что у тебя за знак?

— Ведро, — ответил дядька, — перевернутое.

— И как ты думал мы его в темноте увидим? — скривилась девочка.

Следующие пять минут моя дочь и водитель орали друг на друга, потом шофер осекся и с нескрываемым восхищением сказал:

— Ну, девка! Меня до сих пор только наш завгар переругать мог!

— Ты бы у нас на большой перемене погулял, — усмехнулась Машка.

Я насторожилась. Однако ну и порядки в школе, если... Но тут все мысли разом вылетели из головы, потому что я увидела... пустой салон «Пежо».

— Маня, — леденеющим языком пролепетала я, — где Гриша?

— Как где? — отвлеклась от захватывающего процесса выяснения отношений Машка, потом она повернулась и заорала: — О-о-о, Гриша!!!

Я попыталась не упасть в обморок. Значит, от удара «Пежо» о грузовик несчастный уголовник вылетел из салона через открытый багажник. Сейчас он, скорей всего, в бессознательном состоянии валяется на дороге. Со всех сторон к шоссе подступала темнота, освещения тут и в помине не было...

— Маня, — просипела я, — хватай фонарь, беги назад и указывай всем машинам, чтобы объезжали нас по встрече.

Девочка исчезла в темноте. При всей своей болтливости Маруська обладает редким качеством: в минуту настоящей опасности на нее всегда можно положиться. Маня мигом перестанет придуриваться и начнет помогать.

Я схватила мобильник и тут же отпустила его. Села батарейка.

— Что? Чего? Кто? — суетился шофер.

Я объяснила ему ситуацию. Схватившись за голову, мужик вытащил свой фонарь, и мы бросились назад. Маруська махала пучком света, сгоняя машины влево, дождь лил как из ведра, тьма была египетская, Гриши на проезжей части не оказалось, мы пробежали метров сто и остановились.

— Тебя как звать? — спросил шофер, встряхиваясь, как собака.

— Даша, а тебя?

— Колька, — ответил водитель, — не мог он так далеко улететь, видать, в кювет угодил. Эй, Гриша! Отзовись, коли жив!

Мы побрели назад, светя в овраг, наполненный жидкой грязью. И тут, отчаянно воя и сверкая мигалкой, появилась патрульная машина.

— Че у вас? — заорали менты, выбираясь на дорогу.

Мы принялись объяснять ситуацию.

— Слышь, Костян, — велел один патрульный, — перекрой там движение, а ты, Сашка, разверни машину да посвети фарами.

— Одно не пойму, — покачал головой Саша, выполнив приказ, — ну как он при таком легком ударе вылетел, да еще через зад! А? Петь?

— Он сверху лежал, — пояснила Маня.

— Головой в открытый багажник, — подхватила я.

Менты разинули рты.

— Почему? — наконец ожил Петя.

— Так вылезти хотел, — вздохнула я, — и застрял.

— Вот мы его и повезли, — влезла Машка, — по правилам, на шею красные флажки намотали!

В глазах Пети и Саши заметалось нечто, похожее на слабый страх. А вы бы не испугались, оказавшись ночью на шоссе в компании мамы и девочки, явно сбежавших из психиатрической лечебницы? Уж не знаю, как бы поступили бравые сержанты дальше, но тут Коля неожиданно воскликнул:

— Вон он, гляньте, в кювете лежит!

Преодолев около метра липкой грязи, мы подбежали к обочине.

— Точно, — отчего-то шепотом подтвердил Саша, — и впрямь с флажками на шее.

— Гриша, — кинулась вниз Машка, я понеслась за ней.

— Ты жив? — заорали мы хором.

— А че? — ответил уголовник, — нормалек! Лежу себе, полный порядок, испугался, правда, когда вылетел, но ненадолго. Даже не ушибся, прям на сено угодил.

— Вставай, — попросила я.

— Не могу.

— Ноги сломал? — спросил тоже спустившийся вниз Петя.

— Не-а.

— Тогда что?

— Джинсы тесные, сесть не получается.

— Едрит твою вправо по кочкам, — покачал головой Колька.

— А ну, сымай штаны!

— Совсем? — спросил не слишком сообразительный Гриша.

— Нет, наполовину, — обозлился шофер, — мы тут по дороге, словно сайгаки, с фонарями мечемся, а он отдыхает себе в кювете спокойно!

На мой взгляд, Николай был не прав. Во-первых, сайгаки, эти милые, быстроногие животные, не пользуются фонарями, а, во-вторых, нахождение в канаве, наполненной жидкой грязью, никак нельзя назвать отдыхом.

— Помогите мне, — кряхтел Гриша, — вот штаны чертовы!

Объединенными усилиями мы вытряхнули уголовника из брюк.

— Какие у тебя трусы прикольные, с Покемонами, — восхитился Петя.

— Аркадий Константинович подарил, — пояснил Гриша.

Я изумилась до крайности: откуда Кеша взял трусы с героями популярного мультика?

— Ты как? — поинтересовался Саша. — Шагать можешь? «Скорую» вызывать?

— Ерунда, мужики, — просипел Гриша, бодро шлепая по грязи, — мне один раз конвойный на спину чайник кипятка пролил, и ничего!

Патрульные переглянулись.

— Во внутренних войсках одни звери служат, — покачал головой Петя, — надо же до такого додуматься! Кипяток на позвоночник!

— Не, он случайно, — объяснил Гриша, — споткнулся, а тут я со спиной!

Мы добрались до места аварии.

— Претензии есть? — поинтересовался у меня Петя.

— Нет, конечно, я же в Николая сама въехала.

— А у тебя к ней?

— Нет, — отмахнулся Николай, — че моему грузовику сделается!

— Ладно, — повеселели менты, — тогда бывайте!

Я не успела ничего сказать, как представители ГИБДД мигом вскочили в свой автомобиль и умчались.

— И что теперь делать? — растерянно спросила Маня, оглядывая покореженное «Пежо». — Домой-то как добираться?

— Эх, — вздохнул Николай, — держите брезент, ща колесо поменяю и довезу вас. Девочку в кабину, остальные в кузове.

Через полчаса мы с Гришей лязгали зубами в насквозь продуваемом железном коробе.

— Ты бы штаны надел, — плохо слушающимися губами посоветовала я.

— Они мокрые насквозь, — пробасил Гриша, но все же начал натягивать джинсы, — не застегиваются, гады. Чегой-то тут мешает. Во, совсем забыл! На, держи, подарок!

В моей ладони оказалась кошка из керамики, та самая, которую я разглядывала пару часов назад в магазине.

— Спасибо, ты купил мне статуэтку! Очень мило с твоей стороны.

Гриша кашлянул:

— Ну да, видел же, что тебе понравилась.

— И когда только успел!

— А чего? Одна секунда.

Тут только до меня дошло.

— Ты украл кошку!!!

Гриша отвернулся в сторону и ничего не сказал. Я уцепила его за рукав пуловера.

— Чтобы это было в последний раз, ясно?

Уголовник кивнул и буркнул:

— Да не о чем толковать, этой безделице цена три копейки.

Я сунула кошку в карман.

— За подарок спасибо, мне действительно очень пришлась по душе киска, но больше никогда!

— Ага, — кивнул Гриша, — ладно.

Дождь пополам со снегом сыпался на Ложкино и утром, вернее днем, потому что я, устав от ночных приключений, проспала до обеда. Впрочем, я могла проваляться в кровати и дольше, если бы в спальню не вошла Ирка и не сунула мне трубку.

— Это что? — зевая, спросила я.

— Телефон, — ответила домработница.

— Сама вижу, кто звонит?

Ирка зажала ладонью микрофон и зашептала:

— Карапетова. Уж извините, что разбудила, но она с утра трезвонит, всех извела.

Я села в кровати. Вера такая, упорная, может довести до обморока любого человека.

— Интересно получается, — понеслось из трубки недовольное стокатто, — значит, я спешно, кое-как вымыв голову, вылезаю из ванны, думая, что у тебя случилась неприятность. И что? Звоню, звоню... Ты куда исчезла? Чем вчера занималась, а?

Я молча слушала Верку. Ну не рассказывать же ей про Гришу и поездку в сервис.

— Ты почему дрыхнешь до невменяемости? — неслась дальше Карапетова.

Я опять ничего не сказала. Вообще говоря, я встаю в десять, но вчера, приехав домой, вызвала эвакуатор, который приволок брошенный на шоссе «Пежо» к нам во двор. Сами понимаете, что спать легла под утро.

— Следует выползать из кровати в восемь, — безапелляционно твердила Вера, — так, как делаю я.

В этом заявлении вся Карапетова. «Делай, как я, слушай меня, только я знаю, как поступить». К сожалению, очень многие преподаватели грешат менторством, плавно переходящим в занудство. Впрочем, большая часть учителей приобретает это качество в процессе жизни, и, если призадуматься, в данном факте нет ничего удивительного. Представьте, что вы каждый день, неделю за неделей, месяц за месяцем, год за годом, безостановочно объясняете людям, как надо правильно писать, читать, считать или говорить на иностранном языке. Естественно, что у вас снесет крышу и в какой-то момент станет казаться: умнее тебя, любимой, на свете никого нет.

Но Верка Карапетова была такой с детства. Мы учились в одном классе, более того, жили в соседних квартирах, в том самом доме, где находился магазин «Рыба», на улице Кирова, нынешней Мясницкой. С младых ногтей Верку отличало редкостное, патологическое занудство и гипертрофированное самомнение. Спорить с ней было делом зряшным, переубедить Карапетову ни в чем никогда не удавалось. Дружить с ней, кроме меня, не хотел никто. Вернее, меня тоже не слишком радовало проводить с Веркой свободное время, она вечно устанавливала во всех играх свои правила, но соседка сама приходила ко мне и приказывала:

— Бросай уроки, пошли в кино. Я считаю, что после семи вечера вредно киснуть над учебниками.

К слову сказать, Карапетова прекрасно училась, и учителя всегда ставили нам ее в пример. В институт мы поступали вместе и оказались в одной группе, вот с того времени и начинает отсчет наша дружба с Ликой. Вернее, это я дружила с Ликусей и Веркой, а они со мной. Между собой девушки не слишком ладили, у них то и дело вспыхивали скандалы, да оно и понятно почему.

Занудная Вера пыталась управлять бесшабашной Ликой. Сами понимаете, ничего хорошего не получалось.

— Подхалимка чертова, преподавательская подлиза, — шипела Лика вслед Вере.

— Как ты можешь иметь дело с этой абсолютно безответственной троечницей? — возмущалась Вера, наваливаясь на меня своим крупным телом. — Имей в виду, тот, кто везде опаздывает, обязательно становится предателем.

Честно говоря, мне намного больше нравилась веселая Лика, чем правильная до тошноты Вера. Но Карапетова активно поддерживала нашу с ней дружбу, и я, тяготясь отношениями, не понимала, каким образом их можно разорвать. А потом произошло событие, в корне изменившее ситуацию.

В середине пятого курса нас неожиданно созвали на внеурочное комсомольское собрание. Когда я, войдя в битком набитый зал, увидела на сцене в левом углу длинного стола Веру, то очень удивилась. Во-первых, Карапетовой десять дней не было в институте, а на мои звонки ее бабушка тихо отвечала:

— Верочка сильно заболела, ангина, ты, Дашенька, не трогай ее пока.

Последний раз я услышала эту фразу накануне вечером, и вот пожалуйста, Карапетова, на вид совершенно здоровая, сидит в президиуме. Вторым странным обстоятельством было то, на каком месте находилась Верка. Она к тому времени стала секретарем комсомольской организации института, готовилась вступать в ряды КПСС и всегда на собраниях восседала в центре. Она же и вела все сборища, наводя на присутствующих зевоту бесконечными, одуряюще правильными речами. Но сейчас Верка жалась в стороне, а главное место занимал Антон Паршиков, который... требовал изгнать комсомолку Карапетову из рядов ВЛКСМ. В первом ряду сиди́ли наш декан, большинство преподавателей и секретарь парторганизации вуза — все с каменными, непроницаемыми лицами.

Я, как всегда, опоздавшая к началу, ничего не понимала и дернула Ваньку Мамлеева:

— Что стряслось?

— Ужас, — вздохнул Ваня и принялся шепотом вводить меня в курс дела.

Чем дольше он говорил, тем больше у меня отвисала челюсть. Родители Веры Карапетовой работали в каком-то НИИ. В семье царил достаток. Честно говоря, я никогда не задумывалась, откуда у Верки прехорошенькая шубка из белки, симпатичные золотые колечки и красивая одежда не советского производства. У меня самой ничего такого не имелось, но моя мать рано умерла, отец исчез из нашей семьи так давно, что, честно говоря, я не уверена, что он вообще был у меня, а бабушка, хоть и старалась изо всех сил, но не могла обеспечить безбедное существование себе и внучке. К тому же Фася была картежницей... Впрочем, об этом я уже рассказывала[1].

Но у Веры были и мама, и папа, и бабуля Алла Юрьевна, так что их стабильное материальное положение удивления не вызывало. Имелась у Карапетовых и дача, а год тому назад они, единственные в нашем дворе, приобрели машину «Москвич».

И вот сейчас выяснилась страшная вещь: родители Верки на самом деле занимались спекуляцией, причем торговали Карапетовы не им-

---

[1] См. книгу Дарьи Донцовой «Бассейн с крокодилами».

портными шмотками, не косметикой, не обувью... а валютой: американскими долларами и немецкими марками. Сейчас, когда в Москве повсюду понатыканы обменные пункты, никто и не вспоминает о том, что еще не так давно в нашем Уголовном кодексе существовала статья, предусматривающая исключительную меру наказания за валютные операции.

Родителей Карапетовой арестовали, а нам сейчас предлагалось изгнать Верку из рядов комсомола. Я сидела на стуле, окаменев, а мои сокурсники поднимались на сцену и клеймили Веру позором. Многие использовали подходящий момент, чтобы отомстить правильной Карапетовой. Сама Верка никогда не стеснялась в выражениях, обличая прогульщиков и двоечников.

Когда на трибуну вылезла Лика, мне стало совсем нехорошо. Месяц тому назад, стоя вот на этой самой сцене, Верка, тыча в Лику пальцем, заявила:

— Гнать надо таких из института! Сплошные тройки в сессии и занятия пропускает.

Я уже собралась услышать, как Ликуся топит Веру, но ее речь потрясла меня.

— Как вам не стыдно! — звенела Лика. — Забыли, что Сталин говорил: «Дети за родителей не ответчики»? Значит, вчера она вам хорошая была, а сегодня дрянь? Нет, это вы тут все сволочи! За что Веру выгонять, а? Да у нее за все годы ни одной четверки, сплошные «отлично».

Зал загудел. Декан принялся перешептываться с секретарем партийной организации. У обоих мужчин уши горели огнем. Председательствующий попытался спихнуть Лику с ораторского места, но она не сдалась.

— Пока до конца не выскажусь, не уйду, — уперлась Лика, — хоть милицию зовите. У нас что, тридцать седьмой год?

— Правильно, — закричали из зала, — при чем тут Верка, если родители гады?

Уши руководителей побагровели. Последней выступала сама Вера, вкратце ее речь выглядела так: о преступных занятиях отца и матери она ничего не знала, но сейчас отрекается от родителей. В комсомоле не оставляйте, а из института не выгоняйте, дайте получить диплом, всего полгода учиться осталось. Затем состоялось голосование, и большинство решило не трогать Веру, оставить ей и комсомольский, и студенческий билеты.

Верка превратилась в парию, дружили с ней теперь только я и Лика. Диплом Карапетова получила, даже с отличием, хотя на госэкзамене декан попытался ее завалить. Но на приличную работу Верку не взяли, она пошла преподавать в самую обычную школу. Вплоть до перестройки Вера работала учительницей, ее не повышали по службе, не выбирали в месткоме и, естественно, не приняли в партию. За границу, в солнечную Болгарию, она тоже не ездила. И только когда рухнул колосс КПСС, Карапетова подняла голову. Самое интересное, что ее муж Семен был одним из тех, кто первым открыл в столице обменные пункты. Сейчас Вера ни в чем не нуждается, ездит по всему миру, ее крепкое финансовое положение основывается на торговле валютой. Судьба — большая шутница.

И еще. Примерно через год после того памятного собрания в дверь моей квартиры позвонили, ночью, около двух.

Слегка удивившись, я глянула в глазок и увидела Веру. К тому времени мы уже не жили в одном доме. У Карапетовых конфисковали квартиру. Аллу Юрьевну и Веру выселили в барак, на окраину. А мы с Фасей переехали в Медведково.

— Что случилось? — испуганно спросила я, распахивая дверь.

Вера молча сунула мне какой-то бланк с печатями и села на табуретку у входа.

«Приговор приведен в исполнение 25 января...» У меня затряслись руки. Значит, Вазгена Ованесовича и Анастасию Сергеевну... Боже! И что сказать? Как отреагировать?

Неожиданно Верка подняла абсолютно сухие глаза и голосом, лишенным всякой эмоциональной окраски, спросила:

— Как думаешь, их вместе... или в разных дворах? Мама, наверное, хотела стоять рядом с папой.

Не дай бог никому испытать те чувства, которые обуревали меня в тот момент.

Глава 13

— Ну и зачем тебе понадобилось вытаскивать меня из ванной? — продолжала кипеть Верка.

Я постаралась затоптать воспоминания и вернуться к действительности.

— Ты знаешь Кольчужкина Марлена Фридриховича?

— Ну!

— Так да или нет?

— Да.

— И кто он такой?

— Только тебе мог в голову прийти подобный вопрос, — вздохнула Верка, — прям смех! Газеты читаешь?

Я замялась.

— Очень редко.

— Позволь полюбопытствовать какие?

— «Скандалы», там забавные вещи пишут, про человекокошку или инопланетян!

— А телик смотришь?

— Да, «Ментов», «Убойную силу», а еще, сейчас...

— Послушай, Дашка, — перебила меня Вера, — ты невозможное существо! Да все средства массовой информации целый год кричат про Кольчужкина! Он владелец пивного завода «Кольчуга», баллотируется в депутаты.

— А красный «мерс» в его семье имеется?

— Понятия не имею.

— Только что сказала, будто знаешь мужика! — возмутилась я.

— Но не лично же, — парировала Верка, — по газетам и телику.

— А кто из наших может его лично знать?

Карапетова фыркнула:

— Тебе зачем?

Я хотела было рассказать ей про Ленку, бутылочку кока-колы, обморок и кабриолет, увезший в никуда нашу подругу, но отчего-то соврала.

— Да вот приглашение от него привезли,

зовет на вечеринку, ума не приложу зачем. Решила сначала разведать обстановку.

— Ничем тебе помочь не могу, — отрезала Верка, — лично я по чужим людям не шляюсь и тебе не советую этого делать, не езди к Кольчужкину, он человек, мягко говоря, не нашего круга, бандит.

— Ладно, — быстро согласилась я, отсоединилась и набрала телефон своего бывшего мужа Макса Полянского.

— Зачем тебе Марлен? — удивился Макс. — Хочешь опять замуж выйти? Но у него есть жена, стабильный брак, кажется!

— Мне надо попасть к нему в гости.

— Зачем?

— Надо!!!

— Ладно, — сдался Макс, — фиг с тобой, подожди, сейчас решу проблему.

Я пошла в столовую, налила себе кофе и обнаружила под сахарницей записку: «Мать! Позвони в сервис. «Пежо» уже там. Проси Гиславед». Странное имя — Гиславед, мне до сих пор не встречались подобные, наверное, оно мусульманское. Недолго думая я набрала номер.

— Сервисцентр, — сообщил приятный мужской голос.

— Позовите Гиславеда.

— Э-э... а кто говорит?

— Меня зовут Дарья Васильева, — представилась я и объяснила ситуацию.

Минут через пять администратор сказал:

— Сейчас.

В трубке заиграла музыка и послышался другой, на этот раз женский голосок.

— Алло.

— Позовите Гиславеда.

Девушка захихикала.

— Кого?

— Гиславеда.

— А кто спрашивает?

Пришлось снова объяснять ситуацию. Наконец я добралась до нужного служащего, который спокойно объяснил, что «Пежо» можно починить в течение одного дня.

— Если завтра к десяти утра подъедете, то получите готовую машину.

— Спасибо, Гиславед! — обрадовалась я.

Парень неожиданно захихикал.

— Не за что, это наша работа.

Поняв, что проблем с «Пежо» не будет, я повеселела, и тут раздался звонок.

— Все устроилось как нельзя лучше, — зарокотал Макс, — Марлен продает загородный дом, я сказал, что ты с удовольствием посмотришь здание.

— Но мне не нужен дом!

— А тебя никто не заставляет его покупать, — рассердился Макс, — хотела к нему в гости — я устроил. Завтра, в тринадцать часов, пойдет?

— Да, спасибо.

— Ну бывай здорова! — бодро выкрикнул Макс и отсоединился.

На следующее утро Кеша привез меня в сервис.

— Ты можешь ехать на работу, — сказала я, вылезая у ворот техцентра.

— Нет уж, — решительно ответил Аркадий, — пойду погляжу на машину.

«Пежо» смотрелся как новый, стекло вставлено, бампер заменен.

— Спасибо, Гиславед, — обрадованно воскликнула я.

Парень, который привел меня к машине, захихикал.

— Мать, — подскочил Кеша, — прекрати.

— Почему? — изумилась я. — Что плохого я сделала? Разве нельзя от души поблагодарить этого славного Гиславеда?

Тут захихикали и другие сотрудники. Я только хлопала глазами: ну что смешного они нашли в моих словах? Решив не обращать внимания на глупых людей, я продолжила:

— Вы, Гиславед, отличный работник! Хотите напишу вам благодарность в книгу?

Девица, выписывавшая счет, покатилась от хохота. Теперь заулыбались еще и клиенты, поджидавшие своей очереди.

— Мать, — дернул меня за плечо Кеша, — прекрати дурачиться!

— Я просто благодарю юношу и не понимаю, что здесь смешного!

— Перестань называть его Гиславедом.

— Вы не Гиславед? — дошло до меня.

— Нет, — ухмыляясь, покачал головой парень, — меня Сергеем с детства зовут.

— А где Гиславед?

— На складе, — заржал Сергей, — в большом количестве, а еще в вашем «Пежо».

Я окончательно растерялась.

— У вас работает несколько человек с таким

экзотическим именем? Минуточку, при чем тут мой автомобиль? Ваш сотрудник сидит в нем?

От дружного хохота затряслись стены. Кеша бесцеремонно вытолкал меня во двор, под дождь.

— Ну ты даешь! — укоризненно заявил сын, выходя следом. — Цирк устроила. Да уж, они тебя на всю жизнь запомнят, позор, да и только!

— Совершенно не понимаю, что я такого сделала...

— Зачем ты величала парня Гиславедом?

— Ну ошиблась, что тут смешного? Отчего все по полу катались?

— «Гиславед» — это не имя, а название фирмы, производящей автомобильные шины, — вздохнул Кеша.

Я онемела на секунду, а потом воскликнула.

— Но ты же сам написал в записке: «Пежо» в мастерской, спроси Гиславеда. Вот и решила, что он мой автомобиль чинит!

— Каким местом ты читаешь! — вздохнул Кеша. — Я совсем другое написал: «Пежо» в сервисе, проси Гиславед». В том смысле, что потребуй эту резину поставить, скоро гололед начнется! Теперь сообразила, отчего они все ржали, когда ты с самой торжественной миной принялась хвалить мастера и называть его через слово Гиславедом?

Я молча влезла в «Пежо» и включила зажигание. Да уж, глупо вышло.

Дом Кольчужкина находился в охраняемом поселке, но меня беспрепятственно пропустили внутрь. Участок у Марлена Фридриховича оказался огромным — гектар, не меньше, а здание, выставленное на продажу, выглядело даже более помпезно, чем особняк нашего соседа, банкира Сыромытникова.

Меня встретила женщина неопределенных лет, назвавшаяся Ингой Федоровной, хозяев не было видно.

— Марлен Фридрихович в командировке, — пояснила дама, — его супруга, Малика Юсуповна, сейчас отсутствует, дом, если не возражаете, покажу я.

— А вы кем приходитесь Кольчужкиным? — не сумела я сдержать любопытство.

— Экономкой, — гордо пояснила Инга Федоровна, — веду домашнее хозяйство, руковожу прислугой. Не может же Малика Юсуповна сама общаться с садовником, поломойкой и кухаркой!

Мы пошли по бесконечным комнатам.

— Если пожелаете, можете приобрести дом вместе с мебелью, — сообщила Инга Федоровна.

Я тихонько вздохнула. Даже если бы я нуждалась в жилище, ни за что бы не захотела тут жить. Огромные залы вместо нормальных, уютных комнат, невероятная меблировка, в основном белого цвета с позолотой, полное отсутствие занавесок и многоламповые люстры, свисающие на бронзовых цепях в самых неожиданных местах. Еще пугали коридоры, длинные, извилистые, стены слепяще белого цвета, черный паркет. Не дом, а кошмар. Но я изобразила на лице полнейший восторг и принялась присюсюкивать:

— Какой дизайн!

— Особый проект, сама Малика Юсуповна руководила отделкой.

— Удивительный вкус!

— Малика Юсуповна художница.

— Оно и видно! Какие краски! А гараж есть?

— Конечно, — кивнула Инга Федоровна.

— Покажите.

Экономка вывела меня во двор.

— У нас гараж стоит отдельно. Малике Юсуповне не хотелось, чтобы на первом этаже пахло бензином.

— Очень правильное решение, — кивнула я, — Малика Юсуповна умная женщина.

— Каждый день благодарю господа за то, что мне довелось попасть в дом к таким людям, — на полном серьезе заявила Инга Федоровна, щелкая брелоком.

Тяжелая железная дверь плавно поднялась вверх, и перед глазами возникло помещение, напоминающее ангар, абсолютно пустое. Честно говоря, тут могла разместиться небольшая автобаза, но я недовольно произнесла:

— Да, места маловато.

— Что вы! — удивленно вскинула брови экономка. — Пять машин становятся.

— Не похоже! И какие же?

— Вот тут джип «Лексус», рядом «шестисотый», ближе ко входу «Фольксваген Гольф», — принялась перечислять Инга Федоровна, — в самом дальнем углу «Брабус», а еще «Мерседес» кабриолет.

— Отличный автомобиль! — воскликнула я. — Только что на дороге встретила такой двухдверный «мерс», ярко-синего цвета. Не ваша ли хозяйка поехала?

— Малика Юсуповна на огненно-красном ездит, — спокойно пояснила Инга Федоровна.

— Хорошо, — кивнула я, — понятно, вполне приличный дом!

— Но мы ведь еще не посмотрели третий этаж, баню и домик для гостей! — заботливо напомнила экономка.

Пришлось продолжить абсолютно бесполезную экскурсию по хирургически чистым комнатам, таким безлико аккуратным, что казалось, в этом доме живут биороботы, а не обычные люди. У нас в Ложкине всегда есть небольшой беспорядок. В гостиной на диванах валяются смятые пледы и подушки, на маленьком столике, возле мягкого велюрового кресла, обязательно стоит чья-нибудь пустая чашка и лежат остатки пирога, фантики от конфет и газеты, по полу разбросаны собачьи игрушки. Да и псы добавляют свои штрихи: Хучик — большой любитель скидывать на пол думочки и валики, Бандюша норовит с головой залезть под покрывало на моей кровати. Снап вполне способен слопать сухарь на диване, а Черри с Жюли просто мелкие воровки, им ничего не стоит залезть на стол и схарчить забытые там, ну, предположим, мармеладки. Не далее как позавчера я обнаружила в столовой на большом столе разбросанные в разные стороны куски лимона, тут же маячила и пустая розеточка. Очевидно, Ирка, убирая чайную посуду, забыла про цитрус, а Черри или Жюли решили попробовать его и попытались сгрызть кислые кружочки. Фрукт не пришелся им по вкусу, и пуделиха с йоркширихой, выплюнув противные кусочки, удалились. Справедливости ради следует добавить, что и в свою спальню я не захотела бы пустить неожиданных гостей. На тумбочке у меня бардак, на спинке кресла болтаются джинсы... У Машки в комнате еще хуже: повсюду разбросаны диски, видеокассеты, шкурки от мандарина, упаковки из-под колготок...

А у Кольчужкиных даже не было понятно, есть ли в доме дети. Безликие комнаты с аккуратно застеленными кроватями, идеально вытертыми тумбочками и аккуратно повешенными картинами. И еще мне, теперь твердо знавшей, что у хозяйки имеется «мерс» кабриолет, очень хотелось поболтать с этой Маликой Юсуповной, но каким образом выйти на нее? Она не пожелала сама показать дом потенциальной покупательнице.

Перед одной дверью Инга Федоровна остановилась и торжественно объявила:

— Спальня хозяйки.

— Нам туда нельзя?

— Почему, входите.

Перед глазами открылось большое пространство, свет в которое впускали четыре окна. Я невольно поежилась, в таком зале крайне неуютно и даже страшно, мне по душе старомосковская архитектура: небольшие, даже маленькие спаленки.

— Признайтесь! — вдохновенно воскликнула Инга Федоровна. — У вашей хозяйки не такая роскошная опочивальня.

В голосе экономки звучала настоящая гордость. Тут только до меня дошло, что она приняла меня за наемную служащую, которая явилась осматривать хоромы. Инге Федоровне и в голову не взбрело, что перед ней стоит новая предполагаемая хозяйка здания. Очевидно, жена Кольчужкина никогда не занималась бытовыми проблемами. Хотя она вроде разработала дизайн здания! Мне так хочется поговорить с ней. Внезапно в голову пришла идея.

— Ваши хозяева надолго уехали? — поинтересовалась я у Инги Федоровны.

— Почему уехали? — удивилась та.

— Но в доме никого нет.

— Малика Юсуповна имеет мастерскую, — разъяснила экономка, — она работает там, возвращается сюда около десяти вечера, а Марлен Фридрихович приезжает к полуночи, хотя сейчас он в командировке.

Мне еще больше захотелось познакомиться с дамой. Надо же, имеет роскошный, громадный загородный дом и ездит в мастерскую! Отчего бы ей не оборудовать рабочее место здесь?

Я нагнулась и заглянула под кровать.

— Однако! У вас плохо пылесосят полы, там полно грязи!

— Не может быть! — возмутилась Инга Федоровна и тоже наклонилась.

Секунды хватило мне на то, чтобы стащить с запястья дорогие, украшенные бриллиантами часы «Шопард» и сунуть их хозяйке под подушку.

— Сегодня же уволю горничную! — гневно воскликнула Инга Федоровна, выпрямившись.

Следующей комнатой оказалась спальня

Марлена Фридриховича, тоже несуразно огромная, забитая тяжелой мебелью из цельного массива дерева. Я ткнула пальцем в фотографии, стоявшие на длинной полке, прикрепленной вдоль кровати.

— Кто эта красавица?

Честно говоря, я немного покривила душой, называя так черноволосую женщину, запечатленную на снимках. Дама сильно смахивала на ворону: тощая, с небольшими, круглыми глазами и излишне длинным носом.

— Малика Юсуповна, — тут же откликнулась Инга Федоровна, — Марлен Фридрихович обожает жену, он везде расставил ее фото: в доме, на работе, даже в машине есть.

Я старательно подавила улыбку. В последние годы наши политики стали усиленно рассказывать о своих крепких семьях. Наверное, поняли, что простым избирателям, в особенности женщинам, которые составляют большинство активного электората, скорей понравится правильный мужчина, чем ветреный мотылек-холостяк. Поэтому газеты заполонили семейные снимки всяческих кандидатов во всевозможные места. Порой фото оказывались смешными, порой нелепыми, порой постановочными, но факт остается фактом. Да еще большинство госчиновников среднего и высшего руководящего звена начали украшать рабочие столы портретами своих половин и детей. Моду на такие прибамбасы ввел, как это ни странно, Билл Клинтон. В свое время телевидение показало интервью американского президента, которое он дал в Овальном зале Белого дома. Камера продемонстрировала телезрителям и стол «первого американца», а там, в резных рамочках, красовались портреты жены Хиллари и дочери Челси. Вот и Кольчужкин в преддверии выборов изображает примерного семьянина. И тут в голове мелькнула еще одна мысль. Я снова быстро наклонилась и протянула:

— Да уж! Наш дом хоть и не так шикарен, как ваш особняк, зато экономка Ирина тщательно следит за чистотой! Под кроватью вполне можно картошку сеять!

Инга Федоровна обрела цвет переваренной свеклы и заглянула под двухметровое ложе. Я мгновенно схватила одну из фотографий и запихнула в сумочку.

— Безобразие, — каменным голосом протянула Инга Федоровна, — большое спасибо, что указали мне на грязь. Я очень доверяла старшей горничной, но, выходит, делала это зря.

Потратив несколько часов на осмотр дома и сада, я села в «Пежо» и вытащила фотографию. Малику Юсуповну нельзя назвать красавицей, но следует признать, что у дамы нестандартное лицо, узкое, с выступающими высокими скулами. Глаза не были раскосыми, веки только чуть-чуть поднимались к вискам, нос, пожалуй, длинноват, а рот маловат, но лоб высокий, чистый, и волосы, очевидно, просто роскошные. Даже на этом любительском снимке видно, какие они густые, тяжелые, блестящие. В целом Малика Юсуповна производила впечатление не слишком ласковой дамы, но ее внешность, немного экзотическая, восточная, легко запоминалась.

Вот на этом факте и основывался мой простой расчет.

Похотливый старичок, проводящий время у окошка с полевым биноклем, мог увидеть лицо той, которая столь хладнокровно сбросила в реку Евгения. И что-то подсказывало мне: дамой, одетой в сарафан Лики, была Малика Юсуповна. Имелся только один способ проверить это предположение, и я поехала на набережную.

Ни адреса, ни фамилии, ни имени дедушки я не знала. Вернее, на суде называли все его данные, но сведения, естественно, выветрились из моей головы. Но я не унывала. Место, где совершилось преступление, я знаю и еще помню, что дедуся живет под крышей. В том районе река делает небольшой изгиб, а на набережной стоит только один дом, многоэтажная башня. Старичок обитает именно в этом здании, больше ему просто негде жить, вокруг гаражи и пустыри.

Глава 14

Добравшись до места, я с тоской констатировала, что на лавочке перед подъездом никого нет. Оно и понятно, с неба валится противный мелкий дождь, и даже самые упорные сплетницы предпочли остаться дома в компании цветных телевизоров, показывающих мексиканские сериалы. Поразмыслив пару минут, я поднялась на предпоследний этаж и позвонила в дверь одной из квартир. Раздались шаркающие звуки, и на пороге возникла баба примерно моих лет, может, чуть старше, чудовищной толщины.

Следом за ней на лестничную клетку выплыл одуряющий запах жирного, мясного супа. В руках гигантша держала батон белого хлеба.

— Здрассти, — буркнула она, — думала, мой мужик пришел.

— Добрый день, — вежливо улыбнулась я.

— Вам чего? — вполне миролюбиво поинтересовалась гора с булкой.

— Тут такое дело, — я принялась мяться, — право, не знаю, как сказать.

— И чего? — наклонила тетка голову набок. — Продаешь всякую дрянь?

— Нет-нет, дело очень деликатное. Видите ли, у меня есть дочка, красивая девочка, ей десять лет, но выглядит на все пятнадцать, такая крупная.

— И чего? — повторила бабища. — Не врублюсь никак, при чем тут я.

— Девочка учится здесь, школа неподалеку от вашего дома, — вдохновенно врала я.

— Ага, — кивнула толстуха, — имеется заведение, у меня в него Катька ходит.

— Так вот. Вчера к ней в вашем дворе — моя дочь, чтобы сократить путь к метро, бежит через детскую площадку — подошел старичок, маленького роста, плюгавенький, и сказал: «Если ты, девочка, передо мной разденешься, дам тебе сто рублей».

Естественно, дочка перепугалась и хотела убежать, но противный дедулька схватил ее за плечо: «Не бойся, ягодка, пальцем не трону, просто посмотрю, издали. Неужели не хочешь за просто так целых сто рублей получить!»

Моя дочь вырвалась и полетела к метро, а похотливый мерзавец крикнул: «Если передумаешь, я в этом доме живу...»

Он еще сообщил и номер квартиры, но перепуганный ребенок, естественно, его не запомнил. Вот, я пришла спросить, не знаете, кто тут подобными вещами занимается?

Бабища сунула батон в ботиночницу.

— Вот гнида, опять за старое принялся! Мало его Митька бил!

— Кто?

Хозяйка шумно вздохнула:

— Да сосед, кобель! Прямо над нами живет. Он знаете чего делает? В бинокль за всеми подглядывает. Мы и знать не знали. Прятался в парке и в квартиры на нижних этажах буркалы запускал, тут только один наш дом и стоит, люди никого не стеснялись, занавески не закрывали. И ведь открылось как! Он к Ленке Моткиной в подъезде пристал, уговаривал, навроде вашей дочери, раздеться, только он ей не деньги обещал, а соврал, будто знает самого главного в кино, ну этого, усатого...

— Никиту Михалкова?

— Точно! Вроде тот собрался кино снимать эротическое, а Савелий Петрович у него администратор, актрис подыскивает. Вон чего придумал! Только Ленка ему не поверила и отказалась, а Савелий возьми да и скажи: «Чего стесняешься, я тебя и так каждый вечер голую вижу».

Лена очень удивилась и рассказала обо всем своему жениху Митьке, а парень живо смекнул, в чем тут дело, подстерег Савелия в кустах и поколотил от души. Лена же растрезвонила по всем жильцам о «хобби» соседа, люди начали задергивать занавески на окнах и недовольно коситься в сторону пожилого охальника.

— Он это, — качала головой толстуха, — больше некому, остальные люди тут нормальные. Ну выпьют, подерутся, с кем не бывает... Похабник один, Савелий Петрович, к нему ступай.

Я побежала вниз, открыла багажник и вытащила оттуда несколько порнографических журналов с предельно откровенными, местами крайне мерзкими фотографиями. Купила издания по дороге, на одном из лотков, отдав, кстати, за «клубничку» немалые деньги. Уж что подумал торговец, когда к нему подошла хорошо одетая дама и тихим голосом попросила достать из-под прилавка непотребные «Мистер N» и «Хочу видеть», я не знаю, но толстые глянцевые ежемесячники он продал мне без писка.

Савелий Петрович походил на белую мышь, по недоразумению решившую прикинуться человеком. Узенькое личико, так и хочется сказать — мордочка, с длинным носом, крохотными глазками-бусинками и неожиданно большим ртом с влажными, толстыми губами, короткая шея плавно перетекала в покатые, бабьи плечи, от которых сразу начинался живот, заканчивающийся практически у колен. Внизу торчали две тощие ноги, обутые в ковровые тапочки. Савелий Петрович был тучен, но мелок, если вы понимаете, что я имею в виду: узкие кости, маленький рост и плотный слой жира.

Увидав меня, старичок удивленно спросил:
— Вы ко мне?

Я подмигнула ему:

— Привет.

— Привет, — слегка растерялся дедок.

— Войти можно?

— Ступай.

Я прошла в захламленную прихожую. Очевидно, Савелий Петрович жил в одиночестве, потому что никакая женщина, даже самая вдохновенная неряха, не потерпит подобного беспорядка.

— Иди сюда, — приказал хозяин и толкнул дверь в комнату.

Там было не чище.

— Дело у тебя какое? — поинтересовался дедуся, ощупывая мою фигуру колким взглядом хитроватых глазок.

Я снова подмигнула ему и выложила на стол, покрытый липкой клеенкой, вызывающе роскошный «Мистер N».

— Говорят, вы любитель подобных изданий.

Савелий Петрович молча взял в руки журнал и начал листать. Через пару секунд его лоб покрылся мелкими капельками пота, а пальцы, переворачивающие очередную страницу, затряслись.

— Нравится? — прищурилась я. — Девочки очень красивые! Загляденье, на любой вкус: блондинки, брюнетки. Если предпочитаете полненьких, пролистайте странички, пышечки в конце.

Савелий Петрович крякнул:

— Да, хороши, только зря ко мне пришли.

— Почему?

— Я знаю, сколько такой журнал стоит, аккурат вся моя пенсия уйдет, не куплю его.

— Не по вкусу пришлись курочки? — заботливо воскликнула я и вытащила «Хочу видеть». — У меня другие есть.

— У тебя все есть, — рассердился Савелий Петрович, — это у меня средств на покупки нет.

— А кто говорит про деньги? — фальшиво удивилась я.

Савелий Петрович слегка отодвинул от себя порнуху.

— Не понял. Бесплатно отдаешь?

— Да, причем оставлю вам оба издания.

— Ни рубля не возьмешь? — недоумевал дедулька.

— Ни копейки, — кивнула я, — безвозмездно получишь, то есть даром.

Савелий Петрович потянулся к журналам.

— Надо только ответить на один вопрос, — быстро сказала я.

— Так ты опрос проводишь, — протянул дедушка, — а в награду фотки раздаешь.

Из глаз Савелия Петровича исчезла настороженность.

— Давай, вынимай свою анкету, — поторопил он меня.

Старичку явно не терпелось остаться с «Мистером N» и «Хочу видеть» наедине.

Я вытащила фото Малики Юсуповны.

— Ну-ка, посмотрите внимательно, вам знакома эта дама?

Савелий Петрович уставился на снимок.

— А где вопрос? — поинтересовался он.

— Это он и есть: видели ли когда-нибудь сию особу?

— Думал, про маргарин станешь спрашивать

или кетчуп какой, — протянул дедуся, — это кто же такая, актриса небось, хотя навряд ли, страшна больно, черная, словно ворона, мне больше беленькие по душе, вроде тебя.

На всякий случай я отодвинулась от Савелия Петровича подальше. Кто знает, что ему может взбрести в голову.

— А, понял, — обрадовался старикашка, — значит, бабенку по телику показывают, ты мне предлагаешь назвать ее имя, если угадаю, получу журнальчики! Викторина, да?

— Вы получите эти издания обязательно, — успокоила я разволновавшегося вконец старичка, — и имени сообщать не надо. Просто попытайтесь вспомнить, где, когда и при каких обстоятельствах вы видели эту особу.

— Так нигде! — воскликнул Савелий Петрович и потянулся к «Мистеру N», но я ловко дернула глянцевый ежемесячник к себе.

— Нет, надо вспомнить. Ладно, я готова помочь. Не так давно вы выступали в суде свидетелем.

— Ну, — напрягся Савелий Петрович, — было дело, исполнил свой гражданский долг, а чего?

— Женщина, которая сбросила в реку мужчину, была похожа на ту, которую запечатлело фото?

Савелий Петрович отшвырнул от себя снимок, словно это был не лист бумаги, а шипящая кобра.

— Не помню.

Я секунду посидела без движения, потом вытащила из сумочки сто долларов, положила их

на обложку «Мистера N» и подтолкнула «бутер-
брод» к дедушке.

— Теперь память просветлела?

Савелий Петрович крякнул, взял зеленую
бумажку, поплевал на край ассигнации, помусолил его в пальцах, посмотрел купюру на свет,
потом очень аккуратно сложил ее, спрятал под
клеенку и спросил:

— Журнальчики, значитца, оставишь?

— Обязательно.

— Не она это.

— Как? — подскочила я. — Не может быть!
Вы хорошо помните?

— Да не жалуюсь на память, — пожал плечами Савелий Петрович, — морковки много ем,
капусты, вот мозг и работает. Это у того, кто
мясо потребляет, ум к старости уходит...

— Может, не разглядели как следует?

— И глаза отлично видят, не она.

— Неужели отсюда хорошо рассмотрели
черты лица убийцы?

Савелий Петрович меленько засмеялся,
встал, подошел к подоконнику, отодвинул длинную грязную занавеску и поманил меня пальцем.

— Иди сюда.

Я приблизилась к окну.

— На, — старичок сунул мне в руку бинокль, — подстрой под глаза, колесико подкрути и наведи на мужика, вон по набережной идет.

Я послушно повернула черный кружочек, и
тут же из моей груди вырвался возглас удивления. Лицо прохожего неожиданно оказалось

близко, настолько рядом, что стали видны волоски, торчащие на переносице.

— Надо же, ведь темно уже, — пробормотала я.

— Качественная оптика, — щелкнул языком дедушка, — та женщина другая была, беленькая, глаза светлые, немного пухлая, а это чернявая и тощая, ни рожи, ни кожи, ни жопы. Не она это, точно говорю. Хотя...

Савелий Петрович замолчал.

— Что? — в нетерпении воскликнула я. — Что хотя...

Дедушка пожевал нижнюю губу, видно было, что он колеблется, но, помедлив пару минут, Савелий Петрович наконец решился:

— Значитца, так! Хочешь посмотреть на ту, что убила?

— Как посмотреть? — оторопела я.

Савелий Петрович ухмыльнулся:

— Просто. У меня ее фотка есть.

Я на секунду лишилась дара речи, но потом, с трудом обретя голос, воскликнула:

— Что у вас есть?

— Снимок, — спокойно пояснил дедушка.

— Откуда?

— Так сделал.

— Как?

— Фотоаппаратом.

— Не может быть!

Дедуся погрозил мне пальцем:

— Ишь, хитра! Думаешь, так покажу! Ну уж нет, давай двести долларов, тогда увидишь.

Я вытащила из кошелька деньги. Савелий

Петрович попытался выхватить их из моих пальцев, но я была начеку.

— Э нет, сначала покажи картинку!

Старичок встал, подошел к древнему шкафу, вытащил старинный альбом и начал перелистывать толстые страницы из многослойного картона. Передо мной замелькали фотографии самого откровенного содержания. Люди, занимавшиеся на стоящей у реки скамеечке любовью, и предположить не могли, что за ними затаив дыхание наблюдает сластолюбивый свидетель. Наконец Савелий Петрович добрался до нужного места.

— Вот, — ткнул он пальцем в снимок, — любуйся.

Я наклонилась над альбомом. Фотоаппарат запечатлел парапет набережной и две фигуры, опершиеся на него. Мужчина, не знавший о том, что через пять минут станет трупом, был одет в светло-бежевую рубашку, с короткими рукавами и коричневые брюки, на Лике красовался идиотский сарафан, тот самый, в крупных цветах, который Карапетова привезла ей в подарок.

Едва эта мысль промелькнула у меня в голове, как я обозлилась на себя. При чем тут Лика! Но пришлось признать, убийца очень похожа на мою несчастную подругу. Такие же длинные белокурые волосы, спускавшиеся ниже плеч. Правда, Лика никогда не заплетала косу, она носит кокетливые локоны, на мой взгляд, слегка неуместные для дамы, перешагнувшей сорокалетний рубеж. Женщина, которую я приняла за Лику, стояла в пол-оборота. Хорошо был виден коротенький, слегка вздернутый носик и пухлая нижняя губка, чуть выпяченная вперед. Она была молодой.

Мой взгляд заскользил по фигуре девушки. Так, теперь понятно, отчего Савелий Петрович поместил снимок в свой альбомчик. По набережной часто гуляет ветер, и «папарацци» щелкнул затвором в тот самый момент, когда очередной порыв «борея» поднял вверх широкую юбку сарафана. Подол завернулся почти до пояса, и оказались великолепно видны две стройные, изумительно ровные, красивые ножки и круглая попка в крохотных трусиках-стрингах. Ступни девицы украшали босоножки на каблуках, левая щиколотка была замотана бинтом.

Я медленно отодвинула от себя альбом, в последние годы у меня начала развиваться дальнозоркость. Впрочем, как говорит иногда Дегтярев, держа газету на расстоянии метра от носа: «Глаза видят отлично, просто руки коротavailable».

Так, теперь совершенно понятно, что на набережной была не Малика Юсуповна. Но, с другой стороны, я теперь получила и доказательство того, что с Евгением был кто угодно, но не Лика. Впрочем, волосы и та часть лица, которую видно, вполне могут быть приняты за Ликины, но вот ноги... Ликуша всегда носит либо брюки, либо длинные юбки. В далекой юности, зимой, еще будучи студенткой, она поехала в Домбай кататься на горных лыжах и, упав, сломала правую ногу.

Первую помощь ей оказали на месте, причем неудачно. Потом, в Москве, пришлось ломать ногу снова и собирать заново. В результате сразу под коленкой у Ликуси начинается довольно некрасивый шрам. Толстый келлоидный рубец проходит через все бедро и убегает к тазобедренному суставу. Одно время Лика очень расстраивалась от того, что не может, как все девочки, надеть мини-юбку. Впрочем, у Лики никогда не было таких красивых, стройных, длинных ног. Ее «ходули» значительно короче, толще в бедрах и не имеют совершенной формы, а тут просто супермодель стоит. Еще каблуки! Ликуша предпочитает обувь на плоской подметке, а все из-за того падения. Хоть происшествие и случилось много лет назад, но больная нога начинает ныть к любой перемене погоды, какие уж тут каблуки, если больно ходить даже босиком. А уж трусики-стринги Лика бы никогда не нацепила.

Очень хорошо помню, как Зайка на какой-то праздник преподнесла ей комплект роскошного белья. Лика открыла коробку и принялась старательно изображать восторг, но мне стало понятно, что подруга просто не хочет обидеть Ольгу.

— Не понравилось бельишко? — тихонько поинтересовалась я, когда Зайка на минутку вышла из гостиной.

— Жуть, — шепотом ответила Лика, — в особенности эти трусы, у которых вместо задней части нитка. Вот уж отвратительно неудобная вещь, ни за какие деньги не стану носить такие.

Ладно, пусть Лика изменила своим привычкам и влезла в стринги, но за каким чертом надевать эту действительно не слишком комфортную, на мой взгляд, модель под широкую юбку? Стринги оправданы в сочетании с брюками или обтягивающим платьем. Вот тогда понятно, зачем мучиться. Вам просто не хочется, чтобы под тонкой, плотно прилегающей к телу одеждой проступали валики и складки, но под «солнце-клеш» можно надеть что угодно, и Ликуся со стопроцентной вероятностью нацепила бы трикотажные плавочки, она их обожает, такие самые простые, беленькие, без кружев, оборочек и цветочков.

— Как вы делаете снимки? — налетела я на Савелия Петровича.

Дедушка молча ткнул пальцем в дорогой фотоаппарат «Canon», лежащий на буфете. Я уставилась на прибор. Да уж, живет на крохотную пенсию в квартире, где давно требуется ремонт, сидит на продавленном стуле, ест на колченогом столе, а купил одну из самых роскошных моделей, выпускаемых для профессионалов.

— Почему вы не показали фото судье?

— А меня никто о нем не спрашивал, — гадко ухмыльнулся Савелий Петрович, — да и зачем? Девку я сразу узнал: белобрысая, нос вздернут, глаза голубые.

— Откуда знаете про цвет глаз? Их на снимке не видно.

— Так они должны быть светлыми, — безапелляционно заявил Савелий Петрович, — какими же другими? Девчонка светлая, глаза голубые.

Я чуть не стукнула его кулаком по крысиной мордочке. Хорош свидетель, на основании показаний которого Ликуся загремела за решетку!

— И платье опознал, — не замечая моего негодования, мирно говорил дальше Савелий Петрович, — меня следователь к столу подвел и одежу показал. Много всего лежало, но я сразу на правильное указал, уж больно приметное, такое не перепутаешь.

Я опять уставилась на снимок. Согласна, сарафан Ликин, но на фото запечатлена не моя подруга.

— Отдайте снимок!

— Пятьсот долларов, — мигом отозвался Савелий.

— С ума сошел.

— Ты поосторожней, — приосанился старичок, — я ветеран войны!

И тут у меня, как говорит Машка, снесло крышу. Я вскочила на ноги и уцепила мерзкого старикашку за грязный воротничок давно не стиранной рубашки.

— Ты похотливый козел, — заорала я, одной рукой тряся деда, а другой выдирая из альбома снимок, — мерзкий, грязный идиот, который отправил на зону ни в чем не повинного человека!

— Эй, эй, эй, — забубнил Савелий, пытаясь вывернуться, — ща милицию позову.

Я отпустила сальный воротник, сунула фотокарточку в сумку и пошла к двери. Старик остался сидеть, очевидно, он решил, что в случае драки перевес окажется на моей стороне.

Выскочив на лестничную клетку, я изо всей силы шарахнула дверью о косяк, спустилась вниз, открыла багажник, добыла оттуда бутылку водки, которую вожу с собой на всякий случай, и вылила «Русский стандарт» на руки. Было противно браться за руль «Пежо», не продезинфицировав ладони.

Закончив процедуру, я подняла голову. В одном из окон последнего этажа что-то бликовало. Савелий Петрович наблюдал за мной в бинокль. Не сумев удержаться, я сначала показала ему язык, а потом погрозила кулаком, но блики не исчезли. Ах так, ну погоди! Я вытащила из бардачка блокнот и написала записку: «Уважаемые жильцы! Савелий Петрович, жилец из сто двадцать второй квартиры, обладатель высококачественной оптики, сделал коллекцию ваших фотографий самого интимного свойства. Кто хочет получить свои снимки, может сегодня подняться к нему в квартиру, альбом лежит в комнате, в шкафу». Потом, налепив дацзыбао на стену около лифта, уехала прочь.

Глава 15

Злая донельзя, я отыскала кафе, заказала себе чашечку чая с лимоном и принялась раздумывать над сложившейся ситуацией.

Значит, на набережной стояла не Малика Юсуповна. Но она разъезжает по Москве на красном «мерсе» с не простым номерным знаком, и утром семнадцатого июля она была возле метро «Спортивная», где засунула в свою роскошную тачку потерявшую сознание Лику. И о чем это говорит? Да об очень простых вещах, но сначала следует выяснить, кто был на площади, где Ася торговала кока-колой: Малика Юсуповна или таинственная незнакомка с забинтованной ногой?

Опрокинув в себя чай, я понеслась к подземке, надеясь, что Никита стоит со своим книжным лотком на площади.

Бывший однокашник оказался на месте.

— О, Дашка! — обрадовался он. — Пошли пожрем.

При воспоминании о клейких пельменях с начинкой из плохо провернутых бычьих жил меня передернуло.

— Тут есть другое место для еды?

Никита кивнул:

— Полно всего, но там дорого.

— Пошли, я угощаю.

— У богатых свои причуды, — хихикнул Никита, — мне и пельмени хороши.

Но я привела его в «Сбарро» и купила пиццу.

— Какими судьбами опять в наших краях? — поинтересовался Никитка и вцепился зубами в угощение. — О-о, вкуснотища зверская!

Пока он, восторгаясь, глотал огромные куски теста, покрытые мясом, помидорами и расплавленным сыром, я вытащила из сумочки обе фотографии и положила перед ним.

— Это кто? — удивился Никита, вытирая губы. — Какие ножки, загляденье!

Мужчины все-таки странные существа, вместо того чтобы обратить внимание на лицо или волосы, рассматривают ноги.

— И попка классная, — продолжал Никита.

— Ты лучше скажи, кто из них запихивал в «Мерседес» Лику?

— Кого?

— Ну ту тетку, что потеряла сознание на площади!

Никита принялся вглядываться в снимки.

— У беленькой-то лица практически не видно, — сказал он в конце концов, — одни ноги, но она больше похожа на ту бабенку, с красным кабриолетом. Вот то, что черная не она, — это точно. Та блондинкой была молоденькой, хорошенькой, в белой юбочке, и ножки похожи, стройные, в босоножках, щиколотка завязана. Уж не знаю, она или нет, но похожа.

Я вскочила:

— Спасибо.

— Эй, ты куда? — удивился Никитка. — А кофе?

— Пей без меня, — ответила я и побежала к «Пежо».

Выходит, Малика Юсуповна тут ни при чем, но она определенно знает, как зовут симпатичную блондиночку. Скорей всего, это кто-то из ее близких подружек, попросивших на денек машину.

Чувствуя себя спаниелем, который унюхал дичь, я схватилась за телефон.

— Слушаю, — торжественно ответила Инга Федоровна.

— Позовите Малику Юсуповну.

— Хозяйка приедет в двадцать два часа, — голосом церемониймейстера заявила экономка, — что ей передать?

Но я весьма невежливо отсоединилась. До десяти пришлось шляться по городу. От тоски я накупила кучу ненужных вещей: ярко-красную кофточку-стрейч, которую заведомо никогда не надену, попонку для Хучика, пластмассовую мыльницу и домашние тапки в виде головы кролика. Наконец стрелки часов замерли в нужной позиции. На этот раз Инга Федоровна ответила:

— Кто ее спрашивает?

— Что за неуместное любопытство, милейшая?

— Но как вас представить?

— Дама, которая желает купить дом!

Воцарилась тишина, нарушаемая легким потрескиванием, потом послышался другой голос, глухой и спокойный:

— Слушаю вас.

— Малика Юсуповна?

— Да.

— Разрешите представиться: Дарья Васильева, я сегодня осматривала ваш особняк...

— Очень приятно, — вежливо прервала меня Малика Юсуповна, — надеюсь, вам показали все.

— Да, здание чудесное, интерьер восхитительный, мебель выше всяких похвал.

— Рада, что вам понравилось.

— Я в восторге.

— Замечательно.

— Но произошла маленькая неприятность.

— Какая? — насторожилась собеседница.

— Видите ли, я случайно обронила в здании часы, так, безделицу, номерной «Шопард», серо-стального цвета, циферблат украшен сорока бриллиантами, а ремешок отделан вставками из сапфиров. Естественно, я могу купить себе новые, но потеренные — подарок моего любовника, он может очень обидеться на меня, а в мои планы пока не входит расставание с этим мужчиной.

— Немедленно отправлю всю прислугу искать часы! — воскликнула Малика Юсуповна.

— Погодите, кажется, я предполагаю, где они могут быть. Видите ли, мне очень понравилась ваша кровать, и я твердо решила, что обязательно оставлю ее себе, поэтому откинула, уж извините за бесцеремонность, подушку и пощупала матрас. Согласитесь, он главный компонент постели. Скорей всего, часики свалились с запястья именно в тот момент.

— Вас не затруднит подождать у телефона? — спросила хозяйка.

— Нет, конечно.

— Инга, — донесся до меня возглас, — немедленно ступай в мою спальню...

Через несколько минут Малика Юсуповна сообщила:

— Ваша безделушка у меня.

— Ах, боже! — Я старательно принялась изображать радость. — Просто замечательно! Честно говоря, я боялась, что обронила «Шопард» в саду, там никогда не найти крошечную штучку.

— Я бы велела садовнику просмотреть каждую травинку, — засмеялась Малика Юсуповна, — иначе бы полжизни потом чувствовала себя виноватой перед вами.

— Но вы-то здесь ни при чем!

— Все равно, вещь-то потеряна на моей территории. Скажите адрес, по которому прислать часы.

— А если я сама подъеду за ними? Или уже поздно? Вы, наверное, ложитесь спать?

— Что вы, — засмеялась Малика Юсуповна, — в это время жизнь только начинается. Да мне раньше трех и не заснуть ни за что.

Я включила зажигание и понеслась по известному адресу.

В жизни Малика Юсуповна оказалась еще более некрасивой, чем на фото. Ростом она была ниже меня, ее стройная, даже худощавая вверху фигура книзу расширялась и заканчивалась довольно крепкими короткими ногами, напоминавшими о предках дамы, скакавших на лошадях. Лицо не отпугивало, карие глаза и ровно очерченные брови смотрелись даже приятно, но кожа выглядела нездорово-желтой, а нос был покрыт крупными порами. Вот волосы вызывали восхищение: густые, тяжелые, иссиня-черные, они блестели в свете люстры словно лакированная поверхность. Впрочем, может, пряди и в самом деле были сбрызнуты специальным средством, придающим локонам здоровый вид.

Меня провели в гостиную, угостили чаем. Я нацепила свои часы вновь, и мы с Маликой Юсуповной принялись болтать ни о чем. Спустя полчаса обнаружили кучу общих знакомых и прониклись друг к другу симпатией. Наконец, сочтя момент подходящим, я воскликнула:

— Вам не скучно одной в огромном доме?

Малика Юсуповна улыбнулась:

— Ну, во-первых, больше всего на свете я

люблю одиночество, а во-вторых, поздно приезжаю с работы.

— Вы ведь художница?

— Да, — кивнула хозяйка, — портретист. Недавно прошла моя выставка в галерее «Рад».

— Но разве живописцу нужно ездить в присутствие? — Я прикинулась идиоткой.

Малика улыбнулась.

— Картины не падают с неба, их надо нарисовать, поэтому я частенько провожу в мастерской по двенадцать часов. Может, вам покажется странным подобное заявление, но успех творческого проекта на девяносто процентов зависит от трудолюбия.

— У вас такой чудесный дом, отчего же не писать тут?

Малика спокойно налила себе еще чашечку кофе. Очевидно, у дамы нет никаких проблем со здоровьем, если поздним вечером она позволяет себе наливаться арабикой.

— Конечно, оборудовать тут мастерскую не составило бы никакого труда, — пояснила она, — но я уже говорила, что пишу портреты, причем очень часто не на заказ. Запечатлеваю на холсте интересные лица. Иногда езжу по городу и рассматриваю толпу, вдруг мелькнет кто-нибудь с неординарной внешностью. У меня сейчас задуман цикл работ под общим названием «Посмотри на современника». Дом наш, как видите, в коттеджном поселке, добраться сюда можно лишь на машине, поэтому, чтобы мои модели не отказывались позировать, пришлось покупать еще квартиру в центре Москвы, рядом с метро, на Александровской улице.

— Ясно, — протянула я, — и вы целыми
днями трудитесь?!

— Да.

— Но это же ужасно!

— Почему? — засмеялась Малика.

— Неужели вы не можете позволить себе работать не пять дней в неделю, а меньше, ну, допустим, два.

Хозяйка откинула назад копну волос.

— Я стою у мольберта не пять, а семь дней в
неделю.

— Как? И в субботу с воскресеньем тоже?

— Конечно.

— Но зачем? Ведь не из-за денег же! Представляю, как вы устаете.

— Наоборот, во время работы я отдыхаю.

— Такого просто не может быть!

— Вы кто по профессии? — спросила Малика.

— Преподаватель французского языка, — ответила я, — мне нравилась моя специальность,
но, как только выдалась возможность, я мгновенно бросила преподавать.

Малика вытащила длинную тонкую сигарку.

— У вас есть что-то такое, ну, что вы любите
делать больше всего?

«Расследовать запутанные детективные истории», — хотела было выпалить я, но вовремя
схватила себя за язык и выдала наглую ложь.

— Обожаю готовить, скупаю все книги по
кулинарии!

— А я обожаю пачкать красками холст, — усмехнулась хозяйка.

— Но иногда же хочется развеяться, сходить,
к примеру, в ресторан...

— Мне нет.

— Бог с ним, с кабаком, в театр, консерваторию, за границу съездить...

— Уже не интересно, побывала везде!

— В конце концов просто в баню сбегать с близкой подругой.

— У меня их нет.

— Друзей?

— Да, — кивнула Малика, — знакомых толпа, в основном у мужа, он крайне общительный человек, а я слегка аутична.

— Совсем-совсем нет подружек?

— Ни одной, — покачала головой она, — да они мне и не нужны, мольберт, кисти и краски — вот мои лучшие друзья.

— И каждый день...

Малика Юсуповна поправила бесчисленные браслеты, болтающиеся у нее на запястьях.

— Я живу по четкому расписанию. Ровно в одиннадцать утра приезжаю в мастерскую и нахожусь там до девяти вечера.

— Не выходя на улицу?

— А зачем мне выходить?

— Может, и лучше, что у вас нет близких подруг, — пробормотала я, — мои вечно втягивают меня в неприятности. Вот пару дней назад Лена Кротова попросила на время машину, ей захотелось перед коллегами на работе пофорсить, и что?

— Наверное, в аварию попала, — спокойно предположила Малика.

— Точно! Разбила лобовое стекло, помяла бампер... Вы даете кому-нибудь свой автомобиль?

— Я?! Машину? Постороннему человеку? Нет, конечно. На мой взгляд, это так же отвратительно, как взять чужую зубную щетку!

— И вы никогда бы не разрешили попользоваться своей машиной?

Лицо Малики Юсуповны перекосилось.

— Мне даже будет неприятно, если муж захочет ею воспользоваться. Правда, Марлен знает о моей особенности и никогда не станет проситься за руль, впрочем, у него три своих авто, моя ему ни к чему.

— А вы на какой ездите?

— У меня «Мерседес» кабриолет.

— Очень хорошая модель.

— Мне нравится.

— Моя невестка тоже довольна, у нее такая же, синего цвета.

— Брюнетке больше подходит красный, — улыбнулась Малика, — поэтому я приобрела модификацию огненного оттенка.

— Очень вкусные пирожные. — Я перевела стрелку разговора на другие рельсы.

— Не люблю жирный крем, предпочитаю воздушный, белковый или йогуртовый.

— Ах, какой у вас вид из окна! Волшебно!

Я встала и заглянула за занавеску. Малика Юсуповна осталась сидеть на диване. Воспользовавшись тем, что хозяйка вновь стала наливать себе кофе, я вытащила из сумочки фотографию и воскликнула:

— Здесь лежит чей-то снимок!

Малика Юсуповна вздернула правую бровь.

— Да?

— Вот смотрите! Наверное, кто-то из ваших знакомых или родственников, — продолжила я и сунула снимок под нос хозяйке.

Малика поморщилась.

— Нет, ко мне сей шедевр не имеет ни малейшего отношения. Больше похоже на порнографическую картинку.

— Наверное, кто-то из вашей прислуги увлекается подобными штучками...

Малика неожиданно резко крикнула:

— Инга!

В комнату моментально влетела экономка. Я очень удивилась, она что, сидела под дверью? У нас Ирку, как правило, невозможно дозваться! И еще, стрелки часов почти подобрались к полуночи, в столь позднее время мы никогда не тревожим домработницу, но если все же в крайнем случае зовем Иру, то она появляется в халате, растрепанная, и, зевая, заявляет: «Ни сна, ни отдыха измученной душе! Чего еще стряслось?»

А Инга Федоровна оказалась безукоризненно одета, ее прическа выглядела безупречно, на лице виднелся скромный макияж.

— Жду ваших указаний, — наклонила экономка голову.

Малика Юсуповна ткнула пальцем в снимок, лежащий на столе.

— Немедленно выясните, кому принадлежит ЭТО, и увольте данную личность.

— Слушаюсь, — кивнула Инга Федоровна и глянула на фото.

Внезапно бледные щеки экономки слегка порозовели.

— О... — начала было она и осеклась.

— Что еще! — возмущенно воскликнула Малика Юсуповна. — Я не ясно отдала приказ?

— Нет-нет, — быстро ответила Инга Федоровна, — однако, я не сумею сегодня его выполнить. В доме сейчас находится только охранник Виктор, остальная прислуга отпущена по домам.

— Значит, сделаете дело завтра, — раздраженно прервала ее хозяйка, — и не надо докладывать мне о трудностях, которые подстерегают вас при выполнении задания. Я вообще ничего знать не хочу! Прислугой ведаете вы, найдите того, кто посмел оставить на подоконнике отвратительное фото, и избавьтесь от служащего! Впредь будьте внимательной при подборе людей. А сейчас ступайте.

Инга Федоровна молчаливой тенью скользнула за дверь.

— Экономка живет в доме? — полюбопытствовала я.

— Нет, — последовал ответ, — меня раздражают посторонние люди, спящие в моих комнатах.

Глава 16

Домой я заявилась около двух часов ночи и постаралась прокрасться к себе так, чтобы не разбудить никого из домашних. В кровать удалось рухнуть в начале третьего, поэтому сами понимаете, что распахнула глаза я около полудня, и то только потому, что около моей кровати вновь оказалась Ирка.

— Ты твердо решила не давать мне выспаться? — спросила я, отрывая голову от подушки.

— Девочка эта, Лена, ну та, которую вы привезли, — занудила домработница.

— Ну что еще? — поинтересовалась я, выпутываясь из одеяла.

— Зуб у нее болит, всю ночь промаялась, а теперь щеку дует.

Я накинула халат и пошла в комнату, в которой поселилась Лена. Девочка с самым несчастным видом сидела в кресле у маленького телевизора.

— Как дела, детка?

— Очень хорошо, — ответила Лена, поворачивая ко мне опухшее личико.

— Ты похожа на хомяка после хорошего обеда, — улыбнулась я, — собирайся.

— Куда?

— К врачу.

— Не, само пройдет, у меня такое часто! — воскликнула Лена.

— Очень плохо, — покачала я головой, — иметь во рту инфекцию крайне опасно, зубы следует лечить, иначе к моему возрасту ты их потеряешь и вынуждена будешь щелкать вставными челюстями.

— Ну и чего? — не сдалась Ленка. — С пластмассовыми клыками очень удобно, их чистить не надо, и не болят!

— Собирайся, — велела я и пошла одеваться.

По дороге в клинику я, как могла, старалась успокоить Ленку.

— Ты не бойся, больно не будет, сделают небольшой укольчик, челюсть онемеет, и все.

Ленка мрачно кивала головой и изредка хваталась за щеку, очевидно, зуб причинял ей немалые страдания. Я подкатила к подъезду поликлиники и ахнула. Окна замазаны белой краской, дверь нараспашку, на стене объявление «Ремонт». Ну надо же, я не показывалась тут год, и за это время произошли изменения.

— Не беда, — приободрила я Лену, — сейчас найдем другого врача.

Я набрала номер рабочего телефона Оксаны. Моя ближайшая подруга хирург и моментально посоветует хорошего доктора. Но, очевидно, сегодня был не мой день.

— Алло, — ответил густой бас.

— Можно Оксану Степановну?

— Она на операции.

— Вот черт! — вырвалось у меня.

— Что у вас случилось? — проявил любопытство незнакомый врач.

— У ребенка дикая зубная боль, хотела спросить у Оксаны, куда лучше отвезти девочку.

— Платно?

— Да.

— Без всяких колебаний отправляйтесь в «Линию улыбки», там самые классные специалисты.

— Давайте адрес, — обрадовалась я.

Наверное, фортуна решила, что на сегодняшний день с меня неприятностей хватит, потому как «Линия улыбки» оказалась буквально в двух шагах от той поликлиники, где раньше лечила зубы я.

Интерьер медицинского заведения призван был сообщить клиенту, что он попал в преуспевающее учреждение. В холле лежали ковры, на стенах висели картины в дорогих рамах, повсюду стояли уютные диваны и кресла. Натянув на ноги одноразовые бахилы, я подошла к рецепшен.

— Возможно ли попасть к доктору прямо сейчас? Человек с острой болью.

Администратор окинула меня быстрым взглядом.

— Конечно, фамилия клиента?

На секунду я растерялась, вот уж чего не знаю! Но не говорить же это вслух.

— Васильева.

— Сделайте одолжение, посидите.

Мы с Ленкой устроились возле овального столика, заваленного печатной продукцией. Я сунула девочке журнал.

— Почитай пока.

Ленка послушно принялась перелистывать странички.

— Васильева, — раздалось из небольшого динамика, — вас ждет доктор в пятом кабинете.

— Ты посиди тут одна, — приказала я, вставая, — сначала сама потолкую со стоматологом.

Не знаю, как у вас, а у меня при виде зубоврачебного кресла всегда подкашиваются ноги. Еще у дантистов есть мерзкая привычка раскладывать на столике, на самом виду, разнообразные острые железные ковырялки. А как только вы, покорившись судьбе, устраиваетесь на сиденье, перед самым лицом оказывается не что иное, как омерзительная бормашина.

Мужчина с лицом, почти полностью закрытым хирургической маской, спокойно сказал:

— Прошу.

— Видите ли...

— Садитесь в кресло.

— Но... Я хочу рассказать...

— Не надо, сам все увижу, — пресек мою вербальную активность дантист, подталкивая меня к креслу, — устраивайтесь.

Я машинально села на предложенное место.

— Хочу...

— Да-да, откроем ротик.

— У меня...

— Понятно-понятно...

— В коридоре...

— Очень уютно, — кивнул дантист, натягивая перчатки, — у нас, как дома, обстановка расслабляет.

— Послушайте!

— Наташа, — приказал дантист, — что стоишь! Видишь, дама не в себе, ну-ка быстренько!

Тут же мне в руку впился комар. Я дернулась, но доктор удержал меня за плечи и проникновенно сказал:

— Все, все.

В ту же секунду в голове заклубился туман и захотелось спать.

— Откроем ротик, — донеслось издалека.

— Девочка... — Я попыталась оказать последнее сопротивление, но пальцы, пахнущие резиной, нажали мне на подбородок, и через секунду во рту оказалась целая куча железок и тампонов. Что-то захрюкало, зазвякало, в десну воткнулась иголка.

— Ну вот, — ласково отметил врач, — а вы

боялись! Всего-то делов, зуб мудрости удалить, ну зачем он вам? Сейчас онемеет.

Я попыталась вывернуться из его цепких рук, но неожиданно не сумела даже пошевелиться.

— Наташа, — коротко сказал стоматолог, — надень на даму очки и включи музыку.

На глаза мне мгновенно опустились окуляры из темного, почти черного стекла, в уши воткнулись затычки, я ослепла и оглохла. Но уже через секунду полилась музыка, самая подходящая для спокойного расслабления в кресле у стоматолога. «Танец с саблями» Арама Хачатуряна. Сердце заколотилось в такт безумной мелодии. Потом в глаза ударил свет.

Улыбающийся врач вертел передо мной щипцами, в которых торчал мой бедный зуб. Губы доктора шевелились. Неожиданно ко мне вернулись силы, я выдернула наушники.

— Ведь совсем не больно? — спрашивал врач.

Я хотела было вымолвить слово, но онемевшая губа не желала двигаться, а язык мне не принадлежал.

— Через некоторое время заморозка отойдет и лунка заболит, — заботливо предупредил стоматолог, — купите в аптеке «Кетанов», выпейте. Ничем не полощите, желаю удачи, счет на ресепшен.

Кое-как перебирая ногами, я выползла в холл, оплатила операцию и поискала глазами Ленку. Я вовсе не собиралась удалять зуб мудрости, мой лечащий врач никогда не предлагал мне этого. Надо же было вляпаться в такую идиотскую, просто невероятную историю. Привести на прием больного ребенка и самой оказаться в пациентках! Главное, никому об этом не рассказывать!

Глаза пробежали по комнате. Возле столика, заваленного журналами, сидела девушка с испуганным лицом, но она совсем не походила на Ленку. Я попыталась задать вопрос администратору, но язык не хотел мне повиноваться, и из груди вырвалось:

— О... у... а... э...

— Туалет вот здесь, слева.

На всякий случай я заглянула в безукоризненно вымытое помещение и вернулась к рецепшен.

— У... ы... у.

— Вам чего?

— И... о... а...

— Таблеточку «Кетанов»?

— А... э... у, — забормотала я, тыча пальцем в сторону столика.

Неожиданно я произнесла целое слово.

— ...журнал.

— Хотите домой взять? — оживилась девушка за стойкой.— Конечно, хоть все.

Внезапно я почувствовала себя смертельно усталой, ну кто бы мог подумать, что замороженный язык принесет столько трудностей. Я постаралась сконцентрироваться и кое-как произнесла:

— Деувошка, жюрнал...

— А, — догадалась наконец администратор, — вы спрашиваете, где сопровождавшая вас девочка? Она давно ушла, сразу, как только вас пригласили на прием.

Я понеслась к «Пежо». Может, Ленке стало душно и она решила выйти на улицу? Но возле машины никого не было. Я села за руль, следовало признать: девочка, испугавшись дантиста, удрала. И что было делать? Оставалась все же слабая надежда на то, что Лена поехала к Машке в школу, она знает, где учится Маруська. Я схватила телефон.

— Да, — прошептала Маня, — говорите быстрей, у меня урок.

— А... о... у...

В ухо полетели частые гудки. Я повторила попытку.

— Ну же, — прошипела Маруська, — кто там идиотничает?

— Е... е... е...

— Хватит прикалываться! — рявкнула Машка, и в моей трубке снова противно запищало.

Когда мои пальцы в третий раз набрали номер Манюни, до меня донеслось: «С вами говорит холодильник, автоответчик запил, но вы можете оставить сообщение мне». Маруська включила голосовую почту. Плохо понимая, как поступить, я решила позвонить в Ложкино, трубку сняла Ирка.

— А... ы... ю...

— Нажрался, как свинья, и пальцем не туда тычешь, — схамила домработница, — проспись, алкоголик.

Я швырнула трубку на сиденье и поехала в аптеку, заморозка не отошла, но зуб, вернее то место, где он спокойно жил столько лет, отчего-то начало немилосердно болеть. К провизору змеилась очередь. Наконец дело дошло до меня.

— А... о... у...

— Вы не нервничайте, — приветливо улыбнулась фармацевт, хорошенькая брюнеточка с яркими пухлыми губками. — Что хотите?

— И... я... е...

— Что?

— Ю... ы... у...

— Вот горе-то, — вздохнула стоявшая за мной бабка, — и кто только дауна одного отпустил.

— А... а... а! — возмутилась я.

— Похоже, она не идиотка, — вступил в разговор парень в кожаной куртке, — просто больная.

— И... и... и! — попыталась объяснить я ситуацию.

— Точно, инсульт был, — поставила диагноз женщина в голубой шапочке, — у моего отца та же беда. Злится, что не понимаем, слюни текут!

Я схватилась за подбородок. И правда, я вся в слюнях, как только не почувствовала. Похожа сейчас наверняка на нашего ротвейлера Снапа, он вечно ходит с мокрой мордой.

— У даунов тоже слюни текут, — не сдалась старуха.

— Нет, у нее удар случился, — возразила баба в шапке.

Несколько минут очередь оживленно спорила: даун я, просто идиотка или несчастная с парализованным языком. В конце концов тетка в шапке предложила:

— Ты на бумажке-то напиши, чего хочешь!

Я обрадованно вывела: «Кетанов» и буты-лочку минеральной воды».

— Говорила же, больная, — с удовольствием констатировала «голубая шапочка», — дауны так ловко не пишут.

— Не, они бывают обученные, — гнула свою линию бабка.

Я сердито глянула на нее, отошла чуть в сторону, засунула в рот таблетку и попыталась запить ее водой, но оказалось, что с замороженной губой отхлебнуть из горлышка невозможно.

— Ну вот! — радостно воскликнула старушка. — Кто прав оказался? Идиотка она и есть! Взяла и на себя все опрокинула. Вот горе-то, небось от родных удрала! Эй, как тебя там, кис-кис, поди сюда, дурочка. Ее в милицию отвезти надо, погибнет на улице, или изнасильничает кто.

— Да кому она нужна, — отмахнулся парень, — старая уже.

В полном возмущении я выскочила на улицу и села в «Пежо», таблетка медленно растворялась на языке. Ладно, если отхлебнуть воду невозможно, то я просто подожду, пока таблетка растворится во рту, я совершенно не способна проглотить даже крошечный кусочек, не запив его. И что теперь прикажете делать? Куда подевалась Лена? Наверное, девочка едет сейчас в Ложкино, может, она уже там, но пока заморозка не отошла, мне не поговорить по телефону. Внезапно слева в потоке промелькнул «Мерседес» кабриолет, но не красный, а черный.

Мысли моментально потекли в ином направлении. Значит, Малика Юсуповна не давала никому автомобиль. Похоже, она не врет. Женщина каждый день приезжает в свою мастерскую, паркует машину во дворе и идет работать. Малика увлеченный человек, стоит много часов у мольберта, забыв про еду, а вечером возвращается домой. И она семнадцатого июля, как всегда, водила кистью по холсту. Но каким же образом ее машина оказалась возле станции метро «Спортивная»? Может, в Москве имеется еще один «Мерседес» кабриолет вызывающего цвета, на номерном знаке которого стоят три буквы О? Но в базе ГИБДД зарегистрирован лишь один подобный «мерин». Вот это загадка! Ведь не может же тачка самостоятельно разъезжать по городу!

Внезапно во рту появилась дикая горечь. Очевидно, таблетка, сверху покрытая сахарной оболочкой, внутри была не сладкой, даже совсем не сладкой, а дико горькой. Я остановилась, сзади моментально понеслись гудки. Нет, наши автомобилевладельцы в массе своей абсолютно не воспитаны. Ясно же, если «Пежо» замер в потоке, следовательно, что-то случилось. Ни одному водителю не взбредет в голову ни с того ни с сего...

— Почему не движемся? — раздалось слева.

Пытаясь проглотить жгуче горький комочек, я повернула голову.

— Чего встали? — продолжил постовой.

— А... а... а, — попыталась я объяснить ситуацию и замолчала.

Мало мне было заморозки, так теперь, после таблетки, бедный язык перестал ворочаться совсем.

— Пьяная! — нахмурился парень и заорал на водителей, притормаживающих около нас: — А ну давайте, ехайте, нашли цирк, пробку создаете!

— Люди еще обедать не ходили, а вы уже нажратая! И не стыдно! И ведь женщина, не молодая уже... — Он вновь повернулся ко мне.

Последняя фраза разозлила меня донельзя, и я принялась интенсивно мотать головой.

— Е... е... е...

— Все вы так говорите, — понял меня по-своему хозяин перекрестка, — а ну, дыхни!

Я с готовностью выполнила приказ. Постовой крякнул и перешел на «ты».

— Ну ты даешь! Уж лучше б водку пила, все здоровее, чем на игле торчать! А еще женщина, немолодая уже...

Вот гадкий мальчишка, ну что его заклинило на возрасте. Немолодая! Да я со спины запросто схожу за двадцатилетнюю! С лицом, правда, дело обстоит хуже.

— Ваще разум потеряла, — бубнил милиционер, — ширнулась, и за руль.

Я выхватила из бардачка листок бумаги, ручку и нацарапала: «Совершенно не употребляю алкоголь и не пользуюсь наркотиками. У меня не работает язык, еду от врача».

Паренек повертел клочок в руках.

— Ага, — сбавил он тон, — больная, значит, немая! Бывает такое, случается, вы не расстраивайтесь, с виду-то и не понять сразу, что инвалид, вполне нормально выглядите, приятная женщина, немолодая уже...

Я постаралась собрать всю силу воли. Если сейчас тресну юного безусого нахала по носу, это будет расценено как нападение на милиционера при исполнении служебных обязанностей.

— Документы покажите, — велел постовой и принялся разглядывать мои права и техпаспорт на «Пежо». Спустя пару минут он слегка разочарованно сказал: — Ну хорошо, следуйте дальше. И кто только немому человеку разрешил за руль сесть.

Я сердито фыркнула. Собственно говоря, почему субъект, лишенный речи, не имеет права управлять транспортным средством? Вот разрешение на вождение машины в руках слепого человека может вызвать недоумение.

— Я думал, вы автомобиль без спроса взяли, — продолжал говорить гадости мент, — влезли без разрешения и...

Внезапно мой язык обрел подвижность:

— О господи! Ну конечно же! «Мерседес» взяли без ведома Малики Юсуповны!

Постовой попятился.

— Вы умеете говорить? Чего же придурялись? Шутить решили? Да за такое можно и права отобрать!

— Нет, нет, — затараторила я, — я онемела, ну совершенно ни одного слова за всю жизнь не произнесла, а сейчас посмотрела на вас и вылечилась. Может, вы экстрасенс?

Теперь постовой потерял способность разговаривать и замер с раскрытым ртом. Оставив его столбом стоять посреди проезжей части, я повернула направо и поехала на улицу, где расположена мастерская Малики Юсуповны.

Пятиэтажное длинное здание постройки середины прошлого века стояло прямо у метро. Я попыталась въехать во двор и потерпела неудачу. Довольно узкая проезжая часть была сплошь забита машинами, припарковаться у подъездов было просто невозможно, и пришлось оставить «Пежо» на проспекте.

Погода сегодня радовала полным отсутствием дождя, с неба ласково светило солнышко, лужи исчезли.

Первой машиной, которую я увидела, войдя во двор, был красный «Мерседес» кабриолет, припаркованный на тротуаре прямо под окнами одной из квартир на первом этаже. Значит, Малика Юсуповна находится сейчас в своей мастерской, вдохновенно пишет очередной портрет. А мне надо найти какую-нибудь глазастую бабушку, молодую мать, гуляющую с коляской, или разговорчивую домашнюю хозяйку. Но, как назло, двор оказался пуст. Вернее, двора как такового тут практически не было, сплошной асфальт, забитый припаркованными встык друг к другу автомобилями. Бабушка или мать с ребенком гуляют где угодно, но не здесь. Не успела я сообразить, что мне следует делать дальше, как дверь ближайшего подъезда открылась, на улицу выскочила молоденькая девушка в белом халате и затараторила:

— Как только не стыдно! Сто раз просили!

— Вы мне? — попятилась я.

— А кому же еще! — неслась девица. — Ведь по-хорошему хотели! Объявление повесили, все поняли, кроме вас. Объясняли, растолковывали, нет! Имейте в виду, как вы с нами, так и мы с вами! Уж не обессудьте, коли на «Мерседес» кирпич упадет! Хотя вам-то что! Новый купите!

— Но что я сделала?

— Она еще и дурой прикидывается! — окончательно обозлилась девушка. — Здесь ясли находятся... У нас, между прочим, около ста детей! А вы каждый день свою машину под окнами спальни младшей группы паркуете! Выхлопные газы...

— Но...

— Немедленно отгоните «Мерседес»! Мы на вас жалобу напишем!

Я пыталась вставить слово в поток бурной гневной речи, но девушка не давала мне такой возможности. Она наскакивала на меня, сжав крошечные ладошки в кулачки, глаза ее горели огнем, растрепанные волосы мотались по плечам.

— Кира, — раздалось справа от меня, — это не она!

Девушка осеклась:

— Да?

Я повернула голову и увидела, что в окне, расположенном на первом этаже, распахнулась форточка, а в ней торчит голова женщины лет шестидесяти.

— Не она, — повторила голова, — та черная, на ворону смахивает, в пятом подъезде живет.

Кира ткнула пальцем в красный «Мерседес»:

— Это ваша машина?

— Нет.

— Извините, пожалуйста, но вы стоите около нее, — начала оправдываться девушка, — я подумала, раз рядом находитесь, то «мерин» ваш.

— Я просто притормозила передохнуть, сердце прихватило, — соврала я.

Честно говоря, даже не знаю, в какой стороне груди находится главный орган сердечно-сосудистой системы, кажется, слева. А может, справа? Нет, там печень, то есть не там, а ниже. Наверное, вам это покажется странным, но печень у меня никогда не болит, впрочем, желудок и прочие части тела тоже. Вот голова иногда подводит...

— Это на перемену погоды, — сказала Кира, — с ума сойти можно! То дождь, то снег, то солнце, лошадь, и та не выдержит. Хотите я вам валокординчика накапаю? У меня в медпункте есть.

— Большое спасибо, — улыбнулась я и пошла за медсестрой.

Глава 17

В чистеньком кабинетике мне поднесли мензурку со остропахнущей жидкостью и заботливо усадили на стул.

— Представляю, как вас этот «Мерседес» раздражает, — завела я разговор.

Кира всплеснула руками.

— И не говорите! Сколько раз просили, не паркуйте под окнами, дети тут! Без толку, как не понимает. И ведь она одна такая! Больше никто тут машины не ставит.

— А чего ей наши ребята, — пропыхтела, входя в медпункт, тетка, ранее торчавшая в форточке, — машину свою бережет, боится небось, что помнут, вот и запихивает в безопасное место, на тротуар, да в угол, лучше парковки во всем дворе нет!

— Это Арина Яковлевна, заведующая, — пояснила Кира.

— Вы уж нас извините, — продолжила Арина Яковлевна, — наскочили, накричали.

— Очень хорошо вас понимаю, — кивнула я, — крайне неприятно, когда под окном грязь и шум.

— Нам даже детей некуда погулять вывести, — сердилась Кира, — была площадка, но ее отобрали. Нет, надо этой бабе на капот кирпич сбросить. Не поймет — еще раз камнем заехать, живо скумекает что к чему и прекратит тут парковаться.

— Ремонт «Мерседеса» дорого стоит, — предостерегла я медсестру, — если владелица обратится в милицию и сумеет доказать вашу причастность к порче ее машины, заставят оплатить счет, а это не одна тысяча долларов.

— И нам теперь всю жизнь на ее кабриолет любоваться! — обозлилась Кира.

— Надо подумать, как поступить, — протянула я, — ну-ка припомните, тут ничего особенного не происходило? С этой машиной?

Кира пожала плечами:

— Да нет, стоит себе весь день и стоит. Утром, правда, нет, мы к семи приходим, а эта дрянь позже приезжает, небось, проституткой работает!

— Кира!!! — возмущенно воскликнула Арина Яковлевна. — Не городи чушь!

— А что? — не сдалась медсестра. — Где же она, по-вашему, служит? Ночью ее не бывает, днем заявляется. На «мерсе» катается... И кто она, по-вашему, учительница?

Арина Яковлевна вздохнула:

— Ну, не знаю.

— А еще у этой тачки сигнализацию замыкает! — не успокаивалась Кира.

— Ну это нечасто, — решила быть справедливой Арина Яковлевна, — очень редко подобное случается.

— Редко, но метко, — прищурилась Кира, — что с Лешей Коновым случилось, а?

— Что с ним произошло? — полюбопытствовала я.

— Чуть не умер, а все из-за этого «Мерседеса».

— Каким же образом?

Кира поправила растрепанные волосы.

— Леша у нас эпилептик, мать у него алкоголичка, отец наркоман, а бедный парнишка мучается.

— Еще хорошо, что у них ума хватило отдать мальчонку сюда на пятидневку! — воскликнула Арина Яковлевна. — Мы его в порядок привели, приступы почти прекратились.

— Ага, — прервала ее Кира, — лечили, лечили ребенка, и чего...

Я молча слушала гневную речь медсестры. Имея в ближайших подругах врача, я великолепно знаю, что припадок эпилепсии может спровоцировать внезапный испуг, в особенности у маленького ребенка. Кроватка Леши стоит у самого окна, деток в его группе укладывают спать два раза в день, они еще очень маленькие. Около одиннадцати утра нянечка укрыла ребяток одеялом, посидела минут пятнадцать в комнате и, услыхав мерное сопение, решила пойти попить чаю. И тут под окнами резко взвыла сигнализация. Правда, она тут же замолчала, но Леша, проснувшись, испугался, и с ним начался припадок. В тот раз Кире самой не удалось справиться с ситуацией, пришлось вызывать «Скорую помощь» и определять малыша в клинику.

— А все из-за кретинского «Мерседеса», — злилась Кира.

— Когда же это случилось? — спросила я.

Медсестра полистала толстую амбарную книгу.

— Семнадцатого июля, жара стояла жуткая, вот мы окна и приоткрыли, хотя какой в этом толк? С улицы гарью несло, но у нас в помещении кондиционеров не водится, тут не Государственная дума, а ясельки, кто же нам чего хорошее сделает. Вот и попал Леша на больничную койку, а все из-за этой дуры. Убила бы ее в тот день, да только недосуг оказалось разборки затевать, мальчику совсем плохо было.

— Варвара Степановна в нее кубиками бросаться стала, — усмехнулась Арина Яковлевна, — все повышвыривала. Высунулась в окно и давай кричать: «Эй ты, гадина, стой!» Всех детей перебудила, они потом час ревели. Жуткий денек приключился: Леша в припадке, остальные в истерике!

— А почему нянечка кричала: «Стой»? — навострила я уши.

— Так эта дрянь села в «мерс» и укатила, — ответила Кира. — Варвара Степановна у нас женщина интеллигентная, раньше в музыкальной школе работала, но и она не выдержала, просто визжала от злости: «Ну ты, крыса белобрысая, еще вернешься».

— «Крыса белобрысая», — медленно повторила я, — но ведь за рулем всегда сидит яркая брюнетка.

Кира осеклась:

— Ага, верно.

— Черная, как ворона, — подхватила Арина Яковлевна, — я видела ее сто раз.

— Тогда почему «крыса белобрысая»?

— Не знаю, — пробормотала Кира, — так Варвара Степановна кричала.

— Нянечка на работе?

— Конечно.

— Можете ее позвать?

Кира и Арина Яковлевна переглянулись.

— А в чем, собственно говоря, дело? — церемонно поинтересовалась заведующая.

Я без всякой улыбки ответила:

— Хозяйка красного «Мерседеса» подозревается в убийстве. Извините, не представилась, следователь Дарья Васильева.

Секунду женщины молча смотрели на меня, потом Кира радостно взвизгнула:

— И ее могут посадить?

— Да, если я правильно размотаю дело, а для этого требуется поговорить с нянечкой.

— Сейчас, — подскочила Кира, — мигом приведу, только не уходите.

Минуты не прошло, как она вернулась в медпункт, таща за собой маленькую, кругленькую, уютную старушку с лицом, похожим на печеное яблоко.

— Здрасте, — бормотнула Варвара Степановна, — это вы из органов?

Я кивнула.

— И что эта, из «Мерседеса», сделала? — полюбопытничала старушка.

— В интересах следствия я не имею права разглашать информацию.

— Ну хоть ее посадят? — с радостной надеждой воскликнула Кира.

— Если сумею собрать нужные доказательства, хозяйке красного «Мерседеса» придется туго, — бодро соврала я.

— Ща Варвара Степановна все припомнит! — оживилась Кира. — У нее память, как у слона.

— Это вы о чем толкуете, никак в ум не возьму, — насторожилась старушка.

Я решила взять инициативу в свои руки.

— Помните тот день, когда испуганный внезапно сработавшей сигнализацией Леша свалился в припадке?

— Летом это было, — кивнула нянечка, — в самую жару, просто Эфиопия, а не Москва. Сноха моя по всей квартире тазы расставила, это ее научили так делать в Сирии, она там с первым мужем жила. Тот ее супруг...

Понимая, что бабушка сейчас утечет мыслями совсем в другом направлении, я прервала ее воспоминания.

— Значит, заревел гудок...

— Нет, — покачала головой Варвара Степановна, — он так противно взвыл, как сирена...

— Дальше.

— Леша и забился.

— Что же было потом?

— Да ничего, — развела руками старушка, — «Скорую» вызвали.

— А куда «Мерседес» подевался?

— Уехал.

— Ты еще в него кубиками кидаться стала и орать: «Крыса белобрысая», — влезла в разговор Кира.

Варвара Степановна смутилась:

— Было дело. Руки сами за игрушки схватились. Некрасиво, конечно, но очень уж я разозлилась.

— Почему же вы обозвали даму, сидевшую в машине, белобрысой? — задала я главный вопрос.

— Так она и была такой белесенькой, — сказала Варвара Степановна.

— Вот тут ты напутала, — покачала головой Кира, — «мерин» другой принадлежит, черня-вой, противной, головешка, а не женщина.

— Да? — растерялась нянечка. — Ну ты небось лучше меня знаешь.

Я обозлилась и строго велела Арине Яковлевне и Кире:

— Оставьте нас вдвоем.

Заведующая потянула медсестру за руку:

— Пошли.

Кира с явной неохотой повиновалась. Не успела за ними закрыться дверь, как я налетела на Варвару Степановну:

— Ну-ка, опишите эту «крысу».

— Уж теперь и не помню, — нянечка с сомнением покачала головой, — вон Кира говорит...

— Плевать на Киру, она ничего не знает! Расскажите, что сами видели.

— Ну, — забубнила Варвара Степановна, — молодая совсем, волосы длинные, светлые, она их в косу заплела, я еще подумала, что теперь такую прическу никто не носит. Носик махонький, аккуратный, чуть вверх торчал. Юбочка на ней была коротенькая, светлая, прямо до пупа, все ноги наружу... Вот! Еще повязка!

— Где? — подскочила я.

— На щиколотке, — припомнила нянечка, — может, чуть повыше, туфельки на каблуках. Красивая девка. Я в окно высунулась и давай кубиками в нее швырять, только толку? Сели и уехали себе.

— Их двое было? — уточнила я.

— Парень за рулем сидел, здоровый такой.

— Ты про мишку-то расскажи, — донеслось из-за двери.

Это Кира, решив подслушать, о чем мы разговариваем в ее отсутствие, не утерпела и раскрыла рот.

— Верно, — оживилась нянечка, — точно! Вот, что значит мозги свежие, все Кирка помнит, у меня напрочь из головы вылетело.

— Что за мишка? — в нетерпении воскликнула я.

— Обождите секундочку, — подхватилась Варвара Степановна, — сейчас покажу!

Спустя несколько минут в моей руке оказался небольшой, отчего-то увесистый, прехорошенький плюшевый мишка-панда. На бело-черной мордочке были пришиты синие бусинки глаз, передние лапки держали красное сердечко, задние торчали в разные стороны. Я машинально повертела игрушку. Она была набита не мягким поролоном и не кучей мелких шариков, а какими-то странными палочками или крохотными лопатами, потому что мои пальцы нащупали нечто длинное, заканчивающееся плоским разветвлением.

— У нее на спине «молния», — снова ожила за дверью Кира, — а внутри ключи лежат.

Я нащупала замочек и дернула его вниз, раскрылось небольшое отверстие. Внутри и правда нашлось несколько ключиков. Один, похоже, сейфовый, два «английских» и совсем крохотный и плоский, вероятней всего, от почтового ящика.

— И какое отношение панда имеет к этой истории? — напряглась я.

Варвара Степановна хмыкнула.

— Кубики-то я во двор пошвыряла, пришлось идти их подбирать. Стала игрушки в пакет засовывать — смотрю, мишка лежит, еще засомневалась: вроде у нас такого не было, но все равно прихватила. А уж в садике мы ключи нашли и поняли: эта белобрысая потеряла.

Кира влетела в медпункт.

— Дальше я расскажу, можно? Мы обрадовались, решили, крыса спохватится и вернется за ключами. Вот тогда и заставим ее раскошелиться. Напугала больного ребенка, теперь расплачивайся. Леше вещи нужны, у него ничего нет, одни обноски. Ждали-ждали и не поймали, прямо обидно! Я весь день в окно глядела, думала, сейчас она прикатит, а потом у Леночки Малышевой температура поднялась...

Пришлось Кире бросить слежку за улицей и заниматься своими прямыми профессиональными обязанностями: сначала укладывать малышку в бокс, потом звонить ее родителям, затем сидеть около девочки. В общем, когда Кира, убедившись, что ребенок заснул, вновь пошла в младшую группу и выглянула в окно, ее охватил приступ злобы: красный «Мерседес» стоял на своем месте. От подобной наглости автомобилевладелицы вышла из себя даже обычно спокойная Арина Яковлевна.

— Ну сейчас ей мало не покажется, — прошипела заведующая и ушла, прихватив с собой ключницу.

Вернулась она в недоумении. Малика впустила ее в квартиру, спокойно выслушала гневную речь и ответила:

— Вы ошибаетесь. Моя машина не выезжала со двора. Я встала к мольберту около половины одиннадцатого и весь день не выходила из мастерской.

Арина Яковлевна не успела раскрыть рта, как художница распахнула дверь в комнату, и

заведующая увидела, что посреди помещения в большом старинном кресле сидит женщина. Более того, Арина Яковлевна великолепно знала ее — Алла Шлягина, мать Кати Шлягиной, посещающей младшую группу яслей.

— Алла Евгеньевна, — попросила Малика, — скажите, когда и насколько я сегодня уходила?

— Так тут весь день стоите, — растерянно ответила Шлягина, — даже чай пить не стали.

Портретистка повернулась к заведующей:

— Вопрос исчерпан?

— Да не вы за рулем сидели, девушка моленькая, блондиночка.

— Неправда, — отрезала Малика, — такое невозможно.

— Я видела собственными глазами.

— Не может быть.

Арина Яковлевна буквально ткнула наглой художнице под нос панду.

— Она еще ключи потеряла, теперь домой не попадет.

Малика взяла игрушку, брезгливо повертела ее в руках, потом вернула заведующей, раскрыла роскошную сумку из крокодиловой кожи, вытащила колечко с золотым брелоком, на котором покачивались ключи, и сообщила:

— Моя связка на месте, и потом, мне и в голову бы не пришло использовать подобный футляр.

— Так я не говорю, что мишка ваш, — сопротивлялась Арина Яковлевна, — он принадлежит той особе, что сегодня каталась на вашей машине.

— Уходите, — велела Малика. — Мне надо работать. Мой «мерс» никто не использует.

— Паркуете машину под окнами яслей!

— Там нет знака, запрещающего стоянку, — отбила мяч Малика.

— Ну погоди, — не выдержала Арина Яковлевна, — плохо тебе будет. На «мерсе» катаешься, а больному ребенку денег на одежду пожалела!

— С какой стати я должна давать хоть копейку? — взвилась Малика.

— Он из-за твоего «мерина» заболел! Еще раз поставишь автомобиль на тротуар, мы тебе на капот кирпич сбросим.

Малика слегка покраснела, но голос ее звучал спокойно:

— Можете хоть завалить кабриолет камнями, куплю себе новый, а вот от ваших яслей ничего не останется. Скажу мужу, и сначала его ребята окна перебьют, а потом и тобой займутся, вымогательница, в подъезде прижмут и головой о батарею приложат. Иди вон, пока милицию не позвала. Еще доказать надо, что ребенок из-за моей машины заболел, а то, что ты тут стоишь и мне угрожаешь, Алла Евгеньевна подтвердит. Ведь правда?

И Малика повернулась к женщине, сидевшей в кресле. Та растерянно кивнула и пробормотала:

— Идите, Арина Яковлевна, лучше на работу, Малика Юсуповна правда никуда не выходила, напутали вы что-то!

Пришлось Арине Яковлевне уйти несолоно хлебавши.

— Где живет эта Алла Евгеньевна? — поинтересовалась я.

— А в нашем доме, во втором подъезде, — пояснила заведующая, — квартира тридцать пять.

Я забрала у женщин ключницу, строго-настрого велела им не рассказывать никому о моем визите и, пообещав непременно посадить за решетку Малику Юсуповну, пошла искать тридцать пятую квартиру.

Глава 18

— Кто там? — бдительно раздалось из-за двери.

— Алла Евгеньевна дома?

— А зачем она вам? — упорствовала женщина, не открывая створку.

— Меня Арина Яковлевна прислала, заведующая яслями, куда ходит ваша дочь.

Загремела цепочка, залязгали замки, и на пороге появилась молодая женщина, худая, даже тощая, с изможденным лицом. Одета она была в грязные, некогда ярко-красные брюки и застиранную футболку.

— Девка заболела? — спросила она и отступила в глубь прихожей.

— С девочкой все в полном порядке, — быстро сказала я.

— Тогда чего?

— Можно войти?

— Ну идите, — с явной неохотой пробормотала Алла, — если вы по поводу оплаты, так я уже снесла квитанцию бывшему мужу, он ее и погасит. Вы не имеете права девку из яслей выгнать, потому что не частники, государственное учреждение, я свои права знаю.

Продолжая бормотать, она вошла в комнату, служащую в этой квартире спальней, гостиной и детской одновременно. Диван, разложенный у стены, топорщился пледом в не слишком чистом пододеяльнике, на полу валялись журналы «Лиза», «Космополитен» и стояла чашка с остатками кофе. В углу мерцал синим светом телевизор. В комнате было душно и холодно одновременно, в воздухе висел запах окурков, и в этом не было ничего удивительного, потому что на обеденном столе, между масленкой и сахарницей, стояла большая пепельница, доверху набитая бычками. Занавески, вернее две серые от пыли тряпки, болтались по краям облупившейся рамы, из щелей торчали куски смятой газеты.

— Так чего надо? — еще раз спросила Алла, плюхаясь прямо на незастеленный диван. — Если деньги собираете на игрушки или дополнительные занятия, то зря пришли. Безработная я, живу впроголодь.

Да уж! Однако на кофе, сигареты и журналы хватает!

— Что же не устроитесь на службу? — вырвалось у меня.

Алла скривилась:

— А вам какое дело?

— Просто жаль вас, кстати, тут на углу супермаркет, на двери объявление висит: «Требуются кассиры и уборщицы». Может, вам сходить, поинтересоваться.

Алла зевнула:

— Была охота за копейки ломаться, вставать в шесть утра. Нет, я ищу хорошую работу, чтобы не меньше тысячи баксов в месяц и часа три, ладно, четыре в день.

— Какое у вас образование?

— Десять классов.

— Навряд ли найдете такую работу, может, лучше пока временно где-нибудь устроитесь? Сами же говорите, денег у вас нет, а девочку надо кормить, одевать, обувать, за ясли платить.

Алла взяла пачку «Парламента»:

— Девку вдвоем делали, вот пусть ее папенька и крутится.

Вымолвив последнюю фразу, она принялась раскуривать сигарету. Я с огромным усилием удержалась от того, чтобы не продолжить разговор о работе. Абсолютно уверена, если человек, живущий в большом городе, жалуется на безденежье, то он лентяй. В провинции, да, согласна, там трудней. Если в вашем городке закрыли фабрику, на которой стояла у станков основная часть трудоспособного населения, — это несчастье. Но в мегаполисе, где проживают миллионы?! Домработница, няня, шофер, уборщица... Да мало ли где можно пристроиться, вот только отнюдь не все на самом деле стремятся работать. Кое-кто, щелкая пультом, предпочитает лежать у телика и ныть о тотальном отсутствии денег. Согласна, превратиться из инженера в поломойку неприятно и морально, и физически, но если нет альтернативы? И уж совсем не понимаю, когда о голодной жизни заводит разговор педагог. Что мешает заняться репетиторством? Впрочем, есть у меня одна знакомая, «англичанка», имеющая манеру прийти в гости, окинуть взглядом стол и со вздохом заявить:

— Вот! У вас пирожные, а мне на хлеб не хватает.

Честно говоря, услыхав эту фразу впервые, я начала комплексовать, вытащила кошелек и сунула Наде деньги. Но однажды Зайка спросила меня:

— Зачем ты даешь Надьке доллары?

— Но она голодает!

Ольга фыркнула:

— Ну-ка припомни. Надя взяла у тебя доллары на установку стеклопакетов.

— Да, она живет около завода, шум мешает.

— Ага! Потом еще на летний отдых.

— Ну не держать же ребенка в городе.

— Затем на операцию своему двоюродному брату.

— Он мог умереть.

— Послушай, — вышла из себя Зайка, — отчего твоя Надя не желает набрать учеников? Десять долларов в час. Трое в день — это тридцать баксов, умножь на семь — двести десять в неделю. А детей найти очень легко, много не успевающих по языку прямо в ее классе.

— Надя говорит, что моральные принципы не позволяют ей давать частные уроки, — вздохнула я.

— Вот дрянь, — вскипела Ольга, — просто ей охота прийти домой в два часа дня и завалиться на диван, а не бегать по ученикам. Ну-ка вспомни себя! Хороши принципы! Работать не позволяют, а тянуть из тебя деньги сколько угодно! Отлично получается! Имей в виду, помогать надо не всем, некоторые недостойны этого. Надя нагло пользуется тобой, она звонит и появляется только тогда, когда ей что-нибудь надо.

Я уставилась на Зайку. Она, похоже, права. Очень хорошо помню, как я сама носилась по городу, набрав роту учеников, уходила в восемь утра, возвращалась в одиннадцать вечера... А Надька лишь ноет.

Похоже, эта Алла родная сестра Нади — валяется на диване, жалуется, но брать в руки тряпку не спешит. Что это со мной? Ну какое мне дело до Аллы, ведь я пришла совсем с другой целью и принялась воспитывать лентяйку. Рассердившись на себя, я слишком резко спросила:

— Денег, говоришь, нет? Сколько долларов хочешь?

— Что делать надо? — лениво спросила Алла. — Нянечкой в ваш садик идти? Ну уж нет, была охота за копейки ломаться.

— Не волнуйся, — успокоила я ее, — даже с дивана слезать не потребуется, просто ответь на пару моих вопросов.

Аллочка заморгала. Я вытащила из кошелька зеленую купюру и помахала перед ее носом.

— Ну, теперь готова? Языком ворочать не лень?

— Что вы хотите? — пробормотала Алла.

— Ты знаешь Малику Юсуповну?

— Ага.

— Она рисовала твой портрет?

— А разве нельзя? — занудила Алла. — Подошла во дворе, представилась, сказала, что у меня лицо оригинальное, предложила денег. Если бы мужик начал такое говорить, ни в жизни бы не согласилась, а с женщиной пошла. Всех дел-то в кресле посидеть, правда, это трудно оказалось, шевелиться нельзя, я прямо извелась вся.

Да уж, деньги, как правило, не падают с неба, их количество зависит от вашего труда и эксклюзивности. Если поленились получить образование, не стали совершенствоваться в профессии, то и заслужите копейки. Среди парикмахеров есть Сергей Зверев, Долорес Кондрашова и просто отличные мастера, получающие великолепные гонорары, а есть женщины, умеющие только «стричь ровно» и «делать химию на мелкие палочки». И кто виноват, что последние не желают оттачивать мастерство?

— Целый месяц к ней ходила, — ныла Алла, — в самую жару...

— Хорошо, — прервала я ее стоны, — я уже поняла, что мучилась ты безмерно. Теперь скажи, а было такое, что в квартиру к Малике Юсуповне приходила Арина Яковлевна, заведующая детским садом, и ругалась с нею.

— Ага, — кивнула Алла, — про машину орала, вроде Малика Юсуповна куда-то ездила и какому-то ребенку помешала. Только Арина Яковлевна ошиблась, Малика никуда не выходила, сумасшедшая она.

— В каком смысле?

— В прямом, психопатка натуральная.

— И в чем это выражается?

— Стоит у своей подставки с бумагой целый день, аж трясется, ни ест, ни пьет, кистями машет. Как только у нее ноги со спиной не отваливаются. Стоило мне в туалет попроситься — начала вздыхать, недовольно хмурится. «Ступай, только быстро!» Я вначале думала, она меня кофе угощать станет, богатая же, но фиг-то, даже воды не наливала, велела сидеть не двигаясь.

— Не помнишь, после ухода Арины Яковлевны Малика звонила кому-нибудь?

Алла покачала головой:

— Нет, снова за работу принялась, только сердилась очень.

— И что она говорила?

— Ну, — призадумалась Алла, — вроде так: «Эта заведующая думает, что я богатая дура и с меня можно много денег содрать. Вот придумала, так придумала! Да на моей машине суперсигнализация стоит, ее без специальной карточки не отключить, даже и пытаться не стоит! Никто на моей машине не катался, все вранье. Охота с меня доллары тянуть. А за что? Машину буду ставить где хочу, купила в этом доме квартиру и имею право пользоваться двором, наплевать мне на ее ясли. Там еще под окнами куча автомобилей толпится, так нет, ко мне примоталась, потому что «Мерседес» внимание привлекает. У богатого взять немножко — это не грабеж, а дележка! Но ошибочка вышла, ни копеечки не дам. Приди она по-хорошему да попроси вежливо: «Малика Юсуповна, сделайте милость, помогите больному ребенку», мигом бы спросила, что надо. А раз вранье развела про машину, то и пошла вон».

Алла замолчала.

— Это все? — спросила я.

— Да, потом музыкальный центр включила, она под музыку рисует, симфоническую. Такая тоска, я все время засыпала.

В Ложкино я приехала вечером и с радостью увидела на вешалке куртку Лены. Уже хотела пойти и отругать глупышку, но наткнулась на странно возбужденную Машу, которая покрикивала на Гришу.

— Давай собирайся быстрей.

— Сейчас, — пыхтел уголовник, завязывая ботинки.

— Он скоро придет, — не отставала Маня, — ну, торопись, экий ты копун!

— Куда вы собрались? — удивилась я.

— Подарок Александру Михайловичу покупать.

— Но почему?

— Ты ничего не знаешь? — подскочила Машка.

— Нет, а что случилось?

— Дегтяреву орден дали, — заорала Манюня, — за заслуги и еще денежную премию, он какого-то маньяка поймал! С утра Женька звонил и рассказал. В полдень министр ему награду вручил. Сейчас они в отделе отмечают, а мы вечером. Эй, Гриша, ну поторопись!

— Я с вами!

— Вот и хорошо, — подпрыгнула Маня, — а

то я уже хотела Ирку просить нас в магазин отвезти.

Помня о недавних неприятностях, я усадила Машку сзади, а вора на переднем сиденье. До универмага мы добрались без приключений, сложности начались потом, потому что решительно не знали, что купить Дегтяреву, у него все есть. Зайка тщательно следит за гардеробом полковника. Зная его агрессивную нелюбовь к посещениям магазинов, Ольга поступила просто. Один раз она сумела затащить яростно сопротивляющегося полковника в ГУМ, на второй этаж, в магазин «Дормюль», и теперь там у продавцов имеется мерка. Два раза в год Зайка ездит в «Дормюль» и привозит Александру Михайловичу костюмы, рубашки, свитера, носки. «Дормюль» рассчитан на солидных мужчин, модели там не экстремальные, очень похожие друг на друга, варьируются лацканы пиджаков да воротнички рубашек, и полковник пребывает в наивной уверенности, что вот уже много лет не меняет гардероб. Один раз он, правда, облачившись в новый костюм, пробормотал:

— Вот странность, ношу его не первый год, а только сейчас заметил, что у него, оказывается, такая полосочка идет...

— Это после химчистки тебе видно стало, — нашлась я.

— А-а-а, — протянул Дегтярев и успокоился.

Кеша ставит ему на полку в ванной одеколон и пену для бритья, я покупаю всякие мелочи, и в результате подарить сейчас нечего.

— Надо найти что-то оригинальное, — суетилась Маня, — эдакое необычное...

— Кружка-невыпивайка пойдет? — предложил Гриша. — Вон она стоит. Нальет он пиво, поднесет ко рту и обольется.

— Почему? — удивилась Машка.

— Там в ободочке дырки, — пояснил Гриша, — вот прикольная штучка! Давайте купим.

— Она ему ни к чему, — отрезала я, — полковник и без этой кружки вечно на живот еду роняет!

— Но весело будет, — настаивал Гриша, — обхохочемся! Эх, жаль у меня денег нет.

— Наоборот, хорошо, что их у тебя нет, — возразила я, — забыли про «невыпивайку» и пошли искать подарок.

— Мусик, смотри, — заорала Манюня, — вот это класс! Фигурка милиционера!

Я перевела взгляд в ту сторону, куда указывала Машка, и вздрогнула. На прилавке стоял сержант дорожно-постовой службы размером с нашего мопса Хуча. То есть, конечно, это был не настоящий сотрудник МВД, а его копия, в уменьшенном виде, выполненная из какого-то полупрозрачного материала.

— А зачем у него из задницы шнур торчит? — удивился Гриша.

Мы заинтересовались и подошли поближе. Продавщица, до тех пор скучавшая в углу прилавка, увидав потенциальных покупателей, оживилась и принялась с готовностью показывать товар.

— Это очень оригинальный ночник с секретом.

Ловким движением девушка нажала на ботинок «сержанта», и голова последнего моментально вспыхнула ровным желтовато-розовым светом.

— Вот уж кошмар, — с неподдельным ужасом воскликнул Гриша, — проснешься ночью, а на тумбочке «мусор» светится, так и до инфаркта недалеко! Давайте лучше кружку возьмем, прикольно же!

— А мне постовой нравится, — уперлась Маня, — Дегтярев оценит юмор!

— Эх, денег у меня нет, — ныл Гриша.

— А у меня есть! — обрадованно заявила Машка. — Поэтому сейчас куплю ночник, лучше подарка полковнику и не придумать!

— Ни в коем случае! — пришла я в ужас.

Продавщица, сообразив, что предполагаемые покупатели сейчас уйдут, быстро сказала:

— Тут есть секрет! Видите на милиционере плащ...

— Не надо нам ничего объяснять, — обозлилась я, — мы не станем покупать этот китч! Пошли отсюда!

— Но мне нравится, — скулила Маня, плетясь на второй этаж, — прикольно!

— Кружечка классная, — бубнил Гриша, — сядет пивка попить, а оно по животу течет! Ухохотаться!

Под их нескончаемые стоны я остановилась возле секции «Адидас».

— Вот, приобретем спортивный костюм!

— Зачем? — в один голос воскликнули Маня и вор.

— Дегтярев полнеет, пусть занимается физкультурой. Я ему еще оплачу абонемент на год в клуб «Планета-фитнес», там тренажеры, бассейн, баня... Живо лишний жирок спустит.

— Ну, — протянула Машка, — неинтересно.

— А еще, — продолжила я, — куплю шапочку, вот ту, темно-синюю, вязаные перчатки и шарф.

— Зайка и то лучше придумала! — воскликнула Машка.

— И что она решила подарить полковнику? — полюбопытствовала я.

— Наушники для телика, без провода, напялил на голову и ходи по всему дому, слушай любимую передачу.

Я хихикнула. Ольга очень хитрая, ее, как и всех, злит манера Дегтярева повернуть регулятор звука у телевизора в гостиной на полную мощность и слушать передачу из столовой. Когда я, пытаясь переорать какого-нибудь Чака Норриса, прошу: «Ну сделай потише или включи «Панасоник» в столовой, зачем телевизор орет в комнате, где тебя нет?!» — Дегтярев, моментально обижаясь, отвечает:

— Пришел сюда на секундочку, фильм очень интересный, не хочу пропускать эпизоды. Впрочем, если мешает, могу выключить.

А с наушниками у нас наконец воцарится тишина!

— Совсем глупый подарок, — зудела Машка, наблюдая, как куртку, брюки, шапочку, перчатки и шарф упаковывают в подарочную коробку.

— Зато очень нужный, — парировала я.

Мы пошли вниз.

— Тут есть телефонная будка? — неожиданно тихо спросил Гриша.

Я удивилась.

— Тебе позвонить надо?

— Ну, в общем, да...

— На мобильный, не стесняйся, он безлимитный, болтай сколько хочешь.

Уголовник слегка покраснел:

— Не, мне будку.

— Чем же сотовый не подошел?

— Я лучше из будки, — талдычил Гриша, не беря «Нокиа».

— Послушай, — принялась я втолковывать уголовнику, — я плачу один раз в месяц компании «Би Лайн» фиксированную сумму и могу разговаривать сколько влезет. Понимаешь? От твоего звонка мой счет не станет больше, тараторь хоть сутки, на!

— Не, мне будку!

Я тяжело вздохнула.

— Гриша, — выкрикнула Маня, — ты чего, пописать хочешь?

Вор кивнул.

— Вон там под лестницей, — указала Машка вниз, — давай отведу.

— Но зачем ты искал телефонную будку? — изумилась я. — Отчего просто не спросил про туалет?

— Неприлично это, — пробормотал Гриша, — при всех про сортир интересоваться, воспитанный человек всегда спросит про телефонную будку, и его поймут!

— Мне тоже «позвонить» не мешает, — хи-хикнула Машка и потащила уголовника по ступенькам.

Я пошла было к машине, но по дороге притормозила у небольшого ларька, торгующего всякой мелочью. Страшно люблю разглядывать ненужные вещички: кошельки, брелки, футляры для сигарет и зажигалок...

— Не хотите ключницу? — предложила продавщица. — Такие забавные есть!

Не переставая тараторить, девчонка выложила на прилавок... мишку-панду. Я машинально взяла вещичку. Точь-в-точь такая лежит сейчас в моей сумке. Следует во что бы то ни стало найти хозяйку ключей, но как это сделать, не имея никаких координат «крысы белобрысой»?

— На спинке «молния», — продолжала подталкивать меня к покупке продавщица, — очень удобно, внутрь входит большая связка ключей.

Я машинально кивнула, мысли текли совсем в другом направлении.

— Она стирается в машине, — неслась дальше девушка, — а вот тут, под лапками, спрятан потайной карманчик.

Я навострила уши.

— Где?

— Ну видите, мишка держит сердечко?

— Да.

— Если чуть-чуть его отодвинуть, там маленькое отделеньице, для визитной карточки или...

Перестав слышать торговку, я вытащила из своей сумки панду, мгновенно отогнула красную подушечку в виде сердца, запустила палец в открывшийся разрез и нащупала там картонку. Через секунду перед глазами возник небольшой прямоугольник с каллиграфически сделанной надписью «Кусику от Пусика с любовью». Это было все. Я побрела к «Пежо». Да уж, «Кусику от Пусика с любовью». Попробуйте найти в Москве людей с такими кличками. Я посмотрю, как вам это удастся!

Глава 19

Домой я прибыла в самом гадком настроении. Машка с Гришей, очевидно, что-то поняли, в машине они сидели тихо, как нашкодившие мопсы.

В столовой сияла и сверкала посуда. Ради торжественного случая Ирка вытащила из шкафа парадный сервиз.

— Едет! — заорала Маня, кидаясь в холл.

Мы все выскочили за ней. Спустя пару минут в прихожей появился Женька, коллега и близкий приятель полковника. Он полжизни работает вместе с Александром Михайловичем, только Женька не следователь и не оперативник, а эксперт или судмедэксперт, я не слишком хорошо знаю, как правильно называется его должность.

— Здрасте, — глупо улыбнулся Женька.

По холлу поплыл сильный запах алкоголя.

— Добрый вечер, — слегка заикаясь, добавил Дегтярев, пропихивая приятеля в глубь комнаты.

Аромат спиртного усилился. Похоже, мужики уже напраздновались до ушей.

— Б-б-ботинки сними, — велел полковник.

— Ща, — пробормотал Женька и попытался сесть на пуфик.

Глазомер подвел эксперта, и он с громким стуком шлепнулся на пол.

— Пардон, — икнул Дегтярев, — мы где? Добрый вечер, милиция. Прошу предъявить документы!

— Эхма, — возвестила Ирка, стаскивая с глупо ухмылявшегося Женьки штиблеты, — пришла беда — вынимай паспорта. Дома вы!

— Ясно дело, дома, — протянул Александр Михайлович, — только у кого? Ик. У кого?

— У Петкиных, — сообщил Женька, пытаясь сгрести ноги в кучу, — два трупа и грабеж. Убедительная просьба не затаптывать место происшествия. Посторонним следует удалиться. Минуточку, а кто оставил следы обуви на ковре — человек или животное?

Услыхав последнюю фразу, я чуть не зарыдала от смеха, но тут в холл влетела Зайка, и Женька выдал:

— Перевозка прибыла? Девушка, направляю вам на проживание и содержание труп, получивший не совместимую с жизнью травму по месту жительства на помойке!

— Да они пьяны! — оторопела Зайка.

— Не сердись, — улыбнулась я, — орден не каждый день дают. Одно не пойму, как в таком состоянии они сумели добраться до Ложкина?

— Надо оттащить их наверх, — приказала Ольга.

— Значит, подарки станем завтра дарить? — спросила Машка.

Женька свесил растрепанную голову на грудь и захрапел.

— К-к-кому подарки? — оживился Дегтярев.

— Да тебе, — вздохнула Зайка.

— Д-д-давайте.

— Лучше завтра, — покачала я головой, — выспишься и получишь.

— Это Женька пьян, — неожиданно трезвым голосом заявил полковник, — а я в норме.

Мы отвели Дегтярева в столовую, где он незамедлительно принялся потрошить пакеты, вскрикивая:

— Ну угодили! Костюм! Шапочка! Перчатки! Шарф! У меня такого красивого не было! Я подобный на Хот-доге видел!

— На ком? — изумилась я.

— На подс-с-следственном, — с трудом выговорил сложное существительное полковник, — Иван Рымзин, по кличке Хот-дог, я даже позавидовал ему, такой костюм. А теперь и сам имею. Пойду мерить! Ой, еще и наушники!

Слегка покачиваясь, прижав к груди коробки, полковник ушел.

— Женька с виду тощий, — сказал, входя в столовую, Кеша, — а неподъемный, еле отволок его. Так я понимаю, что сейчас мы ничего праздновать не станем?

— Во всяком случае, ужинать сядем без них, — вздохнула я.

— Давайте заочно орден обмоем, — предложила Маня.

— Заочно можно только отпеть, — буркнула Зайка, — садитесь ужинать.

Мы разместились за длинным столом, положили на тарелки еду и стали ужинать.

— Хлеб передайте, — попросил Кеша.

— Помидорчики хочешь? — повернулась Машка к Грише.

— Лучше горчицы на мясо, — ответил уголовник.

И тут из коридора донеслось бодрое пение.

— ...на том и этом свете буду вспоминать я...

— Это что? — удивилась Машка.

— Скорее кто, — ухмыльнулся Кеша, — Дегтярев поет, совсем его развезло.

Из коридора внезапно полетел визг Ирки:

— Ой, мамочки!

Мы не успели вскочить, потому что дверь в столовую резко распахнулась, с треском ударилась о косяк, и перед глазами возник Александр Михайлович.

— ...как упоительны в России вечера...

Если я расскажу, в каком виде предстал наш бравый орденоносец, вы мне ни за что не поверите. На голове Александра Михайловича сидела темно-синяя шапочка «Адидас», посередине шерстяного убора, низко надвинутого на лоб, сиял новенький орден, уши закрывали радионаушники, шею обматывал шарф. Дегтярев приплясывал в такт музыке, льющейся ему прямо в уши, и притопывал ногами. Правая ступня была обута в уютную ковровую тапочку, на левой красовалась резиновая шлепка. На руках у полковника оказались шерстяные перчатки. Больше на нем не было ничего. Да, да, вы не ослышались. Шапочка с орденом, наушники, шарф, перчатки и разномастные тапки. Если не считать этих мелочей, Дегтярев был совершенно голый.

— Где моя видеокамера! — взвизгнула Маня. — Ой, такое не заснять!

Уронив по дороге стул и наступив на Хуча, девочка выскочила из столовой. Зайка захохотала и опрокинула тарелку с салатом. Кеша схватил с дивана плед и бросил полковнику на плечи.

— Мне жарко, — запротестовал Дегтярев.

— Пойдем в кроватку, — потянул Кеша полковника.

— Не хочу, — принялся сопротивляться Александр Михайлович, — налейте мне коньяку.

— Хватит с тебя, — рявкнул Кеша и, повернувшись к Грише, велел, — ну-ка помоги!

Вдвоем они утащили Дегтярева.

— Помедленней идите, — донесся из коридора голос Маши, — снимаю на память.

На следующее утро я спустилась к завтраку в десять и обнаружила в столовой тех же действующих лиц, к которым присоединился еще всклокоченный Женька, жадно пивший из бутылки минеральную воду.

— Вы прогуляли работу! — воскликнула я.

— Сегодня воскресенье, — робко ответил полковник, — кажется, вчера мы того...

— Ерунда, — отмахнулась я, — забудь, орден-то не каждый день дают.

— Ты был такой замечательный, совсем голый, но в шапочке и перчатках, — захихикала Зайка.

Дегтярев побагровел:

— Врешь!

— Я? — возмутилась Зайка. — Я вру только на работе, когда общаюсь с телезрителями с экрана, дома всегда говорю одну правду.

— ...и только с три короба, — фыркнул Александр Михайлович, — ни за что не поверю.

— А мы тебя на пленку засняли, сейчас кассету принесу, — влезла Маня.

— Не надо, — быстро сказал полковник, — хорошо, верю.

Но Маруська уже с топотом неслась вверх по лестнице. Я встала, пересела на кресло и незаметно выдернула из стены вилку видеомагнитофона. С Мани станется включить кассету, сконфузит бедного Дегтярева до потери пульса.

Но Машка вернулась, держа в руках ночник в виде сотрудника милиции.

Я вздохнула, значит, поход в туалет был всего лишь предлогом, хитрая девочка все-таки купила «мента».

— Это тебе, — ткнула она лампу в руки Дегтярева.

— Ну и ну, — покачал тот головой и воткнул штепсель в розетку. — Светится! Очень красиво, спасибо, Манюня, давно о таком мечтал!

— Похоже, у него голова крутится, — пришла в полный восторг Зайка.

Ольга схватила фигурку за фуражку и... Плащ милиционера приоткрылся, наружу показалось нечто, крайне неприличное. Я чуть не взвизгнула, так вот на какой секрет намекала продавщица! Однако! Подобные «сувениры» следует продавать в секс-шопах, а не в обычных магазинах, где их могут купить наивные дети. Просто подмывает немедленно отправиться в торговый центр и закатить там скандал!

— Прикольная штучка, — протянул Кеша.

Гриша закашлялся, Женька подавился чаем, Зайка вытаращила глаза...

— Это что? — ошарашенно спросила Маня.

— Очень веселый ночник, — радостно заявил полковник, — если нажать на ботинок, загорается голова, а коли повернуть фуражку, постовой поднимает жезл.

Тут только я сообразила, что неприличный на первый взгляд предмет окрашен в бело-черную полоску.

— Так это гаишник, — облегченно вздохнул Кеша.

— А ты что подумал? — захихикала Ольга.

— Ну, решил... сотрудник уголовного розыска, — нашелся наш адвокат, — но, когда жезл появился, стало понятно — постовой.

Полковник с детской радостью принялся вертеть ночник в руках, кажется, жуткая вещица на самом деле пришлась ему по вкусу. Выразив бурный восторг, Дегтярев схватил стоявшую возле его прибора кружку, поднес к губам и вскрикнул:

— Черт!

По груди Александра Михайловича потек чай.

— Как это я так неаккуратно, — удивился полковник, — хорошо, что он остыл уже.

Он попытался еще раз отхлебнуть из кружечки и вновь потерпел неудачу.

— Ерунда получается, — изумленно сказал Александр Михайлович.

Гриша кашлянул:

— С праздником вас! Подарочек от меня, невыпивайка. Здорово, да?

Я проглотила гневное высказывание. Телефонную будку он искал! Как бы не так!

— И как она работает? — с неподдельным интересом спросил полковник.

Уголовник пустился в объяснения.

— Пить надо не как обычно, а втягивать в себя жидкость через отверстие в ручке.

— Слышь, Женька, — обрадовался Александр Михайлович, — я этого мента у себя на столе устрою, а кружку надо Косте Матвиенко подсунуть, налить туда пива и угостить.

— Костьку инфаркт хватит, когда он поймет, что «Останкинское» мимо рта льется, — радостно подхватил Женька.

Через час, когда все покинули столовую и разбрелись по комнатам, я поднялась к Грише и сурово сказала:

— Ты обещал мне не воровать.

— Ну ерунда же, копеечная вещица.

— Дай честное слово, что в последний раз.

— Чтоб мне сгореть, — с жаром воскликнул Гриша, — или под землю провалиться, больше никогда!

— Ладно, — кивнула я и ушла к себе.

Ключница лежала на тумбочке около кровати. Я снова вытащила картонку «Кусику от Пусика с любовью». Сколько ни читай, яснее не станет. И не понятно, кто такой сей Пусик: мужчина или женщина... Руки перевернули прямоугольник. Господи, какая же я дура! Отчего не посмотрела вчера на оборотную сторону послания!

Передо мной лежала визитная карточка. «Агентство Инкомнедвижимость». Отдел строительства коттеджей, старший менеджер Федор Пуськов». Пусик был найден!

Я ринулась к телефону и набрала один из номеров, указанных на визитке, тот, который начинался с цифр 8-903.

— Слушаю, — донеслось из трубки.

— Мне Пуськова.

— Это я.

— Хочу построить коттедж! Прямо сейчас, срочно! Вы работаете в воскресенье?

— Для клиентов у нас все условия, — осторожно ответил Федор, — простите, как вас зовут?

— Даша Васильева.

— Что-то совсем закрутился, — со вздохом отозвался Пуськов, — напомните, пожалуйста, где вы приобрели участок?

— В Ложкине!

— Где? — изумленно переспросил мужчина. — Но «Инком» не строит там поселка.

— А в каком месте «Инком» возводит дома? — ринулась я в атаку.

— Ну, по Ново-Рижской дороге, к примеру.

— Хорошо, куплю там, еду к вам! Давайте адрес.

— Пишите, — со вздохом ответил Федор.

Пользуясь тем, что домашние мирно занимались своими делами, я понеслась в гараж.

Федор оказался совсем молодым парнишкой, разговаривающим густым басом.

— Вы и впрямь хотите приобрести участок? — спросил он.

Решив сначала расположить его к себе, я воскликнула:

— Да, размером с гектар, в лесу!

— Вот, посмотрите, план поселка «Шервуд», — оживился менеджер, — мы предполагаем...

Целых полчаса он расписывал мне прелести строящегося поселения, наконец, я сочла момент подходящим и ткнула в табличку, стоявшую у него на столе.

— Тут написано: «Федор Пуськов», это вы?

Парень кивнул.

— Наверное, в школе вас звали Пусик.

Федор поджал нижнюю губу.

— Пытались, только живо на кулаки напоролись, я в детстве свою фамилию ненавидел, одно время даже хотел мамину взять, стать Ратниковым. Вокруг люди нормальные ходят: Ивановы, Сергеевы, Никитины, а я Пуськов! Мрак!

Ну ему досталась не самая плохая фамилия. Со мной в институте училась Галя Гроб, а когда, получив диплом, попала в институт на службу, на кафедре работал Василий Ящик, да и среди учеников встречались более чем оригинальные фамилии: Кирилл Непейвода, а с Оксаной когда-то стоял возле операционного стола доктор Коновалов.

— Потом привык, — сказал Федор, — и перестал злиться.

— Наверное, любимой девушке позволяете обращаться к вам «Пусик»?

Федор отодвинул папку с документами.

— Что-то я не пойму...

Я вытащила из кармана ключницу и визитную карточку.

— Это вы писали?

— Откуда у вас ключница? — подпрыгнул на стуле Пуськов.

— Неважно. Ваша записка?

— Вы кто?

— Майор милиции, — рявкнула я, — живо отвечай, кто писал «Кусику от Пусика с любовью»?

— Вы из уголовного розыска? — начал заикаться Федор. — А дом?

— К черту особняк! Кому писал послание?

— А что она сделала?

— Все! Человека убила.

— Мама! — взвизгнул Пуськов и сравнялся по цвету с документами, отпечатанными на качественной бумаге, произведенной в маленькой Финляндии. — Так и знал, что втравит меня в какую-нибудь пакость.

— Так! — хлопнула я ладонью по столу.

Федор испуганно ойкнул и пожелтел.

— Хватит дурака валять, быстро рассказывай, что знаешь про Кусика, иначе прямо сейчас вызываю сюда наряд милиции...

— Да, да, да, — закивал Пуськов, синея, — слушайте, я тут совершенно ни при чем.

Год назад Федор ехал по шоссе. Неподалеку от въезда в Москву, около указателя, на котором было написано: «Конаково», стояла девица с поднятой рукой. Пуськов молод, ему едва исполнилось двадцать два года, но парню здорово повезло в жизни, посчастливилось попасть на работу в «Инкомнедвижимость», в солидную компанию, руководство которой никогда не обманывает клиентов и ценит работящих сотрудников. Федор старался из всех сил и уже накопил себе на серебристую «десятку», на которой с превеликим удовольствием катает теперь девчонок. Как все мальчишки, Пуськов беззаботен, поэтому, не подумав ни о чем плохом, он притормозил около девушки и остолбенел. Вблизи она оказалась еще лучше, чем издали, настоящая фотомодель.

Естественно, Федя повез девушку по указанному ею адресу. По дороге разговорились. Красавица сообщила, что ее зовут Настя, живет она в Конаково, в коттеджном поселке, учится в МГИМО, имеет «Мерседес», но сегодня машина не завелась и пришлось ловить тачку на дороге.

Влюбленный с первого взгляда, Федор не обратил внимания на мелкие нестыковки в рассказе Насти. Дело шло к ночи, на какие такие занятия торопилась девица? Хотя, может, она «вечерница»? Почему девушка, проживающая в элитном месте и владеющая «Мерседесом», не захотела вызвать такси, а потопала под проливным дождем на дорогу?

Но, повторюсь, в тот день у Феди не возникло никаких сомнений в правдивости слов Насти. В ушах ее покачивались красивые серьги, от волос пахло французскими духами, на плече висела кожаная сумка, а главное, Настенька была просто прелестна.

Завязался роман, и через пару недель у Пуськова появились первые подозрения. Во-первых, Настя никогда не пользовалась своим «Мерседесом».

— Его чинят, — отмахнулась она от вопросов Федора, — какая-то сложная поломка. Если не устранят, куплю себе «Брабус» или «Лексус».

Федор очень удивился. «Мерседес» надежный автомобиль, что там могло такое с ним случиться?

Следующее подозрение возникло, когда они поехали на дачу к его приятелям. «Десятка» застряла в жидкой грязи, и Федор попросил Настю:

— Садись за руль, толкну колымагу, а ты газуй.

Девушка кивнула. Пуськов пихнул «Жигули», но они внезапно дернулись и заглохли.

— Настя, — заорал Федор, — ты чего на скорость не поставила? А ну переведи рычаг.

Но и во второй раз ничего не вышло. Федя подошел к подружке и увидел, что та дергает ручку скоростей, не нажав ногой на педаль сцепления.

— Ты не умеешь водить машину! — осенило его.

— А почему я должна уметь? — воскликнула любимая.

— Но ведь ездишь на «Мерседесе»?

— И что?

— Каким же образом делаешь это?

Настя снисходительно глянула на кавалера:

— У меня шофер.

Федор прикусил язык, но легкое недоверие уже ужалило его.

Потом ему стало не нравиться, что Настя требует подарки и никогда не приглашает его домой. Пару раз Федя довозил ее до указателя «Конаково», и дальше девушка всегда шла пешком.

— Мой папа, — объясняла она свое поведение Феде, — генерал ФСБ, убьет меня, если увидит с мужчиной, охранники заметят чужую машину и мигом настучат, лучше высади меня тут.

Ну а затем вообще приключилась ерунда. Как-то раз Пуськов поехал с клиентом на объект, проваландался там больше обычного и, поняв, что не успевает на свидание к Насте, начал ей названивать. У Насти имелся мобильный, и вот еще одна странность, он начинался с восьмерки. Неужели генерал ФСБ, выстроивший дом в загородном поселке, не мог приобрести дочери прямой номер?

— Абонент временно не обслуживается, — сообщил милый голосок.

Федор крякнул и поехал в МГИМО. Настя неоднократно говорила кавалеру, что ее лекции начинаются в двадцать ноль-ноль.

— У нас мало аудиторий, — объясняла она, — и младшекурсники занимаются вечером.

Пуськов иногда привозил любовницу на занятия, но после лекций никогда не забирал ее.

— Ты смотри, не вздумай тут появиться к концу последней пары, — предупредила Настя, — отец меня сам отвозит в Конаково. Не дай бог тебя увидит, убьет!

Но сегодня Федя чувствовал свою вину перед Настенькой, прождавшей его на холоде, и прикатил в МГИМО. Тут его поджидало неприятное открытие: никаких вечерних занятий для студентов дневного отделения не было и в помине, их семинары завершались около пятнадцати часов.

Глава 20

На следующий день Федя явился в Институт международных отношений и выяснил: Насти Кусакиной среди студентов нет. Решив пока не рассказывать любовнице о неприятном открытии, Федор сделал вид, что ничего не произошло, но ему все яснее и яснее становилось: Настя не та, за кого себя выдает. Может, ее даже зовут иначе, и возраст другой, а в существование папеньки-генерала Пуськов уже давно не верил. Оставалось уточнить, зачем Настя к восьми вечера три раза в неделю приезжает в МГИМО.

В среду Федор, как всегда, высадил девушку у входа в институт. Она весело помахала парню и исчезла внутри. Но Пуськов не уехал, как всегда, а пошел за любовницей. Та, чувствуя себя в полной безопасности, сначала зашла в туалет, потом выскользнула на улицу, завернула

за угол, подошла к небольшому старомосков-
скому особнячку и позвонила в звонок. Дверь
приоткрылась, Настя шмыгнула внутрь. Федор
подошел поближе и глянул на вывеску: «Лаборатория тестирования и проверки НИИ Аптек-
фарм».

Поколебавшись пару секунд, Пуськов тоже
нажал на звонок. Дверь распахнулась, Федор
вошел и наткнулся на охранника.

— Тебе чего? — лениво осведомился секьюрити.

Федор слегка растерялся и пробормотал:

— Девушка сюда вошла, блондинка, такая
красивая.

Парень в черной форме с нашивкой «Бер-
кут» на груди был чуть старше Пуськова, он
снисходительно улыбнулся:

— Понравилась, да?

Федор кивнул:

— Красавица.

— Забудь, — махнул рукой охранник, — не
для тебя.

— Почему? — осторожно спросил Пуськов.

— Тут многие пытались ее округрутить, — охотно пояснил секьюрити, — но она ни на кого не
глядит, она в профессора влюблена.

— В какого? — Федор решил узнать все до
конца.

— Ступай себе мимо, — нахмурился собеседник, — здесь режимный объект.

— Хоть скажи, как ее зовут! — взмолился
Пуськов.

— Анастасия Кусакина, — милостиво выро-
нил охранник.

— А кем она работает?

— Ну ты даешь! Может, еще и домашний адрес дать? Лаборанткой служит, за мышами ухаживает.

— За какими? — искренно удивился Федор.

Тут терпение у секьюрити лопнуло, и он, рявкнув: «За белыми», выставил чересчур любопытного парня за дверь.

От злости Федор чуть не начал заикаться. Оказывается, студентка элитарного Института международных отношений, дочь генерала ФСБ, на самом деле чистит клетки грызунам. У парня словно раскрылись глаза. Вмиг вспомнилось, как Настя заводила его в магазины и требовала купить то свитер, то брюки, то туфли. Федор работает в отделе строительства коттеджей, сами понимаете, что его клиенты не бедные люди, и за пару лет службы Пуськов научился разбираться в шмотках. Настя ему очень нравилась, и одно время Федор радовался, что способен купить своей девушке приглянувшуюся ей кофточку. Он даже считал Настю скромницей, потому что та не ходила в эксклюзивные бутики, предпочитая заглядывать в демократичные «Саш», «Бенеттон», MEXX и «Манго». Пуськов решил, что Настя чуткая девушка. Надо же, воспитанна и живет в роскоши, а думает о том, что у кавалера может не хватить средств на подарок, и ведет парня в лавку с доступными для него ценами.

Но сейчас ситуация повернулась иной стороной. Для лаборантки с окладом в тысячу рублей MEXX — дорогущий магазин. Кипя от негования, Федор устроился в засаде около здания лаборатории. В девять утра Настя вышла наружу и пошла по улице вниз. Пуськов, бросив машину, побежал следом. Он думал, что любовница сейчас сядет в метро, но врунья покружила по переулкам и вышла к многоквартирному дому.

В Пуськове проснулся детектив. Он потолкался какое-то время во дворе и скоро узнал про Настю всю правду, которую радостно выложила болтливая старушка-лифтерша.

Никакого папы-генерала нет и в помине, Настя вообще безотцовщина. Мать работает поломойкой у богатых людей, девчонка, не поступившая в институт, служит уборщицей в НИИ, и, хотя ее должность и называется красиво: лаборантка, суть занятий от этого не меняется.

— Ты, парень, лучше забудь про нее, — заботливо предупреждала его лифтерша, — нехорошая она девка. Они с матерью сюда въехали, когда Насте едва десять лет стукнуло, уже тогда испорченная была. Дружила с Соней из пятнадцатой квартиры, пока у той отец директором школы был, а когда Иван Николаевич умер, перестала с той даже здороваться. Маленькая, а гадкая. Такая и выросла, мужика теперь богатого ловит, сюда знаешь какие кадры подъезжают на машинах! Ты-то пешком пришел, так она и не поглядит в твою сторону. Лучше уходи, пока цел.

Пуськов не удержался и на очередном свидании выложил Насте все. Он думал, что девушка смутится, покраснеет, но в прелестных голубых глазах не мелькнуло даже тени испуга.

— Отец-генерал существует, — пояснила Настя, — он в разводе с мамой, езжу к нему в Конаково, в институт хожу, только я там под другой фамилией, папа настоял, в целях безопасности.

— Но зачем тогда работаешь в лаборатории! — взвился Федор.

— Я там не служу.

— Сам видел!

— Подруга туда пристроилась, сейчас она заболела, вот и заменила ее временно.

— Но секьюрити сказал, что лаборантку зовут Настя Кусакина.

— Правильно! Аня под моим именем там.

— Почему?

— Ее отец работает в правительстве, вот Анька и не может свою фамилию открыть!

Федор хотел было продолжить разговор, поинтересоваться, зачем дочери члена правительства возиться с дурно пахнущими грызунами, но остановился. Похоже, на все его вопросы у Насти имеются быстрые ответы.

— Значит, если я живу в коммуналке и получаю копейки, то не подхожу тебе? — пошла в атаку Настя.

— Нет, — отрезал Федя, — мне все равно, хоть в канаве спи, дело во вранье. Зачем обманывала?

— Я никогда не вру, — спокойно ответила Настя.

От подобной наглости Пуськов даже растерялся. Он еще пару раз встретился с Настей, но потом понял: девушка решительно разонравилась ему, она даже перестала казаться красивой.

Настя была просто патологической лгуньей, не сказавшей за все время их знакомства ни слова правды. Если, к примеру, она говорила: «Ах, какое солнышко светит», то хотелось немедленно выглянуть в окно, потому что вполне вероятно, что на улице льет дождь. Пуськов понимал, что следует порвать с девицей, но из-за природной интеллигентности медлил, а через месяц Настя сама сказала:

— Отстань от меня, надоел.

Федор со вздохом облегчения перестал общаться с красоткой, впрочем, и она больше ни разу ему не позвонила.

— Настя похожа на яблоко, — вздыхал сейчас Пуськов, — случается, купишь такое яркое, глянцевое, просто загляденье, откусишь пару раз... Мама родная, внутри сплошная гнилушка! Вы поверьте, я с ней давно не встречаюсь, с мая, полгода получается, ни о чем не знаю...

— Адрес Кусакиной помнишь? — перебила я его, запихивая ключницу в сумку.

— Конечно!

— Давай.

— Сейчас, — услужливо закивал Пуськов и полез за записной книжкой, — все сообщу, улицу, дом, квартиру и номер телефона.

Получив необходимое, я выскочила на улицу и, не сумев справиться с волнением, схватила мобильный.

— Не существующий номер, — сообщил механический голос.

Значит, негодяйка либо потеряла сотовый, либо обзавелась новой сим-картой. Впрочем, это даже к лучшему. Повинуясь первому поры-

ву, я набрала номер, но это был абсолютно не-
правильный поступок. Следовало сначала по-
ехать к ней во двор и там произвести разведку.

Дом Насти стоял в глубине тихой москов-
ской улицы. Я недавно была в этом районе, в
соседнем переулке жила Ася. Здание, построен-
ное, очевидно, в середине прошлого века, давно
требовало ремонта. Фасад покрывала облупив-
шаяся штукатурка, двери подъездов качались
на полусгнивших петлях. Интересно, какую
старушку-лифтершу имел в виду Пуськов, рас-
сказывая мне о том, как собирал сведения о
Насте? Никаких консьержек тут и в помине не
имелось, лестницы выглядели грязней некуда.
Я постояла у входа в нужный подъезд. Вокруг
не было никого, ноябрьская непогода загнала
людей по квартирам. Воскресенье основная
масса жильцов предпочла проводить у телевизоров, а не на лавочках. Если бы сейчас стоял
июнь, то тут бы клубились дети и старушки, а
мужики «забивали козла» на врытом в землю
деревянном столе.

Поколебавшись, я решилась. Вошла внутрь
и, едва дыша, взобралась на четвертый этаж.
В здании имелся лифт, древняя кабина, похожая на поставленный стоймя гроб, ездившая
внутри шахты, огражденной проволочной сет-
кой. Я просто побоялась войти внутрь хлипкого
сооружения.

Перед сорок восьмой квартирой лежал почти
лысый коврик, бывший некогда куском светло-
бежевого паласа. Я потопталась у обшарпанной
двери и, наконец решившись, ткнула пальцем в
звонок. Ладно, сориентируюсь на месте.

Дверь распахнулась, на пороге возникла женщина примерно моих лет, одетая в засаленный спортивный костюм. Волосы ее, местами поседевшие, торчали дыбом, скорее всего, она только что сладко спала.

— Чего трезвонишь? — недовольно спросила хозяйка.

Глаза у бабы были странные, зрачки разбегались в разные стороны, словно мыши при виде голодной кошки.

— Скажите, — начала было я, но тут до носа дошел резкий запах спиртного, и стало понятно, что хозяйка квартиры не косоглазая, а пьяная.

— Выходной у меня севодни, — покачивалась на нетвердых ногах баба, — отдыхаю, а ты зачем шляешься? Говори живей, чаво надо?

— Вы Кусакина?

Тетка противно засмеялась:

— Ищо чаво! Кусакина! Собакины мы.

Я постаралась не рассмеяться. Надо же, я ошиблась дверью, вместо Кусакиных тут живут Собакины, наверное, рядом еще имеются Царапкины и Кошкины.

— Кусакины там, — сообщила пьяница.

— Где? — не поняла я. — В сорок девятой?

— Не, — икнула тетка, — в нашей, ихняя комната у туалета, за балконом, ступай туда.

Вымолвив последнюю фразу, она повернулась ко мне спиной и пошла по длинному темному коридору, шлепая тапками о босые пятки. Я шагнула в квартиру и попыталась закрыть дверь. Не тут-то было, ее украшало то ли семь, то ли восемь замков, и ни один не желал захлопываться. Потерпев сокрушительную неудачу, я просто притворила дверь и пошла искать комнату возле туалета.

Коридор змеился, изгибаясь под невероятными углами; квартире, казалось, нет конца. Внезапно стены расступились, и с правой стороны возникло застекленное пространство. Я безмерно удивилась. Первый раз вижу, чтобы выход на балкон был не из комнаты, а из коридора.

Санузел нашелся тут же, я свернула влево, прошла еще метра два и уткнулась в дверь. На стук никто не отозвался. Я потянула на себя огромную ручку, оставшуюся тут, очевидно, еще от самых первых жильцов. Перед глазами открылась комната, большая, перегороженная шкафами. Очевидно, хозяева решили оборудовать для себя спальню. Мебель была старой, если не сказать, допотопной. Ветхий диван, прикрытый ковром, два кресла под цветными накидками и «стенка» болгарского производства, когда-то подобные стояли чуть ли не в каждой квартире. Внутри ниши виднелся телевизор, экран которого занавешивала салфетка.

— Есть тут живые? — крикнула я.

Из-за шкафа послышался скрип, потом слегка хриплый голос спросил:

— Кто пришел?

— Я.

В отгороженном отсеке вновь раздался треск, потом шарканье. Очевидно, хозяйка, встав с кровати, пошла к двери.

— Сколько раз говорить, — закашлялась она, — не толкайся сюда, не дам больше в долг, все равно пропьешь! Ты, Галя...

Не успев закончить фразу, она появилась передо мной и вскрикнула:

— Вы? Зачем? Кто вас послал?

Я постаралась справиться с изумлением. Передо мной стояла Инга Федоровна, экономка Малики Юсуповны. Только на этот раз вместо красивой одежды на ней был застиранный халат, а от аккуратной прически не осталось и следа.

Я первой пришла в себя и сурово спросила:

— Вы Кусакина?

— Да, — недоуменно кивнула Инга Федоровна, — а в чем дело? Как вы меня нашли? Откуда узнали адрес?

— Настя Кусакина вам кто?

Экономка глубоко вздохнула:

— Дочь.

— Она дома?

Инга Федоровна подняла на меня глаза:

— Нет.

— Когда вернется?

Экономка отступила назад:

— Что случилось?

Видя ее растерянность и даже некоторый страх, я бесцеремонно вошла в комнату, отодвинула от стола один из колченогих стульев и, плюхнувшись на него, нагло заявила:

— Вопросы тут задаю я.

— Вы кто? — продолжала пятиться Инга Федоровна.

— Майор милиции, Дарья Васильева, ну-ка скажите, эти ключи принадлежат вашей дочери?

Инга Федоровна робко протянула руку к мишке, потом взяла ключницу и уставилась на нее. На лице экономки появился самый настоящий ужас.

— Откуда у вас это? — дрожащим голосом осведомилась она.

— Так ключница принадлежит Насте! — воскликнула я.

— Дочка потеряла связку давно, еще летом, — залепетала экономка, — я ее очень ругала, впрочем, подумала, будто она меня опять обманула, Настя...

Из глаз Инги Федоровны потоком хлынули слезы. Закрывая лицо руками, экономка добрела до дивана и рухнула на него. Я увидела на столе бутылку минеральной воды, налила боржоми в стоявшую рядом чашку и подала плачущей хозяйке.

— Выпейте и успокойтесь.

— Спасибо, — прошептала Инга Федоровна, беря трясущейся рукой кружку, — спасибо, спасибо.

Бормоча безостановочно слова благодарности, она опустошила емкость и уронила ее. Слабо звякнув, чашечка развалилась на две ровные половины, словно кто-то распилил ее по заказу.

Инга Федоровна поднесла к лицу сжатые кулаки и снова зарыдала, вернее, заскулила, как побитая собачка. У меня защемило сердце.

— Послушайте, не надо так убиваться из-за ерунды, посуда копеечная, вы легко купите ей замену.

Экономка всхлипнула и замолчала. Решив ковать железо пока горячо, я резко спросила:

— И как часто ваша дочь берет без спроса «Мерседес» Малики Юсуповны?

Инга Федоровна покраснела, потом побелела, затем снова приняла оттенок переспелого помидора.

— Не понимаю, о чем вы говорите? Какой «Мерседес»?

— Кабриолет, красного цвета, — ухмыльнулась я. — Малика Юсуповна — человек увлекающийся, если встанет за мольберт, потом клещами не оттащить. Настя об этом великолепно знает, наверняка вы обсуждаете хозяйку. Вот ваша дочурка и придумала хитрость: Малика Юсуповна — за работу, а девушка с любовником — в машину. Думается, вы им помогали, выдали запасной комплект ключей с брелоком сигнализации. Малика Юсуповна очень обрадуется, когда узнает, что «Мерседес» без нее по улицам ездит!

Инга Федоровна тяжело вздохнула:

— Ладно, понятно. Только никаких ключей я никому не давала, сама она их взяла... У вас дети есть?

— Да.

— Сколько?

— Двое.

— И у меня столько же, — горько подхватила Инга Федоровна, — девочки: Ксения и Настя. Старшая нормальная, институт окончила, замуж вышла, живет сейчас в Петербурге, никаких проблем с ней не было. А Настасья...

Инга Федоровна замолчала, а потом грустно закончила.

— Не дай вам бог пережить то, что мне пришлось. Ведь до чего довела! Смерти я ей желала, а когда Настя погибла, то места найти не могла, убийцей себя считаю...

И она опять заплакала.

— Как Настя погибла? — Я вскочила на ноги.

— Машина ее сбила, — теребя бахрому пледа, лежащего на диване, прошептала Инга Федоровна.

— Давно? Когда это случилось?

Собеседница подняла опухшие, покрасневшие веки.

— Мне сообщили двадцать первого июля, а произошел наезд двадцатого, Настя ночь в овраге пролежала, на обочине Кольцевой дороги. Тот, кто ее сшиб, сбросил тело в кювет и уехал.

Я вновь опустилась на стул. Точь-в-точь такая же история произошла и с Асей, девушкой, напоившей Лику возле метро кока-колой.

— Вы не знаете, с кем она брала «Мерседес»? Кто сидел за рулем?

Инга Федоровна покачала головой:

— Нет.

— Но как же так, — вырвалось у меня, — дочь гуляет неизвестно с кем, а вы даже не проявляете интереса к ее знакомым. Ей-богу, странно. У нас сейчас в доме поселилась девочка Лена, так, когда она исчезла, мы места себе не находили, пока беглянка не вернулась в Ложкино. Ребенок испугался зубного врача и убежал из приемной. Ее не было пару часов, и то все извелись, а тут родная дочь...

Инга Федоровна вытерла лицо.

— Хорошо вам меня осуждать! Ладно, послушайте, как у нас дело было, авось поймете, почему в последнее время я хотела, чтобы господь Настю прибрал.

Глава 21

Отец Инги Федоровны был очень обеспеченным человеком, крупным ученым, но он, к сожалению, умер, когда дочь была совсем юной девушкой, и с тех пор жизнь Инги — это спуск по лестнице вниз.

Институт она не окончила, квартиру отца поменяла на меньшую. Правда, потом счастье ненадолго улыбнулось Инге: она вышла замуж, родила девочек, но вскоре муж тяжело заболел и умер, пришлось переезжать в коммуналку и поднимать детей в одиночку, хватаясь за любую возможность заработать: мыть лестницы, бегать по чужим квартирам с тряпкой, выгуливать собак. Все полученные копейки вкладывать в обожаемых дочек: Ксюшу и Настю. Разница между девочками была всего три года, но они выросли настолько непохожими, что в голову Инги Федоровны иногда закрадывалась идиотская мысль: может, Настю подменили в родильном доме? Ну не могла у честной, щепетильной женщины, никогда не позарившейся на чужую копейку, родиться такая дочь.

С самого раннего детства Настя филигранно врала, не смущаясь и не краснея. Инга Федоровна только качала головой, ну и фантазия у ребенка. В десятом классе ее отправили заниматься к репетиторам. Инга Федоровна очень не хотела, чтобы дети повторили ее судьбу, поэтому изо всех сил старалась дать девочкам образование. Ксюша, отзанимавшись год у наемных педагогов, без проблем поступила в институт. Инга Федоровна вздохнула с облегчением, подкопила денежек и отправила к репетиторам Настю. Та тоже регулярно посещала занятия. Инга Федоровна отказывала себе во всем: в еде, одежде, даже лекарствах.

«Ничего, — думала она, — Ксюша скоро получит диплом. Дай бог, и Настенька будет пристроена».

Но Настя провалилась на первом же вступительном экзамене. Кстати, девица совсем не расстроилась, зато Инга Федоровна разрыдалась, столько денег зря потрачено! Между прочим, один урок стоит десять долларов, занималась Настя семь раз в неделю, ну-ка посчитайте, какая сумма выходила в месяц! Легко ли заработать ее, моя полы и сортиры!

Проплакав ночь, Инга Федоровна обозлилась и поехала к главному репетитору. Не успел он открыть дверь, как разъяренная женщина накинулась на него:

— Вы обманули меня! Посоветовали педагогов, пообещали, что в случае регулярных занятий проблем с поступлением не будет, и что? Между прочим, я ни разу не задержала оплату!

Педагог выслушал сбивчивую речь и удивился:

— Настя Кусакина? У меня была такая?

— А то нет! — потеряла всякую интеллигентность Инга Федоровна. — Ходила постоянно.

— Кусакина, Кусакина, Кусакина, — ошарашенно повторял профессор.

Потом он вытащил толстый ежедневник, перелистал его и воскликнул:

— Точно! Анастасия Кусакина! Вас рекомендовал Василий Федорович, но девочка ни разу не появлялась. Позвонила ее мать и отказалась от занятий, вроде нашли другого педагога!

Инга Федоровна чуть не упала замертво. Прямо от «литератора» она поехала к «англичанке», и там состоялся такой же разговор. Получалось, что Настя не посещала репетиторов, а матери говорила:

— Еду заниматься, — брала конверт с деньгами и отправлялась неведомо куда.

Инга Федоровна налетела на дочь чуть ли не с кулаками, но Настя, подняв на нее абсолютно спокойные голубые глаза, сказала:

— Ты, мамочка, очень наивная. Эти педагоги — настоящая мафия, обманщики и мошенники. Они пообещали, что гарантируют поступление, а сами, взяв деньги за занятия, ничего не сделали, вот и врут теперь, что я не ходила к ним. Неужели ты думаешь, что я способна обмануть тебя?

Инга Федоровна заколебалась. Дочь говорила так убедительно! А, главное, девочка совсем не растерялась, не испугалась, что ее уличили, не заплакала... Может, Настя говорит правду? И Инга Федоровна поверила ей, потому что очень хотела поверить.

На следующий год она отдала Настю на подготовительные курсы при институте, заплатив немалую сумму за лекции. Дочь послушно ходила на занятия. Но после Нового года Инге

Федоровне позвонили из учебной части и сказали:

— Кусакина Анастасия отчислена за непосещаемость. Деньги не возвращаются.

Инга Федоровна потребовала от дочери отчета. Но та только спокойно пожала плечами:

— Знаешь, мамочка, в вуз простым людям не попасть, надо заплатить такие взятки! В институте еще те комбинаторы сидят. Сначала набрали группы с огромным количеством человек, а потом пошерстили среди родителей. У кого кошелек потолще, тех оставили, а бедных, вроде меня, отчислили.

— Так мне сказали, что ты не посещала занятий! — возразила Инга Федоровна.

— Правильно, — кивнула Настя, — к ерунде придрались! Я ведь пропустила две недели, помнишь? Из-за гриппа.

Инга Федоровна кивнула. Действительно, девочка болела... И снова мать поверила врунье. С одной стороны, Инга Федоровна была крайне наивна, с другой, ей очень не хотелось думать, что Настя способна на подлые поступки.

Анастасия осела дома, стало понятно, что высшего образования ей не получить. Девчонка вставала около часа дня, долго крутилась в ванной у зеркала, потом говорила:

— Пойду на собеседование, — и исчезала.

Когда она вечером возвращалась домой, мать, естественно, спрашивала:

— Ну как, устроилась на работу?

— Нет, — вздыхала Настя, — по возрасту не подошла, — или, — там хотят с высшим образованием.

Причины не менялись, в основном работодатели хотели видеть в своих конторах людей, справивших тридцатилетие и имеющих в кармане диплом.

— Наверное, придется идти полы мыть, — проронила один раз Настя.

Инга Федоровна пришла в ужас: чтобы ее девочка бегала с грязным ведром и тряпкой? Нет уж.

— Сиди пока дома, — велела она дочери, — осенью пойдешь на курсы, выбирай, какое дело больше по душе: парикмахер, портниха, маникюрша, продавщица.

— Куда ты велишь, туда и отправлюсь, — смиренно ответила Анастасия, — но работу буду искать.

Инга Федоровна чуть не заплакала, вот ведь какая замечательная девочка выросла, не хочет у бедной матери на шее сидеть.

Потом главная сплетница их двора, Зинка, подловила Ингу Федоровну и со злорадством сообщила:

— Твоя-то, чего, на панель подалась?

Инга Федоровна оторопела:

— Зина, думай, что говоришь! Настя совсем юная девушка!

— Так не в старости же этим заниматься, — гадко захихикала Зинка, — ты приглядись к девке! Ее на машинах домой привозят, на иномарках! И шмотки у ней не на твою зарплату.

Действительно, у Насти то и дело появлялись новые вещи, но на все вопросы мамы она спокойно отвечала:

— Мне Света дала поносить, — или, — родичи купили Тане брюки, а они ей малы, вот мне и отдали на бедность.

Инга Федоровна попыталась выяснить правду про кавалеров, но Настя сделала большие глаза:

— Кто сказал такую глупость?

— Зина, — ответила мать.

— И ты веришь этой врунье! — возмутилась Настя.

Инга Федоровна вновь не усомнилась в ее словах. Зина действительно с огромной радостью рассказывала о всех гадостях. К тому же Инга Федоровна устроилась на хорошую работу, отнимавшую все время.

Прозрение наступило внезапно. Настя иногда приезжала к матери в коттеджный поселок. Случалось это редко. Но в прошлую зиму к Малике Юсуповне прикатил племянник с женой, молодой богатый парень по имени Тахир. Он перебрался в Москву из Узбекистана, имел очень тугой кошелек и тут же начал подыскивать себе особняк, а пока недвижимость не была приобретена, поселился у тети.

И Настя внезапно зачастила к маме, взялась помогать той по хозяйству, перестилать кровати... Инга Федоровна удивилась, но Настя пояснила:

— Никак на работу устроиться не могу, так хоть тебе пособлю, не волнуйся, не попадусь на глаза хозяевам, их все равно днем нет.

Целый месяц Настя шныряла по дому, наводя везде порядок, а потом к Инге Федоровне подошла тихая, всегда безмолвная Раида, жена Тахира, и почти шепотом сказала:

— Ваша дочь пристает к моему мужу, отбить хочет. Вы ей передайте, ничего не выйдет, я Тахира очень уважаю, нас родители поженили, и разойтись они нам не позволят. Насте никогда не стать законной супругой Тахира. Любовницей — запросто, я против ничего иметь не буду. Если мужу хорошо, то и мне хорошо!

Инга Федоровна бросилась к дочери.

— Глупости, — фыркнула Настя, — эта Раида просто сумасшедшая!

— Знаешь, детка, — вздохнула мать, — ты пока сюда не приходи.

— Но как же ты без меня управишься? — воскликнула Настя.

— Ничего-ничего, — стала успокаивать ее Инга Федоровна, — ты же мне не так давно помогаешь.

— Хорошо, — кивнула Настя, — вот только окно домою, и все.

Она и правда исчезла из поселка, начистив до блеска стекла. Инга Федоровна ощутила укол совести. Девочка старается, а она к ней несправедлива.

На следующий день после «изгнания» Насти у хозяев разгорелся дикий скандал. Малика Юсуповна потеряла кольцо, раритетную драгоценность, которую ей подарил муж. Художница велела обыскать комнаты. Перстень нашелся, но не в спальне прислуги, как предполагала Малика Юсуповна, а под матрасом на кровати Раиды. Тахир немедленно отправил жену к родителям, а сам уехал из дома тети. Малика Юсуповна долго не могла успокоиться, приговаривая:

— Говорили ему, не женись на бедной, бери себе ровню, и что!

Инга Федоровна, естественно, рассказала об этом происшествии Насте. Та злорадно усмехнулась:

— Сама воровка, а других обвиняет во всех грехах. Ну зачем мне этот ее узбек, когда кругом русских полно?

— И вы опять ей поверили? — не выдержала я. — Были настолько доверчивы и наивны?

Инга Федоровна судорожно вздохнула, помолчала, потом медленно сказала:

— Верить я ей перестала очень давно, знала, что Настя слова правды не скажет, соврет с самым спокойным и честным видом. Ей следовало в актрисы пойти. Только я все оправдывала дочь. Сначала думала: маленькая, подрастет, исправится. Затем стала утешать себя, что Настеньке хочется удачно выйти замуж, за богатого, надоела ей нищая жизнь. Что же плохого в этом желании? Вон Света Козак, Настина бывшая одноклассница, в соседнем доме живет, нашла себе пару: профессор, на двадцать лет старше, все имеет: дачу, машину. Теперь он молодую жену на руках носит, она ему ребеночка родила. Чем Настя хуже? Но только...

И она замолчала.

— Что — только? — нетерпеливо воскликнула я.

Инга Федоровна встала и подошла у окну.

— Только, сколько Настя ни пыталась завести отношения с солидными людьми, ничего не получалось. Больше месяца ее романы не длились, уж не знаю, в чем причина.

Я с сомнением покосилась на экономку. Думается, она сейчас лукавит, ясно, отчего взрослые, состоявшиеся мужчины шарахались от красавицы, небось ловили ее на беспардонном вранье и убегали. Да, Настя была очень хороша собой, вон там, на буфете, в рамочке стоит фотография: две девушки, обнявшись, сидят возле раскидистой ели. Одна черненькая, не слишком симпатичная, а другая белокурая, очень похожая на Мэрилин Монро, только с косой. Но под ангельской внешностью скрывалась гнилая душа, и это мигом отпугивало женихов.

— И что, она так и не работала? — решила я продолжить разговор.

— Спасибо, Света Козак помогла, пристроила ее.

— Куда?

— Супруг Светы, доктор наук, известный ученый, — тихо пояснила Инга Федоровна, — он взял Настю к себе лаборанткой. Я не очень-то разбираюсь в том, чем профессор занимается, да и Настя не поняла. За мышами она ухаживала, какие-то эксперименты ученые проводят на грызунах, и их следует хорошо содержать: кормить, клетки чистить. Сначала днем ходила, потом ночью стала работать, больше денег за это платили...

Внезапно Инга Федоровна села на стул и заплакала.

— Так и думала, что она плохо кончит! Мы за день до смерти Насти сильно поругались.

— Из-за чего?

— Из-за денег, — ответила Инга Федоровна и замолчала.

Когда пауза затянулась, я решила подтолкнуть рассказчицу.

— Настя взяла у вас без спроса некую сумму?

— Нет, — покачала головой Инга Федоровна, — я стала убирать у нее в комнате, нашла за батареей косметичку, вытащила, открыла...

Когда мать увидела, что в сумочке лежат зеленые бумажки, ей стало нехорошо. Инга Федоровна пересчитала деньги и ужаснулась: полторы тысячи долларов! Сумасшедшие деньги! Никаких сомнений, где Настя взяла их, у матери не было. Ясное дело, не заработала честным трудом, в лаборатории ей платили копейки, наверняка обманула кого-нибудь или украла.

Мать показала дочери находку. Та, как всегда, не смутилась.

— И что? — спросила она.

— Откуда деньги?

— Не кричи.

— Немедленно отвечай.

— Света попросила спрятать.

— Она что, не может дома свои средства держать? — не успокоилась Инга Федоровна. — Зачем тебе отдала?

— Светка хочет матери купить шубу, — совершенно спокойно ответила Настя, — ее муж не собирается делать теще таких подарков, вот Света и экономит на хозяйстве, а чтобы Павел не обнаружил заначки, принесла ее ко мне. Зря ты, мамуля, шум поднимаешь!

Инга Федоровна, как всегда, сделала вид, что поверила дочери, но на этот раз проверила рассказ. Просто позвонила Свете и велела:

— Забери свои деньги!

— Какие? — изумилась подруга дочери.

Вечером у Инги Федоровны с Настей состоялся очень тяжелый разговор, после которого дочь заявила:

— Ладно, ты просто больше любишь Ксению, чем меня, вот и придираешься!

Инга Федоровна обозлилась и стала орать на нее, та вскочила и, заявив: «Приду завтра, когда истерика утихнет», выбежала из дома.

Инга Федоровна, переполненная горькой обидой, крикнула дочери вслед:

— Чтоб ты сдохла, дрянь. Всю кровь из меня выпила!

Больше она Настю живой не видела. Чьи-то уши на небесах услышали злое пожелание, и оно мгновенно исполнилось.

— Дайте мне адрес Светы Козак, — попросила я.

Инга Федоровна указала рукой на кирпичную башню, виднеющуюся из окна.

— Вон ее дом, квартира на седьмом этаже.

— Номер не помните?

— Нет. Да и не надо. Павел очень обеспеченный человек, скупил все квартиры на лестничной клетке. В одной мать поселил, в другой тещу, а в третьей сам вместе с женой живет. Везет же некоторым! Дети у них хорошие вырастают, замуж удачно выходят, а тут...

И она сгорбилась на стуле.

— У вас есть фото дочери? — спросила я.

Инга Федоровна кивнула.

— Покажите, пожалуйста!

На свет появился альбом, я перелистнула пару страниц, но никаких снимков молодой девушки не увидела, сплошь старики и старухи. Наконец на глаза попалась фотография.

— Света Козак красивая девушка? — решила я отвлечь Ингу Федоровну от тяжелых мыслей.

— Ничего особенного, Настя куда интересней была.

— Это они вместе сняты? — ткнула я пальцем в фотографию.

— Нет, — вздохнула Инга Федоровна, — беленькая — Настя, а черненькая — Ася Корошева. Не нравилась она мне, хитрая девчонка, плохо на Настеньку влияла.

Я почувствовала, как кровь толчками приливает к голове.

— Ася подруга Насти?

— Да, — кивнула Инга Федоровна и удивленно спросила: — Вы ее знаете?

— Нет, — быстро ответила я, — в первый раз слышу об этой девушке. Заберу у вас фото. Скажите, где Малика Юсуповна держит запасные ключи от «Мерседеса»?

Инга Федоровна стала багрово-красной и ничего не ответила.

— Они хранятся вместе с брелоком сигнализации?

Экономка кивнула:

— Да, в гараже, в маленьком ящичке.

— Настя могла их взять?

Снова кивок.

— И она их брала?

Инга Федоровна замерла.

— Она брала ключи? — повторила я вопрос.

— Не знаю, — прошептала экономка.

— А если подумать? Очевидно, запасная связка никому не нужна, висит себе на крючочке, хозяйка не станет проверять, там она или нет, пока свои ключи не потеряет!

— Не знаю.

— Придется у Малики Юсуповны поинтересоваться, — вздохнула я, — может, заметила что-то странное, садясь в машину.

— Пожалуйста, не надо, — взмолилась Инга Федоровна, — меня тут же выгонят с работы!

— Есть за что?

Экономка всхлипнула.

— Вам лучше рассказать мне правду, — сурово сказала я. — Настя брала ключи и пользовалась «Мерседесом». Ведь так?

Инга Федоровна прошептала:

— Да.

— А как вы об этом узнали?

— У нас садовник моет машины, — забормотала женщина, — пылесосит салон...

— Дальше.

— Он принес сережку, отдал мне, нашел, когда коврики вытряхивал, и подумал, что Малика Юсуповна потеряла. Виктор трудолюбивый мужчина, но глупый. У хозяйки таких дешевых украшений нет. Он решил, будто сережка золотая, с бриллиантами, но это всего лишь имитация, правда, удачная, я купила их Насте на день рождения.

Инга Федоровна замолчала, а потом прошептала:

— Я ей серьгу показала, когда про деньги разговор зашел. Вот как вышло-то! Сначала Виктор мне безделицу отдал, а на следующий день доллары за батареей нашлись. Она, как свои «бриллианты» увидела, сразу убежала.

Глава 22

Я вышла во двор и принялась открытым ртом хватать промозглый воздух. С неба сеялся мелкий, противный дождь, похожий на пыль, было очень сыро, к тому же стемнело, но я, ничего не замечая, побежала к башне из светлого кирпича. Вот оно что, оказывается! Настя и Ася дружили. Обе были не слишком морально чистоплотны, легко врали и больше всего мечтали разбогатеть. Может, Света Козак расскажет что-нибудь интересное о Насте? Кстати, наверное, она знала и Асю.

Двери квартир на седьмом этаже выглядели одинаково: дубовые, украшенные латунными табличками. На одной стояло «Козак М. Н.», на другой «Беляева А. С.», на третьей «Профессор Беляев». Я ткнула пальцем в звонок.

— Бегу-бегу, — донеслось откуда-то сверху, — погодите, ключи не найду, сейчас, вот нашла...

Дверь распахнулась, на пороге появилась пухленькая девушка с толстеньким младенцем на руках.

— Давайте! — сказала она.

Я слегка растерялась.

— Э... э... э.

— Хотите Павлу Николаевичу лично передать?

— Ну...

— Тогда вам придется в лабораторию ехать, он там.

— Неужели Павел Николаевич еще на работе? В столь поздний час?

— Мой муж, — гордо заявила Света, — ученый с мировым именем, для таких людей не существует понятия «рабочий день», они трудятся сутками. Так что, если хотите, поезжайте в лабораторию. Но, подумайте, стоит ли плюхать через пол-Москвы, мне аспиранты всегда оставляют свои работы. Положу вашу диссертацию мужу на стол. Не волнуйтесь, у нас дома ничего не пропадет.

Значит, Света приняла нежданную посетительницу за очередную аспирантку, приехавшую к профессору за отзывом.

— Можно войти? — улыбнулась я.

— Да, конечно, — кивнула Света, — если хотите, можете сами у Павла Николаевича на столе работу оставить. Только ботинки скиньте, ребенок маленький, по всем комнатам ползает.

Я послушно надела резиновые тапки с надписью «Пума», сняла куртку и сказала:

— Собственно говоря, я пришла к вам.

— Ко мне? — удивилась Света.

— Да, ваш адрес мне подсказала Инга Федоровна, мама Насти. Вы ведь дружили с Настей Кусакиной?

— Ну, — протянула Света, — дружили — это сильно сказано, так, общались раньше. А что случилось? Кто вы?

— Майор Васильева, Дарья Васильева, уголовный розыск.

— Понятно, — кивнула Света, — не прошло
и года, как стали искать того, кто сбил Настю.
Только зряшное это дело, разве можно найти
шофера? Столько времени прошло. Вы не против на кухне посидеть?

— Конечно, нет, — ответила я, — даже очень
хорошо, самое уютное место в доме.

Света впихнула малыша в высокий стульчик,
сунула ему пирамидку из ярких пластмассовых
кружочков и сказала:

— Вы, наверное, хотите узнать, с кем общалась Настя?

— Правильно мыслите, — кивнула я.

Света прищурилась:

— У нее была более близкая подружка, Ася
Корошева. Вот уж кто про Настю все знал —
два сапога пара. Со мной-то Настя редко встре-
чалась. Вы знаете, что Ася тоже под машину попала?

Я кивнула.

— Странно это выглядит, — задумчиво сказала Света, — за пару дней до смерти Настя
столкнулась со мной в супермаркете, тут, ря-
дышком, посмотрела в мою корзинку и говорит:

— Гостей ждете?

Света, не подумав, ответила:

— Да нет, просто за продуктами пришла.

Не успела она вымолвить фразу, как тут же
прикусила язык... У Насти в тележке лежала
пачка пельменей и стояла бутылка кефира, а
у Светы громоздилась всяческая вкуснятина:
баночка красной икры, упаковка семги, несколько авокадо, пластиковая торбочка с кре-
ветками, аппетитный кусок вырезки. Девушке

стало неудобно, хотя непонятно отчего. Ведь она не украла деньги, ей их дал супруг — профессор. Но Света — девушка чуткая, поэтому принялась извиняться.

— Ну, ужин не совсем обычный, придут гости, то есть не гости, а приятели, вернее...

Настя неожиданно улыбнулась:

— Ничего, у меня скоро столько денег будет, что тебе и не снилось! Замуж выхожу, тоже за профессора.

Сказав эту фразу, Кусакина ушла, а Света, чувствуя себя гаже некуда, стала оплачивать продукты. Вот такая у них была последняя встреча.

— Значит, вы о Насте ничего не знаете?

Света покачала головой:

— Нет. Говорю же, мы редко общались, да и не нравилась она мне особо, врала много. Так, перезванивались одно время, а потом я замуж вышла, ребенок родился, не до подружек стало.

— А Инга Федоровна говорила, будто вы Настю на работу пристроили?

Света кивнула:

— Это правда. Встретилась с ней случайно на улице, ведь практически в одном дворе живем, пригласила к себе, поболтали немного, то да се, Настя сказала, что давно ищет место.

Света тут же воскликнула:

— Моему мужу нужна лаборантка, зарплата, правда, невелика!

— Все лучше, чем ничего, — оживилась Настя, — а меня возьмут?

— Почему бы нет? — улыбнулась Света. — Прямо сегодня попрошу Павла.

Вот так Настя оказалась в лаборатории.

— Ваш муж ничего не рассказывал о Насте?

Света пожала плечами:

— Нет. Один раз только спросил: «Вы что с ней, правда, близкие подруги?» А я ответила: «Да нет, просто учились вместе, в одном классе». Настя, когда вышла на работу, мне звонить перестала, да я особо не горевала.

— Ваш муж сейчас на службе?

— Да.

— Если подъеду к нему, он меня примет?

Света взяла трубку.

— Паша? У меня сидит женщина, майор милиции, она следователь, занимается делом Насти. Как это какой? Насти Кусакиной, твоей лаборантки. Ну не знаю почему, сейчас решили расследованием заниматься. Ты можешь с ней поговорить? Прямо сейчас. Ага, хорошо.

Света положила телефон на стол.

— Вы езжайте в лабораторию, там у входа секьюрити стоит, попросите его вызвать Павла Николаевича Беляева, муж спустится и проведет вас в кабинет. Адрес такой...

Я села в «Пежо» и осторожно поехала по улицам, покрытым жидкой грязью. Того, кто задумал преступление, следует искать в окружении Насти и Аси. Обе девицы были замешаны в деле, и обе погибли одинаковой смертью. Слишком много совпадений для того, чтобы считать их кончину банальным дорожно-транспортным происшествием.

Когда Павел Николаевич спустился к охраннику, я постаралась не рассмеяться. Довольно длинные, мелко вьющиеся волосы профессора стояли дыбом, словно ученого шандарахнуло током. Сильно измятый, некогда белый халат был застегнут криво, одна из брючин оказалась вымазана чем-то красным.

— Это вы от Светочки? — растерянно спросил он.

Я кивнула.

— Пойдемте, — пробормотал Павел Николаевич и повел меня по длинному, гулкому коридору, в который с двух сторон выходило невероятное количество дверей, совершенно одинаковых с виду, покрытых слегка облупившейся краской. Оставалось удивляться, каким образом Павел Николаевич ориентируется в этих створках-близнецах, но он вдруг остановился и, толкнув одну рукой, галантно сказал: — Прошу вас.

Я оказалась в комнате, забитой столами. Повсюду виднелись штативы с пробирками, какие-то стеклянные банки, колбы, реторты. В углу тихо гудел, моргая красными лампочками, непонятный прибор, около него виднелась раскрытая дверь, ведущая в другую комнату.

— Вот, — кивнул Павел Николаевич, — зарплата лаборантки невелика, но мы с Мариной Сергеевной доплачиваем сами.

Из второй комнаты высунулась дама неопределенных лет, тоже в белом халате, но ее рабочее одеяние было аккуратно застегнуто и безукоризненно отглажено.

— Ну много добавить не можем, — бойко подхватила она, — на большую сумму не рассчитывайте.

— Сложного ничего нет, — засуетился профессор.

— Я не наниматься на работу пришла, меня Света прислала, ваша жена.

— Ну да, — кивнул Павел Николаевич, — она звонила, просила вас встретить... О черт! Простите дурака! Вы из милиции!

— Да.

— Присаживайтесь, — захлопотал Павел Николаевич, — вот сюда, на табуреточку, слушаю вас внимательнейшим образом.

Марина Сергеевна, поняв, что я не хочу работать в лаборатории, потеряла ко мне всякий интерес и скрылась в своей комнате.

— Вы хорошо знали Настю?

— Настю?

— Анастасию Кусакину.

— Ах да, конечно, совсем не знал.

— Как?! Света говорила, что она у вас служила.

— Да-да, — закивал Павел Николаевич, — точно, одно время помогала нам, но потом перешла к Льву Николаевичу.

— Почему?

Профессор пожал плечами:

— Наверное, у Воротникова предложили лучшую зарплату, там сотрудников больше. В нашей только я и Марина Сергеевна, в лабораториях скидываются на доплату техсоставу. У Льва Николаевича чуть ли не двадцать человек, сумма доплаты сильно увеличивается. Ах, бедная девочка, такая ужасная смерть!

— Ну уж бедной ее никак назвать нельзя, — раздался из другой комнаты ехидный голос Марины Сергеевны, — та еще штучка с ручкой.

— Марина Сергеевна! — с укоризной воскликнул Павел Николаевич. — О мертвых плохо не говорят.

— Молчу-молчу, — отозвалась женщина.

— Уважаемый господин профессор, — торжественно заявила я, — мне бы очень хотелось услышать ваше мнение о Насте. Что она была за человек?

— Так и сказать нечего, — промямлил он, — ходила, работала, потом ко Льву Николаевичу ушла.

— Она с кем-нибудь тут дружила?

— Понятия не имею.

— Может, конфликтовала с коллегами?

Павел Николаевич потер правой рукой затылок.

— Увы! Ничего сказать не могу.

Резкий звонок будильника заставил меня вздрогнуть. Профессор вскочил на ноги.

— Бога ради, простите, я должен спешить, печка выключилась.

Сказав эту фразу, он почти бегом выскочил в коридор. Я осталась одна среди сотен пробирок.

— Нашли кого спрашивать, — раздалось за спиной.

Марина Сергеевна вынырнула из комнаты и подошла ко мне:

— Неужели не поняли, что Павел Николаевич неадекватен?

— Ну есть немного, — осторожно кивнула я.

— Павел — великий ученый, — с самым серьезным выражением на лице заявила Марина Сергеевна, — но в быту он пятилетний ребенок, абсолютно беззащитное существо. Как вы думаете, что он сделал, получив крупную премию?

— Поехал путешествовать?

Марина Сергеевна фыркнула:

— О боже, нет, конечно! Купил квартиру для своей тещи и поселил ее на одной лестничной клетке с собой. Нам сейчас дали отличные зарплаты, мы грант получили, но спросите у Павла Николаевича, сколько он имеет в месяц, — не ответит. У них дома всем жена заправляет, между нами говоря, предприимчивая особа, она его почти в два раза моложе. Но по сравнению с Настей Светлана — ангел.

— Чем же Кусакина вас так рассердила?

Марина Сергеевна нахмурилась:

— Жуткая девица, она мне сразу не понравилась, такая скромница, тихоня, глазки в пол. Потом я у нее на ноге татуировку увидела и подумала: «Э, милочка, не такая уж ты примерная девочка». Татуировка на ноге! Согласитесь, интеллигентной девушке из приличной семьи не придет в голову украсить себя подобным образом. Правда, мне показалось, что она немного стесняется наколки или просто не хочет ее демонстрировать на работе. Настя, если приходила в юбке, а они у нее были короче некуда, бинтовала щиколотку. Я сначала подумала: ну растянула ногу, подвернула, поранила... А потом она заявилась в джинсах, брючина задралась: и я увидела то ли бабочку, то ли птичку.

В моей голове вихрем понеслись воспоминания. Перед глазами появилась Лика, одетая в темно-серое платье, с нашивкой на груди, в ушах зазвучал голос подруги:

— Он в эту дрянь влюбился сразу, словно отравился. А она хитра! Сразу поняла, какое впечатление произвела, села в свой красный «Мерседес» и укатила. На прощанье ногой с татушкой перед ним помахала. Так не поверишь! Евгений потом все на салфетке то ли бабочку, то ли птичку рисовал. Я еще подумала, что за странность? Решила сначала, что ему гости надоели и тамада идиотский, а оно вон что оказалось!

Не успела я справиться с этим воспоминанием, как на ум мигом пришло иное: женщина, подхватившая у метро падающую без сознания Лику, была с забинтованной ногой, но повязка имелась и у той особы, которая скинула в реку Евгения. Я абсолютно точно знаю теперь, что к метро на красном «Мерседесе» Малики Юсуповны подкатила Настя Кусакина, значит, это она...

Полторы тысячи долларов, лежащих за батареей в ее спальне... Девушка получила их за что-то нехорошее! Это она сбросила Евгения в реку. Я нашла убийцу! Но вопросов меньше не стало! Кто задумал дело? Зачем нужно было усыплять Лику и брать ее идиотский турецкий сарафан? Ладно, это ясно, Настя хотела прикинуться Ликой. Но зачем?! Хорошо, если подумать спокойно, то и на этот вопрос имеется ответ: убийца надеялась, что посадят Лику. Но почему именно ее? Отчего такие сложности? По какой причине следовало прикинуться именно Ликой? Я довольно хорошо знаю подруг Лики, Насти среди них никогда не было! Лика вообще никому никогда не сделала зла. Да она со всеми своими мужьями разошлась полюбовно, ухитрившись не поругаться ни с одним бывшим супругом. Да что там прежние муженьки, Лика общалась до сих пор с их маменьками. Вы можете себе представить, что проводите время в компании вашей бывшей свекрови? Причем делаете это не по обязанности, а с удовольствием! Бегаете вместе в баню, посещаете театр, устраиваете совместные походы в ресторан? Можете мне не верить, но именно такие отношения связывали Лику с мамами ее экс-супругов. Так кому помешала Лика? Что за лекарство подсунула ей Ася? Кто режиссер спектакля? Ясно, что Настя и Ася всего лишь послушные исполнительницы чужой воли. Поэтому-то их и убрали, после того как девицы выполнили свою роль...

У меня закружилась голова. В лаборатории было душно и пахло чем-то резким, похоже, лекарством. Спина покрылась под свитером потом, и я пожалела, что не надела вместо шерстяной водолазки тоненькую блузочку.

— Вам плохо? — заботливо спросила Марина Сергеевна.

— Нет, — пробормотала я, — просто жарко.

Марина Сергеевна включила вентилятор, в лицо мне ударила струя воздуха.

— У нас многим не по себе становится, — пояснила женщина, — в особенности если человек впервые сюда попал. Мы занимаемся тестированием лекарств, и, естественно, в воздухе носятся всяческие «ароматы». У наших сотрудников часто развивается аллергия.

— Поэтому Настя и ушла из вашей лаборатории? — спросила я.

Марина Сергеевна хмыкнула:

— У нас-то как раз еще ничего, а у Льва Николаевича, куда подалась девица, вообще караул. Он занимается созданием новых лекарств. Справедливости ради следует заметить, что Лев Николаевич очень талантливый человек. Из его последних разработок — руамель, великолепный антидепрессант. Но Воротников в отличие от Павла Николаевича обладает коммерческой жилкой, честно говоря, я не в курсе того, что они там делают, но зарабатывают отлично. Лев Николаевич абсолютно беспринципный человек, впрочем, у него там в коллективе все такие, пираньи. Одна Анюта Ляпунова приличный человек, так на ней весь коллектив ездит. Вот только что заглядывала к ним в комнату — Анюта опять дежурит! Впрочем, оно и понятно. Она давно влюблена в Льва Николаевича. За ним половина института бегает, в особенности после того, как его жена, Майя Михайловна, умерла. Поэтому Настя и переметнулась к Воротникову, маленькая расчетливая дрянь.

Очевидно, от одуряющих запахов мои мозги перестали хорошо соображать.

— Почему Настя ушла ко Льву Николаевичу?

Марина Сергеевна снисходительно посмотрела на меня.

— Хотела стать госпожой Воротниковой. Девчонка была хороша, как ангел, а Лев Николаевич ходок и ловелас, такой симпапушечки мимо не пропустит. У них роман начался, только вот странно...

Оборвав рассказ на полуслове, Марина Сергеевна вытащила из кармана халата сигареты и воскликнула:

— Пойдемте на лестницу, покурим.

Мы вышли из комнаты, пробежались по коридору и оказались около плаката с грозной надписью: «Дымить только здесь, иначе плохо будет. Если в лабораториях найду кого с сигаретой, премии лишатся все сотрудники. Иванов».

— Лев Николаевич никогда никого не стеснялся, — сообщила моя собеседница, выпуская струю светло-сизого дыма. — Знаете, есть такая категория мужчин: на работе скромники, ничего себе не позволяют. Выйдут на улицу и начинают за каждую юбку хвататься.

Но Воротников не считал нужным скрывать свои романы. И научные сотрудницы становились его любовницами. Лев Николаевич открыто возил на своей машине очередную обожэ, дарил ей подарки, помогал написать кандидатскую диссертацию и... менял на новую девочку. Все романы протекали по одному сценарию и длились не больше полугода. Новоиспеченные кандидатки не оставались в лаборатории, выпархивали из нее, на их место прибывали новые. Только одна Анюта Ляпунова верой и правдой служила Льву Николаевичу. Все в институте давно забыли про то, что у Воротникова и Ляпуновой были когда-то «неуставные» отношения. Самое удивительное, что супруга Льва Николаевича привечала его любовниц, принимала их у себя дома, кормила, поила, а когда муж обзаводился новой пассией, утешала брошенную и помогала ей, в частности, пристраивала на работу. Майю Михайловну в институте поэтому считали блаженной.

Детей у них со Львом Николаевичем не было, — тараторила Марина Сергеевна, — девочек себе Воротников подбирает совсем молоденьких, двадцатилетних. Может, у Майи Михайловны срабатывал родительский инстинкт? В чем тут было дело, никто не знал, но, когда Майя Михайловна скоропостижно скончалась, Лев Николаевич совершенно не изменился. Он продолжал жить в свое удовольствие. И этого человека решила округить Настя Кусакина. Уж она старалась, — качала головой Марина Сергеевна, — прямо из кожи вылезала, очень хотелось профессоршей стать. На цырлах перед Воротниковым бегала. Но тот отчего-то даже не смотрел в сторону красавицы, возил домой не слишком симпатичную внешне Ларису Яковенко.

Как-то раз Марина Сергеевна отправилась в гости к подруге, живущей на другом конце города. Приехала в назначенный срок и ткнулась в запертую дверь. Обозлившись на подружку, Марина Сергеевна позвонила той на мобильный и сердито сказала:

— В чем дело? Стою у тебя под дверью!

— Мы на пять договаривались, — последовал ответ.

— Еще и вредничаешь! — окончательно вышла из себя Марина. — Сейчас без десяти пять, извини, что на десять минут раньше заявилась, но я ведь не самолет, не летаю по расписанию.

— Сейчас без десяти шесть, — вздохнула приятельница.

— С ума сошла! У тебя часы спешат!

— Нет, вчера стрелки переводили, а ты забыла это сделать!

Марина Сергеевна ойкнула. Действительно, вся страна перешла на летний отсчет времени.

— Ступай в кафе «Лиза», — велела подруга, — подожди меня там.

Марина Сергеевна пошла по указанному адресу, втиснулась в тесно набитый людьми зальчик, заказала себе чашечку кофе и увидела... Льва Николаевича с Настей.

Парочка, поглощенная друг другом, никого не замечала. Воротников весьма нежно держал девушку за руку, Настя смотрела на профессора влюбленными глазами. Марина Сергеевна прикрылась газетой и стала с любопытством наблюдать за чужим свиданием. Лев Николаевич целовал Насте пальчики, та прижималась к кавалеру. Через некоторое время за Мариной Сергеевной пришла подруга, и ученая ушла, а Воротников и Кусакина остались.

На следующий день Марина Сергеевна, любопытная, как большинство сотрудников НИИ, решила продолжать наблюдение, но Лев Николаевич не выказывал никакого интереса к Насте и после окончания работы посадил к себе в машину не ее, а Ларису.

— Спрашивается, зачем скрывать роман с Настей? — недоумевала сейчас Марина Сергеевна.

— Может, профессор стеснялся, — предположила я.

— Господи, — всплеснула руками Марина Сергеевна, — да ему такое и в голову не придет!

— Я вам не помешала? — раздался голосок, и на лестничной клетке появилась маленькая, худенькая, если не сказать тощая, женщина неопределенных лет, одетая в халат, но не белый, а синий.

— Что ты, Анюточка, — проворковала Марина Сергеевна, — какие у меня могут быть секреты. Кстати, познакомься, это майор из милиции, расследует дело о том, как погибла Настя Кусакина. Вот, поговорите с Анютой, — обратилась она ко мне, — думается, ей есть что сказать про Настю!

С этими словами Марина Сергеевна швырнула окурок в ящик с песком и была такова.

Глава 23

Мы с Анютой уставились друг на друга. Следовало начать разговор, но у меня, как на грех, сильно заболела голова. Чувствуя, как к мозгам подбирается мигрень, я пробормотала:

— Будем знакомы, Дарья.

— Анюта, — ответила худышка и замолчала. Я порылась в сумочке.

— Не дадите водички?

— Зачем?

— Хочу лекарство принять, не поможет, конечно, но для самоуспокоения все равно выпью.

— Что у вас болит?

— Голова. Мигрень. Слышали про такую болячку?

Анюта кивнула.

— Пойдемте.

Комната, куда она меня привела, была просто огромной, глаз не хватало, чтобы окинуть все помещение. Но в отличие от лаборатории Павла Николаевича тут ничем не пахло. Анюта вытащила какие-то пузырьки, накапала разных жидкостей в пробирку, взболтала, потом включила горелку, подогрела содержимое, следом засунула ее в какой-то утробно гудящий аппарат. Я с интересом наблюдала за ее манипуляциями. Наконец Ляпунова вытащила стеклянную трубочку, содержимое которой превратилось из прозрачного в бордово-красное, и велела:

— Выпейте залпом.

— Что это?

— Не бойтесь, коктейль от мигрени.

— Лучше проглочу свой спазган, — испугалась я.

— Он вам не поможет, а это снадобье как рукой боль снимет.

Я заколебалась, очень не люблю употреблять внутрь нечто непонятное.

— Не бойтесь, — улыбнулась Анюта.

Потом она наклонила пробирку, капнула себе на ладонь и слизала жидкость языком.

— Это не отрава, а ноу-хау Льва Николаевича, я его сама пью от мигрени.

Чувствуя, как в левый висок начинает ввинчиваться тупая палка, я решилась и, зажмурившись, храбро опрокинула в себя зелье. Оно оказалось без всякого вкуса.

— Ну как? — заботливо поинтересовалась Анюта.

Я хотела было ответить: «Пока не знаю», но в ту же секунду палка выпала из виска, головокружение прекратилось, а окружающая духота исчезла.

— Что это? — ошарашенно спросила я.

— Стало легче?

— Как рукой сняло!

— Вот видите!

— Скажите название лекарства.

— Зачем вам?

— Господи, я куплю канистру и поставлю дома! Вы не поверите, где я только ни лечила мигрень, выпила грузовик таблеток, ходила к экстрасенсам, колдунам, гипнотизерам, даже занималась у психотерапевта, но результата никакого.

— У этого средства нет названия, — улыбнулась Анюта.

— Но как же оно продается в аптеках?

— Им не торгуют, этого лекарства нет. Для себя сделали. Вернее, пропись существует, но она еще не опробирована, и мы не имеем права никого им потчевать. Сами пьем, потому что здорово помогает. К нам весь институт за ним бегает. Самое смешное, что стоило бы оно сущие копейки.

— Почему же такое замечательное средство не производят в массовом порядке? — удивилась я.

— Это произойдет когда-нибудь, — пояснила Анюта, — но мало кто знает, какой это длительный процесс — создание нового в фармакологии. Думаете, ученый просто смешивает ингредиенты, и все? Годы тратятся на изучение побочных действий. К сожалению, история фармакологии полна неприятных воспоминаний о лекарствах, которые попали на рынок неизученными. В середине 60-х в Америке выбросили таблетки, женщины, принимавшие их, начали рожать уродов, детей без рук и ног, это только один пример. Но вы же не о лекарствах, наверное, хотели поговорить?

Я осторожно повертела головой. Надо же, совсем не болит! Просто чудо!

— Дайте мне с собой микстуру!

— Не имею права!

— Ну хоть чуть-чуть.

— И не просите, меня уволят. Если опять голову схватит, приезжайте, налью дозу, а на вынос ни за что.

Я тяжело вздохнула. Ехать из Ложкина в Москву с мигренью! Еще то удовольствие.

— Вы хорошо знали Настю Кусакину? — перевела я разговор на другую тему.

— Достаточно, — сухо кивнула Анюта, — очень неприятная девица.

— Чем она вам не нравилась?

— Всем.

— А именно?

— Во-первых, очень ленива, — принялась перечислять Анюта, — вечно опаздывала на службу. Во-вторых, крайне необязательна, забывала вовремя покормить грызунов. Вообще говоря, работа ее волновала меньше всего. Один раз я поручила ей остановить центрифугу, и что вы думаете? Она забыла! Убежала в столовую, просидела там... В результате мы не завершили дорогостоящий опыт. Абсолютно несерьезная девица, безответственная, безалаберная, только шмотки на уме.

— Почему же ее тут держали?

Анюта вздохнула:

— Ну зарплата лаборантки чистые слезы, мы, правда, приплачиваем из своего кармана, но все равно хорошей суммы не получается. Поэтому на этом месте частенько оказываются случайные люди, отнюдь не высококлассные специалисты. Всю научную работу в лаборатории выполняют сотрудники, лаборантка — что-то среднее между уборщицей и служительницей вивария. Следите за ходом моих мыслей? Вам понятно?

— Абсолютно.

— Но даже на фоне этих, не слишком-то образованных людей Настя выделялась какой-то пещерной безграмотностью, — вздохнула Анюта, — она искренно считала, что Моцарт — это всего лишь конфеты. Впрочем, меня ее полное нежелание читать не раздражало, хуже было то, что на нее нельзя было положиться, девушка манкировала своими обязанностями.

— Почему ее не уволили?

— Лев Николаевич у нас жалостливый без меры, — покачала головой Анюта, — настоящий педагог по натуре. Я ему рассказываю о безответственной девчонке, загубившей работу целого коллектива, а он улыбается и заявляет:

— Ладно тебе, Анюта. Девочка молода, совсем ребенок, нам следует ее обучить, выгнать всегда успеем...

— Может, она ему нравилась?

Анюта вспыхнула огнем:

— Кто? Настя? Льву Николаевичу?

— Ну да!

— Ерунда! Лев Николаевич взрослый, солидный мужчина, а она была свиристелка.

— Говорят, профессор большой любитель женского пола...

Анюта осеклась, потом сердито возразила:

— Знаю, кто распространяет эти сплетни, Марина Сергеевна! Она ненавидит Льва Николаевича и постоянно говорит о нем гадости.

— Почему?

— Да очень просто! Она со своим начальником десять лет над какой-то ерундой корпит, а наша лаборатория каждый год что-нибудь выпускает. У Марины Сергеевны от зависти скулы сводит, вот и треплет имя Льва Николаевича.

— Она говорила, что и у вас с ним был в свое время роман, — подлила я масла в огонь.

Анюта побагровела:

— Вот дрянь. Да я дружила с Майей Михайловной, покойной женой Льва Николаевича.

— А еще он якобы возит домой некую Ларису...

— Яковенко?

— Точно.

Анюта возмутилась:

— Они живут в соседних домах, через дорогу. Лев Николаевич — человек безмерно добрый, крайне интеллигентный. Ему что, трудно подбросить Ларису? А Марина Сергеевна просто больная, от нее два мужа убежало, и вот теперь она за всеми следит, сплетничает, шушукается! Просто отвратительно!

Она хотела продолжить дальше гневную тираду, но тут дверь приоткрылась, и в комнату всунулась всклокоченная голова.

— Нюта, — сказала она густым басом, — глянь-ка, черт-те что получается.

— Извините, — улыбнулась Анюта и ушла.

Я села у стола и увидела перед собой штатив с пробирками, в которых мирно краснела неизвестная жидкость. Я огляделась по сторонам, приметила на мойке множество пустых пузырьков, встала, взяла один и налила туда немного лекарства. Конечно, не следует заниматься воровством, но я очень хорошо знаю свою мигрень. Эта подлая болячка сейчас притаилась, ворочается где-то в отдалении, но стоит мне приехать домой и лечь в кровать, как в висок вновь воткнется тупая палка, вот тогда и выпью красную жидкость.

Когда Анюта вернулась в комнату, я с самым невинным видом сидела совсем у другого стола, флакончик с лекарством был спрятан на дне сумки.

— У вас есть еще ко мне вопросы? — поинтересовалась Анюта.

— Конечно, — кивнула я.

— Тогда спрашивайте, — вздохнула она.

Следующий час я и так и этак пыталась узнать хоть что-нибудь о Насте, но Анюта только разводила руками, она ничего не знала о девушке и могла рассказать лишь о ее полном нежелании работать. Наконец разговор зашел в тупик. Поняв, что ничего так и не узнаю, я вздохнула.

— Подскажите, как связаться со Львом Николаевичем.

— Он вернется только через две недели.

— Уехал отдыхать?

Анюта сурово поставила меня на место.

— Лев Николаевич никогда не отдыхает, сейчас он находится на конгрессе фармакологов, который проходит в Египте, будет делать доклад, вернется через четырнадцать дней.

Я постаралась не рассмеяться. Надо же, поехал на конгресс, а не отдыхать! Я слишком долго преподавала на кафедре и хорошо знаю, зачем ученым конгрессы. В первой половине дня правда все честно сидят в зале и слушают, зевая, доклады. Как правило, ничего нового вы не узнаете. Если кто и сделал интересное научное открытие, то он не станет дожидаться форума, который собирается раз в пять лет, а опубликует исследования в научном журнале. Потом следует обед, а затем культурная программа. Впрочем, не случайно съезд, на который отбыл Лев Николаевич, проводится в Египте. Там сейчас тепло, и профессор со спокойной совестью плещется в волнах. Конгресс — это лишний отдых, и все воспринимают поездку именно так. Причем учтите, что, как правило, все расходы на себя берет либо принимающая сторона, либо ваше родное учреждение. Вы просто приезжаете и беззаботно селитесь в гостинице. Не знаю, как сейчас, но в прежние времена было именно так.

Но сколько ни ехидничай, дело от этого не сдвинется с места. Со Львом Николаевичем, безусловно, следует поговорить, но, увы, разговор откладывается на целых четырнадцать дней.

Расстроенная, я приехала домой и обнаружила в гостиной только одну Ленку, валявшуюся на диване.

— Где все? — поинтересовалась я, плюхаясь в кресло.

Девочка зевнула, потянулась и ответила:

— Зайка с Кешой спать ушли, Машка тоже, близнецов еще в восемь увели, они тут носились по комнатам, столик опрокинули. Знаете, чего Анька сделала?

Я улыбнулась:

— Нет.

Анька и Ванька день ото дня делаются все забавней. Ваня у нас тихий, просто незаметный, больше всего он любит сидеть в уголке и листать журналы, где помещены фотографии автомобилей. Причем может это делать часами. Зато Анька тайфун, и бедная Серафима Ивановна постоянно вытаскивает девочку из разных мест. То безобразница горстями ест кашу из собачьей миски, то лезет на стол в гостиной, то выливает в унитаз бутылку пены для ванной и в полном восторге визжит, когда гора из белых пузырьков начинает подпирать потолок. Ванька же, пока сестрица шкодничает, мирно изучает машины, осторожно водя пальчиком по страницам. Он очень независимый и по каждому поводу имеет собственное мнение. Не далее как вчера, когда он вышел в столовую, я попросила:

— Ваняша, поцелуй меня.

Целоваться Ванька научился недавно и делает это с удовольствием. Мальчик подбежал к дивану и с жаром чмокнул бабушку в щеку.

— А меня? — оживилась Машка.

Ваняша оглядел ее и твердо ответил:

— Неть.

Он очень смешно говорит, не «нет», а «неть».

Машка рассмеялась и вытащила из сумки красную машинку, уложенную в яркую упаковку.

— На, это тебе.

Ванька мигом схватил подарок и стал открывать коробку.

— Ну а теперь поцелуешь меня? — засмеялась Маруська.

Ваняша кинулся к тетке с объятиями.

— Продажная ты душа, — покачала головой Машка, — за машинку любовь отдаешь!

Ленка села на диване и сбросила плед.

— Анька увидела в телевизоре Зайку. Сначала закричала: «Мама, мама», принялась тыкать пальцем в экран, а потом открыла тумбочку, на которой телик стоит, заглянула туда и так расстроенно говорит: «Мама?» Я ей ответила: «Ее там нет, она в телевизоре». Так Аня «Панасоник» обежала и давай сзади смотреть. Очень смешно было. Думала, что Зайка в тумбочке сидит или за телевизором спряталась!

И Ленка опять зевнула.

— Иди спать! — велела я.

— Неохота.

— Ты же зеваешь все время.

— Это от скуки, — пояснила девочка, — такую ерунду показывают, тоска! Смотреть нечего. По одной программе дядька о смысле жизни говорит, по другой тетка на скрипке пиликает, по третьей поп выступает. Сбеситься можно, ни одной киношки.

— Почитай книжку.

— Нет.

— У нас большая библиотека, книги на любой вкус.

— Нет. Не люблю читать, скучно.

Я вздохнула. Нехорошо получается, привезла сюда девочку и бросила. Бедный ребенок томится от безделья, и ведь не может она деньденьской валяться у телевизора, щелкая пультом. Надо заняться ее судьбой, выправить документы, нанять педагогов... Ладно, этой проблемой займусь завтра.

Нужно встать из кресла и пойти в спальню, но на тело неожиданно навалилась всепоглощающаяся лень, шевелиться не хотелось. Ленка снова улеглась на подушки и принялась переключать каналы, бормоча.

— Во дрянь какая! И кто только такое глядит!

Я тоже тупо смотрела в экран, на прыгающие картинки. Окончательно разозлившись, Ленка резко села и столкнула на пол мою сумочку. Та, упав на ковер, раскрылась, все содержимое вывалилось.

— Ой! — воскликнула Ленка. — Я случайно! Ща подберу, извините, пожалуйста!

— Ерунда, — пробормотала я.

Ленка принялась укладывать в ридикюль всякие мелочи.

— Какая у вас пудреница красивая!

— Это зеркало. Хочешь, я его тебе подарю? Забирай.

— Не. Я просто так сказала. Тут еще пузыречек, хорошо не разбился.

— Так он на ковер упал, — пробормотала я, чувствуя, что неумолимо начинаю засыпать.

— Ой!

Я приоткрыла один глаз.

— Что?

— Аська! Вы ее знали?

Сон мигом слетел с меня, и я уставилась на Ленку. Девчонка держала в руках фотографию.

— Это Аська, — повторила она, — Димкина баба.

Я вскочила на ноги.

— Ты знаешь девушек на снимке?

— Только Аську.

— Откуда?

Ленка хихикнула:

— Она с Димкой жила, с Кабаном.

— Это кто?

— Кулак.

— Кто?

Лена зевнула.

— Ну на вокзале нельзя попрошайничать, вернее, чужим нельзя, своим сколько угодно, но не за так. Надо за место заплатить Борису Сергеевичу. Сам он, конечно, по нищим не ходит, шестерок посылает. Борис Сергеевич богатый, с каждого имеет, все у него под крышей, даже бабки у метро, которые дрянью торгуют.

— А если не захотят платить, так что?

— Бока так намнут, что месяц охать станешь, — снисходительно пояснила Ленка.

— Борис Сергеевич не боится, что на него пожалуются в милицию?

Ленка засмеялась:

— Милиция! Ой не могу! Менты все куплены, каждый от Бориса Сергеевича кусок имеет. Они только услышат, что кто-то денег не отстегнул, так от себя колотушек отсыпят, мало не покажется. А Дима Кабан «кулаком» от Бориса Сергеевича работает. Он жуткий дурак, прямо дебил, но сильный и машину хорошо водит. Его Борис Сергеевич за порядком следить ставит. Димка людям руки-ноги элементарно ломает, хоп и нету. А Аська с ним жила, пока под машину не угодила.

— Ты знала ее?

Ленка кивнула:

— Ага.

— Хорошо?

— Ну... так, выпивали вместе. Я тогда с Мишкой жила, у того день рождения был. Мишка народ в кафе позвал, Димку тоже. Он с этой Асей пришел. Хорошая девка была, она мне кофточку подарила. Ей Димка принес в пакете, а Аська сбегала в туалет, померила и расстроилась — мала. Димка было дернулся поменять, а Аська ему сказала:

— Еще бегать будешь! Завтра другую возьмешь. На, Ленка, носи на здоровье! Тебе впору придется.

Красивая такая водолазочка, красная с белым. Я потом Асю еще несколько раз видела, а затем Димка сказал, что ее машина сшибла, мне ее жалко стало!

— А где этого Диму искать?

— На площади, возле вокзала.

— У него есть определенное место?

— Не, стоит где придется. А зачем он вам?

Проигнорировав ее вопрос, я задала свой:

— И как же найти парня?

— Просто, — пожала плечами Ленка, — подойти к кому-нибудь из наших и спросить: «Где Дима Кулак?» Мигом покажут, его все знают.

Я глянула на часы.

— И ночью стоит?

Ленка хмыкнула:

— Иногда бывает, только редко, он в основном днем пашет.

Я вздохнула. Нет, сейчас не надо ехать на вокзал, только зря скатаюсь, лучше завтра.

Дверь гостиной открылась, и в комнату втиснулся Хучик. Увидев меня, мопс пришел в бурный восторг и принялся прыгать, повизгивая и виляя скрученным в бублик хвостом. Наконец он разбежался и, впрыгнув в кресло, попытался лизнуть меня в губы.

— Э нет, милый, — возмутилась я, — ты только что славно подкрепился собачьими консервами и отвратительно пахнешь. Жаль, не могу отправить тебя почистить зубы.

Наши собаки получают нормальную еду, мы не кормим их суррогатами. Честно говоря, я не верю, что неаппетитные катышки, лежащие в ярких пакетах, на самом деле состоят из мяса, овощей, злаков и прочих вкусных и полезных вещей. Правда, одно время мы попытались давать нашим собакам сухие корма, но у Хуча началась аллергия, он стал безостановочно чесать нос и уши, а у Снапа с Банди открылась бездонная жажда. Питбуль с ротвейлером выпивали на ночь по ведру воды, что случалось потом, можете догадаться сами. Потому мы стали просто готовить вкусную кашу. Но иногда случается прокол, и тогда Ирка достает специальные консервы. К слову сказать, псы их просто обожают, но потом довольно долго омерзительно пахнут. Маруська на полном серьезе предлагает давать им на закуску «Орбит» или «Дирол». Я спихнула мопса на пол и пошла в спальню. Кажется, опять начинается мигрень. И за что мне это несчастье? Может, сейчас пройдет? Но нет. В виске завертелся раскаленный прут, левый глаз начал сам собой закрываться, к горлу подобралась тошнота. И тут Хучик, сытый и веселый, легко вспрыгнув на постель, уселся мне на живот и дыхнул прямо в лицо. Я чуть не скончалась, ощутив резкий запах собачьих консервов. Столкнув мопса, я схватила сумку и одним глотком опустошила пузырек. Сейчас боль отступит.

Глава 24

Но палка не выскакивала из виска. Я осторожно помотала головой. Тогда, в лаборатории, эффект был незамедлительным. Может, при транспортировке снадобье потеряло свои свойства?

Хуч снова вспрыгнул на одеяло и шумно вздохнул. Запах съеденного им «Кролика в желе» достиг носа, я сморщилась в ожидании приступа тошноты и вдруг увидела, какой Хучик красавец.

Толстенький, с гладкой бежевой шубкой. По спинке бежит темная полоска из более жестких волосков, умильная мордочка с огромными карими глазами и аккуратно висящими треугольными ушками, хвостик, закрученный бубликом... Боже, как я люблю Хучика! У него замечательный характер, ласковый, приветливый. Хуч умен и отважен, он великолепен, он мой друг!

Чуть не плача от умиления, я принялась нацеловывать черную морду с короткими усами и приговаривать:

— Солнышко мое, мама тебя обожает! Кошечка моя, заинька!

Запах консервов теперь казался восхитительным. Внезапно в голову пришла страшная мысль: собачий век не долог. Господи, что же я стану делать, когда Хучик умрет?

Из глаз градом полились слезы. Я прижала сопящего мопса к груди и зарыдала в голос:

— О, мой мальчик! Не переживу твоей кончины, о, как ужасно! Зачем смерть забирает тебя столь рано...

Дверь спальни распахнулась, на пороге появилась разгневанная Зайка в розовой байковой пижамке.

— Что за... — начала было она, но потом осеклась и кинулась к моей кровати, — Даша! Ты плачешь?

Я с трудом кивнула.

— Хучик! Мой любимый, мой сладкий, мой родной...

— Что случилось? — заорала Ольга.

Тут же из коридора послышался топот, и в спальне очутилось все взрослое население дома в той или иной степени раздетости.

— Мать, — укоризненно сказал Кеша. — Господи! Ты ревешь!

— Хучик...

— Что с ним? — кинулась к мопсу Машка.

— Он умрет, а я вместе с ним...

Невероятное ощущение любви и горя затопило меня. Машка попыталась отнять у меня Хучика.

Внезапно я увидела, какая Машка противная: толстая, белобрысая, с визгливым голосом. И вообще, члены моей семьи настоящие уроды: Кеша, бледный как смерть и болезненно худой, Александр Михайлович настолько отвратителен, что и смотреть на него не хочется, Ольга похожа на куклу Барби, она так же глупа... Нет, хочу жить лишь с Хучиком!

— Мальчик мой! Свет очей моих, ненаглядный, за что... за что... за что... Придет смерть и погасит луч света... «Восстала из мрака младая с перстами пурпурными Эос...»

— Это что? — попятилась Машка.

— Гомер, — вздохнул Кеша, — мать помешалась! Цитирует то ли «Иллиаду», то ли «Одиссею», говорит гекзаметром...

— Уйдите все вы, ненавижу вас!

— Ну и ну, — покачала головой Зайка.

— Оставьте меня... Хуч! Хучик!!!

Тут в комнату из коридора ворвались Снап и Банди. Пит, недолго сомневаясь, взлетел на мою кровать. До носа долетел резкий запах собачьих консервов.

— Банди, — взвыла я, — мой любимый! Иди сюда! Никому не отдам!

— Надо вызвать врача, — нахмурился полковник.

Дальнейшее помнится плохо. Мигрень просто взорвалась в голове, погребя под собой остатки разума. Омерзительные домашние суетились вокруг, вызывая все новые и новые приступы злобы.

— Уйдите, — молила я, прижимая к себе Хучика, — все убирайтесь вон! Не желаю вас видеть, завтра же уеду вместе с собаками! Ненавижу, ненавижу! Хучик! Банди!

Откуда-то из тумана вынырнуло лицо Оксаны, потом передо мной возник неизвестный мужчина. Его рот с отвратительно толстыми губами беззвучно шевелился. Потом до ушей донесся вопрос Оксаны:

— Что ты ела? Или пила? Немедленно отвечай.

Я поползла в самый дальний угол кровати, крепко прижимая к себе Хучика. Какой у Оксаны мерзкий голос: визгливый, назойливый. А это неприличное любопытство! Что ела, что пила? Какое ей дело!

— Быстро отвечай, — потрясла меня Ксюта за плечи.

Я чуть не задохнулась! От Оксаны несло потом и гадкими духами!

— Ну живо!

— Собачьи консервы, — неожиданно выпалила я и провалилась в сон.

Я проснулась оттого, что чихнула. Я села, зажгла лампу и с удивлением увидела на диване посапывающую Оксану. Подруга была одета в джинсы и свитер. В полном изумлении я перевела взгляд на часы: ровно восемь утра. Отчего Ксюта тут? Иногда она остается ночевать у нас, но тогда ложится в спальне для гостей, Оксана никогда не спит в моей комнате, да еще одетая.

И тут взгляд упал на Хучика. Боже, как я люблю эту собаку. Мгновенно в голове заворочались воспоминания. Вчера я устроила домашним дикую истерику, отчего?

Внезапно Оксана села и спросила:

— Ну как?

— Ничего, — осторожно ответила я, отмечая про себя, что лучшая подруга отвратительно выглядит: кожа желтая, вокруг глаз синяки, и вообще, у нее слишком длинный нос, а волос на голове просто нет. Боже, да она уродка!

Ксюта села.

— Давай рассказывай.

— О чем?

— Обо всем!

— Какое право ты имеешь...

— Ага, ясно, — кивнула Оксана, — что пила? Или ела?

Вдруг на меня навалилась апатия.

— Салат «Цезарь» в кафе.

— И что в нем было?

— Ты никогда не пробовала салат «Цезарь»? — скривилась я. — Листья салата, белое куриное мясо, гренки и сливочный соус, который в некоторых ресторациях заменяют на майонез, чем делают блюдо совершенно несъедобным!

— Я не раз ела «Цезарь», — спокойно ответила Оксана, — не о нем речь. Ты пила что-нибудь?

— Сок свежевыжатый, из яблок с сельдереем, готовили при мне.

— Еще что?

— Ничего.

— За весь день?

— Угу.

— Нельзя сказать, что ты обжора, — вздохнула Оксана, — постарайся припомнить, может, случилось нечто... Ну кто-нибудь дал тебе таблетку или накапал настойку?

— Зачем? — осторожно спросила я, отодвигаясь подальше от Ксюты. — Не подходи ко мне близко.

— Почему? — резко поинтересовалась Оксана и придвинулась почти вплотную.

Я чуть не задохнулась от запаха пота и быстро зажмурилась, чтобы не видеть ее лица.

— Почему? — повторила та, которую я считала своей лучшей подругой. — А ну открой глаза.

Я послушно подняла веки и неожиданно выпалила:

— Ты жутко противная и не моешься!

Оксана отошла к окну, села в кресло и спросила:

— Ну-ка скажи, сколько лет мы вместе?

— Страшное дело! Столько не живут!

— Почему же ты раньше не делала замечаний о моей неряшливости?

Я призадумалась:

— Ну... ты так не пахла!

Оксана кивнула:

— Правильно. Я хирург, душ принимаю минимум два раза в день, а иногда три, четыре захода в ванную делаю, и ты об этом знаешь. Внешность моя несильно изменилась. Я, конечно, не красавица, нос длинноват, глаза, может

быть, слишком близко посажены, но до вче-
рашнего вечера ты на это не обращала внимания. Ведь так?

— Да, — растерянно кивнула я.

— И что случилось двенадцать часов назад,
сделай одолжение, расскажи?

Я помедлила пару минут, потом достала из
сумки пустой пузырек.

— Вот.

— Это что?

— Не знаю. Но я выпила красную жидкость,
причем дважды. В первый раз подействовало
изумительно, мигрень прошла в мгновение ока,
а во второй началась чертовщина.

Оксана повертела в руках флакончик, поню-
хала его, потом заперла дверь на ключ и приказала:

— Теперь рассказывай абсолютно все.

— Ладно, — кивнула я, отчего-то чувствуя
себя маленькой девочкой, стоящей перед серди-
той бабушкой, — только ты меня не выдавай!

— Начинай, — поторопила Ксюта.

Если кто и умеет слушать рассказчика, так
это милиционеры и врачи. Оксана ни разу не
перебила меня, только изредка качала головой.

— Ну ты даешь! — сказала она, когда я замолчала. — Вообще никакого ума нет! Зачем
взяла пробирку?

— Хотела заполучить средство от мигрени!

— Ну и дура! — неожиданно заорала Оксана. — В штативах могло стоять все, что угодно!

— Цвет был красный.

— И что?

— Ну пару минут назад я выпила жидкость такого же оттенка, вот и подумала...

— Нет слов, — вздохнула Ксюта, — ясно одно, твое странное поведение вызвано приемом незнакомого снадобья, очевидно, психотропного, потому что ты непонятным образом влюбилась в Хуча и возненавидела остальной мир.

— Тебе не кажется, что ты несешь бред? — осторожно поинтересовалась я.

— Выглядит фантастически, — кивнула подруга, — я о таких медикаментах и не слышала. С другой стороны... с человеком можно проделать, что угодно. Допустим «сыворотка правды».

— Это что такое?

— Механизм действия объяснить не могу, — пожала плечами Оксана, — но, если индивидууму уколоть это лекарство, человек абсолютно теряет волю и начинает рассказывать о себе все, даже то, что тщательно скрывает. Знаю, что сотрудники КГБ применяли это средство на допросах. В КГБ вообще имелись лаборатории, там ставили всякие опыты, проводили эксперименты... Может, ученые додумались и до того зелья, что глотнула ты.

До меня постепенно начал доходить ужас произошедшего.

— Я теперь до конца жизни буду ненавидеть своих домашних?!

— Надеюсь, что нет, — мрачно ответила Ксюта, — ладно, давай говори название лаборатории, адрес, где она находится, да повтори, как зовут заведующего. Узнаю, чем они занимаются. Еще хорошо, что ты полезла в заведение, которое связано с лекарствами. Это, в общем, мой мир, обязательно отыщу там знакомых, которые растреплют все! Замечательно, что ты не отправилась в НИИ, где изучают бензин или лак для паркета. Там мне было бы трудно отрыть информаторов!

Я возмутилась до глубины души:

— Никогда бы не стала пить продукт переработки нефти!

Оксана хмыкнула:

— С тебя станется глотнуть растворитель!

— Я похожа на идиотку?

— Очень!

Черная волна злобы начала подкрадываться к голове. Огромным усилием воли я погасила цунами, повторяя про себя: «Спокойно, спокойно. Оксанка хочет помочь. Она хорошая, я люблю ее, она мой лучший друг. У нее совсем не длинный нос, и можно глубоко не дышать в ее присутствии».

Вот ведь кошмар! Я теперь никогда не буду знать: на самом деле сержусь на человека или в моем организме взбесилась химия?

— Все равно убегу! — послышался с первого этажа крик Ленки.

Потом раздались глухие удары, визг, топот... Мы с Оксаной переглянулись и бросились вниз.

В гостиной обнаружилась незнакомая пара. Мужчина, по виду лет сорока пяти, и женщина, чуть моложе его. Оба были хорошо одеты и приятно выглядели. Рядом стоял Дегтярев.

Я удивилась: полковник не на работе? Это странно, обычно он в это время сидит в своем кабинете, совершенно игнорируя то, какой день недели на дворе: понедельник, среда, пятница или суббота с воскресеньем. Не успели мы с Оксаной спросить, что случилось, как с дивана послышался истерический взвизг:

— Я с ними не пойду, хоть убейте!

В самом углу тахты, вжавшись в подушку, сидела Ленка. Ее глаза горели мрачным огнем, губы были плотно сжаты, руки стиснуты в кулаки.

— Что происходит? — изумилась я.

— Это Виктор Иванович и Анна Андреевна Калитины, — спокойно пояснил полковник.

— Здравствуйте, — кивнула парочка.

— Добрый день, — осторожно ответила я.

— Они приехали за Леной.

— Ни за что, — выплюнула девочка.

Я быстро села на диван и обняла ее за плечи. От Ленки одуряюще пахло потом.

— Не волнуйся, не отдадим тебя в приют. Сейчас договоримся с представителями органов, они оставят... Минуточку, а откуда эти люди узнали, что Лена тут?

— Это я их нашел, — совершенно спокойно пояснил Дегтярев.

На меня снова напала злость.

— Кто тебя просил, а?

— Виктор и Анна — родители Лены.

— У нее же вроде только мама жива, — растерянно пробормотала я.

Мужчина покраснел, но ничего не сказал, и тут я, припомнив рассказы Лены, воскликнула, повернувшись к нему:

— Значит, вы, отчим! Тот самый негодяй, который убил собаку Альму?! Ясно, почему ребенок не хочет жить с вами! Я девочку не отдам! Выгнали бедняжку на улицу, заставили бродяжничать, а теперь явились! Уходите!

Виктор и Анна переглянулись:

— Альма жива-здорова, — тихо произнесла мать Лены, — а Виктор не отчим, а родной отец. Мы из Питера прибыли, там живем, работаем в институте. Витя — доктор наук, я — кандидат.

У меня отвисла челюсть.

— Что???

— Троих детей имеем, — вступил в разговор Виктор, — Максима, Андрея и Лену.

— Мальчики золотые, — подхватила Аня, — выучились нормально. Один работает, другой в аспирантуре учится, ребята как ребята, а Лена...

Она замолчала, Виктор тяжело вздохнул:

— Не дай бог никому!

— Уроды, — буркнула Ленка, — гниды, все равно удеру.

— С десяти лет убегает, — пояснил отец, — никакой управы нет. Честно говоря, мы не понимаем, в чем дело, садится в поезд и с глаз долой. Прибивается к компании беспризорников, таскается с ними, курит, пьет, спасибо, не колется.

— Гонорею в одинадцать лет заработала, — покачала головой Анна, — что с девочкой делать, не знаем.

— И к психологу водили, и к психиатру, — пояснил отец, — все без толку. В прошлый раз она на полгода пропала, нашлась в Пушкине, на даче одной престарелой актрисы, наврала ей с три короба про свое детство: били ее смертным боем, не кормили, одежды не покупали...

— Да у нее все есть, — взвился Виктор, — педагоги по каждому предмету имелись, только учись, ан нет! Опять сбежала, теперь у вас обнаружилась.

— И ведь что странно, — тихо сказала Аня, — потолкается по вокзалам и прибивается к приличным людям жить. Ведет себя безупречно! Ее эта актриса в школу пристроила! И что вы думаете? Великолепно училась, просто ангел, а не девочка. Когда ее забирать приехали, старушка даже прослезилась, так Лену полюбила. Ну почему она с чужими людьми золотая, а с нами дрянь?

— Потому что вы уроды, — рявкнула Ленка, — думаете лишь о работе. Да с вами поговорить нельзя! Утром проснешься, на столе записка «Еда на плите, будем поздно». Из школы вернешься — никого, вечером спать ляжешь — никого. Утром опять записка. Вот и гадай теперь, то ли вчерашнюю забыли выбросить, то ли новую нацарапали.

Виктор и Анна одновременно вздернули вверх брови.

— Но мы зарабатываем деньги, — сказала мать.

— Максим и Андрей тоже одни сидели, — повел свою партию отец, — и нормальными выросли.

— Они хитрые, — процедила сквозь зубы Лена, — двуличные сволочи, пока вы на службе ломались, парни такое творили! Уж я-то знаю!

— Почему же нам не рассказывала? — удивилась Анна.

— Так они колотили меня!

— Опять врет! — вздохнул Виктор.

— Что нам делать, — чуть не зарыдала Анна, — как с девчонкой справиться?

Я растерянно переводила взгляд с родителей на дочь. Кому верить? Пожалуй, рассказ Виктора и Анны очень похож на правду, но и Ленка весьма убедительна!

Очевидно, все сомнения были написаны у меня на лице, потому что Александр Михайлович «милицейским» голосом заявил:

— Родители не лгут.

— Откуда сие известно? — воскликнула я.

Дегтярев вздохнул:

— Знаю, уж поверь, знаю точно. Девчонка должна отправиться домой, в Петербург, лучше всего поместить ее в частное закрытое учреждение для трудновоспитуемых детей. Есть такие в Питере. Если хотите, могу разузнать подробности.

— Сделайте милость, — попросил Виктор, — никаких денег не жаль, лишь бы за Леной присмотрели, может, перерастет, исправится.

— Вполне вероятно, — без всякого энтузиазма откликнулся полковник.

— Все равно сбегу, — ответила бледная до синевы Ленка.

Время до обеда мы с Оксаной потратили на разговоры с девочкой и достигли хлипкого, как сейчас модно говорить, консенсуса. Лена поедет с родителями в Питер и попытается вести себя нормально. Но, если поймет, что нечто снова зовет ее в дорогу, она не станет прибиваться к стае беспризорников, а прямиком отправится к нам, отец с матерью пообещали ее не удерживать. Потом Оксана уехала, а я попыталась втолковать Виктору и Анне, что зарабатывание денег не является основной целью родителей, с детьми надо хоть изредка разговаривать. Ладно, не каждый день, но хоть час в неделю! Но, честно говоря, особого успеха я не добилась.

— Хорошо вам говорить, — поджал губы Виктор, оглядывая нашу гостиную, — вы материальных проблем не испытываете. А нам деньги добывать надо, мы их из нефтяной трубы не качаем.

Я ожидала, что меня сейчас начнет душить злоба, но отчего-то совершенно спокойно восприняла его намеки на то, что мое благополучие зиждется на продаже ископаемых родины. А обнимая Ленку на прощанье, я не вздрогнула. Нос уловил лишь слабый запах мыла и дезодоранта. Действие таинственного лекарства закончилось так же неожиданно, как и началось.

Глава 25

Обрадовавшись, что снова стала нормальной, я побежала вниз. Часы показывали половину четвертого, еще успею съездить на вокзал и найти там мальчика Диму с элегантным прозвищем Кулак.

Когда я выруливала на МКАД, затрезвонил мобильный. Сидя за рулем, очень не люблю болтать по телефону. Будучи законопослушной гражданкой, я купила устройство под названием «Хэндс фри», и мои руки держат баранку, а не трубку, но все равно ведь отвлекаешься на собеседника, что может послужить причиной аварии.

— Можно Дашу, — донеслось сквозь потрескивание.

— Слушаю.

— Ваш номер мне дала Лика...

Я припарковалась на обочине.

— Очень приятно.

— Лика сказала, вы не пожалеете за эту информацию сто долларов.

Я насторожилась:

— Что-то случилось?

— Ну, в общем... да!

— Плохое?

Вот идиотский вопрос! Конечно, плохое, хотя, что может быть хуже того, что уже произошло с Ликой. Что страшнее тюрьмы и ложного обвинения в убийстве?

— Не очень хорошее, — прошипели из трубки.

— Она жива? — испугалась я.

— Да.

— С Ликой случился инфаркт?

— Нет, ваша родственница здорова.

— Тогда что? — заорала я. — Что?

— Приезжайте, расскажу.

— Куда?

— Девятая Парковая, — тетка принялась монотонно диктовать адрес.

Я завела мотор и, проклиная пробки, поспешила в Измайлово.

Все чаще мне становится жаль, что я живу в огромном, забитом до отказа машинами мегаполисе. Ей-богу, в маленьком городке у жите-

лей остается намного больше свободного времени, они небось успевают за полчаса скататься из
одного конца населенного пункта в другой. Я же
сейчас потратила несусветное количество времени, застряв на всех магистралях, одурела от
бодрого «Русского радио», переключилась на
«Шансон», но услышала немузыкальное хрипе-
ние какого-то уголовника и снова убежала на
прежнюю волну. В моем понимании шансон, слово происходит от французского глагола петь, —
это городская песня. Во Франции представителями данного направления были Ив Монтан,
Шарль Азнавур, Эдит Пиаф. Они исполняли
незатейливые песенки для простых горожан на
вечные темы любви, ревности, измены и разлу-
ки. Но в России шансоном отчего-то зовется
блатной фольклор, три «уголовных» аккорда и
гнусавое завывание на тему загубленной юности, проведенной за колючей проволокой. Бед-
няга-заключенный валит лес и вспоминает про
мать-старушку, красавицу-жену и любимого
сыночка. Бард хрипит из радиоприемника, а вся
страна рыдает. Но мне растрогаться мешают
простые мысли. Первая. Почему мужик попал
на зону, а? Вряд ли он просто шел по улице, а
на него, бедного, налетели, схватили, повязали... Слава богу, не тридцать седьмой год на
дворе. Небось он разбойничал на большой дороге, вот и получил срок. Вторая. Вспоминал ли
сей индивидуум про мать-старушку, жену-кра-
савицу и любимого сыночка, когда находился
на воле? Сильно подозреваю, что нет, потому
что тот, кто на самом деле дорожит своими род-

ственниками, постарается не доставить им горя. Очень многих людей от недостойных поступков удержали именно мысли о семье. Хотя случаются и ошибки, вот Лика же осуждена за преступление, которого не совершала. Впрочем, подобное редкость, а если послушать русский шансон, то создается впечатление, что по лагерям и тюрьмам сидят сплошь невинные люди. Не так это, граждане! Большинство оказалось на нарах за дело, и не следует идеализировать воров, убийц и мошенников.

Дверь мне открыла немолодая, грузная тетка.

— Я Даша.

— А я Клава, — радостно заулыбалась тетка, — дорогу без проблем нашла? Заходи, заходи.

— Вы очень точно все описали.

— Пошли, чаем угощу. Деньги принесла?

Я достала кошелек и отдала тетке сто долларов. Она положила купюру в карман застиранного халата и сказала:

— Лика в СИЗО.

— Знаю.

— Откуда?

— Ее осудили и отправили на зону, я была у нее на свидании, привозила продукты, скоро опять поеду.

— Ты не поняла. Лика была в лагере, а теперь она вновь в следственном изоляторе, в Москву ее привезли.

— Почему? — подскочила я.

— На выводную напала, задушить хотела, еле оторвали. Новое дело открыли.

— Что? — прошептала я. — Не понимаю.

Клава глубоко вздохнула.

— Чего уж тут непонятного! Лика пошла в библиотеку, а по дороге напала на сотрудницу колонии. И откуда только сила взялась, повалила бабу на землю, стала душить, прямо взбесилась. Хорошо, драку заметили и оттащили Лику, а то бы убила, наверное, женщину.

Я только хлопала глазами. Лика напала на сотрудницу колонии? Да быть такого не может! Ликуня шумная, говорливая, крикливая, но вполне миролюбивая. Может, от пребывания за решеткой у нее помутился разум?

— Да на беду, — качала головой Клава, — выводная не из простых оказалась, невестка начальника зоны. В городке ихнем безработица, вот хозяин свою семью и пристроил! Так что он по полной программе Лику наказать хочет, шьет побег. Дескать, хотела удрать, а сотрудница помешала. Вот заключенная, обозлившись, и стала ту душить, имела намерение убить! Соображаешь, что вытанцовывается!

— И что теперь будет? — помертвевшими губами спросила я.

— Уж ничего хорошего, — скривилась Клава, — лет десять довесят, как пить дать, серьезно люди настроены, не на месте вопрос решили, в Москву приволокли. Лика тебе маляву передать просила, на.

У меня в руках оказалась тощая трубочка, отчего-то запаянная в полиэтилен. Пальцы разорвали тонкую липкую пленку. «Спасибо. Забудь обо мне. Лика».

— Как к тебе попала записка? — накинулась я на Клаву.

— Я работаю в СИЗО.

— Кем?

— Контролером.

— Там надо проверять билеты? — изумилась я. Клава рассмеялась.

— О господи, нет, конечно. Я занимаюсь совсем другим делом, зарплата крохотная, вот и приходится подрабатывать, малявы иногда ношу, ну еще там, по мелочи. Я женщина честная, с оружием, бухаловым и шыряловым не связываюсь.

— Зачем она на нее напала! — Я никак не могла успокоиться.

— Кто ж знает! — пожала плечами Клава. — Неволя довела, тяжело на зоне. Даже если не бьют и не издеваются, все равно невмоготу, уж поверь. Зона она и есть зона, проклятое место.

Я схватила Клаву за плечо.

— Устрой мне свидание с Ликой.

— Могу, конечно... Свиданка не через меня, этим другие занимаются. К тому же Лика находится под следствием, значит, разрешение может дать только следователь.

— Мне Лику не увидеть?

— Отчего же? Устрою встречу, но придется заплатить дорого — долларов триста возьмут, не меньше.

Я вытащила зеленые купюры.

— Возьми и отдай кому надо.

— Хорошо, — деловито кивнула Клава, — ты телефончик-то свой не выключай. Позвоню и скажу, в какой поток завтра попадешь. Скорей всего, на двенадцать пристроят.

Договорившись с Клавой, я поехала на вокзал. В голове метались шальные мысли. Что произошло с Ликой? Отчего она налетела на служащую? Ликуся способна устроить истерику. Я совсем бы не удивилась, узнай, что она переколотила стекла в бараке, ну не справилась с характером и дала волю рукам. Хотя мне почему-то кажется, что в неволе Лика должна была, простите за идиотский каламбур, сидеть тише воды, ниже травы. На нашем свидании она казалась очень напуганной, подавленной и изо всех сил старалась вести себя по правилам. Когда в комнату, где проходила встреча, заглянул какой-то солдатик, Лика моментально вскочила со стула и бойко отрапортовала:

— Твердохлебова, пятый отряд, нахожусь на разрешенном свидании.

То есть она безукоризненно выполняла правила, надеясь хорошим поведением заслужить досрочное освобождение. Ну не могла Лика напасть на женщину в форме! Вот взять веревку и пойти в туалет... Или попытаться порезать себе вены, но кидаться на сотрудницу колонии?..

На площади перед вокзалом кипела бурная жизнь. Я дошла до подземного перехода и спросила у старухи, держащей в руке вязаные носки:

— Бабушка, где Дима Кулак?

Старушка прищурила хитрые глазки.

— Хто?

— Дима.

— Какой?

— Кулак.

— С таким фамилием, дочка, никого не знаю.

— Это кличка, Кулак.

Бабуся сунула носки в сумку.

— Ступай себе, коли покупать ничего не хочешь. Придумают же люди от безделья незнамо чего! Кулак!

— Он вас охраняет.

— Меня?!

— Ну, всех тут...

Старушонка хмыкнула:

— Во сказала! Здеся одни обиральщики, только и норовят чего отнять!

Поняв, что от этой старухи ничего не добиться, я обратилась к следующей и вновь натолкнулась на полнейшее нежелание рассказывать что-нибудь о юноше. Обойдя строй бабусек, я подалась к входу в метро, наткнулась там на смуглую женщину неопределенных лет, замотанную в цветастые тряпки, и попросила:

— Помогите найти Диму по кличке Кулак, он тут за порядком следит.

Беженка втянула голову в плечи и пробормотала что-то непонятное.

— Простите, не расслышала.

Женщина подняла на меня темные глаза.

— Русский нет. Моя не знай. Дай денег, ребенок болен. — Последняя фраза была произнесена чисто, без акцента.

Постояв в растерянности, я прошла к остановке такси, повертела головой в разные стороны, увидела стайку беспризорников и подошла к ним.

— Ребята, где Павлуха?

— Лилипут, что ли? — хрипло спросил паренек в грязной полосатой шапке.

— Да, — обрадовалась я, — маленький такой.

— Ты его знаешь? — протянул мальчишка.

— Очень даже хорошо. Он тут неподалеку живет, с отцом-алкоголиком, и Лену видела, его... э... девушку.

— Ленки тут больше нет, — шмыгнула носом девочка, одетая в рваное, некогда бежевое пальто, — куда подевалась, не знаем.

— Мне она не нужна. Павлуха требуется.

— Ищи себе дальше, — сплюнул паренек в шапке и отвернулся.

— Где? — настаивала я.

— А зачем он тебе?

— Хотела дать ему заработать!

Мальчишка окинул меня быстрым глазом, на лице его появилась гадкая усмешка.

— Не по адресу явилась, ступай вон туда, где зеленый забор.

— Павлуха там?

— Найдешь нужное, — нехотя проронил мальчик.

Я обрадовалась и побежала в указанном направлении. Возле заборчика прохаживался парень лет двадцати пяти, похожий на полено, обряженное в кожаную куртку.

— Простите, где я могу найти Павлика?

Юноша общупал меня цепким взглядом.

— Павлика, говоришь?

— Да.

— Пошли.

Мы пролезли через дырку в заборе и оказались возле палатки, торговавшей шашлыками.

— Ахмед, — крикнул мой провожатый, — Павлика хотят!

Дверь распахнулась, появился мужчина с ярко выраженной восточной внешностью. Темные, слегка вьющиеся волосы были обильно покрыты гелем и блестели, словно кожа у жареной утки. Круглые карие глаза смотрели откровенно нагло, а на губах играла самая сладкая улыбка.

— Заходы, дарагая, — ласково загудел он, — будет тебе Павлик-шмавлик.

Я шагнула внутрь и попала в мусульманское царство. Пол закрывал протертый ковер, у стены громоздился диван, из невидимого динамика несся заунывный напев: «Я хабиби»...

— Вот Павлик, — кивнул хозяин в сторону мальчика лет двенадцати, сидевшего на софе, — самый настоящий, бери.

Подросток повернул голову в мою сторону и улыбнулся. Его каштановые волосы оказались чисто вымыты, одежда была отглажена, ботинки вычищены. Меньше всего мальчик походил на грязного бродяжку, скорее на ребенка, собравшегося с родителями в гости. Около него развалилась девочка, по виду первоклассница, вылитая кукла Барби: море завитых белокурых прядок, ярко накрашенные глаза, губки в помаде, платьице, украшенное кружевами и бантами.

— Бери, — повторил хозяин, — на сколько надо?

Тут только до меня дошло, что я нахожусь в гостях у сутенера, а дети — малолетние проститутки.

— Нет, — попятилась я к двери, — мне другого Павлика, маленького.

— Меньше нет, — развел руками хозяин, —

чем, дарагая, этот плох? Зачем маленький? Какой от него толк? Мой — мужчина! Бери, не пожалеешь! Настоящий джигит!

Но я уже неслась назад, к дырке в заборе. Сутенер, прохаживающийся с той стороны, ничего не сказал. Ноги вывели меня опять на площадь. И что теперь делать? Пойти в милицию и сказать, что вот тут, в самом центре города, предлагают детей для сексуальных утех? А то стражи порядка этого не знают!

— Эй, тетенька, — подергал меня кто-то за куртку.

Я обернулась, девочка в драном бежевом пальто спросила:

— А что за работа была для Павлухи?

— Ты знаешь, где он?

— Ну!

— Сделай одолжение, проводи.

— Хорошая работа-то?

— Всего два слова сказать и получить десять долларов.

Девчонка поежилась.

— Клево. Павлуха в больнице.

— Как? — отшатнулась я.

— Отец его побил, — совершенно спокойно пояснила она, — ножом истыкал, обычное дело. Может, я десять баксов заработаю?

Я прислонилась спиной к забору. Господи, что же делается на белом свете? Малолетние проститутки, отцы, нападающие на собственных детей, девочки, убегающие от нормальных родителей...

— Ну, — опять дернула меня за рукав девочка, — так как?

Еле справившись с собой, я устало спросила:

— Знаешь Диму по прозвищу Кулак?

— Угу.

— Где его найти?

— Тут.

— Где?

— И это все? Покажу Кулака и получу грины?

— Всенепременно, — ответила я.

— Пошли, — мотнула давно не чесанной головой девочка.

Она привела меня к подземному переходу, пошарила глазами по бурлящей толпе и ткнула пальцем в угрюмую личность в короткой рыжей дубленке.

— Во! Давай хрусты.

Я вгляделась в парня и тут же его узнала. Это был тот самый охранник, которому велели приглядывать за мной, когда я изображала тут из себя нищенку. С этого места я начала расследование, сюда же, пробежав круг, вернулась.

Глава 26

Дима хмуро уставился на меня голубыми глазами. Парень, на первый взгляд, казался очень симпатичным, даже красивым: правильные черты лица, чистая кожа... Но чего-то не хватало, и через секунду я поняла чего — на челе юноши отсутствовали следы хоть какой-то умственной деятельности.

— Дима! — крикнула я. — Здравствуйте!

— Чего надо?

— Меня прислал Борис Сергеевич! Помнишь, я тут один раз в «бомжей» играла?

На губах парня появилось некое подобие улыбки.

— И чего?

— Он сказал, что ты должен ответить на все мои вопросы.

— Ладно, — охотно согласился Дима.

— Давай зайдем в кафе?

— А платить кто станет? — предусмотрительно поинтересовался парень.

— Я угощаю.

— Тогда пошли в «Сбарро», — оживился Кулак, — там пицца вкусная.

Мы устроились за столиком. Дима решил не теряться и приволок на своем подносе целую кучу еды: салат, мясо с макаронами, чесночные булочки, кусок торта... Я обошлась одним кофе-капуччино, который после первого же глотка тут же разочаровал меня. Напиток оказался гадким, не имеющим ничего общего с настоящим, скорей всего, тут просто заливали кипятком содержимое бумажного пакетика.

— И чего? — спросил Дима с набитым ртом.

Я выложила на стол фотографию.

— Знаешь кого-нибудь из этих девушек?

Кулак молча уставился на снимок:

— Так обоих!

— Обеих, — машинально поправила я.

— Чего?

Я тяжело вздохнула. Все-таки преподавательское занудство иногда совершенно не к месту поднимает голову. Обеих, обоих, какая разница!

— Можешь назвать их имена?

— Чернявенькая Аська, моя полюбовница

была, — спокойно сообщил Дима, откусывая сразу полбулочки, — под машину попала...

— Тебе ее не жаль? — снова проснулся во мне учитель.

— Все под богом ходим, — рассудительно ответил Кулак, — сегодня есть, завтра ау! Нормальная девка была, не зануда.

— А вторая?

— Настька, тоже ничего, но та повыпендристей будет. Намучился я с ней в машине! Всю дорогу гудела: зачем одеколоном облился, зачем облился...

— В какой машине?

— В «мерсе».

— У Насти имелся «Мерседес»? — Я притворилась удивленной.

— Не...

— А говоришь, вы ехали в автомобиле.

— Ну!

— Значит, он был у нее?

— Не...

— Погоди минутку, — велела я и пошла к стойке за пиццей.

С Димой следует говорить, лишь основательно подкрепившись. В отличие от капуччино, лепешка, покрытая помидорами с сыром, оказалась выше всяких похвал, я быстро проглотила кусок и велела:

— Сделай милость, расскажи по порядку.

— Этта зачем? — напрягся Кулак.

— Борис Сергеевич велел, — опять нагло соврала я, — так и сказал: передай Диме, что приказываю быть откровенным.

— Ну раз Борис Сергеевич, — мигом купил-
ся не слишком далекий Кулак, — тогда да, могу.

Бесконечно экая, кашляя, ковыряя в носу и
потирая в затылке, он завел рассказ. Вкратце
суть оказалась такой.

Летом, какого числа, Кулак не знает, зато
хорошо помнит, что было ужасно жарко, к нему
подошла Ася и, вертя в руках журнал «Лиза»,
попросила:

— Слышь, Дим, охота заработать?

— Делать чего? — полюбопытствовал любовник.

— Настьке помочь, подружке моей, ты ее
знаешь, беленькая такая...

— А-а-а, — протянул Дима, — красивая девка!

Ася шлепнула его журналом по затылку.

— И не думай! У нее любовник есть, богатый
человек, профессор.

— Зачем я тогда, коли с мужиком порядок?

— Господи, — закатила глаза Ася, — только
об одном думаешь! Машину надо вести, «Мерседес». Ты с автоматической коробкой управишься? Свозишь Настю в пару мест!

— А что с ней управляться? Поставил рычаг
и дуй себе.

— Ладно, — кивнула Ася, — завтра поедешь
с Настей.

— Зачем?

— Ее любовник заболел, — объяснила девушка, — и попросил Настю сначала съездить
на свадьбу к другу, а потом в другой день под-
везти свою сестру. А у Насти прав нет, вот ты и
сядешь за руль. Получишь потом от нее двести
баксов.

Любой другой человек на месте Димы усомнился бы в правдивости этой информации. Заболевший любовник просит сесть за руль Настю, не имеющую необходимых документов? Солидный человек, заработавший на «Мерседес», не хочет нанимать профессионального шофера, а обращается к помощи девицы? Любой человек заподозрил бы, что его просто водят за нос! Любой, но не Дима.

Тот совершенно спокойно согласился. Сумма в двести долларов показалась ему более чем достаточной за ерундовую услугу, к тому же действие было назначено на его выходные. Со свадьбой все прошло без сучка без задоринки, а вот когда Дима во второй раз явился за «мерсом», случилась шероховатость. В районе одиннадцати утра Дима приехал по указанному адресу и нашел Настю во дворе у красного кабриолета.

— Хороша машинка, — покачал парень головой, — игрушечка!

Настя щелкнула брелоком, но «мерс» неожиданно загудел, заморгал фарами. Девушка побледнела до синевы.

— Ой! — вскрикнула она. — Так в прошлый раз не было!

— Ты не туда нажала, — объяснил Дима и, отобрав у нее ключи, отключил сигнализацию.

Потом парень сел за руль и спросил:

— Твой мужик чего, ростом с курицу?

— Не неси чушь! — обозлилась Настя. — Наоборот, высокий. Отчего глупости спрашиваешь?

— Так сиденье к рулю придвинуто, и в прошлый раз так было, — пропыхтел Дима, отодвигая кресло.

— Сестра его иногда ездит, — спокойно пояснила Настя, — та и впрямь на курицу похожа!

И тут к «Мерседесу» подлетела разъяренная баба и принялась орать.

— Езжай быстрей и нажми вон ту кнопку — у машины поднимется верх, — заволновалась Настя, впрыгивая в салон.

Дима надавил на педаль.

— Чего она хотела?!

— А хрен ее знает, — пожала плечами красавица, — вроде мы ее ребенка разбудили. Идиотка долбанутая.

Потом она помолчала и добавила:

— Не нравится мне, когда с самого начала наперекосяк идет! То сигнализация сработала, то кретинка подбежала...

— Эко дело, — хмыкнул Дима, — дураков полно. Мне, промежду прочим, тоже не по душе, когда под окнами машины заводят, я на первом этаже живу. Дико бесит! Но я отучил около моей хаты парковаться.

— Каким образом? — лениво поинтересовалась Настя.

— А пузырек с краской на стекла вылил, — заржал Дима, — двух раз хватило, чтоб поняли: стоит машине тут оказаться — кати потом в сервис. Хороший способ, дарю.

Настя даже не засмеялась. Она отчего-то сильно нервничала. Правда, первые минуты девушка молчала, но потом принялась капризничать. Сначала запретила курить.

— Не смей даже прикасаться к сигаретам, —

заорала она, увидав, что Дима достает из кармана пачку «Мальборо», — запах останется!

— Так я окно открою, — начал сопротивляться парень.

— Нет, — взвилась Настя, — хозяин «мерса» некурящий. И вообще тебе двести баксов дадут, можно потерпеть.

Дима со вздохом подчинился. Слова о «зарплате» показались ему справедливыми. В конце концов кто платит, тот и прав.

Затем Настя принялась ругаться по другому поводу.

— Облился вонючим одеколоном! За каким чертом, спрашивается!

— Совсем чуть-чуть брызнул, после бритья, — попытался оправдаться Дима.

— Ты к Аське в кровать одеколонься, — сердито бубнила Настя, — теперь в салоне запах останется, а у хозяина аллергия.

Не разрешила она и включить радио. Довезя противную девицу до метро «Спортивная», Дима, несмотря на работающий кондиционер, вспотел.

— Вот какая дрянь, — качал он сейчас головой, — красивая ведь, а противная. И то ей не так, и это! Аська хоть в подметки ей не годилась по внешности, зато характер хороший, ну отчего все красивые стервы, а?

Я молча поболтала ложечкой в светло-бежевой жидкости, носящей по недоразумению имя «кофе-капуччино». Уж не знаю, была ли Настя капризницей. В тот день, взяв без спроса «Мерседес» Малики Юсуповны, девушка боялась, что хозяйка поймет: машину кто-то брал. Большинство лиц слабого пола мгновенно учуют аромат постороннего парфюма или обнаружат в воздухе следы табачного дыма, так что Настина позиция абсолютно понятна.

Когда они подкатили к метро, Настя сначала осталась сидеть в машине, потом выскочила и быстрым шагом ушла. Дима тоже вылез наружу, покурить.

— Эй, — услышал он Настин крик, — помоги-ка.

Парень пошел на зов и увидел Настю и Асю, которые держали на руках женщину. Незнакомка висела, опустив голову.

— Ты чего тут делаешь? — удивился Кулак, обращаясь к Асе.

— Потом разберетесь, — нервно вскрикнула Настя, — лучше отволоки эту в машину. Кто же знал, что она такая тяжелая, с виду маленькой казалась.

— А труп завсегда живого человека тяжельше, — заявил Дима.

Настя вздрогнула.

— Не пори чушь! Она в обморок от жары упала, сейчас домой привезем, очнется!

— А я чего? Я ничего, — пожал плечами Дима.

Он доволок незнакомку до кабриолета и впихнул на заднее сиденье.

— И куда вы поехали? — спросила я.

— Так эту бабу домой повезли.

— Адрес не помнишь?

Дима нахмурился.

— В район Таганки, дом такой интересный, розовый, а балконы...

— Зеленые!!!

— Точно, откуда знаете?

Еще бы мне не знать, я столько раз бывала у Лики в гостях. Значит, Настя привезла ее домой.

— Я ее в квартиру внес, — как ни в чем не бывало продолжал Дима, — на диван положил.

— Постой, как вы дверь открыли?

— Экая задача, — усмехнулся Дима, — замки там фиговые, их пальцем отпереть можно, только у Насти ключи были.

— Ключи?

— Ну да. Она их у этой тетки из сумочки вынула.

— Это все?

Дима кивнул:

— Угу.

— Ты в квартире долго пробыл?

— Не, пару минут. Швырнул тетку на диван, а Настька и говорит: «Вали в машину!» Вот я и ушел.

— А дальше?

— Настька тоже скоро вышла, отвез ее назад, запихнул машину на прежнее место, ключи ей отдал, взял баксы и ушел.

— Потом что?

— Ничего, Аська под машину попала, а с Настькой я больше не встречался.

— Тебя не удивило, что Ася погибла?

— Не, небось выпивши была.

— Она любила приложиться к бутылке?

— Совсем не употребляла.

Глупость Димы стала меня раздражать.

— Тогда почему ты считаешь, что в тот день Ася оказалась пьяной?

Дима широко раскрыл свои голубые глаза.

— Кто ж стрезва под колеса полезет? Вам че, охота знать, клюкала Аська или нет до смерти?

— Ну, в общем, да, — на всякий случай кивнула я.

— Так у Розки спросите.

— Это кто? — удивилась я.

— Подружка ихняя.

— Чья? — переспросила я, подавив в себе желание строго сказать: «Слова «ихняя» в русском языке нет, нужно говорить: «Их подруга».

— Так Настьки с Аськой, — пояснил Дима, — Роза в одном подъезде с Аськой жила, только на первом этаже. Как войдете, ейная квартира слева, прямо тут.

Вот еще чудесное словечко «ейная». Услышь наш разговор профессор Розенталь, автор канонического учебника по русскому языку, он бы зарыдал от горя. Очень хорошо помню, как на лекции преподаватель весьма эмоционально возмущался:

— Русский человек, не владеющий русским языком, — это нонсенс.

Хорошо, что профессор не дожил до тех лет, когда в нашу речь, словно слоны в посудную лавку, вломились словечки «спичрайтер», «пиар», «мерчендайзинг», «лейбл» и иже с ними. Интересно, как бы отреагировал профессор, узнав, что глагол «кликать» абсолютное большинство московских тинейджеров понимает исключительно как указание щелкнуть мышкой, а не позвать кого-нибудь. Кстати, и существительное «тинейджер» тоже не очень-то, того... Хотя не все дети и раньше, в мою юность, не обладали чувством языка. Одна из моих подруг, Нинка Соколова, школьная учительница, упросила меня подменить ее на месяц во время занятий. Я сопротивлялась как могла, выдвигая вполне понятную причину отказа.

— Преподаю французский, а ты русский и литературу, как я сумею справиться с классом?

— У тебя высшее филологическое образование, — ныла Нинка, — ерунда! Проходим по литературе Горького «Песня о Буревестнике». Неужели не помнишь?

— Глупый пингвин робко прячет тело жирное в утесах, — внезапно вырвалось у меня.

— Вот видишь! — обрадовалась Нинка. — Все великолепно знаешь, ну умоляю!

Скрепя сердце я согласилась и оказалась перед школьниками. Первые занятия прошли без приключений, я перестала бояться детей, а они меня. И вот теперь представьте себе картину. Школа. Урок литературы. Я восседаю у доски, по очереди вызываю на «сцену» учащихся, отвечающих домашнее задание. А следовало выучить наизусть всю ту же «Песню о Буревестнике». Честно говоря, я не очень понимала, отчего столько учебных часов было отведено на тщательный разбор более чем простенького, незатейливого стихотворения, но программа составлялась не мной.

Бедные дети бубнили строки. Те, кто уже отстрелялся, спокойно занимались своими делами, остальные уткнулись в учебники, скорей всего процесс зазубривания стихотворения происходил прямо тут, в классе. Но я не вредничала, мне было жаль несчастных ребят, давившихся революционной лирикой. Будь моя воля, почитала бы им Ахматову, Пастернака или Цветаеву. Но за это в те годы могли лишить диплома, к тому же неприятности случились бы и у Нинки, и у директрисы, разрешившей мне взять на время класс. Поэтому оставалось только, скрывая зевоту, слушать очередного выступающего. Наконец предо мной предстал Сережа Глотов.

— Давай, милый, — велела я.

Сережа принялся запинаться:

— Чайки... чайки...

Видя, что он «плавает», я подсказала:

— Чайки стонут...

Сережа просиял и с невероятным энтузиазмом начал выкрикивать:

— Чайки стонут перед бурей, стонут МОЧУТСЯ над морем...

Выговорив последнюю фразу, он замолчал, видно, понял, что сказал не то. Класс притих. Мне следовало спокойно поправить мальчика.

— Стонут, МЕЧУТСЯ над морем, — но основная моя беда — детская смешливость.

Я уткнулась носом в журнал и попыталась задушить приступ хохота. В классе воцарилась просто гнетущая тишина. И вдруг с «камчатки» послышался бодрый голос двоечника Федотова, никогда не утруждавшего себя приготовлением домашнего задания.

— Ну и чего удивительного? Это они от страха просто!

Урок был сорван, все стонали от смеха, не

имея сил даже выйти на перемену. Учитель математики был крайне удивлен, обнаружив меня на преподавательском месте, а детей за партами после звонка, позвавшего всех на следующий урок.

Впрочем, что там оговорка ленивого Сережи! Не далее как неделю тому назад я купила в аптеке хорошо всем известный бальзам «Золотая звезда» и в первый раз решила прочитать приложенную к нему инструкцию. Синим по белому там было напечатано: «Применять по рецепту врага». Дальше — больше: «Золотая звезда» является отличным подарком для старых и утомляющих больных». Осталось только сообразить, каким образом следует по рецепту врага применить замечательное лекарство, чтобы старый больной перестал вас утомлять.

Ладно, «звездочки» производят иностранцы, ну не нашлось у них хорошего переводчика, но как объяснить, что некое таинственное ООО «Паритет Дельта» выпустило сливочный батончик «Мордоклейка»? Я сама купила его в супермаркете и долго удивлялась. Ладно бы изготовители назвали, кстати, вполне вкусную конфету, допустим, «Зуболомка» или «Горлонепроходимка», я бы, в общем, их поняла. Но «Мордоклейка»? Что они хотели этим сказать?

Глава 27

К дому Аси я подкатила уже в темноте и аккуратно втиснула «Пежо» между двумя старыми помятыми «Волгами». На первом этаже оказалась всего одна квартира, расположена она была прямо у входа, я поднялась на три ступеньки и сразу очутилась перед дверью. Недолго думая, я ткнула в звонок. Без всяких вопросов дверь распахнулась, и появилась девушка, одетая в синие джинсы и нежно-голубой пуловер. На носу у нее сидели большие очки в круглой оправе.

— Вы ко мне? — очень серьезно спросила она.

— Здравствуйте, — улыбнулась я, — позовите Розу.

— Роза Владимировна перед вами, — сухо ответила девица.

Надо же! Такая молоденькая, а величает себя по отчеству.

— Что-то вы поздно спохватились, — укоризненно покачала головой юная особа, — уже первая четверть заканчивается. У меня учеников полный комплект, пришлось всех пододвигать, чтобы время высвободить.

Мне моментально стала понятна ее странная, не вяжущаяся с почти детским возрастом серьезность.

Роза — учительница. Для пущей солидности она нацепила идиотские очки, наверняка зрение у нее отличное, но родители не слишком доверяют педагогам, которые только что вылезли из пеленок. Юношам в этом плане легче — небольшая бородка, пусть даже жидкая, клочкастая, здорово старит. А что делать девушкам? Пожалуй, очки тут лучший выход из положения. И учеников у нее нет. Я сама когда-то была такой. Репетиторством занялась на третьем курсе и очень хорошо помню, как набивала себе цену. Листала специально заполненную вымышленными фамилиями записную книжку, бормоча:

— Куда же вас пристроить, ума не приложу!

Это потом учеников набралось столько, что и в самом деле кое-кому пришлось отказывать, но по первости я хваталась за любую возможность подработать.

— Входите, — помягчела Роза, — сейчас придем к консенсусу.

Стараясь не рассмеяться, я влезла в предложенные тапочки и пошла за хозяйкой. Квартира неожиданно оказалась большой. Комната, куда меня привели, была забита книгами, полки шли от ковра до потолка. На них тесными рядами стояли собрания сочинений, те самые, выпущенные в советские годы. Розовые томики Вальтера Скотта, коричневые Бальзака, оранжевые Майн Рида, темно-зеленые Виктора Гюго. Другая стена была сплошь занята отечественными авторами: Чехов, Бунин, Тургенев, Достоевский. А вот и книги цвета морской волны, собрание Куприна. Интересно, у них тоже отсутствует один том? Точно. Как и у нас с бабушкой, у родителей Юлечки кто-то «утащил» том номер шесть, там была помещена повесть «Яма», считавшаяся в целомудренные советские годы настоящей порнографией. Бедный Куприн, задумавший и написавший повесть о непростой доле профессиональных проституток, и предположить не мог, что несколько поколений читателей будут, затаив дыхание, перечитывать пикантные места, пролистывая нравоучительные пассажи и абзацы, обличающие торговлю женским телом, совсем с иными, чем у автора, мыслями. К тому же Куприн считается классиком русской литературы, и какое замечание вы можете сделать ребенку, изучающему его произведения? Поэтому большинство родителей поступало просто: изымало шестой том с полок и серьезно заявляло:

— Ну и люди пошли! Украли книгу.

Из всех моих подруг «Яма» оказалась только у Верки Карапетовой, она и дала ее нам с Ликой почитать. Как сейчас, помню вытаращенные глаза Верки и ее быстрый шепот:

— На, только на одну ночь! Да смотри, чтобы бабушка не заметила, а то моим родителям настучит.

Следующее открытие, которое сделали мы, тринадцатилетние девочки, был «Декамерон». Его издание тоже нашлось у Верки. А Лика познакомила нас с романом Золя «Нана», пожалуйста, не путайте эту книгу и некогда популярную музыкальную группу, между ними нет ничего общего, кроме названия.

— Вы принесли тетрадь своего ребенка? — каменным голосом спросила Роза.

— Нет, — спокойно ответила я.

— Очень плохо, ну да ладно. Понедельник, в пять, подойдет?

— Нет, я...

— Ладно, тогда вторник в восемь.

— Но...

— Среда в любое время.

Мне стало жаль дурочку: ей-богу, она неумело прикидывается востребованным репетитором.

— Я из милиции.

Роза осеклась.

— Откуда?

— Майор Васильева, Дарья Ивановна, можно без отчества, просто Даша.

Девушка сняла идиотские очки и сразу стала похожа на школьницу.

— Что случилось? Опять мои шестиклассники нахулиганили? Никакой управы на этого Гришачкова нет! В прошлый раз мотоцикл угнал, а на этот куда влез? Ему еще четырнадцати нет, его нельзя задерживать.

— Вы знали Асю Корошеву?

Роза удивленно воскликнула:

— Конечно. Она в этом же подъезде жила.

— Я занимаюсь расследованием ее гибели.

— Ася попала под машину, — пробормотала девушка, — давно, еще летом.

— Как вам кажется, почему?

Роза пожала плечами:

— Наверное, перебежала на красный свет, Ася никогда не подчинялась правилам. Они с Настей бесшабашные были.

— С какой Настей?

— С Кусакиной.

— Вы и Настю знали?

— Естественно, мы учились в одном классе. Тут весь район в одну школу ходит. Я теперь там преподаю, учусь в педагогическом.

— А Настя с Асей чем занимались?

— Аська поступила в институт, правда, ее потом выгнали, а Настя так никуда и не попала.

— Почему?

Роза выпятила вперед нижнюю губку:

— Не хотела учиться, у Насти были другие планы.

— Какие?

— Ну... в общем... замуж выйти.

— Ваш гражданский долг рассказать мне правду.

— Вовсе я не уверена, что это правда, — вздохнула Роза, — Настя артистически врала. Так ловко! Ей невозможно было не поверить. Класса до седьмого она нам говорила, будто является настоящей принцессой. Вроде ее украли в детстве, привезли в Россию и отдали на воспитание в чужую семью. Кулончик такой показывала, сердечком, якобы единственную вещь, оставшуюся ей от настоящих родителей. Но потом, очевидно, поняла, что это глупо, и перестала эту историю озвучивать. Вообще-то я с ними не дружила, ни с Асей, ни с Настей.

— Почему?

— У них только мальчики и шмотки на уме были, — скривилась Роза, — а мне в институт поступить хотелось. Да и не нравились они мне, глупые очень. Ася та хоть что-то читала, а Настя дико дремучая, ну о чем с ней разговаривать? Правда, они со мной старались хорошие отношения поддерживать и даже считали за подругу. Приходили уроки списывать. Проболтаются где-нибудь до десяти вечера, а потом звонят:

— Розочка, ты, конечно, задачки решила... Дай, пожалуйста.

Приходилось тетрадь показывать, они побить могли, если откажешь.

Но после получения аттестата дороги девочек разошлись окончательно. Ася и Настя перестали заглядывать к Розе, а та и рада была, что избавилась от «подруг», у нее появился новый круг общения.

В мае этого года Роза пришла на традиционную встречу одноклассников. Сначала посидели в школе, потом пошли погулять, а затем Розочка позвала всех к себе. Родители отбыли на дачу, квартира большая, есть где потусоваться. Естественно, Ася и Настя тоже пошли. Купили выпивки, немудреной закуски и устроили гулянку. Разошлись за полночь, осталась только Настя, которая перебрала водки. Розе не слишком хотелось возиться с опьяневшей знакомой, она было подумала, что Ася заберет подругу к себе, но хитрая одноклассница по-тихому испарилась, оставив Настю. На телефонные звонки Ася предусмотрительно не отвечала, очевидно, не желая иметь дело с опьяневшей Настей. Вот и пришлось Розе самой прыгать вокруг потерявшей человеческий облик Настены.

Сначала пьяной стало плохо, ее долго выворачивало наизнанку в сортире, и Розе надо было потом мыть туалет. Пока девушка, злясь на свою интеллигентность, не позволившую ей выставить бывшую одноклассницу за дверь, бегала с ведром и тряпкой, Настя слегка оклемалась и пошла наливаться кофе.

Когда примерно через полчаса, приводя санузел в порядок, сердитая Роза вернулась на кухню, Настя почти трезво сказала:

— Эх, ремонт у тебя хороший, но не евро!

— Откуда же мне деньги на импортные материалы взять? — спокойно ответила Роза. — Зарплата шиковать не позволяет.

— Говорят, ты замуж выходишь? — полюбопытствовала Настя.

— Пока нет, — отрезала Роза.

Она совершенно не собиралась обсуждать с Настей свои личные дела.

— Ну не скромничай! — захихикала Настя. — Колись! Все равно не отстану.

Роза вздохнула, похоже, что от одноклассницы и правда не избавиться просто так.

— Не о чем тут болтать, — спокойно ответила она, — мы просто встречаемся.

— И с кем?

— Студент он, мы в одной группе учимся.

— Москвич?

— Да.

— Квартира есть?

— Не на улице же живет, — усмехнулась Роза.

— Отдельная?

— Нет, коммунальная.

— Один обитает?

— С мамой.

— Повезло тебе, — хихикнула Настя. — Ну а как у него с деньгами?

— Да как у всех.

— Машину, дачу имеет?

— Нет, — Роза попыталась скрыть вспыхивающее раздражение, — мама у него медсестра, отца нет, откуда фазенде-то взяться?

— Да уж, убила бобра, — развеселилась Настя, — брось его на фиг, ищи богатого.

— Меня такой устраивает, не в деньгах счастье, — гордо парировала Розочка.

— Ага, — кивнула Настя, — не в деньгах, а в их количестве. Проведешь жизнь в нищете, считая копейки, так и умрешь, ничего не повидав. Нет, я не такая дура. Между прочим, тоже замуж собираюсь, за профессора. У моего денег куры не клюют, всего полно: загородный особняк, «Мерседес», квартира и никаких родственников, померли все. Вот это вариант!

Очевидно, в Насте еще бродили остатки алкоголя, иначе с какой стати она начала бы выбалтывать Розе свои планы.

— Твой профессор, должно быть, старый пень, — не удержалась Роза, — весело с ним будет, ни потанцевать, ни посмеяться, и в постели небось по большей части спит.

Настя прищурилась.

— Да, Лева, в отличие от твоей голытьбы, имеет кровать, не на полу, как некоторые, укладывается. И вовсе он не старый, пятидесяти еще нет, в самом соку.

— Ага, — не упустила шанса уколоть заклятую подругу Роза, — только посмотрим, что с ним через десять лет станет! Кстати, может, и умрет уже.

— И чего? — удивилась Настя. — Останусь богатой вдовой, обеспеченной по маковку. Разве плохо? Ты ко мне придешь денег на колготки просить.

Подобной обиды Розочка стерпеть уже не смогла и ринулась в бой.

— Рановато ты имущество наследовать решила, пока еще никто на тебе не женился.

— Ерунда, вопрос решенный, — самонадеянно сообщила Настя, — зимой под венец пойду.

— Чего же так тянете? Или жених хочет в санаторий съездить, здоровье поправить? — съехидничала Роза.

— Нет, — ответила Настя, — надо кое с какими бабами разобраться.

— Ты же говорила, что он не женат? — удивилась Роза.

— Правильно, — кивнула Настя, — впрочем, была у Льва супруга, но она умерла. Просто вокруг него всякие тетки вертятся, хотят к рукам прибрать, мне от них избавиться надо.

— Каким образом? — хмыкнула Роза.— Топить начнешь?

Внезапно Настя посерьезнела.

— За ним пол-института бегает, всех в воду не засунешь, да и не надо! Он над бабами смеется, зовет «липучками», меня лишь любит. Но одну на самом деле убрать надо, она особенная! Лева прямо трясется, когда про нее слышит!

— Так любит? — усмехнулась Роза. — Ты уверена, что следует оформлять отношения с мужиком, который тащится от другой? Ничего хорошего из такого брака не выйдет!

— Он ее ненавидит, — зевнула Настя и пересела на диванчик, стоявший у стены, — прямо до обморока. Прикинь, один раз я кассету купила «Приключения Анжелики», так Лева ее разломал, потому что главную героиню зовут Лика, как ту бабу...

— Что же она ему сделала? — удивилась Роза.

— Не знаю, — зевнула Настя и легла, — только надо ее... в общем... Вот тогда он на мне женится, обязательно. Ему деваться будет некуда...

Послышалось похрапывание, хмель свалил девушку. Роза вздохнула и стала убирать квартиру. Настя спала очень крепко, ее не разбудило ни гудение пылесоса, ни плеск льющейся в ванной воды, ни громыхание ведра. Но, когда хозяйка, утомившись, заварила себе арабику, гостья неожиданно села и совершенно нормальным голосом попросила:

— Налей кофейку.

Потом она привела себя в порядок и, взглянув на часы, спохватилась:

— Вот черт! На работу опоздаю! Придется такси брать. Слышь, Розка, дай две сотни в долг.

— Что же твой Лева-профессор? — не утерпела Роза. — Позвони ему, наверное, не откажет, подвезет невесту на службу.

Настя поставила чашку.

— Кто?

— Забыла уже? — издевалась Роза. — Ученый с мировым именем, богатый, с квартирой, «Мерседесом» и счетом в банке. Вроде ты за него замуж собралась, вот только некую Лику изведешь, и готово дело. Во всяком случае, мне ты часа три тому назад так ситуацию объяснила.

Настя засмеялась:

— О господи! Да пьяная я была. Как приму дозу, такое навру, сама себе удивляюсь! Откуда что берется! Профессор Лева! Ой, не могу!

«Ты и с трезвых глаз никогда слова правды не скажешь», — хотела было воткнуть в Настю шпильку Роза, но тут в замке заворочался ключ, вернулись с дачи родители. Настя подхватилась и убежала.

Больше Роза ее не встречала, вот с Асей сталкивалась.

— Странно получается, — запоздало удивлялась сейчас Роза, — обе под машину попали, их хоронили в один день, и нашим выбирать пришлось, к кому идти на поминки.

— Ты точно помнишь, что профессора звали Лева, а женщину, которую он ненавидит, Лика?

Роза кивнула:

— Еще я тогда подумала, что они должны быть терпимы друг к другу, имена начинаются с одной буквы, по закону алфавитологии. Не стоит обращать внимания на эти слова Насти, она была нетрезвой.

«Вот поэтому-то и сказала первый раз в жизни правду», — подумала я.

— Я к чему рассказала эту историю, — докончила Роза, — Насте хотелось выйти замуж за богатого, об учебе она и не думала. Ничего общего у нас не было.

Я села в «Пежо», включила печку и уставилась в окно на бегущих прохожих. Отчего жители столицы не умеют ходить медленным, прогулочным шагом? Почему несутся так, словно за ними гонится рой пчел или разъяренная собака?

Внезапно я рассмеялась от нахлынувших вмиг воспоминаний. Много лет назад, нас, студентов-первокурсников, отправили на картошку. Дело было в сентябре, жили мы в неотапливаемых дощатых домиках, принадлежащих какому-то пионерлагерю, спали, укрываясь жидкими байковыми одеялами, да еще не имели возможности высушить промокшую обувь. Естественно, через три дня все девочки захрипели, закашляли и украсились густыми соплями. Основная масса захотела вернуться домой, но секретарь комсомольской организации сурово заявил:

— Ваш отъезд сочтем за дезертирство. Впрочем, если кто хочет, может выметаться. Посмотрим потом, как он сессию сдаст.

После такого заявления охота убегать у нас пропала. Мальчишкам было легче, они ходили к колхозникам и покупали у них самогон, но мы, девушки, пить эту гадость не смогли, несмотря на все уговоры мужской половины отряда.

В один из вечеров мы с Веркой Карапетовой и Ликой улеглись на одну кровать, накрылись тремя нашими невесомыми одеялами и попытались согреться. Верку колотил озноб, Лику бил кашель, а у меня жутко болели распухшие от ковыряния в сырой земле руки.

— Надо им молока с медом дать, — вздохнул Костя Гаров, — здорово помогает.

— И где же взять волшебное средство? — поинтересовалась Маринка Кислова, кашлявшая на соседней койке.

— Да в деревне! — воскликнул Костя. — Пошли, Вадим, сбегаем.

Парни оделись и ушли. Через полчаса они вернулись расстроенные. Гадкие пейзане, охотно торговавшие «огненной водой», с молоком и медом расставаться не захотели.

— Вот дряни, — сердился Костя, — чистые

сволочи! Объяснили же: девочки заболели. Упер-
лись рогами: нет, и точка.

— Тут неподалеку пасека есть, — сообщила
Маринка, — можно пойти и самим взять!

Мальчишки переглянулись. Костик в ту осень
старательно ухаживал за Веркой, Лика нравилась
Вадику, а меня они считали за «своего парня».

— Ща сделаем! — заявили галантные кавале-
ры и исчезли в темноте.

То, что мы не остановили их, можно объяснить лишь очень плохим самочувствием, у нас
у всех была высокая температура. Иначе постарались бы отговорить парней от неразумного
поступка. Вынуть мед из улья может только пасечник, любого другого пчелы закусают до смерти.

Мальчики пропали надолго, мы успели кое-
как согреться и даже начали дремать, когда
вдали послышался злобный лай. Постепенно
звук приближался, и наконец собака стала за-
хлебываться под окнами нашего домика. Изредка в раздраженное гавканье вписывались голоса
Кости и Вадика.

— Ставь сюда.

— Осторожно!

— Вот зараза, кусается.

— Пшла вон!

— Чего она к нам пристала.

— Дай ей по башке!

Собака на секунду заткнулась, но потом залилась с утроенной силой.

— Эй, девчонки, идите сюда, — донеслось
с улицы.

Мы выбрались на крыльцо. Костя и Вадик,
растрепанные, красные, вытирали пот.

— Вот, — выдохнул Костик, — сгоняли на пасеку.

— Прибежали, — подхватил Вадим, — и тут подумали: а как мед вытащить? Не умеем ведь, сожрут нас пчелки. Придумали тогда...

— Я придумал, я, — перебил его Костя.

— Мы вместе!

— Нет, я один!

— Вы не ругайтесь, а скажите, в чем дело, — прохрипела Лика, — долго нам еще на холоде стоять?

— Вот мы и решили, — торжествующе заявил Вадик, — раз не можем на месте открыть, следует принести весь улей, целиком.

— Что и сделали! — подхватил Костя. — Смотрите!

Мы уставились на дощатый короб, установленный около крыльца.

— А собака зачем? — разинула рот Маринка.

— Увязалась за нами, — вздохнул Вадик, — мы уж ее гнали, пинали, а она ни в какую не отстает, бежала за нами, все ноги искусала!

— Понятненько, — протянула Лика, — значит, хотите, чтобы мы сами себе мед добыли.

Вадик глянул на Костю и робко ответил:

— Ну... мы же не умеем...

— А девчонки на пасеке выросли, — захихикала Верка.

И тут я, оглядев собаку и деревянный короб, принялась хохотать.

— Чего с ней? — удивился Костя. — Эй, Дашка, кончай ржать! Лучше придумай, как соты выковырнуть!

Но я только всхлипывала и твердила:

— Бедная собачка! Несчастное животное!

— Что с дворнягой? — разозлился Вадик. — Ну вломили ей пару раз, так сама виновата, чего за нами бежала? Слишком старательная.

И тут до остальных девчонок тоже дошло. Отхохотав, Верка повернулась к красному Косте.

— Говоришь, собака не отставала, неслась от самой пасеки?

— Ну, — буркнул тот.

— Так ей, бедняге, деваться было некуда!

— Почему? — насторожились парни.

— Потому, что вы идиоты, — всхлипнула Лика, — посмотрите внимательно, вместо улья сперли собачью будку! То-то Полкан от вас не отставал. Он бы и рад убежать, да цепь не пускала. Вот испугался небось! Налетели двое, схватили конуру и потащили, да еще дерутся, лягаются...

— Вы только нашим не рассказывайте, — прошептал Костя, оглядывая конуру, — засмеют.

— Можете не беспокоиться, — заверили мы, — никому ни слова.

Но на утро, естественно, растрепали о походе за медом остальным девчонкам. Кличка Пасечник прилипла к Вадику и Косте намертво, иначе их просто не называли.

Глава 28

Чувствуя огромную усталость, я поехала в Ложкино. Ну и денек выдался, сплошная нервотрепка. Интересно, чем Лика досадила Льву

Николаевичу? Почему он решил устроить жестокий спектакль? Лика никогда не вспоминала при мне имени профессора Воротникова, хотя я знала всех мужчин, с которыми она была хоть как-то связана. Может, Настя имела в виду другую Лику, когда рассказывала о женщине, от которой хотел избавиться Лев Николаевич? Но имя Анжелика не слишком распространенное, и в убийстве-то обвинили «мою» Лику! Я доехала до «Сокола» и попала в пробку. Ладно, стоять тут недолго, сейчас въеду в тоннель, потом преодолею неприятно узкий отрезок Волоколамского шоссе, попаду на МКАД, а там и до дома рукой подать. Некоторые водители злятся, оказавшись в плотной толпе чужих машин, гудят, ругаются, в пику им я давно поняла: тратить таким образом свои нервы не нужно. Я просто слушаю радио, а если движение вообще замерло, вытаскиваю из бардачка маникюрный набор и преспокойно занимаюсь руками, не терять же время зря. Кстати, многие женщины стараются не психовать в пробках. Я огляделась по сторонам. Слева от меня элегантная блондинка с аппетитом поглощала лапшу из стаканчика, справа молоденькая девушка, по виду чуть старше Маши, самозабвенно накладывала макияж. Я вздохнула и полезла за пилочками. Дверь впереди стоящей машины распахнулась, на дорогу выскочил здоровый толстый дядька и принялся вопить:

— Что за ... ! Почему стоим! Мне надо...

Глядя на топающего ногами толстяка, я скривилась. И еще мужчины заявляют, что все бабы истерички! Ну не смешно ли! Дамы спокойно занимаются своими делами, а представитель мужского пола беснуется на шоссе. И кто, по-вашему, не умеет держать себя в руках?

Мобильный начал подпрыгивать на сиденье. Я обрадовалась, сейчас поболтаю по телефону, и время пролетит незаметно.

— Ты где? — спросила Оксана.

— В жуткой пробке около твоего дома.

— Можешь заехать?

— А не поздно? — заколебалась я. — Тебе на работу в шесть вставать.

— Я узнала все про лабораторию Воротникова и про лекарство, — сообщила подруга.

Я уронила пилочку.

— Уже мчусь!

— Отлично, — усмехнулась подруга.

Я швырнула телефон на сиденье. Уже мчусь! Легко сказать, стою в правом ряду, а к Оксане следует на этом перекрестке уйти налево, причем делать маневр надо незамедлительно, иначе потом придется катить по шоссе до моста, разворачиваться, ехать назад, вернее, вновь стоять в пробке, потому что движение парализовано в обе стороны. И что делать? Я высунулась в окно и попросила женщину, жующую лапшу:

— Вы не могли бы чуть-чуть подать назад?

Не задавая лишних вопросов, блондинка кивнула и выполнила мою просьбу, теперь следовало договориться с водителем машины, стоявшей перед ее «Ауди». Я вылезла, подошла к синей тонированной «десятке» и постучала в окошко. Очень медленно стекло съехало вниз, появилась огромная багровая морда.

— Вали отсюда, надоели побирушки, — прохрипела она.

— Я не собираю милостыню!

— И говно не покупаю, — перебил меня дядька.

— Пожалуйста, подайте чуть-чуть вперед.

— Зачем еще? — окрысился водитель.

Вот вам новый аргумент в пользу того, что женщины спокойней. Вон та, с лапшой, отъехала назад и продолжает лопать суп.

— За каким хреном мне двигаться? — сипел дядька.

— Проехать хочу.

— Куда?

— Налево.

— Хитрая какая! Стой, как все.

— Но я ряд перепутала, не в тот встала.

— И чего?

Аргументы закончились.

— Вам трудно чуть-чуть подать вперед?

— Нет.

— Тогда в чем дело?

— Не хочу!

В этот самый момент пробка ожила и сдвинулась с места. Я кинулась к «Пежо», но поток вновь замер. Пришлось начинать переговоры заново, я подошла к даме с лапшой, оказавшейся теперь на месте несговорчивого мужика.

— Можете вперед подать?

Та опять молча выполнила маневр. Я подошла к машине, стоявшей сзади, и с тоской увидела за рулем мужика, одетого по полной форме: в куртке, шляпе и перчатках.

— Будьте любезны, подвиньтесь немного назад.

Дядька кашлянул и занудил:

— Обоснуйте просьбу.

— Мне надо налево.

— Поворачивайте.

— Не могу.

— Почему?

— Стою в правом ряду.

— Тогда стой!

— Но мне надо налево!

— Раньше следовало думать и перестроиться заранее.

— Господи, вам что, трудно?

— Нет.

— Тогда в чем дело?

— Баб учить надо, все они дуры, — нервно ответила тип в кепке.

Я вернулась в «Пежо», черт с ним, отправлюсь в объезд. Женщина, евшая лапшу, вылезла из «Ауди» и подошла ко мне.

— Ну, чего не повернула?

— Вон тот, в кепке, не хочет пропускать.

Дама усмехнулась:

— Чем мотивирует?

— Говорит, все бабы дуры, их учить надо, раньше следовало перестроиться. В общем, правильное замечание, но мне только что позвонили, теперь час на разворот потрачу.

Тетка нехорошо усмехнулась:

— Ага, понятно, значит, мы дуры, а они Сократы. Ну погоди.

Я не успела и рта раскрыть, как она вытащила мобильный и прочирикала:

— Цыпленочек, у меня проблема.

Стоящий впереди меня огромный джип «Лендкрузер» заколыхался, и из него вылез здоровенный парень самого звероподобного вида: бритый череп, тесная кожаная куртка, ботинки из кожи осьминога и штук семь перстней на растопыренных пальцах.

— Что случилось? — лениво спросил он.

Дама ткнула пластмассовой вилочкой, которой только что ела лапшу, в «Волгу»:

— Вот тот не хочет назад сдавать, мешает проехать налево моей знакомой!

— Здрасте, — осторожно сказала я.

Парень нахмурился и крикнул:

— Эй, ребя, вылазь!

Захлопали дверцы, из «Лендкрузера», будто горох из разорванного пакета, посыпались братки, похожие друг на друга, словно близнецы.

— Слышь, Толян, — крикнул первый, — разберись с этим, в «Волге».

Не успели парни размеренной походкой подойти к машине, как дядька в кепке высунулся в окошко и заорал:

— Вы чего? А? Чего?

— Сдай назад, — ласково улыбнулся Толян, — а то подвинем.

«Волга» мигом освободила проезд.

— Спасибо, — крикнула я даме.

Та швырнула пластмассовую вилку.

— Нема за що! Терпеть не могу выдрючиваний!

— Это все, мама? — басом спросил Толян.

— Ага, — ответила женщина, — садитесь на место.

Братки полезли в «Лендкрузер». Я не утерпела и спросила:

— Ваши дети?

— Только трое, — улыбнулась дама, — Толян, Петян и Витян. Мы на дачу едем, отдохнуть хотим.

— С такими не страшно, — вырвалось у меня.

— А то, — с гордостью ответила она, — Толян говорит, что он за меня любому пасть порвет.

С этими словами она нырнула в «Ауди», а я, свернув налево, покатила к Оксане. Может, парни и бандиты, может, просто выглядят так, не знаю, но то, что Толян, Петян и Витян почтительные сыновья — это без сомнений.

Ксюта живет на первом этаже, но решеток на окнах у нее нет. Хотела бы я посмотреть на того, кто рискнет без спроса залезть в ее квартиру. Не успеет воришка спрыгнуть с подоконника на пол, как его мигом схватит стаффордширская терьериха Рейчел. У Рейчухи менталитет крокодила, она действует бесшумно и мгновенно, а зубам собачки позавидует акула. Но со своими Рейчел ласкова, словно месячный щенок, машет хвостом и старается облизать вас с головы до ног. Еще у Ксюты живут два скотчтерьера: Бетти и Пеша. Последняя главная в стае, дома ее зовут «полковник». Пеша — прирожденный воспитатель — и Бетти с Рейчел подчиняются ей беспрекословно.

— Иди на кухню, — велела Оксана, — все на столе.

Ксюта никогда не станет спрашивать:

— Будешь ужинать? Тебе чаю или котлету?

Нет, Оксана просто усадит за стол и подвинет к вам полную тарелку. Спорить с ней бесполезно, съесть придется все. Впрочем, Оксанка так вкусно готовит, что вы и не заметите, как начнете вылизывать блюдо с остатками фаршированной рыбы. Ксюта — вдохновенный кулинар, а еще она патологически нежадный человек, обожающий делать подарки.

Вот и сейчас около моего прибора оказался брелок для ключей в виде мопса.

— Нравится? — насторожилась Оксана.

— Ой, какой хорошенький! Спасибо.

— Ерунда, — отмахнулась подруга, — три копейки стоил. Кстати, знаешь, зачем нужен брелок?

— Нет, — покачала я головой и принялась быстро глотать запеченную в сливках семгу.

— Брелок — это такая штучка, при помощи которой вы потеряете сразу все ключи, — захихикала Оксанка.

Наевшись, я доплелась до дивана и упала в подушки. Бетти плюхнулась мне на живот, Пеша устроилась на груди, а Рейчел положила морду на край софы и принялась шумно вздыхать. Стаффордширихе тоже хотелось устроиться на мягком ложе, но она понимала, что для нее уже не осталось места.

— Слушай! — бодро приказала Оксана. — Эй, не спи!

Я с трудом разлепила веки. Ну каким непостижимым образом подруга всегда ухитряется быть в тонусе? Вскакивает она в шесть утра, через два часа уже стоит возле операционного стола, потом прием первичных больных, следом пробежка по магазинам, готовка... А еще эта ненормальная записалась на латиноамериканские танцы и два раза в неделю прыгает в зале под бодрую музыку. Большинство женщин после сорока похожи на водовозных кляч, у них только одно желание: выспаться. Очень многие мои знакомые ноют без устали:

— О, жизнь тяжелая, денег нет, работа задушила, дети — уроды...

При этом у подавляющего числа ноющих нет глобальных проблем, зато имеются мужья, обеспечивающие их.

Оксанка же переполнена желаниями: ей охота купить новую кухню, вставить стеклопакеты, съездить на Кубу, побывать на модном спектакле... И она никогда не жалуется на бытовые тяготы, хотя одна тянет двух мальчишек, без устали повторяя: «У меня замечательные сыновья». Бывший муж, на мой взгляд, полный кретин, раз упустил такую женщину, не помогает ей никак, вот уж кто любит поплакаться, так это он.

Один раз, сидя в гостях у Верки Карапетовой, я вдруг удивилась. Оксана и Вера одного возраста, но первая кажется на десять лет моложе, хотя никаких особых чудес со своим лицом Ксюта не проделывала. Отчего же она так замечательно выглядит?

Поразмыслив над этой проблемой, я пришла к выводу, что все дело в душевном настрое. Верка постоянно жалуется. Любимая тема ее разговоров — это то, как ее лишили счастливой юности.

— Если бы папа с мамой остались живы, — зудит Карапетова, — все повернулось бы иначе.

— И что бы у тебя изменилось? — один раз не выдержала я.

Верка на секунду призадумалась, потом зачастила:

— Во-первых, материальное положение, во-вторых, Сеня бы не устраивал зигзагов!

Вот уж глупости! Муж на время покинул Веру, не вынеся ее занудного характера и педагогической злобности. Карапетова с тупым упорством воспитывала несчастного мужика и добилась должного эффекта: Сеня удрал к циркачке Люське. Мужика шатнуло из одной крайности в другую, Люся позволяет своим домашним делать что угодно. Говорят, Сеня был счастлив. А потом Верка ухитрилась вернуть его, но радостной жизни сейчас у них нет. И если вы думаете, что она сделала правильные выводы из случившегося, то ошибаетесь. Карапетова отчего-то уверена, что, будь она при родителях, ее ждала бы иная, счастливая судьба.

Конечно, Вера пережила страшную трагедию. Когда в нашей стране начали открываться первые обменные пункты, она со слезами на глазах сказала мне:

— Вот! Теперь долларами полстраны торгует, включая Сеню, а моих родителей за это расстреляли!

Но ведь нельзя все свои жизненные ошибки и неудачи оправдывать только одним, иногда полезно задаться вопросом:

— Может, сама виновата?

И еще: Вера злая. Она старается выглядеть

доброй, даже усиленно изображает это, но получается у нее плохо. Когда с кем-нибудь из наших знакомых случается несчастье, в глазах Карапетовой мелькает неприкрытая радость, это про таких людей сложена поговорка: «У соседа корова сдохла, пустячок, а приятно». Еще помню реакцию Верки на анекдот, который рассказал Дегтярев:

— Поймал человек золотую рыбку, — вещал полковник, — а та и говорит: выполню любое твое желание, только учти, того, что себе попросишь, у соседа вдвойне прибудет. Мучился мужик, мучился, как поступить. Дом захотеть? У соседушки два появятся. Денег мешок? Так разбогатеет и сосед. Думал, думал и догадался. Знаете, что попросил?

— Нет, — хором ответили мы.

— Забери у меня глаз, — закончил Дегтярев. Наступила тишина.

— Фу, — сморщилась Зайка, — хорош анекдот, гадость какая-то!

— Почему? — вдруг рассмеялась Верка. — Очень даже забавно! Вот дотумкал до чего! Отомстил соседу. Ха-ха-ха...

Отчего-то мне стало неприятно смотреть на хохочущую Верку, вот Оксанке бы история не понравилась. Ксюта на самом деле добрый, абсолютно независтливый человек. Отсюда вывод: не злитесь, помогайте людям, не переваливайте на других вину за свои ошибки и станете выглядеть намного моложе своего биологического возраста. Никакие суперкремы и подтяжки не помогут озлобленной бабе.

— Эй, — толкнула меня Оксана, — совсем заснула, да?

— Нет, — пробормотала я, борясь с зевотой, — просто от еды развезло.

— Ты не пробовала питаться хотя бы два раза в сутки? — без тени улыбки поинтересовалась подруга. — Ладно, слушай. Профессор Воротников хорошо известен в своей среде, он действительно очень талантлив. Но всяческие звания начал получать в девяносто первом году, до этого сидел в каком-то богом забытом месте.

— Почему? — спросила я.

Оксана пожала плечами:

— Мне сие неизвестно. Сказали, что он окончил институт с красным дипломом, но в ординатуру его отчего-то не взяли. Более того, Лев, несмотря на замечательный диплом, довольно долго не мог устроиться на работу, пока его не принял к себе некий Никодимов Павел Сергеевич, абсолютный идиот, но со связями. Еще поговаривают, что все открытия Никодимова, а в особенности препарат «Никопас», за который он получил Госпремию, целиком и полностью создан Львом Николаевичем, так это или не так, точно не знаю. Но в девяносто первом году, сразу после известных событий, Воротников ушел от Никодимова и взлетел, словно ракета. Тут же защитил сначала кандидатскую, потом докторскую, стал профессором. Похоже, в перешептываниях про Никодимова была своя сермяжная правда. После того как Лев Николаевич убежал, Павел Сергеевич не создал ничего достойного, жил старыми успехами.

«Рождение» лекарства — длительный процесс, и очень часто на этом пути ученых поджидают коварные мышеловки. Пару лет назад Лев Николаевич загорелся идеей создания средства от шизофрении, задача перед ним стояла глобальная, не всякий возьмется за такую. Но Воротников с жаром принялся за работу и преуспел. Им были придуманы таблетки, на самом деле помогавшие людям с маниакально-депрессивным психозом. Больные переставали думать о суициде, становились адекватны, но... выяснилось, что лекарство имеет такое побочное действие, которое сводит на нет все его положительные свойства.

Снадобье действовало мгновенно. Не успевала облатка растаять на языке, как с больным начинала твориться чертовщина. Он встречался глазами с первым попавшимся ему на глаза человеком и... начинал испытывать к нему приступ огромной, всеобъемлющей любви. В общем, это было неплохо, психиатрические больные часто бывают озлоблены. Но на этом странное действие препарата, которому дали рабочее название «Львин», не заканчивалось. В ту же секунду у принявшего его обострялось обоняние, да так, что любая собака может просто отдыхать. Самое интересное, что аромат духов, сигарет или даже пота, исходивший от того человека, в которого влюблялся больной, был ему приятен. Более того, в результате экспериментов выяснилось: если женщину предварительно хорошенько облить парфюмом, а потом подвести к больному и дать ему «Львин», то запах духов будет вызывать у недужного положительные эмоции даже тогда, когда действие препарата закончится.

За первой фазой действия лекарства тут же, буквально через пару минут, следовала вторая. Человек начинал ненавидеть всех вокруг, даже тех, к кому относился вполне дружелюбно. Раздражало все: внешность, запах, манера ходить, разговаривать. Больной мог ударить вас, оскорбить, степень его ненависти зависела от склада характера. Кто-то просто скрипел зубами, кто-то размахивал кулаками. Но самое интересное, что стойкая влюбленность в того, увиденного первым, сохранялась.

Через сутки действие таблетки заканчивалось так же внезапно, как и начиналось. Естественно, подобный медикамент не мог быть рекомендован к производству. Лев Николаевич продолжает работать с «Львином», но пока безуспешно.

— Узнаешь симптоматику? — прищурилась Оксана. — Вот что ты глотнула, дурища! Выхватила из штатива пробирку... Разве так можно?

— Погоди, — забормотала я, — но я ведь пила жидкость красного цвета, а ты рассказывала про таблетки.

— Так какая разница? — удивилась Ксюта. — Зелье существует в любом виде, не в этом суть. Хорошо еще, что ты не слила в пузырек содержимое всех пробирок и не махнула разом стакан средства, последствия могли быть непредсказуемы!

В моей голове моментально загудели мысли. Так вот почему Евгений мгновенно, самым диким образом, на собственной свадьбе, влюбился в Настю. Девчонка каким-то образом ухитрилась угостить его «Львином». Помнится, Лика рассказывала что-то про конфету, которую девица подсунула ее новоиспеченному мужу. Но зачем Настя сделала это? Евгений более чем обеспечен, даже богат... Она вознамерилась выйти за него замуж? Но к чему такой спектакль? Устраивать скандал на свадьбе? Что, не было возможности встретиться с ним в другом месте? Зачем столько сложностей? На свадьбу приходят по приглашениям, значит, Насте пришлось сначала раздобыть «входной билет»... И ведь ее могли спросить: «Послушайте, а вы кто такая? Мы вас не знаем!»

Хотя это вряд ли, в зале толклось безумное количество народа, я не знала и четверти присутствующих, друзей Евгения видела первый раз в жизни, со многими даже не успела познакомиться.

— Давай, стягивай джинсы, — велела Оксана.

— Домой поеду, — вяло засопротивлялась я.

— Спи, — приказала Ксюта и набросила на меня плед.

Стало тепло-тепло и уютно, как в детстве, когда бабушка укладывала меня в кровать. Школьницей я очень любила болеть. Лежишь себе в постели, когда остальные дети мучаются в классе над столбиками, читаешь Майн Рида и

Дюма, ешь мандарины и шоколадки... Именно мандарины, отчего-то все мои болячки приходились на зиму. Иногда болтаешь по телефону с подругами, а бабушка жарит котлетки и подает их прямо в кровать. Единственная жалость, что инфекция прилипала ко мне всего лишь раз в году!

Став взрослой и выйдя замуж, я отчего-то перестала болеть. Потом развелась с Костиком, получила в качестве нажитого имущества маленького Аркашку, и на то, чтобы хворать, времени не осталось вовсе, следовало постоянно работать, чтобы поставить мальчика на ноги. Честно говоря, уставала я безумно, и в один день обнаружила, что ухитрилась подцепить грипп. В горле что-то скребло, в носу исчезло обоняние, голова потяжелела. Знаете, я обрадовалась. Оттащила Кешку в садик и упала в кровать, сообщив на работу:

— Не приду, загрипповала.

— Можешь не брать бюллетень, — милостиво разрешило начальство, — даю тебе неделю!

Меня просто переполняло счастье. Целых семь дней отдыха, райского наслаждения. Сейчас высплюсь, потом почитаю всласть, мне дадут поесть, пожарят котлеты...

Свернувшись калачиком, я натянула одеяло на голову и вдруг сообразила: ладно, поспать я могу, но недолго. Сегодня пятница, короткий день, Кешку следует забирать из садика до шестнадцати часов. Поесть мне никто не принесет, и котлеток ждать нечего, бабуля умерла, и теперь болезнь из удовольствия превратилась в сплошную проблему. В отличие от многих людей я точно могу назвать день, когда почувствовала себя взрослой. Полежав с полчасика, я сползла с кровати и отправилась за продуктами. Самое интересное, что к вечеру грипп испарился без следа, я просто про него забыла. С тех пор я больше не болею, если какая-нибудь зараза начинает подбираться ко мне, просто отмахиваюсь, бормоча: «Отвяжись, не до тебя сейчас».

— Мне надо домой, — попыталась я бороться с туманом, охватившим голову, — Маня волноваться станет.

— Уже позвонила в Ложкино, — глухо, словно сквозь вату, донесся голос Оксанки, — спи давай.

Мои глаза закрылись, и тут зазвенел мобильный.

— Кто? — прошептала я. — Что случилось?

— Клава, — ответила трубка, — извини, разбудила, наверное, но только договорилась. Завтра в одиннадцать утра приходи по тому адресу, что я тебе дала, паспорт не забудь.

Глава 29

Без пятнадцати одиннадцать я припарковалась у мрачного здания из темного кирпича и прошла сквозь железные ворота во двор. Народу на крохотном пятачке толкалось немерено, в основном бабы с нервными лицами.

— Где тут свидания проходят? — спросила я у тетки, одетой в красно-белую куртку.

— Там, — махнула она рукой в сторону другого здания, более высокого, пятиэтажного, но такого же мрачного.

Я подошла к подъезду и обнаружила у входа взмыленных бабенок, одна из них, с тетрадкой в руке, сурово спросила:

— Фамилия?

— Васильева, — растерялась я, — а что?

— То, — гаркнула баба, — нет тебя в моем списке, даже не надейся без очереди пролезть. Ишь, заявилась запросто так!

— Мы, между прочим, неделю на свидание писались, — влезла другая женщина, одетая не по погоде в тяжелую цигейковую шубу, — нашлась самая хитрая! Вали отсюда.

Но я не дрогнула.

— Я вам не мешаю, просто стою!

Тетки, не ожидавшие сопротивления, замолчали. Потом та, что с тетрадкой, опять завела свое:

— Не пустим тебя!

Но тут, слава богу, появилась еще одна дама, в элегантном кожаном пальто, и гарпии налетели на нее.

— Приперлась без записи!

— А ну вали отсюда!

— Ща блатных наберут, мы не пройдем!

Дама принялась рыдать. Неизвестно, чем бы все закончилось, но тут железная дверь загрохотала, и из черного проема донеслось:

— Васильева есть? Дарья Ивановна.

Я ринулась к входу:

— Бегу.

— Не лети, — поймала меня на пороге крепкая женщина примерно сорока лет, одетая в форму защитного цвета, — тут вчера ступеньку сломали. Ступай осторожно.

Я аккуратно преодолела препятствие.

— Ножкина, — завопила дежурная, — Евгения Семеновна.

Через секунду около меня оказалась дама в кожаном пальто.

— Вот сволочи! — с чувством произнесла она. — Чтоб им ноги сломать, чуть не разорвали.

— Теперь ступайте по своему списку, — разрешила сотрудница СИЗО, — восемь человек. А вы, — повернулась она к нам, — паспорта давайте.

Я полезла в сумочку, ох, не зря наша Ирка иногда говорит: «Пришла беда, вынимай паспорта». Мрачная шутка, но правильная.

Не успела я протянуть красную книжечку тюремщице, как с легким криком, прямо передо мной упала главная скандалистка, та самая с тетрадкой. Баба не заметила отсутствующей ступеньки, ее никто не предупредил, как меня, об опасности. Очевидно, сотрудница СИЗО заботилась лишь о платных клиентах.

Я бросилась к упавшей:

— Вы ушиблись?

— Больно-то как, — еле выговорила та.

— Так тебе и надо, — прошипела дама в пальто.

— Ноги не сломала? — суетилась я. — Давай руку, ну, стоять можешь?

— Ага, — кивнула скандалистка, — вроде.

— Ну и хорошо, — кивнула я, — сейчас все пройдет.

— Эй вы там, — заорала дежурная, — глаза-то раскройте! Начнете тут сыпаться! Вот уж куры так куры! Ваще без мозгов! Там же объява висит: «Лестница сломана», читать умеете?

Наконец группа была собрана, и нас повели по длинным узким коридорам.

— Слышь, — дернула меня за плечо скандалистка, — ты того, не сердись, а? Это я от усталости орала.

— Подумаешь, — тихо ответила я, — ерунда-то, покричала и перестала, не кирпичами же швырялась.

— Васильева, третий номер! — рявкнула тюремщица.

Я увидела перед собой дверь с намалеванной большой цифрой «три» и толкнула ее.

Помещение по размеру напоминало купе. Крохотное пространство перегораживала стена из стекла. С моей стороны виднелись колченогая табуретка и обшарпанный столик, на котором чернел допотопный телефонный аппарат без диска. По ту сторону стекла сидела Лика.

Я схватила трубку:

— Здравствуй!

— Привет, — донесся сквозь треск тихий голос.

— Как дела?

Лика мрачно улыбнулась:

— Лучше некуда, сама видишь!

— Ты можешь мне объяснить, что случилось?

— Нет.

— Как это? — подскочила я, — Клава сказала, ты пыталась убить женщину.

— Да.

— Почему?

— Не знаю.

— Расскажи подробности.

— Ну... их нет.

— Давай вспоминай, — рассердилась я, — так не бывает.

— Получила посылку... принесла ее в барак, открыла... Смотрю, мои любимые конфеты, «Птичье молоко». Маленький такой пакетик, стограммовый. Ну я его весь и съела, потом от чего-то голова закружилась, совсем плохо стало. У нас как раз свободное время было, — рассказывала Лика.

Почувствовав внезапное недомогание, Лика решила выйти на воздух и выползла в локалку — так называется огороженный дворик перед бараком. Ей стало легче, дурнота отпустила. Лика глянула на часы — свободного времени имелось достаточно, чтобы сбегать в библиотеку, вот она и пошла за книжками. Правда, сначала остановилась и довольно долго гладила попавшуюся на глаза очень, очень, очень любимую кошку.

На дорожке, ведущей в книгохранилище, ей встретилась сотрудница колонии, как предписывают правила, Лика шагнула в сторону и... В ту же секунду ее охватила дикая, немотивированная ненависть, чувство на уровне инстинкта, абсолютно неуправляемое, черное... Что произошло дальше, Лика помнит плохо.

В себя она пришла лишь в камере тюремного типа, куда ее с трудом втащили двое солдат.

— Как с ума сошла, — говорила сейчас Лика, — просто разума лишилась, помрачение нашло. И ведь, представь, впихнули меня в камеру, там кровать к стене пристегнута, ее по часам опускают, ровно в десять вечера, а в пять утра вновь притачивают. Швырнули на пол, и я заснула. Да так крепко! Охрана входила, бить пытались, так я не проснулась. Представь, как дрыхла — они ко мне врача вызвали и в больницу отнесли!

Я вздохнула. Да уж! Наверное, Лика выглядела совсем плохо, если обозленный до крайности хозяин зоны распорядился о госпитализации!

— Я в больничке два дня проспала, — бормотала Лика, — потом в себя пришла, ох, и плохо мне было. Тошнило, ноги дрожали, жуть.

— Напомни, какие конфеты были?

— «Птичье молоко», шоколадные, мои самые любимые, спасибо тебе!

— Благодарить пока не за что, — отмахнулась я, — кое что, конечно, я узнала, но до разгадки не добралась. Лучше скажи, на вкус они нормальными тебе показались?

— Ну, — протянула Лика, — свежие, сладкие, я давно их не ела и очень обрадовалась, когда увидела, прямо проглотила все, даже не распробовала! Спасибо тебе!

Ее желание все время благодарить стало меня раздражать.

— Ладно, скажи, имя Лев Николаевич Воротников тебе знакомо?

Лика собрала лоб складками.

— Воротников? Лев Николаевич? Он кто?

— Профессор, доктор наук, занимается созданием новых лекарств.

— Воротников, Воротников, где-то слышала эту фамилию...

— Вспоминай.

— Очень важно?

— Чрезвычайно!

— Ну... вроде у кого-то в гостях видела... Лев Николаевич... Нет, извини, никак на ум не идет.

— Значит, он не близкий тебе человек?

— Нет, совершенно.

— И ты не делала ему гадости.

— Я?

— Ты.

— Господи, — воскликнула Лика, — ну зачем мне делать ему пакости, когда не знаю мужика! Впрочем, мне все время кажется, что я слышала эту фамилию.

— Ну попробуй напрячься! Что у тебя с ней связано? — чуть ли не со слезами взмолилась я. — От этого зависит, сумею я тебя отсюда вытащить или нет.

— Воротников, Воротников... А! Точно! Меня тогда папа отлупил!

— Кто? — изумилась я.

— Ну отец мой, помнишь его?

Конечно, я очень хорошо помнила Степана Ивановича. Крепкий, кряжистый мужчина, военный, полковник. Степан Иванович хорошо зарабатывал, Лика и ее мама, Нина Алексеевна, ни в чем не знали отказа. Еще полковник получал продуктовый паек и всегда радушно угощал меня сигаретами «БТ», самыми лучшими по тем временам. И колбаса у них дома водилась замечательная, не скользкая, толстая, синеватая от избытка крахмала «Останкинская», а тоненькая, нежно-розовая «Докторская» из спеццеха Микояновского мясокомбината. А еще Степан Иванович имел талоны в закрытую секцию ГУМа, где давали ондатровые шапки, финские сапоги, куртки «Аляска», немецкие трикотажные костюмы, вещи абсолютно не доступные для простых москвичей.

Я не знаю, где он работал, но, судя по имеющимся благам, Степан Иванович занимал немалый пост. Мне Ликин отец очень нравился, мы с ним даже дружили. Как только я появлялась в гостях, Степан Иванович моментально вынимал из бара бутылку коньяку и призывал:

— А ну, полутезка, садись, Ивановна, прими двадцать граммов и расскажи, как жизнь идет!

Как-то я пожаловалась, что на дворе зима, а у Кеши нет шубки. В те времена раздобыть для ребенка шубу из натуральной цигейки было редкостной удачей, искусственные, под «барашка» и «леопарда», висели повсеместно, но, скажите, какой в них толк? От двадцатиградусного московского мороза они совершенно не спасали!

Степан Иванович молча выслушал мои стенания, а на следующий день хитро улыбающаяся Лика приволокла пакет.

— На, папа велел передать.

Внутри была изумительно блестящая шубейка из черной овчинки, такой же капор и варежки из дубленой кожи.

На мою попытку отдать за одежку деньги Степан Иванович обозлился и рявкнул:

— Молчать! Носить спокойно! Не тебе куплено, мальчишке!

Еще он никогда не пускался в занудные воспоминания, чем часто грешат старики, не поучал нас, не заводил песню с рефреном: «Ох уж эта молодежь»...

Мне он вообще казался одногодком, а его грубые шутки и скабрезные анекдоты, до которых Степан Иванович был большой охотник, не раздражали. Впрочем, кое-какие из них, несмотря на пошлость, были смешными. Когда Степан Иванович умер, я очень расстроилась и воскликнула:

— Ну надо же, такой молодой!

— Папе исполнилось уже восемьдесят девять, — напомнила Лика.

Я осеклась. Действительно. Степан Иванович пережил жену, которая умерла в середине восьмидесятых, он давно вышел на пенсию. Скончался Ликин отец года два или три тому назад, глубоким стариком, но я почему-то продолжала до конца считать полковника своим ровесником. Иногда я вспоминаю его и тогда радуюсь, что все же сумела сделать ему приятное. За несколько лет до смерти полковник со вздохом сказал:

— Эх, вот раньше-то хорошо было, каждый год катался в Крым отдыхать, а теперь никто путевку не дает.

— Фу, — сморщилась Лика, — давай я тебя в Турцию отправлю!

— На кой хрен мне турки? — возмутился Степан Иванович. — Лучше Крыма ничего нет!

— Турция тот же Крым, — не успокаивалась Лика, — только с другой стороны.

— Нет, — качал головой отец, — мне и загранпаспорт-то не дадут.

— Почему? — изумилась я.

— Слишком много знаю, — хмыкнул полковник.

— Ладно тебе, — отмахнулась Лика, — не хочешь в Турцию, вот и выдумываешь повод.

— Только в Крым, — уперся Степан Иванович.

Лика, желая сделать лучше, пыталась переубедить папу, я же поговорила кое с кем и подарила полковнику путевку в санаторий на три недели, в Абрау-Дюрсо. Полковник потом долго вспоминал об экскурсии на завод шампанских вин и в ледниковые пещеры...

— Отец тебя отлупил? — изумилась я. — Да быть такого не может!

— Один раз в жизни такое случилось, — улыбнулась Лика, — оттого и запомнилось. За Воротникова!

— За кого? — совсем потерялась я.

Лика закашлялась, было не понять, то ли она простудилась, то ли пытается скрыть таким образом подступающие к горлу слезы.

— Давняя история, я на пятом курсе была. Прихожу домой, вхожу на кухню, а там родители обедают, радио гремит. Диктор прямо захлебывается: «Расхитители социалистической собственности, люди, подрывающие устои социализма... приговор над Воротниковым приведен в исполнение».

Лика возьми и поинтересуйся:

— Это кто такой?

— Бандит и вор, — ответил Степан Иванович, — таким не место среди нас.

— Может, у него жена есть или дочка, — заявила Лика, — представляешь, какой ужас такое услышать.

— Воровать не надо, — заявил отец.

— Все равно жестоко расстреливать человека, — гнула свое Лика.

— Воротников негодяй!

— Но он человек! Неужели тебе его не жаль?

— Хватит, — велела Нина Алексеевна, — ешьте суп.

— Кого мы воспитали, — побагровел Степан Иванович, — моя дочь оправдывает преступника!

— Он человек!

— Нет, он — мразь! Его следовало расстрелять прилюдно, чтобы другим неповадно было! — заорал отец. — Хищение в особо крупных размерах, валютные операции... Ты хоть знаешь, что ему вменяли?

— И знать не хочу, — буркнула Лика, — убивать жестоко, даже провинившихся. Чем государство лучше преступников? А тот, кто расстреливает? Он тоже убийца!

— Он соблюдает законность, — возразила Нина Алексеевна, — если не будет наказания, отбросы общества распояшутся окончательно!

— Убийца убивает убийцу! — с подростко-

394 ....

вым упорством заявила Лика. — Ваш Воротников тоже получается жертва.

И тут произошло невероятное. Отец выскочил из-за стола, схватил Лику, перегнул через свою коленку, выхватил из брюк ремень и принялся хлестать дочь, приговаривая:

— Это тебе за Воротникова, это за глупость, это за то, что споришь со старшими, это за Воротникова, за Воротникова, за Воротникова...

Но больше всего Лику поразило не то, что папа вспылил, а то, что мама не кинулась на защиту дочери. Нина Алексеевна не стала вырывать у мужа из рук ремень, она просто вышла из кухни.

Степан Иванович отпустил рыдающую Лику и уехал. Его не было дома два дня, что не удивило дочь. Отец часто отправлялся в командировки. Потом он вернулся, привез Нине Алексеевне сережки, а Лике симпатичный браслетик, и их жизнь потекла по-прежнему.

— Я так и не поняла, почему отец из-за этого Воротникова взбесился? — недоумевала сейчас Лика.

Я почувствовала, как на сердце опустилась тяжелая плита. Лика вспомнила Воротникова, только это не Лев Николаевич. Того Воротникова ведь расстреляли, Лев Николаевич просто его однофамилец.

Глава 30

Мы молча уставились друг на друга. Неожиданно мне стало душно, в воздухе, казалось, начисто отсутствует кислород. Липкая углекислота висела в крохотном помещении. Все, полнейший тупик. Я, конечно, понимаю, что Лев Николаевич Воротников, решив посадить Лику в тюрьму, сделал для этого абсолютно все и полностью преуспел. Но у меня нет никаких доказательств, и я совершенно не понимаю мотива преступления. За что? Чем Лика помешала Воротникову? Честно говоря, до прихода в СИЗО у меня в голове сложилась стройная теория: Настя собиралась замуж за Льва Николаевича, а тот был связан какими-то обязательствами с Ликой. Правда, Настя говорила Розе... Может, он и не до зубного скрежета ненавидел Лику, но... Может, это и не так? И потом, от любви до ненависти один шаг. Мои расчеты строились на том, что Лика и Лев Николаевич были в близких отношениях, которые почему-то постарались от всех скрыть. Может, они состояли в любовной связи; у Льва Николаевича имелась жена, у Лики очередной супруг, вот и встречались тайком. Может, Воротников до сих пор любит ее и по этой причине отказывался жениться на Насте. А та придумала, как избавиться от соперницы. Настя была девушкой с буйной фантазией...

Но все мои расчеты рухнули. Лика даже не была знакома с профессором! Тупик!

— Спасибо тебе, — пробормотала Лика.

— Перестань, — пробормотала я, — пока не за что. Тычусь, словно слепой котенок, в разные стороны без особого толка.

— Очень даже есть за что, — прошелестела Лика, — хотя бы за передачу с продуктами.

Внезапно меня осенило.

— Лика!!! Кто прислал тебе посылку с конфетами «Птичье молоко»?

Подруга молчала, потом на ее лице появилось искреннее изумление:

— Так ты!

— Кто?

— Ты, Даша Васильева.

— Я? С ума сойти! Ты в этом уверена?

Лика нахмурилась:

— Конечно, наверное, я кажусь тебе психопаткой! Именно ты, большое спасибо, очень хорошая была посылка: тушенка, мыло и мои любимые конфеты.

— Почему ты решила, что это от меня?

— Издеваешься, да?

— Нет, ответь, пожалуйста.

— Ну, на посылке стоял твой обратный адрес, и записочка внутри лежала: «Кушай, целую, Даша».

— Очень уж я короткое письмо написала, тебе это не показалось странным?

— Так нельзя в передачу для заключенных никакие послания вкладывать, — спокойно возразила Лика, — большое письмо бы выбросили.

— Неужели ты не поняла, что это не мой почерк?

— Так ее не ты посылала?

— Нет.

— А кто?

— Пока не знаю. Тебя почерк не смутил?

— Нет.

— Почему?

Лика шумно вздохнула.

— Дашка, когда я в последний раз видела, как ты пишешь?

— Ну, — засомневалась я, — письмами мы не обменивались, записками тоже... Наверное, в институте, ты у меня постоянно конспекты по французской литературе перекатывала!

— Вот-вот, столько лет прошло! Да и почерк ни при чем — малява на принтере была отпечатана.

Абсолютно спокойно произнесенное ею слово «малява» ворвалось в мою голову и взорвалось там словно ракета. Господи, Лика уже начинает разговаривать, как завзятая уголовница, еще немного, и она сольется с миром, расположенным по ту сторону решетки.

Я прислонилась лбом к грязному стеклу и, еле ворочая языком, спросила:

— Квитанция цела?

— На что?

— На посылку, конечно!

— Нет.

— Как же ты ее получила?

— В колонии выдали, а как они на почте отправления забирают, понятия не имею, — обескураженно сказала Лика.

Но я решила так просто не сдаваться, утопающий хватается за соломинку, а мне предстояло уцепиться за паутинку.

— Номер отделения связи помнишь?

— Какого?

— Откуда отправили ящик. Ты на упаковку смотрела?

— Да.

— Там должен был стоять штемпель и обратный адрес.

— Адрес видела.

— Помнишь его?

— Ага.

— Говори.

— Ну... индекс забыла.

— Плевать, давай без него.

— Московская область, почтовое отделение «Рогозино», коттеджный поселок «Ложкино», участок 107, Дарье Васильевой, — выпалила Лика.

Вся кровь бросилась мне в голову.

— А штемпель? На нем что стояло?

— Мне и в голову не пришло его разглядывать, — резонно сказала Лика.

Я постаралась не расплакаться. Все, полный аут.

Глава 31

На улице шел дождь. Я вдохнула полной грудью свежий воздух и поплелась к одиноко стоящему на парковке «Пежо». Настроение было гаже некуда. Пытаясь справиться со слезами, я влезла в машину и не удержалась.

По щекам потекли соленые капли, из груди вырвались всхлипывания. Я дура, идиотка, не способная помочь Лике. Сейчас ей добавят срок, и она вообще никогда не выйдет на волю.

В окно постучали. Я открыла дверцу и увидела тетку с тетрадкой.

— Чего ревешь? — спросила она.

Я хотела было ответить: «Отстань», — но только сильнее заплакала.

— Ну-ну, — баба начала гладить меня по голове, — успокойся, все хорошо будет.

Она влезла в машину и сунула мне сигаретку.

— Ну-ко покури, перемелется, и мука будет.

— Нет, — качала я головой, окончательно проваливаясь в истерику, — все плохо, все очень плохо.

И тут, как всегда, в самый неподходящий момент ожил мобильный.

— Трубку-то возьми, — сказала тетка.

Я шмыгнула носом и прошептала:

— Ответь за меня.

— Алло, — затараторила баба, — не, не Даша, знакомая ее. Не, не может, плачет она! Где, где, у СИЗО женского! Прям слезами изошлась!

— Кто звонил? — сквозь рыдания спросила я.

— Мужик какой-то, — ответила тетка, — на, водички попей. Да не убивайся так, обойдется.

Она еще пару минут посидела возле меня, потом ушла. Я попыталась привести нервы в порядок. Хороших людей на свете больше, чем плохих. Не верите? Попробуйте зарыдать на улице и убедитесь в этом. Эх, жаль, что у меня нет с собой «Ново-пассита», что-то никак не могу успокоиться.

Внезапно дверь со стороны пассажирского места распахнулась, и на сиденье с кряхтеньем втиснулся Дегтярев.

— Чего случилось? — отдуваясь, спросил он.

— Ты как сюда попал? — изумилась я.

— Просто приехал, — ответил Александр Михайлович.

— Зачем?

— Почему рыдаешь?

— Откуда ты узнал?

— Неважно. Что случилось?

— Так это ты сейчас звонил? — осенило меня.

— Ага.

— Ты из-за меня бросил свою работу и примчался к СИЗО?

— Ерунда, — пробормотал полковник, — ничем особым я не занимался.

Но я уже вновь залилась слезами. Какой он хороший, добрый, милый, заботливый.

— Может, у тебя климакс? — ляпнул в упор Дегтярев. — В истерики постоянно впадаешь.

— С ума сошел! Да я молодая женщина, мне еще и...

— ... семидесяти нет, — улыбнулся полковник.

Но потом он увидел мое расстроенное лицо и, обняв меня за плечи, пробасил:

— Ладно, я глупо пошутил. Что стряслось?

Я уткнулась в его плечо, вдохнула знакомый запах одеколона.

— Ужас!

— Говори.

— Все равно не поможешь!

Дегтярев погладил меня по голове:

— Давай выбалтывай тайны, сейчас папа проблемы ногами распинает.

Внезапно мне стало легко и спокойно. Да, надо рассказать все полковнику, может, потом я и пожалею о своем спонтанном решении, но Дегтярев единственный человек, который может облегчить участь Лики. Может, он пошепчется кое с кем, и ей сделают какие-нибудь поблажки.

Продолжая рыдать, я начала рассказ:

— Лика — невинная жертва...

Когда поток сведений, изливавшихся из меня, иссяк, Дегтярев не стал ругаться. Обычно, узнав, что я влезла в какое-нибудь расследование, Александр Михайлович багровел и начинал орать: «Вечно под ногами мельтешишь!»

Но сегодня он только тихо сказал:

— Горбатого могила исправит. Поехали.

— Куда? — испугалась я.

— Вообще говоря, я звонил, чтобы отправиться с тобой в магазин, — признался полковник, — у Зайки скоро день рождения, присмотрел ей одну штучку, но без консультации с тобой брать не хотел.

Я вытаращила глаза. Полковник продолжает меня удивлять. Во-первых, он терпеть не может магазины, во-вторых, всегда забывает про семейные праздники, впрочем, и о своем дне рождения тоже не помнит.

— Может, успеем еще? — вздохнул Дегтярев.

— Куда? — спросила я.

— В «Космос-золото», — объяснил Александр Михайлович, — колечко Ольге приглядел, такое симпатичное, с зеленым камушком, женщины любят побрякушки.

— Не все, — отрезала я.

— Нет, все, — засмеялся полковник, — просто у большинства нет возможности приобрести себе украшения, вот и говорят, что равнодушны к бриллиантам и изумрудам. Но уж поверь мне, это не так. Давай, заводи мотор.

— Ты поможешь Лике? — спросила я.

Полковник уставился в окно.

— Эй, — дернула я его за плечо, — так как?

Дегтярев молчал.

— Ну? — нервничала я. — Чего дар речи потерял?

— Пока не могу обещать, — ответил приятель.

Вся кровь бросилась мне в голову. Я уцепила полковника за рукав куртки и принялась трясти его, как пакет с густым кефиром.

— Ты... ты... ты... старый, злой кабан!

— Я? — опешил Дегтярев. — Я? Кабан?

— Старый и злой! — вылетело из моего рта. — Старый и злой!

— Почему? — неожиданно поинтересовался приятель. — Ладно, согласен, я уже не молод, но злобным никогда не был! Успокойся, выпей воды.

Но я упала лбом на баранку и стала плакать. Дегтярев сначала пытался влить в меня минералку, потом, потерпев неудачу, зачем-то схватил за шею и пробормотал:

— Да у тебя температура, все тридцать восемь, не меньше!

Внезапно я поняла, как мне плохо. Голова раскалывается, ноги отчего-то дрожат, перед глазами прыгают черные мушки. Последнее, что помню, это то, как Александр Михайлович, отодвинув водительское кресло до упора назад, восклицает:

— Ну французы! Лягушатники тощие! Сделали машину! Солидному человеку за руль не сесть.

Потом перед глазами возникла темнота, стало холодно, затем кто-то ударил меня по голове поленом, вспыхнул яркий свет, раздался шум, и... все ощущения исчезли.

В кровати я провалялась три недели, так сильно я никогда до этого не болела. Сначала десять дней держалась высоченная температура, и я в основном спала, отказываясь от еды и питья, потом стало чуть легче, но не успела я сесть в кровати, как приключилась новая напасть, — начали болеть уши, да так сильно, что пришлось вновь заползать под одеяло. После стихийно возникшего отита прихватило сердце, затем заболели ноги...

— Теперь, — вздохнула Оксанка, — пока по всем слабым точкам не «позвонит», не остановится! Такая зараза прилипчивая. Ты почему прививку от гриппа не сделала?

Я натянула одеяло на голову. Какая теперь разница, почему я не сходила на укол! Никогда ведь не болею, и на тебе, получила по полной программе.

Домашние изо всех сил старались радовать меня. Моя спальня была завалена горами детективов, которые самоотверженно скупала Зайка. Маруська притаскивала в комнату всяческие деликатесы. Ирка меняла каждый день постельное белье, Катерина без конца делала молочное желе и варила креветки. И если до моей болезни все кричали при виде пакета с морскими обитателями: «Фу, опять рыбой вонять станет», то сейчас мне заботливо подносили тарелочку и присюсюкивали:

— Ну, съешь креветочку, вон какая жирненькая, сладенькая!

Гриша безостановочно колол мне грецкие орехи, Кеша приволок откуда-то все кассеты с «Ментами», «Убойной силой» и «Эркюлем Пуаро», даже садовник Иван, решив проявить заботу, установил в моей спальне горшок с каким-то отвратительным фикусом, больше похожим на пластмассовое изделие, чем на живое растение.

И только Дегтярев не показывался. В какой-то момент мне стало обидно. Вот, значит, как! Я умираю, а полковник и ухом не ведет. Интересно, он придет на мои похороны?

Но всему, даже неприятному, приходит конец. Болячки покинули меня так же внезапно, как и появились. В одно утро я проснулась совершенно здоровой, вылезла из-под одеяла, натянула джинсы и попыталась спуститься вниз. Но ноги дрожали и разъезжались в разные стороны, а штанишки из корабельной парусины, до болезни туго сидевшие на бедрах, сейчас болтались на мне так, словно я одолжила брюки у Дегтярева.

Не успела последняя мысль пронестись в голове, как с порога раздался голос полковника:

— Думается, ты рано вскочила!

Я резко повернулась, чуть не упала, уцепилась за комодик и сердито сказала:

— Ты про меня забыл! Бросил умирать в одиночестве, ни разу не пришел!

— Вовсе нет, — ответил Александр Михайлович, — просто я очень был занят по работе.

— А-а-а, — протянула я, — ясненько... служба, конечно, дело важное.

Но полковник не обратил никакого внимания на мой обиженный тон.

— Ты вроде любишь сюрпризы? — прищурился он.

— Только хорошие, — поспешила сказать я, — приятные неожиданности. Сообщение о том, что у нас пожар, меня не обрадует.

— Тогда смотри, — велел приятель и отошел в сторону.

Я уставилась в открытый дверной проем. Послышался шорох, потом цокот каблучков, и в комнату вошла... Лика, похудевшая, очень коротко стриженная, в элегантном брючном костюме.

Я вытянула вперед руки, хотела заорать: «Ликуська!» — но изо рта вырвалось шипение, а потом комод неожиданно прыгнул мне на лицо.

Глава 32

— Ты идиот, — донеслось из темноты, — совсем офигевший кретин!

— Кто ж знал, что она в обморок упадет, — загудел Дегтярев, — я думал ее обрадовать.

— Стресс может убить, — заявила Оксана, — без разницы какой он: от радости или от горя.

Я открыла глаза. Так, опять лежу в кровати, а вокруг топчутся все домашние.

— Лика! — прошептала я. — Тебя надолго отпустили?

— Навсегда! — заорала подруга.— Дегтярев помог.

— Вовсе нет, — замахал руками полковник, — тут Дарья здорово поработала.

— Собаке собачья жизнь, — торжественно заявила Лика.

— Ты про меня? — удивилась я.

— Нет, про Воротникова!

— Так это он?

— Да!!!

— Ничего не понимаю, — засуетилась Маня, — дядя Саша, расскажи.

— Ну, — замялся полковник, — оно, конечно, но, может, лучше дать Даше выспаться.

— Нет, — заверещала я, — хватит, почти месяц проспала. Садись в кресло и начинай.

Дегтярев колебался.

— Давай, — поторопила его я, — а то мне опять плохо станет, от любопытства.

Полковник сел, домашние мигом разместились вокруг него.

— Собственно говоря, — произнес полковник, глядя на меня, — ты узнала почти все.

Лев Николаевич Воротников, уважаемый человек, талантливый ученый и удачливый бизнесмен, решил жестоко отомстить Лике. План он разрабатывал давно, ему хотелось причинить женщине резкую боль, чтобы Лика получила по полной программе. Сначала он просто подумывал нанять киллера, дабы пристрелить ненавистную бабу, но потом, поразмыслив, понял: ее следует оставить в живых, порой это хуже, чем умереть. Но влачить существование Лика должна в тюрьме или на зоне, в отвратительных условиях, когда все окружающие, посчитав ее убийцей, отвернутся от нее.

И тут Лев Николаевич узнает о ее предстоящей свадьбе, в его голове рождается дьявольский план. В лаборатории Воротникова работает абсолютно беспринципная девица Настя, мечтающая стать женой профессора. Вряд ли Анастасия любит Льва Николаевича. Девушка просто хочет удачно пристроиться, ей надоело безденежье и жизнь в убогой коммуналке. Настя очень хороша собой, Воротников вдовец, у них начинается роман. Правда, Лев Николаевич и не собирался предлагать ей руку и сердце. Профессор ходок, ловелас, большой любитель женского пола, он не хочет связывать свою судьбу ни с кем, даже с такой красавицей, как его лаборантка.

Но потом он решает извести Лику и понимает, что Настя тот человек, которого можно использовать в данной ситуации. Она абсолютно беспринципна и за деньги готова на все. Профессор спокойно обещает ей:

— Естественно, я женюсь на тебе, любимая.

И Настя начинает действовать. Сценарий разработан в деталях.

Настя прибывает в качестве гостя на свадьбу к Лике и угощает Евгения конфетами со «Львином». Лекарство срабатывает мгновенно, и Евгений теряет рассудок.

На следующий день он, по наущению Насти, звонит Лике и назначает той встречу на набережной. Наивная новобрачная считает, что мужу стало стыдно, он хочет попросить прощения, и мчится на свидание. На самом же деле Евгений не понимает, зачем позвал ставшую ему крайне неприятной бабу... «Львин» в придачу ко всем своим свойствам еще обладает качеством подавлять волю того, кто принял лекарство. За фазой озлобления следует стадия покорности, даже апатии, тут важно правильно рассчитать дозу, но Лев Николаевич великолепный специалист, а Настя без конца угощает Евгения «конфетами».

Лика приезжает к метро «Спортивная», Ася всовывает ей в руку бесплатную бутылочку кока-колы. Расчет прост: жара, душное метро, а тут холодный напиток. Кстати, основной проблемой для преступников было — как подсунуть Лике лекарство. Но тут Асе предлагают подработать, торгуя газировкой, и выход найден. Кстати, Ася была не в курсе происходящего. Настя просто сказала ей:

— Надо одну бабу наказать, бывшую любовницу моего профессора! Сто баксов! Поможешь?

Ася обрадовалась. Дело ерундовое, и такие отличные деньги. Лику опаивают отравой и увозят домой. Лев Николаевич дает Насте на организацию дела две тысячи долларов, велит купить по объявлению дешевые «Жигули», нанять шофера...

Но Настя берет без спроса «Мерседес» Малики Юсуповны. Хитрая девица великолепно знает, что художница никогда не выходит во время работы из дома, и еще ей известно, что ГИБДД не станет тормозить для проверки документов машину с номером, на котором красуются три буквы О. Потом Настя привлекает к делу Диму Кулака, абсолютно тупого парня, любовника Аси, платит ему не слишком большую сумму, а остальные доллары кладет себе в карман. Льву Николаевичу она врет, что приобрела «Жигули», а потом утопила их...

— Настя очень рисковая, — покачала я головой.

— Вовсе нет, — ответил Дегтярев.

— А вдруг, приехав назад, девушка бы увидела, что место на парковке занято? — возразила я. — Малика сразу бы догадалась, что «мерс» гулял без хозяйки.

— Понимаешь, — ответил полковник, — там стоит такая раскладушка с объявлением «Очень просим под окнами машины не оставлять, здесь ясли, вы мешаете малышам спать». Люди не занимают этого места, налегает одна Малика Юсуповна, ей наплевать на детей.

Дальше дело катится как по маслу. Еще один расход — покупка самого дешевого аппарата сотовой связи для Аси. Поскольку Лику увозят домой, Настя надевает ее сарафан, забинтовывает ногу, чтобы скрыть приметное тату, и мчится на свидание.

— Зачем ей сарафан?

— Яркий наряд, — пожал плечами Дегтярев, — очень приметный, Лика его обожает и часто носит. А Настя собиралась часа через полтора после убийства позвонить в милицию и сообщить, что стала свидетельницей преступления, видела, как баба сбросила в воду мужика. Причем она собиралась назвать все данные Лики, якобы узнала ее.

Настя подошла к Евгению, тот под действием лекарства уже забыл, что ждет не Настю, а Лику... Дальнейшее известно. Евгений оказался в реке...

— Но почему они решили сбросить его в воду? — спросила я.

Полковник пожимает плечами:

— Почему нет? Евгений под действием лекарства не может оказать сопротивления. Он не ждет от Насти ничего плохого и, когда та, указывая рукой на воду, говорит: «Ой, смотри, что там плывет, похоже, сумка», спокойно перегибается через парапет. Насте остается только чуть-чуть помочь ему. К тому же она узнала, что Евгений не умеет плавать. Да еще она собиралась сообщить в милицию о произошедшем анонимно. Якобы шла по набережной и увидела Лику, запомнила ее платье и теперь обращается в органы.

Но тут случайно подвернулся дедушка с биноклем.

Настя, совершив преступление, сгоняла домой к Лике, надела на спящую женщину сарафан и понеслась назад. Она хотела позвонить в милицию из телефонной будки, стоящей возле жилого дома на набережной, ей это казалось логично. Но, когда девушка вновь явилась на место преступления, там уже вовсю работала бригада, а старичок громким голосом рассказывал об увиденном.

Страшно обрадованная Настя убегает, а сотрудникам МВД хватает пары часов, чтобы размотать дело. Оно кажется ясным. Мужчина дал женщине отставку, да еще на свадьбе, вот она и взбесилась. Обстоятельства складываются для Лики хуже некуда: служащие гостиницы рассказывают, какой она устроила погром в номере, старичок абсолютно определенно узнает и платье, и «преступницу». Да еще Настя, уходя от Лики, заботливо оставляет на тумбочке стакан воды. Она знает, что очнувшуюся женщину будет мучить жажда. Этот расчет тоже оправдывается. Лика хватает минералку и залпом выпивает ее, но в воде растворен сильнодействующий препарат, и, когда милиция приходит к Лике, та практически ничего не соображает и под действием лекарства признается в преступлении, которого не совершала.

Потом, уже в СИЗО, Лика пару раз получила передачи с ее любимыми конфетами. Последняя пришла как раз накануне суда.

— Вот почему она была такой апатичной на скамье подсудимых! — заорала я. — А кто же передавал посылки?

Дегтярев крякнул:

— Среди сотрудников СИЗО встречаются люди, готовые на все за деньги! Пока не нашли этого человека.

— Но зачем Лика ела конфеты? — тихо спросила Зайка. — Ведь получала их незнамо от кого!

— Вот и нет, — мрачно парировал полковник, — дачки были от Даши.

Я подскочила:

— Нет! Я ничего не носила в тюрьму!

— Но Лика этого не знала!

— Да, — кивнула Лика, — я думала, ты обо мне заботишься, поэтому и написала с зоны письмо, попросила продукты...

— Дело было сделано, — продолжил полковник, — Лику закатали на длительный срок. Все ясно?

— Нет!!! — закричала я. — Абсолютно не ясно! Кто убил Настю и Асю? Почему? И главное!!! Из-за чего Воротников возненавидел Лику, что их связывало?

— Ну Настя погибла из-за своего собственного характера, — протянул Дегтярев, — она потребовала от Воротникова немедленно жениться на ней. Лев Николаевич принялся выкручиваться, и тогда Настя решила его шантажировать. Заявила: «Имей в виду, если не распишемся, пойду в милицию и расскажу про Лику».

— Тебе не поверят, — попытался сопротивляться Воротников, — свидетелей нет.

— А вот и есть, — отрезала Настя, — Ася! Та, что подносила бутылку с кокой.

Про Димку Кулака она предусмотрительно умолчала, потому что не хотела, чтобы Воротников узнал про присвоенные доллары.

Лев Николаевич побледнел, но тут же сказал:

— Конечно, мы поедем в ЗАГС, возьми эту Асю завтра с собой ко мне в гости. Давай позовем ее свидетельницей! Хочу с ней познакомиться.

Настя ликует, наконец-то ей удалось заарканить богатого папика. Настя с Асей приходят в урочный час к профессору, тот, слегка напоив их, начинает вести разговор о свадьбе, медовом месяце, подвенечном платье... Глупые девчонки хихикают, потом профессор предлагает покататься, в великолепном настроении дурочки садятся в машину, едут к МКАД, и тут автомобиль «ломается», не доехав до Кольцевой магистрали пару метров, в тихом, безлюдном месте. Ни Настя, ни Ася водить не умеют.

— Черт! — восклицает Лев Николаевич. — Ну-ка, девочки, подтолкните, сейчас заведется.

Глупышки охотно выполняют просьбу, упираются руками в багажник, и... Воротников дает полный газ, машина резко катит назад, профессор переезжает девчонок, потом, для верности, проезжает по телам еще раз. Идет сильный дождь, на улице темно, свидетелей никаких. Лев Николаевич сбрасывает труп Насти в овраг, а тело Аси отвозит за несколько километров и оставляет в кустах с другой стороны дороги, затем выкатывает на МКАД и исчезает. Он абсолютно уверен, что свидетелей больше нет. Про Диму Кулака профессор узнать не успел. Настю нашли утром, Асю через день, никто не связывает их дела в одно.

— Ужасно, — прошептала Зайка, — но при чем тут Лика?

— Это другая история, — сухо сказал Дегтярев, — не менее ужасная, чем первая.

Он помолчал, потом повернулся ко мне:

— Помнишь, Лика рассказывала тебе, как ее отец, Степан Иванович, рассвирепел из-за пустяка, спор о том, следует ли расстреливать преступника Воротникова?

— Да, — кивнула я.

— Так вот, тот Воротников, Николай Михайлович, отец Льва Николаевича. Николай Михайлович торговал валютой, его поймали и расстреляли, — со вздохом пояснил полковник. — С детства перед Львом Воротниковым открывались потрясающие перспективы. Дом — полная чаша, любящие родители. К тому же у юноши очень светлая голова, он талантлив, и... все рушится в одночасье. Отец расстрелян, мать умирает от инфаркта. В ординатуру Льва, несмотря на блестящий, «золотой» диплом, не берут, его не принимают на приличную работу, не дают написать кандидатскую диссертацию, приходится сидеть в лаборатории у идиота, который выдает открытия Воротникова за свои, в общем, мрак, который рассеивается лишь после падения коммунистического режима. Лев Николаевич большую часть своей жизни страстно мечтал отомстить тем, кто лишил его всего, и... отомстил.

— При чем тут Лика! — взвыла я. — При чем, а? Она ведь не имеет никакого отношения к расстрелу Николая Михайловича!

Дегтярев принялся теребить край пледа, потом, с несвойственной ему робостью, спросил у Лики:

— Сказать им?

— Да, — кивнула подруга, — чего уж там! Говори!

— Отец Лики, Степан Иванович Подуйветер, был исполнителем приговоров.

— Кем? — обалдела я.

— Человеком, который расстреливал, вернее, как тогда говорили, исполнял высшую меру наказания, — тихо ответил Дегтярев. — Таких людей было всего несколько в советской России, работали они в условиях абсолютной секретности, ездили по тюрьмам и приводили в действие приговоры.

— Не может быть, — прошептала я, — я читала, что это делал взвод солдат, у которых, через одного, имелось заряженное ружье, никто не знал, у кого боевой заряд!

— Глупости, — отмахнулся полковник, — работал один исполнитель. Перед казнью он тщательно готовился, читал дело, проникался правильными чувствами к приговоренному, понимал, что суд наказал преступника справедливо, и получал табельное оружие.

— Это правда? — бросилась Зайка к Лике.

Подруга отшатнулась:

— Я сама узнала только вчера, была уверена, что папа военный, полковник, особо не задумывалась над тем, откуда у нас с мамой пайки и почему отец постоянно мотается по командировкам. Думаю, что и мамочка была не в курсе дела... Хотя... теперь я уже ничего не знаю!

Я попыталась привести мысли в порядок. Степан Иванович! Веселый, охотно рассказывающий не слишком приличные анекдоты, милый старик, угощавший меня коньяком, добрый дедушка, купивший Кеше шубку. Мне так нравилось бывать у Лики в гостях! Степан Иванович всегда радовался мне, тут же вытаскивал конфеты, пару раз он дал мне дельные житейские советы, выручал деньгами. Господи! Вот это поворот!

— Ты уверен? — налетела я на Дегтярева.

— Абсолютно, — кивнул полковник. — Вот причина, по которой Лике, по мнению Льва Николаевича, следовало сгнить на зоне. Когда Воротников узнал правду, Степан Иванович уже умер. Но они очень сильно жаждали мести, настолько, что ослепли от злобы, они...

— Кто «они»? — удивилась я. — Но ведь речь идет о Льве Николаевиче!

Дегтярев тяжело вздохнул:

— Ты же умный человек, Дашутка.

— Издеваешься, да? — обиделась я.

— Нет, на этот раз говорю абсолютно серьезно. Неужели у тебя не возникли естественные вопросы?

— Какие?

— Откуда бы Льву Николаевичу, никогда не видевшему Лику, знать про цветастый сарафан, который она носит? Лика давно сменила фамилию Подуйветер, она меняла их столько раз, что любая справочная запутается. Как он узнал, что Лика — дочь Степана Ивановича? Почему Лев присылал в СИЗО и на зону конфеты от твоего имени? Знал, что вы близкие подруги? От кого?

— Так это он подсунул Лике «Птичье молоко», съев которое бедняжка потеряла разум и бросилась на сотрудницу колонии? — запоздало прозрела я.

— Ага. Но откуда бы ему знать про вашу дружбу и про обожаемые Ликой конфеты? Кто рассказал ему про свадьбу Лики? Кто, в конце концов, пропустил свое приглашение через цветной ксерокс, чтобы у Насти оказалась возможность попасть на свадьбу? Кто отправил Лике на зону конфеты, ведь Лев Николаевич был на конгрессе!

— У Льва Николаевича был сообщник?

— Да.

— Кто-то из наших общих друзей! — дошло до меня наконец.

Внезапно Лика заплакала:

— Это ужасно, но ведь я не виновата, даже понятия не имела, кем работал папа... И теперь Верка сама в тюрьме...

— Вера, — прошептала я, — Карапетова... Ее родители...

— Вазген Ованесович и Анастасия Сергеевна Карапетовы сбывали доллары вместе с Николаем Михайловичем Воротниковым, — пояснил Дегтярев, — они пошли подельниками. Все получили высшую меру, и всем приговор исполнил...

— Степан Иванович Подуйветер, — ужаснулась я. — Верка бывала у Лики на днях рождения, и Степан Иванович ни разу не намекнул ей ни на что! Был приветлив!!! Улыбался Карапетовой!!!

Повисло молчание, прерываемое тихими всхлипываниями Лики.

— На самом деле все обстоит еще хуже, — сказал Дегтярев. — После перестройки стало возможно получить дела осужденных родственников, правда, не всем их показывают, но Вере Карапетовой удалось посмотреть папки. Из материалов она узнала про Воротникова, отыскала

Льва Николаевича, приехала к нему. Оба мечтали отомстить своим обидчикам, горели желанием стереть с лица земли тех, кто, осудив родителей, лишил детей на долгие годы нормальной жизни, сделал их изгоями. Но бумаги попали к Карапетовой только в прошлом году. Они с Воротниковым предприняли настоящее расследование и оказались у разбитого корыта. Все давно покойники: следователи, судья, прокурор, народные заседатели... Слишком много времени утекло. Потом Вере удалось установить фамилию того, кто привел приговор в исполнение. Это было очень трудно, но она догадалась, вышла на бухгалтерию и добралась до документов. Исполнитель получал за каждую акцию премию. В общем, не стану вас утомлять подробностями, но в июне Карапетова узнает, что выстрелы, оборвавшие жизнь родителей, сделал... Степан Иванович Подуйветер. Носи отец Лики иную фамилию, Вере предстояли бы долгие поиски палача, но Подуйветер! Степан Иванович!

Вся ненависть, вся мстительная злоба устремилась к Лике. При родителях Вера жила очень хорошо, но потом все изменилось. Вера прекрасно помнила, как подруга щеголяла в новой шубке, тогда когда у Карапетовой не было пальто, как Ликуся не думала о деньгах, ей их подсовывал папа, как Лика получила замечательное место переводчика, а она, Вера, более талантливая и ответственная, вынуждена была стоять у доски в школе... Список можно продолжить почти до бесконечности. Лику следовало опозорить, отдать на мучения.

— Но Вера, казалось, хорошо относилась к Лике, — перебила я Дегтярева, — она ведь и познакомила ее с Евгением! Составила счастье подруги!

Полковник скривился:

— Ну, в общем-то... Вера завидовала Лике всю жизнь, ей было приятно подыскать той пару, дескать, пока Лика сама пыталась устроить личное счастье, то получалось плохо, а как только за дело взялась Карапетова, все пошло как по маслу. Но ты учти такой момент: когда Вера обустраивала счастье Лики, она еще не знала про Степана Ивановича. Карапетова свела Лику и Евгения зимой, а в дело отца и матери заглянула весной и потеряла голову. И еще Вера сумела разжечь пожар в душе Льва Николаевича.

— Пойми, мы отомстим за своих невинноубиенных родителей, — внушала она профессору.

Впрочем, недолго: Воротников сам горел желанием наказать Лику.

— За что? — прошептала Ликуша. — Ну при чем тут я?

Все молчали, ни у кого не нашлось слов.

— Да, — продолжил Дегтярев, — Лика-то и впрямь ни при чем. Приговор над Воротниковым и Карапетовыми исполнил совсем другой человек.

— Как? — заорала Маня. — Кто?

— Фамилию я вам не имею права назвать, — вздохнул Александр Михайлович, — да и не к чему это, тот исполнитель давно умер.

— Значит, Степан Иванович... — спросила

Зайка, — он не имеет к данному делу никакого отношения?

— Нет, — отрезал полковник, — Подуйветер был ответственным работником, имевшим исключительные полномочия, он карал преступников, делал это не раз и считал свою работу крайне важной для общества. В его личном деле одни благодарности. У него, очевидно, была на редкость крепкая нервная система, как правило, исполнитель мог находиться на... э... практической работе пару лет, не больше, психика не выдерживала. Исполнителей потом с почетом провожали либо на пенсию, либо переводили на другую службу, а Степан Иванович спокойно работал долгие годы, его очень ценили, часто награждали премиями... Вот Вера и перепутала, не разобралась в ведомостях! Приговор над ее родителями был приведен в исполнение 25 января, этим же числом Подуйветер получил денежное поощрение... Карапетова не профессиональный детектив, а озлобленная баба, к тому же она всю жизнь завидовала Лике, считала ту безалаберной лентяйкой, не по заслугам получившей отличную работу... У Веры не имелось и тени сомнений — Степан Иванович, вот кто главный злодей!

— Но она ошиблась, — прошептала Оксана, — это ужасно, это страшно, это просто невозможно!

Вновь повисла тишина, напряженная, давящая.

— Зависть, наложенная на злобу, равна катастрофе, — неожиданно сказал Дегтярев.

Эпилог

Вера Карапетова оказалась в тюрьме вместо Лики, Лев Николаевич тоже был помещен в СИЗО. Следствие в самом разгаре. Карапетова и Воротников изо всех сил топят друг друга. Мне жаль Веру, судьба обошлась с ней жестоко — лишила родителей, счастливой юности, но... но при чем тут Лика? Какое право Карапетова и Воротников имели на месть? Ведь с какой стороны ни посмотри, их отцы нарушили существовавшие тогда законы и были преступниками. Я понимаю, что душу Веры и Льва Николаевича жгла злоба, но оправдать не могу. В этом деле есть еще две жертвы: Ася и Настя. Глупые, жадные, готовые на все из-за денег, маленькие дурочки, они погибли пешками в чужой игре. Кто разрешил Карапетовой и Воротникову распоряжаться их жизнями?

На письмо — огромное послание, которое пришло из СИЗО от Карапетовой, — я отвечать не стала, честно говоря, отправила его, не читая, в помойку. Может, поступила неправильно, но так уж вышло. Руки сами собой разорвали конверт вместе с содержимым, а когда я опомнилась, было поздно, пол усеяли мелкие обрывки. Надеюсь, Карапетова и Воротников получат большой срок, Дима Кулак немало способствовал этому своими показаниями.

В остальном же у нас все по-прежнему. Заюшка худеет, Дегтярев начал бегать вокруг дома в надежде потерять лишние килограммы, по-моему, зряшное занятие, потому что после часа бега Александр Михайлович отправляется в гостиную и с чистой совестью выпивает парочку бутылок пива.

— Ерунда эта физкультура, — сказал он, встав вчера на весы, — стараюсь-стараюсь, а толку нет! Даже прибавил полкило.

Я хотела было заметить: «Тебе следует навсегда забыть про пиво», но прикусила язык. В конце концов какие такие радости у бедного полковника? Маруська упорно готовится к поступлению в академию, Кеша целыми днями пропадает на работе, Анька и Ванька шкодничают. Собаки спят в пледах, кошки жмутся к камину, в город вот-вот придет настоящая зима. Я читаю детективы. Изредка нам звонит из Питера Ленка и сообщает: «Совсем немного до новогодних каникул, скоро приеду, ждите в гости».

Гриша отбыл во Владимир. Мы купили ему там однокомнатную квартиру и пристроили на работу. Очень надеюсь, что уголовник постарается справиться со своей привычкой красть плохо лежащие «копеечные штучки».

В конце декабря курьер доставил нам приглашения на свадьбу.

— С ума сбеситься! — подскочила Зайка. — Лика опять выходит замуж!

— За кого? — чуть не упала я со стула.

— Тут написано просто: «Лика и Владимир зовут вас...» — растерянно начал вслух читать текст Дегтярев.

Я ринулась к телефону.

— Алло, — прочирикала Ликуська.

— Ты идешь в ЗАГС?

— Да!!!

— С ума сошла! — вырвалось у меня.

— Почему? — обиделась подруга. — Разве нельзя?

Я прикусила язык, а потом выдавила из себя:

— Ну... в общем... да... можно.

— Жду вас в полном составе, — щебетала Лика, — Володя замечательный. Он тебе понравится!

— Мне не очень хочется идти на эту свадьбу, — пробормотала Зайка, глядя, как я вешаю трубку.

— Альтернативы нет, — вздохнул Кеша, — покупаем очередной сервиз и в путь. В конце концов следует смириться с тем, что Лика имеет привычку постоянно выходить замуж!

В субботу, выставив вперед коробку с подарком, мы явились в ресторан. Раскрасневшаяся Лика, вновь в белом платье и кружевной фате, всплеснула руками:

— Сервиз! Уже десятый по счету! Мы откроем посудную лавку!

Зайка разинула было рот, но Лика уже кинулась к другим гостям.

— Видала? — обиженно протянула Ольга. — Сервиз ей не понравился! Не надо так часто замуж бегать, тогда и подарки будешь получать оригинальные! Отличный набор, между прочим!

— Забей, — махнула рукой Маня, — лишние чашки им не помешают! Ты вспомни, как Лика обожает колотить о пол посуду.

— Пошли за стол, — потер руки Дегтярев, — есть охота.

Мы уселись на свои места. «А этот Володя ничего, симпатичный вроде!» — подумала я и вздохнула, надеюсь, ничего такого на свадьбе не случится... Оксанка тоже с шумом вздохнула и глянула на меня. Я улыбнулась:

— Ладно, не бойся, лучше пододвинь ко мне салат.

Праздник несся по привычной колее. Гости ели, пили, кричали «горько», играли в дурацкие игры, которые затевал тамада, дарили подарки... Потом массовик-затейник заявил:

— Слово предоставляется новобрачному Владимиру.

Мужик встал, поднял бокал, протянул его Лике и произнес:

— Дорогая, я хочу, чтобы наша с тобой жизнь была сладкой, а любовь крепкой, как это вино! Выпей до дна.

Мне тост показался странным. Обычно новобрачные не поднимают тост друг за друга, но Лика схватила фужер и одним махом опустошила его. Честно говоря, она любит выпить. Нет, Лика не алкоголичка, она не валяется у метро в луже и не собирает возле ларьков бутылки, просто ей нравится находиться в состоянии легкого веселья.

— Горько, — завопил тамада, — горько!

— Горько! — подхватили изрядно подвыпившие гости.

Но Владимир не стал обнимать жену. Он схватил пустой бокал, заглянул внутрь и вдруг спросил:

— А где кольцо?

— Какое? — воскликнула Лика.

— Тут лежал перстень!

Присутствующие примолкли и стали с интересом прислушиваться к их разговору.

— Какой перстень? — недоумевала Лика.

— С бриллиантами, — пояснил Володя, — довольно большими, в несколько карат.

— Откуда он мог взяться в вине, — продолжала, ничего не понимая, Лика.

— Я туда его положил.

— С какой стати?

— Хотел тебе сюрприз сделать, — пояснил молодой муж, — подарок преподнести. Думал, ты выпьешь и увидишь кольцо. И где оно теперь? Вот интересно! Ведь не могло же раствориться в алкоголе? Такое невозможно.

Лика побледнела:

— Мама! Я его проглотила.

Над столом пролетел шум.

— Проглотила? — попятился Володя. — Зачем?

— Идиот! — взвилась Лика. — Кретин! Кто же так поступает! Мне и в голову не пришло, что на дне лежит драгоценность.

— Так я и не думал, что ты, как крокодил, проглатываешь, не жуя, содержимое стакана, — парировал Володя.

— Вино не жуют! — обозлилась Лика.

— Между прочим, крокодил очень тщательно перемалывает пищу, — некстати заявил Оксанин сын Дениска, — я, как ветеринар...

— О господи! — схватилась за голову Лика. — Умираю! Скорей врача, «Скорую помощь»...

— Успокойся, — хладнокровно сказала Оксана, — никаких поводов для беспокойства нет, кольцо маленькое...

— Там одних брильянтов на пять карат, — возмутился Владимир, — круче в магазине не нашлось.

— Все равно невелико, — не сдалась Оксанка, — самое позднее завтра вечером получишь его назад.

— Каким образом? — полюбопытствовала не слишком далекая Лика.

— Мама! — с укоризной воскликнул ее сын Юра. — Садись спокойно на место.

— Но как добуду перстень? — не успокаивалась новобрачная.

Машка и Денис, спрятав лица в салфетки, изо всех сил старались не захохотать в голос.

— Как? — вопрошала Лика. — Как? С чего Оксана уверена, будто я сумею получить колечко без хирурга?

— О боже! — закатила глаза Оксана. — Объясните ей кто-нибудь!

— Ты им покакаешь, — рявкнул Володя, — теперь ясно?

Секунду Лика молчала, потом решительно сказала:

— Никогда! Ни за что!

— Не понял, — протянул Володя.

— Мне не нужно кольцо оттуда!

— Но там бриллиантов на пять карат.

— Плевать.

— С ума сошла! Оно дорого стоило.

— Ерунда, пусть пропадет.

— С ума сошла!

— Сам дурак.

— Идиотка! — заорал Владимир. — Все нормально! Бывают же такие люди! Попадется им в сеть золотая рыбка, так они ее сразу сварят.

— Кретин!!! — немедленно ответила Лика. — Ну и бред тебе в голову приходит: кольцо в бокале, уха из золотой рыбки! Господи, за кого я вышла замуж!

Я растерянно посмотрела на Лику. Похоже, Владимир прав, моя подруга всю жизнь занимается тем, что варит уху из всех попадающихся ей под руку золотых рыбок. Ну когда она начнет хоть чуть-чуть думать головой?

Гости замолчали, боясь, что сейчас новобрачные затеют драку, я вскочила на ноги, но меня опередил тамада.

— Музыка, — заорал он, — танцуют все, ламбада, макарена, чунго-чанга, ча-ча-ча...

Народ ринулся на середину зала, даже я побежала топтаться под ритмичные звуки музыки, которые издавали пятеро парней, мучивших в углу на небольшом подиуме музыкальные инструменты. Через несколько минут к нам присоединились и Владимир с Ликой, нежно обнявшись, они вальсировали около окна. Я облегченно вздохнула, слава богу, помирились.

Когда гости вновь стали рассаживаться за столы, я подошла к Лике и шепнула:

— Ты не сердись на Володю, не надо, он хотел как лучше!

Лика уперлась в меня взглядом и заявила:

— Теперь никогда не стану ругаться на свадьбах со своими мужьями! Слава богу, имеется опыт!

Вымолвив эту фразу, она преспокойно села во главе стола. Я почапала на свое место. «Никогда не стану ругаться на свадьбах со своими мужьями». Значит, это бракосочетание не последнее? Или что Лика имела в виду? «Слава богу, имеется опыт!» Да уж, опыт — это хорошо, просто замечательно. Опыт — это такая вещь, которая появляется сразу после того, как была нужна.

Литературно-художественное издание

Донцова Дарья Аркадьевна

УХА ИЗ ЗОЛОТОЙ РЫБКИ

Ответственный редактор *О. Рубис*
Редактор *Т. Семенова*
Художественный редактор *В. Щербаков*
Художник *Е. Рудько*
Компьютерная обработка иллюстраций *И. Дякина*
Технический редактор *О. Куликова*
Компьютерная верстка *Т. Комарова*
Корректор *Г. Титова*

ООО «Издательство «Эксмо».
107078, Москва, Орликов пер., д. 6.
Интернет/Home page — www.eksmo.ru
Электронная почта (E-mail) — info@eksmo.ru

По вопросам размещения рекламы в книгах издательства «Эксмо»
обращаться в рекламное агентство «Эксмо». Тел. 234-38-00

Книга — почтой: Книжный клуб «Эксмо»
101000, Москва, а/я 333. E-mail: bookclub@eksmo.ru

Оптовая торговля:
109472, Москва, ул. Академика Скрябина, д. 21, этаж 2
Тел./факс: (095) 378-84-74, 378-82-61, 745-89-16
Многоканальный тел. 411-50-74. E-mail: reception@eksmo-sale.ru

Мелкооптовая торговля:
117192, Москва, Мичуринский пр-т, д. 12/1. Тел./факс: (095) 932-74-71

ООО «Медиа группа «ЛОГОС».
103051, Москва, Цветной бульвар, 30, стр. 2
Единая справочная служба: (095) 974-21-31. E-mail: mgl@logosgroup.ru

ООО «КИФ «ДАКС». 140005 М. О. г. Люберцы, ул. Красноармейская, д. 3а.
т. 503-81-63, 796-06-24. E-mail: kif_daks@mtu-net.ru

Книжные магазины издательства «Эксмо»:
Москва, ул. Маршала Бирюзова, 17 (рядом с м. «Октябрьское Поле»). Тел. 194-97-86.
Москва, Пролетарский пр-т, 20 (м. «Кантемировская»). Тел. 325-47-29.
Москва, Комсомольский пр-т, 28 (в здании МДМ, м. «Фрунзенская»). Тел. 782-88-26.
Москва, ул. Сходненская, д. 52 (м. «Сходненская»). Тел. 492-97-85
Москва, ул. Митинская, д. 48 (м. «Тушинская»). Тел. 751-70-54.

Северо-Западная Компания представляет
весь ассортимент книг издательства «Эксмо».
Санкт-Петербург, пр-т Обуховской Обороны, д. 84Е
Тел. отдела рекламы (812) 265-44-80/81/82/83.

Сеть магазинов «Книжный Клуб СНАРК» представляет
самый широкий ассортимент книг издательства «Эксмо».
Информация о магазинах и книгах в Санкт-Петербурге по тел. 050.

Вы получите настоящее удовольствие, покупая книги в магазинах ООО «Топ-книга»
Тел./факс в Новосибирске: (3832) 36-10-26. E-mail: office@top-kniga.ru

Всегда в ассортименте новинки издательства «Эксмо»:
ТД «Библио-Глобус», ТД «Москва», ТД «Молодая гвардия»,
«Московский дом книги», «Дом книги в Медведково», «Дом книги на ВДНХ».
Книги издательства «Эксмо» в Европе: www.atlant-shop.com

Подписано в печать с оригинал-макета 25.12.2002.
Формат 84×108 ¹/₃₂. Гарнитура «Таймс». Печать офсетная.
Бум. газ. Усл. печ. л. 22,68. Уч.-изд. л. 15,3.
Тираж 380 000 экз. Заказ № 0216360.

 Отпечатано на MBS в полном соответствии
с качеством предоставленного оригинал-макета
в ОАО «Ярославский полиграфкомбинат»
150049, Ярославль, ул. Свободы, 97.

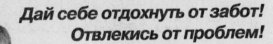